梦里老家

董明山 著

北京燕山出版社

BEIJING YANSHAN PRESS

图书在版编目（CIP）数据

梦里老家 / 董明山著 . -- 北京：北京燕山出版社，
2022.12
ISBN 978-7-5402-6741-4

Ⅰ.①梦… Ⅱ.①董… Ⅲ.①长篇小说—中国—当代
Ⅳ.① I247.5

中国版本图书馆 CIP 数据核字 (2022) 第 213276 号

梦里老家

作　　者：董明山
责任编辑：金贝伦
出版发行：北京燕山出版社有限公司
地　　址：北京市丰台区东铁匠营苇子坑 138 号
邮政编码：100079
发行电话：（010）65240430
印　　刷：北京建宏印刷有限公司
开　　本：880mm×1230mm　1/32
印　　张：8.625
字　　数：250 千字
版　　次：2022 年 12 月第 1 版
印　　次：2022 年 12 月第 1 次印刷
书　　号：ISBN 978-7-5402-6741-4
定　　价：46.00 元

目 录　◀ Contents

第一章

　　清晨，红彤彤的太阳从依山村背后山和平山林交界处露出小半个圆，暖暖的阳光透过白茫茫的雾气，洒在依山傍水的粉墙黛瓦上，给每一家的房子都薄薄地镶了一层金。龙水河被高山阻挡而被迫在龙头湾村拐了个大弯后毫发无损地来到河边村，一团团、一缕缕的淡白的水汽如天上人间的仙气一样，源源不断地由河面升腾而起，整条河看起来更像是一条碧绿色的滚烫的玉带。

　　在浓浓的仙气里，河边村的女人们排成整齐的一溜，在玉带边的大石板上洗衣裳。快要过年了，她们都把色彩最丰富的衣裳穿了出来，有穿红色的、有穿绿色的、有穿蓝色的、有穿花色的……有的在刷、有的在拧、有的在涮、有的在捶、有的两人合作……远远地看过去，好像看到的是一群穿着五彩缤纷的仙女正在瑶池边上欢快地演绎着浣洗之舞。

　　她们群舞的背景音乐是奔腾不息的龙水河水急急地流下堰闸时"哗啦啦哗啦啦"的歌唱声，还有她们互相谈论说笑时发出的清脆欢快之音。

　　河边村的正中央有一口老水井，圆形的口，直径约一米，旱季有七八米深，平常五六米深，梅雨季节一两米深，要是连着下三四天大雨，井水就会溢出来。这时龙水河水会变得浑浊不堪，水位上涨淹没女人们晨曦浣洗之舞的舞台，漫过堰沿，像一条真正的巨龙一样咆哮着翻腾着冲下堰去。

村里的女人们没法再到河里去洗衣裳，便都会到水井旁的水泥地上围成圈蹲下来洗。她们一边洗衣裳，一边谈论着家长里短、传播着风言风语，一会儿两人轻言细语，一会儿众人哈哈大笑，俨然将村中央的水井变成了村里的新闻中心、娱乐中心。

　　老水井的内壁砌了大方砖，方砖内壁两侧有竖着交错排列的两排深约 30 厘米的缺口，那是为了方便人上下给水井清污时下脚用的。井面之上是一个由一块大麻石打磨而成的不规则楔形石箍，石箍高的地方约 1 米，低的地方大约 50 厘米，在低点上有一个被磨成光溜溜的小槽口，小槽口的下沿离地约 30 厘米。

　　村里的人从井里取水不用辘轳，而是用一种叫水桶钩的工具从水井里提水。水桶钩的做法很简单，找一根纤长笔直、韧性好的树干，粗细程度以中间段刚好一把握住为最佳，去皮晾干后，在粗的一端凿一小口，然后榫进一根长 20 厘米左右的韧性好的小木条，这样水桶钩就做成了。

　　取水时，用水桶钩挂住水桶放下水井，水桶接触水面倒下后，用水桶钩从水桶内壁将水桶捣入水中，待水桶上沿没入井水后，立即向上提水桶钩，这时水桶钩上的小木条刚好钩住水桶把，然后将水桶一把一把地往上提，就可以取出满满的一桶水了。一般来说一桶水 50 斤左右，提两次，一担 100 斤的水就搞定了。

　　从井里取水出来，挑水回家再倒入水缸里，对于河边村的男人来说是非常稀松平常的事，其实这里面藏着很多技巧。

　　放水桶入水井和捣水桶入水要轻，否则水桶要被摔碎或被捣破。钩水桶把要准要快，否则水桶就装不满水。向上提水时用力要均匀要稳，否则水桶会晃动，轻则将水晃出去了，重则将水桶磕碎在水井壁上。

　　当水桶把将要露出楔形水井箍低点时，要将水桶钩靠在水井箍的小槽口上，一边稍缓地向上提水，一边慢慢地向下按压水桶钩，使其几乎与地面平行，以小槽口为支点将满满的一桶水支住。这时要换手，用一只手摁住水桶钩稳住水桶，腾出另一只手来握住水桶钩下端，两手合力将水桶提出水井箍并轻轻地放在地上。换手和提水桶出水井口要快要稳，稍不小心，盛满水的水桶就会掉下水井，被砸成好几瓣。

村里人挑水用的是担水钩，在一根扁担两头各嵌入一条铁链，铁链下方是一个铁钩，用来钩住水桶把。铁链的中间也有一个小铁钩，用来调节铁链长短以适应挑水人个子的高矮。用这样的担水钩挑水行进时，要略微侧着身子，两手一前一后地扶住两个水桶把。

其一是避免行进中，水桶晃荡把水淌出来。

其二是进家门时避免水倒出来，因为婺源一带的房子是徽派建筑，每家每户进门前都有几步青石台阶，挑水进家门有个爬坡上坎的过程，有些人家台阶做得比较高，一不小心前方的水桶就可能磕到台阶上，溅一身水，侧着身子上台阶，两只手把水桶稍稍提起一点，这样既可减轻肩膀的承重，又可以避免水桶磕到台阶。

其三是避免在将水倒进水缸时把水缸磕碎，村里人家的水缸都是陶制的，呈酱黄色，大体上能够装 4 到 5 担水，将水往缸里倒时不将担子从肩膀上卸下来，而是挑在肩上，用一只手将水桶提起来轻轻地靠在水缸沿上，以水缸沿为支点向下按水桶把，将水倒进水缸里。这里要注意两方面，一方面不能用水桶去磕碰水缸避免将水缸碰碎，另一方面是动作要流畅迅速。

为什么要流畅迅速呢？全村家家户户，早晨起来的第一件事就是挑水，每家都要挑 4 到 5 担水，所以河边村早晨挑水是要排队的。如果挑一担水进家门到水缸前放下来，卸下担水钩，慢慢地一桶一桶地将水倒进水缸里，再用担水钩钩水桶去水井边排队，那就太耽误时间了。

挑水是河边村新的一天的开始，也是河边村每一桩姻缘的开始。经媒人提亲双方家庭同意接触观察后，小伙子会一大早就去帮女方家挑水，如果女方家愿意让他帮忙挑水，就表示这门亲事有盼头。对于受到鼓励的小伙子来讲，他们会牢牢抓住这个显示勤劳、强壮、智慧和忠诚的途径，每天都会很早就等在女方家门口，当女方家人起床开门后迅速进门操起担水钩，挂上两个水桶美滋滋地奔着水井而去。如果女方家突然不要小伙子挑水了，就证明这门亲事没戏了。

老水井上的大麻石水井箍嵌在一块几平方米的水泥地上，这样水桶着地时不会粘上污泥，避免取水时弄脏了井水。各家各户在酱色大水缸边都立有两根高约 1.5 米的小木棍，根据厨房的布置不同，有的人家是水缸两侧一边立一根，有的人家是两根小木棍立在同一侧。水桶不用时就倒扣在上面，既方便水桶晾干，也避免水桶底着地粘灰粘泥。

井口的水泥地上，嵌着一排用碎瓷片组成的纪年：一九七三年。这个纪年是打水泥地时的纪年，并不能代表水井的真实年龄。井内壁的大方砖，呈青灰色，与现在普通的青砖红砖相比，长、宽、厚都在两倍以上，据说清朝时期这一带砖瓦窑烧的就是这种砖。依此算来，这口老水井至少有百年以上的历史了。对于它的真实年龄，村里从来没有人去关心过，他们只管每天早晨到这里来排队取水就行了。

水井南侧是旺丁家，旺丁家的屋分为主屋、余屋和东司（婺源称厕所为东司）三个部分。主屋坐北朝南，是典型的徽派砖木建筑，内部木架结构，外部青砖砌墙，砖墙外刷石灰，屋子的顶角处、窗户上方、门楣等地方装饰有祥云纹和祥瑞图案。

主屋上下层以杉木楼板相隔、以柏木楼梯相连，前后以灶壁分隔、以灶壁门相通，灶壁前面部分是堂屋，灶壁后面部分是家背（婺源称厨房为家背）。灶壁并不是用砖砌成的，而是用杉木板镶成的。

河边村人通常将灶壁门称为中堂门，将堂屋称为堂前，堂前前半部分称为前堂，后半部分称为中堂。河边村没有大富大贵人家，也没有文人乡绅，所有人家的房子都没有天井，只在正大门之上几米处开个窗子来采光。旺丁家也一样。

旺丁家主屋大门的门楣上方写着"永红永辉"四个黑色的大字，可以明显地看出来是后来用石灰重新刷白后才写的这四个字，重刷石灰之前这块地方画的是天官赐福图。主屋后门门楣上方也有一块用石灰重新刷白的地方，写着"永忠"两个字，是金黄色的，重刷石灰之前这块地方画的是魁星点斗图。

余屋在主屋的东侧，余屋南头是猪圈，余屋北头为杂物间。东司是一个单独的小矮间，在余屋南边，与余屋共一堵墙。旺丁家主屋、余屋和东司的布局，是徽州人家房屋坐落的典型样式之一。

旺丁家不仅楼梯用的是柏木料，条桌、八仙桌、两把椅子和三张长凳用的也是柏木料。柏木条桌紧贴着灶壁，条桌正中间放一部"三五"牌自鸣钟，自鸣钟两侧是两个瓷器花瓶，里面各插两把塑料花。条桌左侧摆放一尊毛主席瓷塑像，右侧是一个茶盘，茶盘里面倒扣着几只瓷杯子，在瓷杯子上面罩一块小花布。挨着条桌的是一张柏木八仙桌，八仙桌的上位放两把柏木椅，其他三面置三张柏木长凳。

旺丁身材高大、头大脸方、嘴巴阔大。因此，河边村人喜欢叫他"阔嘴旺"。婺源有一句俗语：男人嘴阔吃四方。所以，旺丁也喜欢别人叫他阔嘴旺。

阔嘴旺本不是河边村人，是很小的时候被抱养到河边村来接续香火的。国民党晚期到处"抓壮丁"，阔嘴旺的养父为了保住这根香火，带着他跑路到景德镇、德兴、屯溪、开化等地，解放前夕才回到家里。

回来后，村人发现阔嘴旺在外跑路几年一点都不像"遭了罪"，反而长得越发高大强壮了，原本几个巴掌都打不出个屁的他，见了些世面后能在人前像模像样地说上几句话了。长了身体，也长了本事的阔嘴旺回到河边村后不久，娶了同样身体好并且聪明伶俐的莲枝当老婆。莲枝比阔嘴旺小 8 岁，是龙头湾村人。

龙头湾在河边村北面约 3 里路的地方，是个有几百户人家的大村庄，背后山的一个山麓一直绵延到北侧村口，由上市流过来的龙水河，碰到村口的山麓转了个大弯，如龙回头，村名因此而得。龙头湾建村历史悠久，村子里只有两个姓，一姓朱，有族谱记载与朱熹同宗共祖；一姓顾，大宋年间由江苏昆山迁于此。村里虽有两个姓，但只有一个祠堂，即南侧村头的朱氏宗祠。

由于成分好、见过世面、人前能说话，再加上有了莲枝这个聪明能干的贤内助，各方面因素综合作用，阔嘴旺当上了河边村生产队的第一任队长。阔嘴旺说起话来嗓门粗、声音大，但吐字含混、略带结巴，字间通常用"唉唉"连接，莲枝说起话来倒是爽亮清脆、语速快。

河边村生产队的黎明总是在莲枝对阔嘴旺的骂声中来。阔嘴旺每天一早起床就直奔他家的东司，没有抢到东司的莲枝在外面憋着难受，忍不住对阔嘴旺破口大骂："你个变不全的东西，还不快点！""又不要死，一朝老早就把东司占住，别人就不要出恭（婺源人将拉屎美称为出恭）了吗？""你死在里面了吗？还不快点出来，别人怎么出恭？"……

阔嘴旺是生产队队长，在社员面前吆五喝六、很有威信，但在莲枝面前厌得很，蹲在东司里埋着头任凭莲枝大声地叫骂不敢吭声。被骂得抬不起头的阔嘴旺急急地拉完屎把东司让出来给莲枝。

如果天亮得早，村里已经有人响动了，阔嘴旺偶尔也会壮着胆子回一句半句："唉唉，吵死，你一朝老早就吵。""唉唉，急死鬼，一会儿都等不得吗，唉唉，急死你吗？"

只要阔嘴旺一回嘴，莲枝马上就会变本加厉地再把他骂一通："我吵死？不是你个死了没葬的死尸一朝老早把东司占住了，我会吵吗？""你个葬了没死的鬼东西，好意思说我是急死鬼，你不是急死鬼，老早把东司占住在里吃粪吗？"即便阔嘴旺已经把东司让给了莲枝，莲枝进了东司，也少不了关起门来再骂几句，那骂声穿墙透壁后的威力一点也不弱。

一宽一窄两条石板路将河边村30多户人家大体地分隔成三排，阔嘴旺家正好位于中间一排的中间，屋后隔着水井是宽石板路，屋前隔着一块小平墩是窄石板路。窄石板路下面是排水沟，村里的日用废水、溢出猪圈的猪屎猪尿和溢出东司的人屎人尿，还有下雨时的雨水都经由这条排水沟流到龙水河里。

窄石板路的一侧是阔嘴旺家晾衣裳用的竹杈、笐竿，还有一个葱架、一个蒜架。葱架蒜架是阔嘴旺自己手工做的，在三根一米多长一把粗的杂木棍上1/3处用钢丝扎住，做成三脚架，在三脚架上支一口破镂锅，里面放半锅松土，再铺上一层鸡粪、猪粪，把葱根和蒜瓣插在粪里就可以了，要不了几天葱苗蒜苗就会长得绿油油的。家里临时来客人了，要炒几个台面菜，即使菜已下锅了，再到门口来掐葱掐蒜也来得及。

窄石板路的另一侧紧挨着德绍家的墙基。阔嘴旺没当队长以前，这条窄石板路和下面的排水沟是从阔嘴旺家大门前和德绍家墙基之间的平墩的中间穿过的。村里有个传统，每年过年前的几天，村里要开展通排水沟的集体劳动，将排水沟上的石板撬起来，把沟里的淤泥、粪水挑到田里当肥料，既通了水沟，又为田里打了肥底。

阔嘴旺当上队长以后，利用年底通水沟的机会慢慢地将排水沟往德绍家墙基处攒，没几年排水沟就贴着德绍家墙基了，他家大门前就由原来的一溜地变成一小块平墡。阔嘴旺贴着排水沟的沟沿支起竹杈、笕竿和葱架、蒜架，把这块小平墡围了起来，把村里的公用地变成私家小院子，只不过没有砌围墙罢了。

德绍家原来住在依山村。依山村在河边村东面1里路的地方。村前的桃花溪，宽的地方不足10米，窄的地方两三米，溪水深的地方不足2米，浅的地方刚没小腿，一年四季清水常流，桃花溪的对岸是徽饶古道，铺着青石板。

依山村人都姓姬，有一个共同的祖先，是一个从德兴打猎来到这里的猎人，他打猎到这里，觉得此处依山傍水，背后山的山势雄伟，前面徽饶古道出行便利，便在此定居。

老猎户在此定居后生了三个儿子，所以目前依山村五十几户人家分为三房，长房已历经了20代。依山村里家家户户之间有青石板路相通，村中间有一座砖木结构的姬氏宗祠。

姬氏宗祠西南朝向，三进院落，均为木板卷棚，纵深40多米，里面有青石板铺地。正堂中央悬挂着"厚泽堂"的匾额。横梁、吊柱和石柱础上雕有各式各样寓意吉祥的戏曲人物、山水花卉、祥禽瑞兽等精美图案。逢年过节或是家里有重要红白喜事时，依山村人都要到祠堂里来祭祖。

德绍小时候，每年除夕都要跟着他的父亲志焰去依山村的姬家祠堂里祭祖，志焰挑着一担祭品，德绍提着纸钱包跟在后面。志焰挑的担子，前面是一个大饭甑，后面是香火、鞭炮、白酒、酒杯和碗筷等。

大饭甑的下层是米饭，上层是粉蒸菜，粉蒸菜上面是粉蒸肉。家庭条件好的人家粉蒸菜少一点、粉蒸肉多一点；条件差的人家菜多一点，在上面象征性地"漂"几片肉，姬氏宗祠里的祖先对菜多还是肉多并不在意。

祭祀用的纸钱是志焰自己印的，这一带家家都有一个木制的纸钱印，上面通常排版雕刻有"冥国银行通用××元"，以及一些元宝、花草等图案，在钱印上涂点墨汁，然后就可以像盖章一样在宣纸上印纸钱了。

把一张张纸钱从宣纸上剪下来后，折成一个个小"元宝"，再用一张宣纸将三五个小"元宝"卷起来，做成一个长条形的大"元宝"，就成了祭祀用的纸钱包。纸钱包和香一样，逢单不逢双，每人每次在每个祭祀点上用的纸钱包和香只能以一、三、五、七……的数量出现。

在姬氏宗祠里祭祖有一套严密的流程。志焰先把饭甑放在祠堂的祭坛上，把碗拿出来叠放在饭甑边，把整把筷子摆在碗边。取两个杯子斟满酒，点燃香，先从共同的始祖老猎人拜起。志焰点了6根香，自己擎3根，给德绍3根，让德绍跟他一起朝着始祖拜三拜，插了香后拜三拜，然后把两杯酒洒在牌位前的祭台上后，再拜三拜，最后再烧三个纸钱包。

就这样先从祭始祖老猎人开始，再祭自己房头的祖先，依次往下。牌位都祭完后，在祠堂的每根柱子的石础下烧一个纸钱包、洒一杯酒，把这些都进行完后就剩祭祖的最后一个环节——放鞭炮。

祭完祖后，志焰通常会把担子放在祠堂门口，带着德绍到依山村里溜达一圈，到同一房头的人家里坐一坐、聊一聊，顺便让德绍与这些长辈加深认识和了解。

依山村后面是山，前面是桃花溪，向外拓展的空间很小，村里人丁兴旺，户头越来越多，各家的房子盖得越来越密，地基越来越难选。

德绍家这一分支的祖上有一位学会了酿酒，开了一个小小的糟坊，日子要稍好过一点，考虑到筑屋选地基的困难，就将祖宅让给了兄弟，举家迁到了河边村，在河边村落地生根、开枝散叶，最旺的时候，从河边村的老屋里分支出了9个饭甑。虽然一家迁到了河边村，但河边村和依山村相距很近，所以日常来往走动并不减少，人情世故应酬依然和以前一样。

人丁繁盛需要一代代的积累，但凋零起来却非常快，到志焰那一代时就成他一根独苗了，开糟坊酿酒的技艺也丢失了，留在依山村祖宅里的兄弟分支也凋得零零落落。志焰父母一共生了三男一女，但到最后也只剩下志焰一个人，这其中原因有战乱动荡等多种说法，但最为盛行的一种说法是风水出了问题。

志焰的母亲姓程，是塔底村人，塔底村与河边村隔着龙水河，在龙水河西边1公里的地方。塔底村西侧有座从平地上冒起来的塔形高山，山脚近乎圆形，山顶也近乎圆形，上圆小下圆大，人们管这座塔形山叫塔山。塔山上有灌木、有茅草，也有沙有土，但更多的是石壁，石壁上面有很多各个朝代留下来的文字雕刻和一些稀奇古怪的图案。

塔底村有40来户，以程姓、滕姓、汪姓为主，其中程姓略多，村里没有祠堂也找不到建村的史料，不过塔山石壁上的雕刻应该可以证明那里被发现和开发得比较早。

历代以来，河边村、龙头湾村、依山村之间通婚很多，可能因为有龙水河相隔的缘故，这几个村子与塔底村之间很少通婚，志焰的父亲是河边村第一个与塔底村通婚的人。

志焰的母亲命不长，在志焰很小的时候就过世了。志焰10岁那年他的父亲也过世了，这时他的两个哥哥都已结婚，他的姐姐也出嫁了，他的哥哥姐姐滴了几滴眼泪，张罗着将父亲出殡后，抹了泪痕各自回家睡觉。

志焰没人管，躺在烧锅凳上呜呜地哭，眼泪哭干了人也就睡着了，第二天一大早饿醒了，不知道该找哥哥还是该找姐姐，只好出门去要饭。过了几天志焰的姐姐找到了他，让他饱餐了几顿后，帮他介绍去给依山村一个地主家放牛砍柴。

志焰一边帮地主家放牛砍柴，一边慢慢长大。志焰的大哥，先后生了两个儿子，家里有牛有猪。志焰的姐夫勤劳、姐姐料理家务也很得力，日子也过得还算顺当。志焰的二哥一家凭力气也能讨得生活。

一个年关，依山村同一个房头上的一个长辈死了，请来一位看地先生，看地先生眼睛眯成一条缝，下巴上的山羊胡子打整得干净利落，话语不多，做事谨细认真，到日落之时才给这位老长辈相定了落土的位置，东家在付了钱后，留看地先生吃夜饭，让同一房头的几家主事男人作陪。

几杯酒过后，大家不免向先生讨教问题，先生碍于天机不可泄露的缘故，话很少，仅含含糊糊地点拨一句半句，可是却往往言之有理、一语中的。

　　志焰的大哥深感这位风水先生的神能，想借此机会让先生帮着看看家里的风水，护佑人丁兴旺、日子红火，于是连连向先生敬酒，请他到家里住，请他第二天帮忙看下自家的风水。风水先生将了将山羊胡，颇为难地答应了。

　　第二天，志焰的大哥带着风水先生把祖上的几个坟都看了个遍，风水先生看后都稍微地点点头不说话，最后来到志焰父亲的坟，风水先生围着坟转了一圈，屁股靠着墓碑站定，拿出罗盘算了算，指着远处木坞的一个山尖说，这个坟不能要，正对着那个山尖，以迁为好。

　　在志焰大哥的请求下，先生在汪庙坞为志焰的父亲找了一块风水地。付完风水先生的辛苦钱后，志焰的大哥与弟弟妹妹商量给父亲迁坟的事情。经过几番商讨后，妹妹表示，自己嫁出去了，夫家的风水才是家庭和后辈的根基，娘家方面的事自己不便发言。志焰的二哥思考了几天后，说不上赞成，也说不出反对的理由。志焰还没有成家，古话讲父死长兄如父，自然没意见。

　　大年二十九，兄弟三人，在父亲坟头上敬了三杯酒，点了九根香，烧了三个纸钱包，就开挖，赶在年三十前把父亲的坟迁到了汪庙坞的风水地。

　　然而，这次迁坟不仅没有带来风水的护佑，反而成了这个大家庭家运急转直下的开端。接下来的数年里发生了一连串怪事，志焰大哥家的一头大肉猪从栏里跳出来头着地撞死了，家里的牛遭瘟死；两个孩子，一个吃豆腐脑烫伤发炎致死，一个在龙水河里被淹死，从此断了后。志焰的大哥和姐姐这两个分支也败落了，志焰的二哥这一分支也断了后。

　　志焰的大哥不得不又请来一个风水先生来禳灾补救，风水先生将几个坟头都看过后说，只有将志焰母亲的坟迁到志焰的父亲原来的那个坟坑里才能止住颓势。兄弟三人立马照办，在母亲的坟头敬了三杯酒，点了九根香，烧了三个纸钱包就开挖，把母亲的几根骨头捡起来装在一个小木盒里，急急地埋到他们父亲原来的那个坟坑里。

　　志焰三兄弟两支断了后，迁到河边村来的血脉就剩下志焰这一支了，不过当时他还没有结婚，奇怪的是依山村那边人丁凋落得也很厉害。

家庭没落的哥哥姐姐根本没有心思和精力去管顾志焰。慢慢长大的志焰不愿意继续为地主家放牛砍柴，和附近乡村的年轻人一伙一党地混在一起，成天不务正业，闯江湖、操社会。凭志焰的体格，他是够操社会资格的，他有一米八多的身高，肌肉发达，体格健壮，志焰挑担用的谷箩比平常人用的要大得多。

志焰凭实力在附近打出声威后，曾经和一帮弟兄漂到过上海。为了避免在大上海迷路，他们随身带一块木炭放在裤兜里，遇有方向容易搞混的地方，就用木炭在弄堂路口的墙上或在树上画几个圆圈做记号。靠放牛砍柴长大的志焰，大字不识一个，在小地方操社会能吃得开，在大上海根本无法站稳脚跟。

也许是见识到了江湖之大、之凶险的缘故，在上海"发展"受挫的志焰回来后，不愿意再混迹江湖，他想成家。恰巧这时依山村的地主家家道败落了，要卖小老婆。这个小老婆是地主的童养媳，才长大成人，志焰以前给地主家放牛时见过地主的小老婆，有几分姿色，就是个子有点矮小。

依山村地主卖小老婆的消息传出去不久，山坞村的一户人家有了买的主意，双方价钱也谈好了，说是第二天来接人。

当晚志焰和几个兄弟喝了点酒，突然又说到退出江湖成家的想法，但苦于不好讨老婆。大伙一合计，依山村地主的小老婆就是一个现成的，一伙人当即来到地主家，要强买，山坞村那家出多少钱他们就出多少钱，如果不卖给志焰就会在明天出嫁时来抢人，不光得不到钱，还会有血灾。

在那个混乱世道，报官不仅花钱不顶用，而且还有可能招致强人报复，没落的地主经过权衡之后，当夜派人将定金送还给了山坞村那一家，第二天便将小老婆卖给了志焰。依山村地主卖的小老婆便是德绍的母亲。

德绍的母亲姓俞名文珍，从小就被裹了小脚，是婺源思溪人，家里也是地主，而且是思溪的大地主。

思溪最初由俞氏先祖建于南宋庆元年间，因地处清溪旁，以鱼（俞）水相依之兆取名"思溪"。几百年来世代俞氏子弟亦儒亦官亦商，那些在外经商致富和读书做官的俞氏子弟，大多会在思溪故里兴建府第祠堂碑坊书院楼阁，这些建筑鳞次栉比，外表都是典型的徽派样式，内里构造上却一幢比一幢巧、一幢比一幢奇。

　　文珍家的祖上在上海经营茶叶生意。年轻有为的当家男人长期在外经商，受到了新思想新文化的熏陶感染之后，不满父母之命、媒妁之约的婚姻，在上海与一个有权势人家的女人产生了不该有的真正的爱情。

　　他们的真爱终究没能冲破世俗的束缚禁锢，也拧不过权势的强大力量，但他们认为得不到真爱的躯壳无法承载生命的延续，于是两人手牵手从桥上纵身而下，在清澈洁净、奔流不息的思溪河里结束了他们的生命，以最勇敢的方式向世人宣誓陈旧势力无法分开他们、生命与真爱不能分割。

　　虽然他们的爱情在天堂里得到了永生，但文珍家的家境从此走了下坡路，到文珍出生时，生活已经紧张到要卖女儿的地步了。文珍虽然出生于大地主人家，但却没有养尊处优的命。

　　浪子回头金不换。志焰从依山村地主家买来文珍后，彻底收了心，和文珍一起思量操持着居家过日子，生活走上了正轨，只是在香火方面仍然很不旺，生了很多胎，养活喂大的只有德绍一人，到解放前夕还一度被推选为甲长，家庭生活除去开支还略有节余。

　　这时依山村和志焰一个房头上下来的一个叫作癞梨的人想卖屋，他说要把屋卖了投奔亲戚。志焰想买下癞梨家的屋子，把一家人重新搬回依山村，希冀重回根源之地能得到祖宗护佑人丁兴旺，于是和癞梨商量买屋的事。

　　癞梨比志焰晚一辈，婺源民间称叔、伯为"叔爷""伯爷"。他对志焰说："焰爷，你要买当然要卖给你，可是上市旺爷出的价比你高，我卖给你而不卖给他，旺爷那里我不好交代。"

　　志焰说："他出多少，那我就出多少。你我是一个房头上下来的，那房子怎能卖给别人呢？"

"焰爷你说得有道理，我这就去把旺爷回了。"癞梨说完就奔上市去了。从上市回来后，癞梨一脸为难地对志焰说："焰爷，旺爷听说你要买，他加价了。"

志焰一心想着重回依山村、重振家运，于是脱口而出对癞梨说："你去跟他说，他出的这个价我也买。"

癞梨又去上市向旺爷回话，回来后对志焰说："焰爷，你还是别买吧，旺爷他又加价了。"

志焰年轻时操过社会，虽然退出了江湖，可是那股血性还在，拍着桌子对癞梨说："你对老旺说，这个房子我买定了，随他出价。"

就这样，癞梨一共跑了五趟，上市老旺退出了。

志焰为了买癞梨的宅子，拿出了家里所有余钱，挑了一仓谷子进城卖了钱，再向人家借了一些钱，把这些钱全给了癞梨还不够。志焰穷尽办法再也筹不出钱来了，只好和癞梨商量，一家人先搬过去，河边村自己的屋子暂借给癞梨住。

得了钱的癞梨却不去投奔亲戚了，一家人住在河边村志焰家的屋里，靠着志焰给他的买屋钱，不用做事，有吃有喝，根本没有走的意思。

日子久了，志焰从冲动中醒悟过来了，但他行走江湖多年，信奉敢做敢当、讲定无悔的信条，宁肯打掉牙和血吞，也不愿反悔去找癞梨，更使不出强横泼皮手段。看着那张白纸黑字、自己按了鲜红手印的契，志焰明知被癞梨讹诈了，却苦于拿不出尾款来，无法将癞梨赶出河边村自己的祖屋。

眼看着要被讹第二次了，文珍看在眼里、急在心里，她没有志焰心中那些所谓的"信义"顾忌，哭着向上下三村几名德高望重的长辈和依山村的几名长辈说明情况，托他们做中间人来主持公道。

癞梨一口咬定志焰没有付完钱，所以他不搬。主持公道的人告诉癞梨说，他那屋子已经多买了几倍的价钱了，这种违背乡约、破坏风气的做法乡邻们无法容忍，双方的契约根本不被乡邻们认可，但是考虑到当时双方你情我愿的缘故，多收的钱不退了、剩下的尾款也不能再要，那间屋子就用已付钱的价格买卖。

癞梨看事态无法扭转，只好答应屋子的买卖完成、两不相欠。但他马上转过身来，"扑通"一声跪下，一把鼻涕一把泪地向志焰哭诉说，亲戚不愿收留他，他一家现在无处可去，你作为一个房头上下来的长辈不能看着我带着一家老小到处流浪，请求再借住一段时间。

志焰是个服软不服硬的人，见癞梨说得十分可怜并念着都是一个房头下来的，同宗共祖的，不能把事情做绝，心头软了下来。

主持公道的人也觉得一下子把一家老小赶出去流浪，好像又把事情做得太陆了，且见志焰的态度并不是很决绝，于是就顺势推了一把，对志焰说，河边村这间屋子要大一些、牢实一些，相对来讲依山村那间屋子又小又旧，不如还是搬回来，把依山村那间老屋借给癞梨再住一段时间，并正告癞梨那间屋是志焰借给他家住的，要尽快找到出路搬走还给志焰。

志焰心想终于拿回了属于自己的两间屋子，感激得无话可说，点头答应。癞梨赶忙向志焰和主持公道的人下跪作揖，声泪俱下、感激涕零地道谢。

就这样志焰一家又从依山村搬到了河边村，癞梨也住回了原来的房子。癞梨一家住回去后，一直没找到出路，志焰每问一次，癞梨一家就哭求一次，这事就这样一直拖着。

拖着拖着就解放了，形势发生了翻天覆地的变化，癞梨一家因家境十分贫寒、没田没地没屋，成了旧社会受苦受难人民的代表。志焰在旧社会里操过社会，还短暂地当过甲长，所幸没有做过什么缺德事、没有欺负乡邻、没有得罪过多少人，因而没有被揪出来批斗。对此志焰已深感万幸，哪里还敢向癞梨要回房子，索性做个顺水人情，将那个宅子送给他了。那个屋子又神奇地回到了癞梨一家的手里。

志焰死后没几年，癞梨一家老的都过世了，只剩下癞梨的一个叫痴荣的儿子。痴荣40多岁了还打单身，好吃懒做，偷鸡摸狗，经常夜里去偷人家红薯玉米生吃。这时他又要卖屋子，说是在县城茶乡饭店找到了工作，准备在县城里去安家落户。痴荣来找德绍："绍爷，我想把屋卖了到县城里去生活，文达想买，我来和你商量一下。"

德绍对于他想卖屋的事早有耳闻，并且文达事先和德绍说过这事。

德绍对痴荣说:"那间屋是祖上留下来的,卖不得,再说了万一你在县城里站不住脚,怎么办?"

痴荣说:"绍爷,茶乡饭店的工作我都找好了,怎么会站不住脚呢?文达和我说他想买,也出了价钱,我和你商量是想说,如果你也要买的话就先卖给你。"

德绍说:"哼,文达要买那个房子,我还不知道吗?我是劝你不要卖,卖了你就没有根了。但是那间屋我老子说了送给你家的,现在就是你的了,你一定要卖我不插手,文达问我时我也是这个态度。"

最后痴荣还是把那间屋卖给了文达。后来一些年里时常能听到一些关于痴荣的消息,有人说见到他在县城茶乡饭店打扫厕所,有人说见到他在县城街上乞讨,有人说他因偷东西被抓起来了,等等。最后一次听到关于他的消息,是他死在了西门桥底的沿河路边。

德绍家现在有两间主屋一个余屋和一个东司。老屋是祖上从依山村迁过来时筑的,具体是哪一辈哪一年迁来的,德绍不知道,可能连志焰都不知道,祖辈没留下关于那间老屋的传说或是字据,不过至少得有 100 多年了。

新屋是在德绍手上筑的。新屋和老屋共一堵墙,都是徽派砖木结构,两间坐北朝南的主屋连着一间余屋,在余屋的前角是东司。

老屋年头久,但用料好。砖是整块整块的好砖,贴着地基的砖是那种古老的大方砖,再往上是比这种老砖稍小一点的青砖。柱子横梁楼板大部分是杉木的。

新屋的砖是从云坦村废墟和田间地头里捡来的碎砖;整个房子的木料也有相当大一部分是杂木,甚至有些还是容易腐烂的枫木。

老屋门楣上方没有字,也许刚刚建起来时是有的,后来经过多年雨水冲刷和风化看不到了。新屋外墙上的装饰图案很少,显眼处只有大门门楣上方写着"自力更生"四个黑色的大字,写字的地方没有用石灰重新刷白的迹象。

河边村各家门楣上方写大字的人家有很多,进兴家大门上方写的字最多,"红太阳光辉千秋照";四斤家大门上方写着"家红财富",后门上方写着"忠";六旺家不仅大门上方写了大字,连窗子上方和内墙上都写了，主要内容有"毛主席万寿无疆""忠""农业学大寨""工业学大庆""学习雷锋"等。

与邻村相比，河边村最小，只有30来户，东西排列总体呈长条形、各家屋子大都坐北朝南。村里户头不多姓氏却很多，有姬、方、韩、汪、江、叶、程、吴、余、周等。村里没有祠堂，只有一个生产队时期建的大仓库。

最令人不解的是，这30来户人家对母亲的称呼竟有5种。

第一种是"妈"，与大多数地方的叫法相同。

第二种将母亲称为"姐"，对应地将父亲称为"哥"。这种叫法的目的是为了迷惑妖魔鬼怪，大人们在田间地头、山上河里劳动不免会"惹"到妖魔鬼怪，这些妖魔鬼怪拿大人没办法，因而跟着他们回家谋害他们的孩子，而孩子将父母称为"哥哥""姐姐"，妖魔鬼怪一听这不是他们的孩子，于是不会对他们下手。

第三种是"奶"，婺源话的发音与"念"相似，这种叫法中"奶"不是指祖母，而是指乳房和奶水的意思。对于新生命来讲，"奶"是生命安全和延续的根本保证，是母亲给他的最初印象，这种叫法不难理解。

婺源话中对祖母的通常叫法为"嫫嫫"，对祖父称呼多为"朝朝"。嫫意为保姆，古代负责抚养、教育贵族子弟的妇女，婺源人管祖母叫"嫫"，估计是孩子出生后多为祖母带的缘故。将祖父称为"朝朝"在徽州是非常普遍的。

第四种对母亲的称呼的发音类似于普通话里的"好娅"，他们将父亲称为"好哥"，不知道这种叫法是不是第二种叫法的演变。

第五种对母亲的称呼的发音与普通话里"姨吆"的发音非常相近，有人认为这种叫法与小鸡刚孵出来时的叫声相去不远。

河边村南面2里路的地方，有一段3里多长东西走向的山梁与村子几乎平行，由于山梁的顶部较平，这段山梁被叫作平山林。平山林里的植被很平常，主要是杉树、松树和毛竹。

传说平山林里有一只神麂，只要它一叫就要死人。平山林里还有一个奇怪的现象，雨过天晴或是清晨时分，平山林里总有一两处的雾气特别浓厚，甚至只有一两处有浓雾而其他地方一点雾气都没有。可能是出于对平山林里神麂的敬畏，也可能是担心在里面遇到什么"不干净"的东西，人们宁可多走几里路，也从来不到平山林里去砍柴，久而久之，平山林成为禁林。

桃花溪在依山村背后山与平山林交界处拐了个弯，紧贴着平山林北侧山脚流过，过了平山林不远就汇入了龙水河。

从河边村到平山林脚下的桃花溪之间，从高到低分布着三块田原，三块田原在各自的断层上都非常平坦。第一块最大，有好几百亩；第二块最小，50亩左右，呈狭长条形，这两块统称为外坦。

第三块紧临桃花溪，被人们习惯性地称为平山林底，平山林底的地势要比第二块田原低1米多，雨稍微下得久一点，桃花溪里的水就会漫上来把平山林底给淹了。

平山林底，原来是古老的婺源县的校场，县城的马、步兵经常要到这里来操练，还在这里公开问斩过死刑犯。平山林底和外坦之间有一条宽3米左右的夯土路，建校场时修的。

外坦的第一块田原中间有一片由三棵古老的香樟树围起来的菜地。这三棵香樟树呈三角形排列，据文管所鉴定，这三棵香樟树的树龄都超过了300年。河边村正南面和西南面的两棵的主干均在离地六七米的地方一分为二后就直直地往上长，高大挺拔。河边村东南方向上靠近依山村的那一棵，主干在离地一两米的地方就分出很多树杈来，枝繁叶茂，冠幅有一亩多地。

在这三棵古老的香樟树之间的菜地，原本是云坦村的村基。云坦村曾经是附近规模最大最繁华的村庄，有钱庄、有当铺、有商号、有戏楼、有牌坊、有酒馆、有烟馆、有赌场，其鼎盛时期超出了那3棵樟树的范围。现在的河边村其实也是当时云坦村的一部分，至今仍有老人管河边村叫云坦。因此，河边村村中间的那口水井很可能是云坦村人挖的。

后来因为云坦村人得罪了神麂，所以神麂招来"长毛"（老辈婺源人管太平天国的军队叫"长毛"，太平军与清军曾在此作战多次）把云坦村掠劫一空。遭了劫的云坦村迅速衰败，原来密密麻麻的房子都

——倒塌了，整个村子成了一片废墟。

现在河边村的很多屋子都是从云坦村的废墟里捡砖来盖的。废墟上的砖头被挖得差不多后，人们开始在云坦村的村基上种菜、种毛竹。因为村基要比四周高很多，不方便灌溉，另外村基上毕竟还有一些砖头、瓦砾，所以即使是在"大开荒"之年也没把这些菜地变成水田。

河边村人在云坦村的废墟里挖砖、种菜时经常挖出铜钱、残碗、小药瓶和鼻烟壶等，有的被收集起来了，有的被用锄头敲得粉碎，那条曾经被兵丁、马匹和云坦人踩踏过的夯土路，在分田到户后被在路两边分到田的人家，慢慢地削成只剩下几十厘米宽了。

平山林底校场的操练声和云坦村的繁盛都如烟消云散般不见踪影了，宽阔的路也变窄了，但是平山林里的树还是那样郁郁葱葱，徽饶古道旁的桃花溪水依旧不停地奔流。

河边村东边有一个树林。这可能和古徽州或赣东北地区的风俗习惯有关，这一带的村庄大都会在村庄的某一个方向或是某几个方向留有风水林，风水林里的树主要包括香樟树、枫树、柏树，少数的也有银杏、杉树、红豆杉等。

由于披上了风水这层神秘的面纱，全村人都对风水林倍加爱护，所以风水林里的树木都长得又高又大，甚至连一些无意栽培的杂树也长得非常大。

风水林有大有小，大的是一个山头或是一片山；小的呢，干脆就是只有孤零零的一棵树，算不得林。

河边村的风水林，被村人叫作林子，在这一带来讲算是比较大的。里面的香樟树大都有两百年以上的树龄，要好几个人才能合抱得过来。从林子里树木的树龄就可以断定，这个林子原本应该是云坦村的风水林。

林子里除了香樟树外，还有枫树、榛子树、栎树、松树、柏树以及竹子、灌木丛、荆棘丛、蕨类和藤本植物。藤条有的盘在地面上，有的盘在竹子和灌木丛上，有的缠绕在大树上。

缠绕在大树上的藤条有三种。一种是葛藤，另外两种无论是藤茎、藤叶，还是果实都很相像，只是一种藤子结的果实有毒、一种藤子结的果实没有毒。有毒的这种果子，被当村人称为"牛卵子"，具体学名不清楚；没毒那种叫"凉粉子"。

林子面积大约有100亩，被一条通往依山村的路分为南北两部分，南边小，北边大。林里还有一大一小两个水塘。小的在南边，大约只有1分地的面积。大的在北边，约有1亩地的面积。

这个大水塘并不连着河，水位一年四季相仿，只有大涝或大旱之年稍有升降。曾经有一位相命先生说，河边村的气数其实不在林子里的树，而是要看这个大水塘，如果有一天这个大水塘里的水干了，那么河边村也就完了。

大水塘里的水长年不干，里面有很多鱼虾青蛙，村人忌于风水不敢捕捞，这些鱼虾青蛙都长成硕大无比，经常浮出水面来，在林荫下肆无忌惮地巡游嗷叫。林子里还有松鼠、猫头鹰、蛇等。

林子除了紧挨着河边村这一面外，其余方向都是农田。到了夏天，在田里辛勤劳作的人们时常到林子里来歇歇凉，顺便向村里人家要碗水喝，或是带上个水壶到村中央的水井里打壶水上来喝饱了，再满满地打一壶带到田里去。当然，林子还是河边村孩子的游乐场，白天他们会来这里打泥战、赶松鼠、掏鸟窝，在月光明亮的夜晚里还会来这里捉迷藏。

出了林子再往东，经过一片平坦的稻田就是徽饶古道和桃花溪了。桃花溪上有座石拱桥，拱弧顶的一块青石片上雕刻着"东山桥"三个繁体字，过了石拱桥就是依山村了。桃花溪两岸有一些古老的枫树、香樟树、柏树等，虽然略显稀疏但可以明显地看出来是有心栽种的，只是后来被人们砍掉了一些。

第二章

　　德绍比他的老婆兰香大6岁，他们1953年结的婚。兰香第一次见到德绍，是德绍参加土改工作队到岭下去做土改动员工作的时候。兰香说德绍当时穿一身黄军装，军装外扎一根腰带，瘦瘦的、瘪瘪的，在台上跳来跳去，一张小嘴讲个不停，根本想不到将来会嫁给这个人。

　　兰香身世很悲惨，她还没有出生父亲就死了，母亲带着兰香和兰香的两个哥哥改嫁到壶山村。到兰香7岁时母亲也死了。兰香说她的母亲是被虱子吃死的，母亲病倒不能下床后，主要靠她一个7岁的小孩照顾，到临死前，大个大个的虱子经常跑到她母亲的额头上来"透气"。

　　母亲死后，兰香的继父虽说谈不上凶狠恶毒，但也好不到哪里去，有一回兰香放牛，不小心让牛吃了几嘴人家的秧苗，人家在田间碰见了她的继父，向她的继父说了一嘴。

　　继父回家时，兰香正在房间里洗澡，他不管三七二十一，拿一根竹丫推开房门进去就是一顿抽，还好被兰香的两个哥哥及时拉住，要不然那天兰香可能就被打死了。

　　兰香18岁那年春季里的一天，她牵着一头牛到上市她外婆家去还，在那里遇到了文珍。可能是前世注定了的缘分，同样身世悲惨的文珍一眼就相中了她，想要让她来当自己的儿媳妇，抓着她的手问长问短，问生辰八字，问家里情况。

　　文珍回家后，又多方打探兰香的脾气秉性、勤劳懒惰等方面的底细，把兰香各方面情况都摸得一清二楚，再找相命先生合生辰八字，得到八字相合、绝好姻缘的答复后，文珍请兰香的一个前表嫂出面说媒。

给德绍和兰香做媒时，兰香的这个表嫂已经与兰香的表哥离婚了。兰香的表哥在国民党时期当过乡长，解放后兰香的表哥跑到德兴一个偏僻的地方隐姓埋名当了老师，表嫂没有跟着乡长一起跑路，而是迅速地与他脱离关系改嫁了，嫁给了志焰姐姐家的一个远房亲戚。

那样的家庭情况，再加上伶牙俐齿的媒婆的游说，这桩婚事很快就成了，18 岁的兰香嫁给了 24 岁的德绍。不知道是相命先生道行太浅，还是他有意欺瞒文珍。德绍把兰香娶进门不久，家里就遭了劫难。

他们结婚时，德绍已没再做土改工作了。志焰结婚晚，到德绍长大时他的年龄已经偏大了，干田里的事力不从心，文珍裹了小脚更加不能下田，如果德绍在外搞土改，家里的田就没有劳力耕种。

志焰和文珍都认为把分到家的田地种好、有收成，才能安身立命，于是劝德绍回家来种田，支撑整个家庭，而不是漂到外面去"不务正业"。

德绍不想回来，向领导反映了情况，领导答应协调上市安排人代耕代种。可是不知道为什么，上市这边安排代耕的人一直没有到位，看着分到手的田荒了，文珍心里着急忙慌得日甚一日，扭着小脚三番五次地跑到龙山土改工作队去找德绍。

德绍因工作能力出色，已经从在岭下时的一个普通工作人员被调到龙山当骨干了，可是禁不住文珍不停地催促哭闹扭扯，向领导提出辞职。

领导对他说："你要是信得过组织、信得过我，就继续在这里干，不要怕，那点田荒了没什么大不了的，更何况会有人代耕的。"

德绍说："我当然信得过喽，要信不过怎么会老早就跑来干这些嘛！说实话，我也不想回去。"

就这样，德绍又坚持在龙山干了一段时间，可是没想到文珍又扭着小脚跑到龙山来找德绍，一把鼻涕一把眼泪地哭诉着家里的难处，说他狠心丢下年迈的父亲和无力的母亲在外面晃荡，一点孝心都没有。

德绍是家里的独苗，面对母亲的哭诉毫无办法，只好跟着文珍回了家。

那年闹大旱，河边村、依山村、龙头湾村、塔底村的人几乎踏坏了村里所有的水车，也没换来多少收成，各家各户都交不齐公粮。

一天，催交公粮的队伍在依山村开展工作。带队的是支书祥年，祥年是依山村人，和德绍是共一个房头上下来的同辈，并且是他们那一辈里年龄最小的，因而被叫作"细小"。

被催交的那一家苦苦哀求说，实在拿不出粮食来了。恰巧志焰在现场，不知是被那苦苦哀求的场景打动了，还是觉得作为依山村的一个老长辈遇有这种情况必须站出来替弱者说两句、主持下公道才能体现身份。志焰从人群中站了出来对祥年说："细呢，看他那个样应该是确实交不出来，今天你们把他逼死也没用，更何况都是一家人，不如缓一缓让他再想想办法。"

志焰这话一出来，旁边围观的人群中也有人跟着附和起来。祥年看到这种情形，只好作罢。事后祥年看在是一个房头上下来的，并且又是老长辈，没找志焰的麻烦，然而这件事却像长了翅膀一样，飞到了乡里。

福无双至、祸不单行。文珍在思溪的一个侄子，是大地主大资本家的后代，且又交不齐公粮，被拎出来当典型，有一天他突然冒出一句来："我姑姑家有谷，她家可以交得出公粮。"

其实文珍的这个侄子之前根本没有到过文珍家，他以为他是在思溪说的，而他姑姑家在上市，两地山水相隔几十百把里，工作上不会有联络，他说出这一句话来，至少可以转移一下乡里和村里工作人员的注意力，并且自己可以凭此争取上佳的表现。

当时地方政府的工作机制和效率，完全超出了大地主大资本家后代的认知范围，第三天工作组就来到了德绍家，把家里所有的粮食全部收走，但还是不够数。最后，工作组以"拒交公粮，且煽动群众抗交公粮"的罪名把志焰、文珍和德绍都抓了起来，关在龙头湾村的一户人家里。志焰被这个罪名吓坏了，他更怕万一哪天有人把他在旧社会当过甲长的老底揭出来。

行走过江湖的志焰不怕死，却忌惮遭折磨，想自杀了结，半夜里在被关的屋子里找到了一把镰刀，在脖子上用力地抹了一刀后，就躺在地上等死。不如他意的是，那偏偏是一把钝刀，结果没有把自己杀死。

　　志焰被救活后，身上又增加了一条"威胁组织"的罪名。

　　一家四口被抓走了三口，留下刚嫁入家门不久的兰香。面对一间还没摸熟的黑漆漆的百年老屋，兰香禁不住问自己，这真的是自己的家吗？这算是个什么家？为什么自己的命会这样苦呢？如果这不是自己的家，那么自己的家在哪里呢？

　　壶山村那里是自己的家吗？不是的。自她母亲被虱子吃死后，那里就已经不是她的家了，现在就更不是了。两个哥哥都结婚了，继父留下来的那间老屋，现在她的大哥和二哥一人住半边，那是他们的家，而不是她的家。再往前呢，她还在肚子里的时候父亲就过世了，那间老屋现在是她的堂兄弟在住，那里更不是她的家。

　　她想之前的那两个所谓的家都回不去了，看来只有这里才是命运安排给她的家。既然这里是自己的家，那么面对家人被抓得光光的，她作为仅剩的一个要怎么办呢？是找人理论，还是奔走求救？

　　找人理论，她大字不识一个，政策不懂一条，连公家的门朝哪边开都不知道，更不知道去找谁。

　　奔走求救，去找谁帮忙？找自己的两个哥哥吗？他们和自己一样，双手只会拿锄头镰刀，不会拿笔；一张嘴只会吆牛呼猪，不会讲官话。找德绍家房头上的人吗？平日里见面按辈分打个招呼、喊爷喊伯都没问题，但这种涉及"拒交公粮，且煽动群众抗交公粮""威胁组织"的大罪，谁会去帮你出头呢？人家都唯恐避之不及呢。

　　怎么办呢？兰香绞尽脑汁、冥思苦想，想不出任何可行的门道，反而让自己更加心烦意乱、无所适从。

　　最后，她想千条万条，自己总要活下去，自己的母亲挺着大肚子改嫁，为了什么？还不是为了要让她活下来，免得生出来被饿死、养不活，所以她要活下去。只要她活着，这间躲过了"长毛"兵火劫掠的老屋就是她的家。

兰香抹干了眼泪，从地窖里掏出红薯来，把它们洗干净，丢进锅里，点燃锅灶蒸红薯。红薯蒸熟后，兰香把它们全部装进一个布袋里，提在手上，从猪圈里挑来一担粪箕、扛来一把锄头，直奔森头坞。

各个乡村吸取当年大旱的深刻教训，如竞赛般纷纷开展修水库的运动。河边村正轰轰烈烈地修森头坞水库，按人头分任务，一人多少方，志焰、文珍和德绍虽然被抓走了，但按人头分的挑土石方的任务一点都没少。

兰香想不就是比别人多做一些吗？那就比别人去得早、比别人回来得晚。离天亮尚早，但兰香不愿意等了。

黎明前的夜是最黑的，婺源腊月天里的凌晨是最冷的。兰香上身穿一件单衣、罩一件粗布衣，下身穿两条单纱裤，脚上穿一双乌布鞋，把粪箕担在左肩，把锄头拷在右肩，把那袋红薯挂在锄头把上，一头钻进阴冷湿重的黑幕里，踏着浓霜坚冰，"嚓嚓"地往森头坞赶。

到了森头坞，东方的天幕微微泛起一点鱼肚白，工地被一层厚厚的浓霜覆盖着，兰香身上的衣裳被一路的风霜湿气和进森头坞后叶尖上的露水沁得湿润润的，特别是她脚上的鞋，鞋面和鞋底都湿透了，一双脚冰凉麻木，她的头发梢上也结了一层薄薄的白霜。她顾不得去理会感受这些，来到自家的任务地段，把红薯放在地上，操起锄头朝着覆满冰霜的土地"咔嚓咔嚓"地挖开来。

不一会儿，她就感觉浑身都暖和起来了，并且出了一身汗，舒服多了，于是干得更加起劲。

当紫红的太阳露出山头时，她撂下锄头，开始一担一担地挑土。太阳照得冰霜的地面雾气腾腾的，兰香身上的衣裳、脚上的鞋子和头发梢上也不停地向上冒出丝丝白汽，兰香挑着沉重的担子"噔噔"地来回奔走，这种感觉比思前想后、以泪洗面畅快多了。

河边村人开始三五成群地来到森头坞，他们看到兰香已经在工地上挖挑开一大截了，很多人忍不住问道："哎呀，你这个新人呢，怎么来得这么早呀？""绍呢娶了你这个新人真要得！你这么玩命做什么呀？""你来得这么早，吃了饭没有哟？事要做，身体也要紧呀！"……

兰香不知道怎么回答他们，只好朝他们笑而不答，挑着担子的脚步不停地迈。

此后兰香每天都这样，天不亮就去，干到天黑断才回家。中途别人歇气，她就坐下来吃红薯，渴了捧几捧从森头坞石壁上沁出来的水"咕咕"地喝几口；别人回家吃午饭，她不回家，而是独自在工地上挖呀挑呀。终于在腊月二十四的下午，她一个人完成了一家人的任务。

腊月二十四是河边村、依山村、塔底村的小年，龙头湾村姓朱的人家过农历腊月二十八，姓顾的人家过农历腊月二十六。

兰香在完成了做水库的任务后，匆匆地回了趟娘家，从两个哥哥家借了几升早米、几升糯米，要了几碗早米粉、几碗糯米粉，要了两斤猪肉和两块豆腐回来，一个人在家里过小年。

虽然是一个人在家，但她还是按照婺源的习俗，做了糊豆腐和蒸菜饭，在家里请了祖宗后，才坐下来吃夜饭。

一个人、一张八仙桌子、一间百年老屋，兰香安静从容地吃完饭，把堂前灶台收拾得干干净净，再洗头洗澡上床睡觉。

她这么多天来起早贪黑地手挖肩扛，实在太累了，疲惫不堪的躯体很好地抵御住了纷乱思绪的侵扰，她躺上床不久就睡着了。

过了小年，家家户户都开始准备做清明果、蒸籽糕、包粽子（婺源过年不包饺子）。粽子是清一色的灰汁糯米粽，粽衣是从山上采来的一种竹叶；把粽叶撕成小溜片，一部分用来捆粽子，一部分头尾相接成细绳用来穿粽子，五个或十个穿成一串。包粽子和蒸籽糕用的糯米，兰香已经从她哥哥家借来了，家里还差做清明果用的野艾、蒟叶、豆腐和包粽子用的粽衣、粽叶。

她无法预料会不会是一个人在家里过年，不过她打算即使就她一个人在家过年，她也要和人家一样准备这些东西，她要让这间百年老屋有生机，不能让它看起来像破败了一样，并且她也不能让自己停下来。

兰香和村里其他人家的女人一样，从腊月二十五开始扫扬尘、洗被褥、剪野艾、剪蒟叶、做豆腐、发豆芽、采粽衣、撕粽叶，一下都不停歇地准备过大年必备的东西。

清明果的做法与包子的做法类似，不过它是用野艾做皮，这种皮不吸收果馅里的油，吃来有艾的清香，很有韧劲很有嚼头。

兰香先把锅里的水烧开，把前几天剪来的艾叶放进去煮，往灶里添了一把粗柴，又往之前调好的蒌叶豆腐馅里撒了一把辣椒粉拌匀后，回到锅沿边，用筷子从锅里夹起一根艾叶，用手指捻了一下，艾叶被她轻轻地一捻就捻糊了。

她知道不用再煮了，把锅里的艾叶全部捞起来，放在筲箕里沥水。接着将糯米洗净放在饭甑里蒸，待糯米饭蒸熟后就可以做籽糕了。

饭甑下锅后，她利索地舀来早米粉和糯米粉拌匀，她要急于揉面，因此嫌筲箕沥水太慢了，抓起起锅不久的艾叶，用双手来榨艾叶里的水，她的手像麻木的一样，居然不怕烫。

她把榨了水的艾叶丢进米粉里，使劲地揉，不一会儿就把艾叶和米粉揉融了，揉出一团嫩绿的面团来。

兰香从小没了父亲，母亲改嫁后没几年也去世了，家里就她一个女的，家务活做得惯，当然很会做清明。她拖来两张长凳，将一个圆匾放在长凳一头。抱来面团和馅放在长凳的另一头，提了个火桶来放在中间，坐在火桶上开始包清明果。

她抓一把米粉在双手间搓一下，再从面团上揪一小撮下来，用手搓几下，将面团搓成一个"大汤圆"，两手一压将"大汤圆"压成一个"饼"。她那曲折纷乱的掌纹被清晰地印在"饼"上，但她没有心思去看自己的掌纹，左手拿着"饼"，右手在"饼"沿捏几周，把"饼"做成"小碗"，用筷子夹一些馅进"小碗"内，将"碗口"捏拢后，用手指掐出一溜漂亮的花边来，一个嫩绿色的清明果就做成了。清明果的中间略鼓两头略尖，整体形状有点像三寸金莲。

兰香埋着头，全神贯注地包清明果，她要把自己的全部心思集中到这上面来，这样她才不会去想东想西，不一会儿她包的清明果就在匾里摆了好几圈。

锅里的糯米饭已经飘出香气来了，她抬起头看了一下那一圈圈的清明果，站起身来走到锅灶前，又往里面加了几根粗柴，继续回来包清明果。

她用筷子把盆里的馅刮得干干净净，全部包进最后一张果皮里，清明果包好后，起身来揭开锅盖把那甑糯米饭提出来，往锅里加两勺冷水，快速地捡了一笼清明果进去蒸。兰香盖上锅盖后，把饭甑里的糯米饭倒入一个大盆里，将生鸡蛋打碎入盆与糯米饭拌匀，用蒸屉装好压实，她计划等清明果蒸好再来蒸籽糕。

　　不一会儿，第一锅清明果就蒸熟了，兰香把它们从锅里捧出来，蒸熟后的清明果变成了翠绿色，艾叶的香气扑鼻而来，让人垂涎欲滴，如果用筷子夹一个出来，咬上一口，果皮清香绵糯，果馅鲜辣多汁，极为美味可口，但兰香没有心思吃，她做这些更在意的是做的过程本身，而不是在品尝美味上。

　　她把蒸好的清明果从蒸笼里一个个地夹出来，又重新摆回匾里，接着又捡一笼放进锅里蒸。所有的清明果蒸熟后，匾里还和原来一样摆满了一圈圈的清明果，只是由之前的嫩绿色变成了翠绿色又变成了墨绿色，兰香不在意这个变化，也没工夫停下来欣赏她的杰作，她要把籽糕放进锅里蒸。

　　两灶粗柴烧过后，籽糕就蒸熟了，蒸熟的籽糕黄澄澄的、香喷喷的，兰香小心翼翼地把籽糕从蒸屉里取出来，趁热切片。她一块都没吃，把它们间隔均匀地摊在匾里，和墨绿色的清明果一起，形成一幅绝美的图案。

　　过年期间，清明果和籽糕就这样摆放在匾里，可以放十来二十天都不会变质，正月里来客人了，只需捡一盘放进锅里蒸热就可以吃，简便省事，口感如初。兰香想，不管有几个人在家里过年，至少正月初头她的两个哥哥会来她家里做客。

　　出人意料的是，年三十晚上七点多钟，志焰、文珍和德绍居然都被放了回家。他们进家门时，兰香正在浓烟滚滚的松根火下埋头包粽子。

　　他们进家门时，兰香像是被惊到了似的，抬起头来盯了他们一眼，包粽子的手不由得停下来、颤抖了一下，但她马上就控制住了，继续埋头包粽子，没有表露得很兴奋，也没有放声大哭。

　　她只是微微顿一会儿，才缓缓地对德绍说了一句："回来了呀，快点去准备请祖宗，准备吃夜饭，人家早就请过祖宗吃过夜饭了。"

德绍进门后，看到眼前的场景，惊讶、愧疚、感激之情油然而生，这些情感在他心脑里交织冲撞，使得他立在那里不知如何是好，兰香的话把他拯救了出来，他非常顺从地应道："哦，好！"

文珍扭着小脚迈着小步来到长凳边坐下，和兰香一起包粽子，志焰看到文珍去帮忙包粽子了，自觉地到锅灶旁去烧锅，灶火映出他脖子上长长的刀疤。德绍按照兰香说的默默地去准备请祖宗的东西了。

在婺源，大年三十吃年夜饭前必须先请祖宗。端午节、中秋节、过小年以及家里有重大喜事时，都要先请祖宗再吃夜饭。请祖宗主要有四个步骤，上供献、烧纸包、敬酒、放鞭炮。

上供献是指在八仙桌中间摆上一甑蒸菜饭和几个大菜，通常情况下，大菜主要有满满当当的一碗肉丸、满满当当的一碗粉蒸肉、一整条不去鳞的清蒸的荷包红鲤鱼，在八仙桌外侧放一把筷子、一瓶白酒、两个小酒杯里面斟满白酒，也可以把筷子搭在饭甑沿上。

蒸菜饭的做法是在饭甑的下层铺上饭坯，把饭坯上沿抚平稍按紧，然后将早米粉、食盐、切细的青菜混合拌匀后平铺在饭坯上面，再将饭甑放进锅里蒸，当蒸汽急急地从锅盖下冒出来后再焖一会儿，米饭和蒸菜就都蒸熟了。还可以将用早米粉、食盐、酱油拌匀后的肉放在菜上一起蒸，米饭、粉蒸菜、粉蒸肉一锅蒸熟。

烧纸包是指在每扇门两侧各放一个纸包用来祭门神，包括猪圈鸡舍的门。在灶台前放三个纸包用来祭灶司老爷，家里供奉的牌位前放三个纸包用来祭祀已逝的先辈，在八仙桌前放上十来个纸包。先把八仙桌前的纸包点燃，用燃起来的火点一把香，等八仙桌前的纸包烧化后，擎香朝上座鞠躬作揖，通常是三下，在上座两边的照壁上一边插一根香，再到各门口、牌位、灶台等地方烧纸包、鞠躬作揖、插香。

纸包烧完回到堂前，擎杯酒朝上座鞠躬作揖三下，将满杯白酒洒在八仙桌前，再擎杯酒到大门口的门槛内侧，朝大门外鞠躬作揖三下，将满杯白酒洒在大门前的台阶上。

最后就是放鞭炮，先放几个双响炮再放一串小鞭炮。

总体来讲，请祖宗就是上供献上香将祖宗迎进家门，让他们享用美食，给他们发红包敬酒，放鞭炮将他们送走。

请完祖宗后，将饭甑捧回厨房，把蒸菜舀出来，再上其他菜，就开始吃年夜饭。年夜饭开头是晚辈向长辈敬酒祝没病没痛、健康长寿，长辈给晚辈发红包祝百事顺利、成人出息。

德绍折完纸包后，来到厨房，看到锅里的蒸菜已经蒸好了，对志焰说："爸，你锅里的火放缓点，蒸菜饭好了，估计粽子还没包完，我先把饭甑捧出去请祖宗了。"志焰坐在烧锅凳上，没有答话，只是干咳了声。

德绍把请祖宗的那一套流程走完后，文珍和兰香已经将粽子包好下锅了。粽子最耐煮，锅里要始终保持旺火，志焰看到粽子下锅了，往灶里添了满满一灶粗柴后，来到堂前和大家一起吃年夜饭。当晚的年夜饭有五样菜：一碟清明果、一碟籽糕、一大盆粉蒸菜、一小碗粉蒸肉和一小碗肉果。兰香把从她哥哥家要来的两斤肉分成肥瘦两半，肥的粉蒸起来，瘦的剁细做成了肉果。

德绍和兰香一起敬了两位老人一杯酒后，大家就匆匆地把年夜饭吃完了。

吃完年夜饭后，兰香去收拾碗筷，文珍去接灶司老爷。文珍将一小碗豆腐、一小碗豆芽置于灶台上，豆腐寓意多福，豆芽寓意人丁兴旺，她点燃三根香朝着灶口鞠躬作揖三下，她一边缓慢地鞠躬作揖，一边口中喃喃个不停，求灶司老爷保佑。文珍作完揖后将三根香插在烟囱上（砌灶时设有一个插香的地方），再将三个纸包送进正煮粽子的旺火里，最后再让德绍到大门口放一小串鞭炮，迎接灶司老爷的仪式就完成了。

接完灶司老爷后，志焰简单地洗漱了一下就进房睡觉了，他没有按惯例洗头洗澡换上一身新衣裳来"坐隔岁"。家里没有新衣裳，估计他也没有那个心情。文珍看到他稀里糊涂地糊弄一下就进房睡觉了，忍不住骂道："不知四季的老东西，硬要把污秽带到明年吗？"志焰听到后，又从床上起来到方锅（婺源一带的柴火灶会在锅和烟道之间，安设一口方形的小锅，主要用来烧开水）里舀了一大盆水进房去洗头洗澡。

志焰洗好后，德绍、文珍、兰香三人轮流洗，反正锅里在煮粽子，灶里的火一直烧得很旺，锅里的水一会儿就能烧开，足够一家人轮流洗头洗澡用。到兰香洗好后已接近夜里十二点钟了，这时满屋都是由粽衣、糯米、灰汁、粽叶煮在一起而散发出来的浓浓的粽香。

闻到粽香后，德绍又往灶里添一灶粗柴，对兰香说："估计等这灶粗柴烧过后，粽子就可以起锅了。"兰香说："那你就去准备开门的东西，这里让我来。"

河边村、依山村、龙头湾村和塔底村早已有人家陆陆续续地开门了，"咚哒咚哒"的冲天炮声和"噼里啪啦"的大长串小鞭炮声，此起彼伏地响个不停。

这是新年里第一次打开大门，一般是家里主事的男人来开，也有让家里最寄希望的人来开的，但大体上都是男人来开。开门先要在八仙桌上摆一个果盘，里面装满各式糖果，再倒两杯热茶，然后就是焚香烧纸包放鞭炮，此时放的鞭炮是最多的，比年夜饭前请祖宗要放得多很多，象征着开门大吉。德绍知道家里不可能有糖果，所以干脆没有摆果盘，而是胡乱地折了三个纸包，倒了两杯热水，点了三根香，先朝八仙桌的上座拜了三拜，再到大门口朝着平山林的方向拜了三拜，就把纸钱包烧了，然后放了一串小鞭炮。

厨房这边那灶粗柴已经烧得差不多了，兰香开始忙着起粽子。文珍将灶里的炭火和少量没有完全烧过的柴全部铲入灶旁的炉子里，用炉灰盖住。让熄了明火的柴火在炉灰里慢慢地燃烧，这样燃烧会产生很多浓烟，但利于炭火保存。大年初一早上，将炉灰拨开，一炉红通通的炭火呈现出来了，预示着新的一年必定是一个红火兴旺的好年头。

兰香把粽子全部起锅后，把锅洗干净倒入半簸箕花生，掩上锅盖，利用灶里的少量火星和锅的余热将花生慢慢地烘熟。这是一个非常考验家庭主妇的活儿，灶里的火星要留得不多不少，锅盖不能盖得太密。要留一条不大不小的缝。分寸把握得好，大年初一早上，烘熟了的花生的香气扑面而来，剥开来轻轻一捻，花生肉上的那层外衣就脱了，吃起来又香又脆。否则，花生要么被烤成焦炭，要么就没有烘熟，既吃不到香脆可口的花生，又给人一种不顺的兆头。

花生下锅后，文珍和德绍夫妇才进房睡觉，他们在忙忙碌碌中也"坐隔岁"了。

初一早上，文珍早早起来，扭着小脚直奔厨房，她先闻到了喷香的熟花生的气味，心情一下轻松了很多。她拨开灶口旁炉子上层的炉灰，看到一炉红通通的炭火，她在心里确认了去年的晦气消了，新的一年将是个火红的年头。于是她把小脚步迈得飞快，一边喊志焰起床，一边生火做饭。

听到文珍喊志焰的声音，德绍夫妇也都起了床，兰香帮着文珍做厨房里的活，德绍去挂粽子。一锅粽子除了留几个初一早上吃外，其余的都被德绍一串串地挂在堂前的柱子和横梁上。粽子挂起来，可以保存很久都不会变质，家里来客人或是哪天想吃了，就取一串下来，丢在饭甑汤里煮，饭蒸熟了粽子也就煮好了。

一般情况下，年三十晚上包的粽子要吃到农历二月初二。二月初二时，把粽子解下来，切片用韭菜、大蒜叶和青菜炒起来吃，又香又糯，过了二月二便很少有人家还有粽子吃了，到端午节时更是没有粽子吃了。

端午节不吃粽子，这是婺源民俗里的一个特别之处，可能在全国范围内独此一例。端午节婺源民俗吃食是咸鸭蛋和面条，端午节前二十来天，陆陆续续就有人家开始腌制咸鸭蛋了，把鸭蛋买来洗干净放入陶罐里，把水烧开冷却后加食盐，再把盐水倒入陶罐里，盐水要完全淹没鸭蛋，稍做密封放在阴凉处。到端午节时，打开陶罐，捞几个出来清洗一下，用一个碗装起来搁在饭甑沿上蒸熟下面条吃。

过了端午节，当家里请匠人或是来客人时，从陶罐里捞两三个咸鸭蛋出来，放在米坯上蒸熟后切开，当作一道盛情款待的大菜，有些人家到了中秋节时陶罐里还有咸鸭蛋，不过这时的鸭蛋已经非常咸了。

有些新媳妇，可能出嫁前在家里没有从母亲那里学好这门手艺，腌蛋时出现盐分把握不好、存放的地方不妥当等问题，把鸭蛋腌臭了，导致小两口在端午吃不到咸鸭蛋。

文珍的预感没错，那年一家人都没有生什么病痛，日子过得比较顺当，兰香在11月生了头胎，是一个女儿，取名叫华娣，新生命的出生给这个家庭带来了非常喜庆和朝气蓬勃的氛围。

12月初头，阔嘴旺的老婆莲枝也生了头胎，是个大胖小子，取名叫家宝，莲枝的奶水不够，经常把儿子抱到兰香这里来吃奶。莲枝每次把孩子抱过来吃奶时，文珍都要凑过去，在孩子的脸上轻轻地掐一下，和小孩"呜啊嗯啊"地说一通，等小孩吃完奶后，又要抢过来抱一阵，逗一会儿再还给莲枝。

阔嘴旺家也是人丁不旺，所以他养父把他抱养过来接续香火，并给他取名为旺丁，莲枝的肚子很争气，头胎就给阔嘴旺生了个儿子，一家人把莲枝当恩人一样捧得高高在上，把家宝当宝贝一样捧在手心、含在嘴里。自生了家宝过后，莲枝每天早上和阔嘴旺争东司时，骂阔嘴旺的嗓门比以前更加大了。兰香生了孩子没多少天就和德绍一起到田里地里去干活了，而莲枝却一直在家养到过了正月，才开始到龙水河里去洗衣裳。

对于这种待遇上的差距，兰香无处说理，只好调整自己不去和人家相比，既不在村人面前说委屈，也不在德绍和公公婆婆面前表露，莲枝每次抱孩子过来吃奶，兰香总是很乐意地把孩子接到，有时奶发涨了，还会在后门口喊："莲枝呢，把家宝抱过来哟。"

十月半，德绍打了很多糍粑。到十月半时，一年的农活基本结束，新鲜的糯米也获得收成了，为了庆祝一年的收成，以及弥补身体在前期紧张繁重的劳动中的损耗，家家户户都要打糍粑来吃。另外，华娣马上就要满周岁了。按习俗，孩子满周岁要向本家和娘家的亲戚分送点了红的糍粑。在大圆匾里撒下一层薄薄的米粉，把糍粑打好后，捏成鸭蛋般大小晾在匾里，再用筷子头蘸红墨在每个糍粑的中间点一下，晾几天等糍粑干硬后，就可以拿去送亲戚了，一家十几二十个。

十月底，德绍开始给亲戚家送糍粑，给兰香的两个哥哥家送糍粑时，是德绍和兰香一起去的，顺便把前年借的几升早米和糯米也还了。给兰香家这一头的亲戚送完后，由德绍一个人给依山村共一个房头上下来的亲戚和文珍娘家的亲戚送。文珍有个表姐住县城东门，送完她家，分送糍粑的工作就完成了，德绍在家里吃过早饭后，从依山村前的徽饶古道进城去给这位表姨家送糍粑，表姨留他在家里吃了午饭才让他回家。

德绍在回来的路上看到东门桥头围了很多人，他以为是做猴戏的，便挤进去看热闹，好不容易挤进去后，发现是南昌机械安装公司来婺源招工人。

德绍从土改工作队回家以后，感觉做田地里的活气力有余地，特别是和兰香结婚以后，家里又多了一个人手，两个人一起挖田刨地就更轻松了。虽然前年年底因为志焰的"多嘴"和文珍侄子的"胡言"，家里被抄得干干净净，但经过这一年多的挖呀刨呀，家里好像又缓过劲了。他想窝在家里就算把田地整出花来，也没什么大不了的，毕竟只有那点田地；虽然兰香为他生了华娣，华娣很可爱，只可惜是个女的，他很羡慕阔嘴旺，莲枝头胎就为他生了个儿子，他必须要生出儿子来而且要多生儿子，彻底改变人丁不旺的局面，他还梦想着要让这个家庭重新恢复到从依山村搬来河边村时的红火。

看到这个招工广告后，德绍觉得这可能是他振兴家业的一条好路子，他的心脏开始不安分地跳动起来，脑袋里飞快地寻思憧憬着。他飞快地了解工资待遇后就挤出了人群，匆匆地赶回了家，心不在焉地吃完晚饭就进了房。

兰香忙完锅沿头的事后，看到华娣已经在长凳上睡着了，赶紧把华娣抱进房来，帮她脱衣裳放进被窝里，看到德绍睁着眼没有睡便说："像个老爷一样，孩子睡着了也不管一下。"德绍说："忙完了吗？我想和你商量个事。"兰香说："什么事？你起来给华娣把下尿，我去洗脸洗脚了。"兰香说完就准备转身出房。德绍赶忙止住兰香，把去南昌的想法快速地说了出来，兰香一听愣了老半天才说："到南昌，路那么远，按我说现在孩子这么小，最好不去。"德绍说："我们两个都守在家里，只有那么点田地，再挖再刨有什么用呢？""人家不都是这样子过吗？我不赞成你去，不过你真要去的话就和你爸妈商量好。"兰香虽不赞成，但也觉得他说的有一定道理，并且估计文珍不会同意他去。德绍说："他们两个，我明天和他们讲一声就行，我怕就怕家里的事你顶不下来。"兰香说："事倒不怕，哪里有干不下来的呢，大不了就是比人家忙一点、累一点。"德绍说："那就行，我明天就去报名了。"

德绍没等华娣满周岁就去了南昌机械安装公司，一直到大年二十八晚上才回家过年。德绍从南昌给华娣买了一双鞋子，他说今年才去一个多月，明年才会有钱给全家人都买过年礼物，之后便很得意地讲他第一次坐火车的经历："'嘟嘟'叫两声，火车就起动了，起动后就'哐喧哐喧'地飞速向前跑，跑得又快又稳，快到你看到车窗外的电线杆数一、二、三，数一个数，车子就过一根电线杆，稳得你在车上喝开水都不怕溅出来，也不怕被呛到，比坐汽车不知道要快多少倍、舒服多少倍。"

1 岁出头的华娣已经开始学走路了，得了一双鞋后喜出望外，她把鞋子拿在手上把玩个不停，还时不时地放进嘴里咬几口，对一个多月不见面的德绍一点也不显生分，"爸爸、爸爸"奶声奶气地叫个不停。德绍发现一个多月没见面的华娣居然会摇摇晃晃地迈步子了，也喜出望外，再听到华娣不停地叫自己，心里自然更加高兴，嘴上"哎哎"地应着，走过去一把把华娣抱起来，举过头顶，转圈圈。华娣开始有点害怕，但是转了个圈后，马上就乐得"咯咯"地大笑起来，德绍把她放下地后，她嫌没玩够，"爸爸""爸爸"地缠着德绍，还要再玩。

年三十晚上的年夜饭，桌子上除了有粉蒸菜、粉蒸肉、肉果外，还有一条荷包红鲤鱼。年夜饭过后，一家人都洗了头洗了澡，换了一套新衣裳，粽子煮熟了，开门时也和人家一样"咚哒咚哒"地放冲天炮、"噼里啪啦"地放大长串的小鞭炮。

正月初四，德绍留了个发电报的地址给兰香后，就和同事们一起去南昌了。

自德绍去南昌后，兰香就开始忙起来了。她的想法是反正只要她能干的，她就比别人家早点着手，这样才可以避免比人家落后。对于那些女人干不下架的事，比如，犁田耙田等，兰香就回娘家去和两个哥哥商量，和他们两家的工期错开来安排，让他们来帮忙。这样下来，虽然德绍不在家，但田里地里该种的都种上了，家里该养的鸡呀鸭呀猪呀一样也不少。

可还是出了问题，问题出在华娣身上。

六月，一向身体很好的华娣突然病了。一开始只是有点低烧和拉肚子，人的精神状态依然很好，看到兰香从外面忙回来进家门，会跑过来抱着兰香的腿说："妈，你回来了！""妈，你去做什么啦？"见到华娣这样，兰香和志焰、文珍对她发低烧、拉肚子都没在意，以为是吃多了积食或冲了热什么的，心想没有大碍，只需给她少喂点，过两天就好了。

第四天华娣还没睡醒，兰香吃了早饭带了午饭到新坑坳的田里去了。新坑坳在依山村以东二里多路的地方，兰香为了节省吃午饭往返路上花费的气力和时间，出门时把午饭也带了过去，那里的田，两边夹山，中间是进县城的徽饶古道，因日照不充分，只能种一季稻，很多人家在这里种糯谷。

下午天麻麻黑了，兰香才从新坑坳回到家。还没等她进家门，文珍就对她说："女呢一天都不怎么吃，还有点上呕下泻，要不你把她弄到上市去看一下，拿点药，或是请何医师来给她打一针。"兰香用自己的额头在华娣的额头上贴了一下，感觉飞烫，二话不说抱起华娣甩上背，"噔噔"地去上市找何医师。

何医师一边问情况，一边给华娣量体温。体温量好后，何医师一看，烧到了40多摄氏度，对兰香说，可能是伤寒，要赶紧送县医院。

兰香背着华娣急匆匆地往家里赶，把何医师说的情况三句并作两句地和志焰、文珍两位老人讲。文珍将信将疑地说："不对榫喽（婺源方言，本意为榫卯结构建筑中，榫与卯没有对准或尺寸合不上，方言中通常喻指错误的，不靠谱的），哪家小孩没有个发烧泻肚的，这么个小病就要送县医院，听都没听到过哟。""妈，何医师说华娣都烧到40多摄氏度了，不能耽搁了。人家何医师怎么可能无缘无故地要骗人呢？"兰香怒火攻心，但又不好对文珍发火。

志焰伸手过来在华娣的额头上摸了一下说："嗯，女呢的脑门真的飞烫，你快点吃两口，我和你一起去。"

兰香把华娣递给志焰，到家背拿了碗先"咕咚"一声从水缸里舀起一碗水来"咕咕"地喝了下去，再去盛了大半碗饭夹了两筷子菜，张大嘴巴用筷子使劲地往嘴里扒。兰香从新坑坳里回来后，又急急地背着华娣到上市奔了一个来回，从一大早出门到现在没有歇一口气，这时身体又累又渴又饿，但一碗冷水下肚后又不怎么想吃了，心里更加着急慌张，扒了几口饭菜后，把碗筷往锅沿头一撂，背起华娣对志焰说："爸，我们快点走吧，你拿个松根火，新坑坳那一截早就看不见路了。"

从河边村到依山村前上徽饶古道进县城有20多里路，兰香背累了就抱，抱累了就背，一刻都不愿意停歇，志焰几次说由他来抱一段，兰香都说："爸，不用的，你只管在前面照火就行，你抱着就更加走不动了！"

志焰提着松根火在前面走，兰香背着华娣在后面跟。一路上兰香嘴里时不时叫着华娣："女呢，没事哈。我家女呢，没事哈。""女呢，别怕哈，妈马上就送你到医院去看哈，医师看了一下子就好了哈。"华娣开始还应几声，到后来就不怎么开腔了。

等兰香和志焰把华娣背到县医院时，已经是晚上十点多钟了，两人走得一身大汗、气喘吁吁，背上的华娣已经不省人事了。急诊的值班医师听完兰香的介绍，对华娣进行了简单的检查后，让马上送急救室抢救。

最终华娣因为肠穿孔没有抢救过来。兰香缩在医院急救室门口的地上哭爹喊娘、死去活来，疯了似的抱着华娣不放手。志焰劝不住，只好跑到城东文珍的表姐家，把文珍的表姐请来帮忙照看着兰香，不要让她寻短见，自己则直奔兰香的娘家，去请她的两个哥哥来。

兰香的两个哥哥到吃午饭时分才赶到医院，看到兰香已经哭虚脱了，抱着华娣，两眼无神、蓬头垢脸地瘫坐在那里，和坐在路边逃荒要饭的一样。无论两个哥哥怎么劝，她只说一句："是我的苦命害了我家女呢！"两个哥哥经过一番苦劝后，才半骗半抢地从兰香的怀里把华娣抱出来递给志焰。志焰抱走华娣后，两个哥哥把兰香架回了壶山村，文珍的表姐去邮局给德绍发电报："娣病亡，速归！"

电报送到南昌机械安装公司时，德绍不在公司，他被公司安排送粮票到九江的分公司去了。

德绍到南昌机械安装公司后，被安排在锅炉安装部，学安装锅炉，因为在祠堂里读过两年书，认得几个字，再加上在土改工作队的学习锻炼，能看得懂公司的规章制度、横幅标语，也能听得懂锅炉安装师傅讲的普通话，对于说明书中的内容也能半蒙半猜个大致出来，他还肯吃苦爱钻研，技术进步很快。

德绍参加过土改工作队，养成了学习政策文件的习惯，在这方面比一般工人敏感，并且在做思想工作和协调处理问题方面也比一般工人有基础，到了公司后他还积极参加夜校学习和公司组织的各种学习。所以在锅炉安装部他并不是一个纯粹的只会出力死干事的人，他对国家政策和公司发展等方面有起码的了解感知，有时还能说得上一两句大道理来，因此公司有时也让他干一些除了安装锅炉外的事情。送粮票去九江本该由财务室的人去送，但因为财务室有两个人出差培训了，人手不够，公司临时安排德绍去送。

能否把这些粮票安全送到，既事关分公司一百多人的吃饭问题，也关系到德绍个人的前途命运问题。

面对这样一个重要的任务，他心里很紧张，头晚几乎没有睡着。他想把装粮票的口袋紧紧地抱在怀里，肯定会被看出来是一包贵重的东西，必定遭人惦记；把装粮票的口袋背在身上，又怕被贼偷走了自己都不知道。想来想去，到后半夜了，他才想到了个办法，把装粮票的口袋装在一个编织袋里，放在自己座位对侧前方一排的货架上，这样粮票离自己不近不远，并且始终在自己的视线内，还不容易引起歹人的注意。

德绍把粮票安全地送到九江，再从九江回公司时，才看到那封电报，于是急忙向公司请假，假批了后顺道买了两斤红糖，从南昌坐火车到九江，再从九江坐车到景德镇，从景德镇回婺源。

一路上，德绍的脑袋里恍恍惚惚的，坐在火车上看着窗外的电线杆一根根地倒退开去，他模糊的视线里似乎看到华娣伸着小手在向他挥别；客车颠簸摇晃个不停，让人头昏脑涨，心里五味杂陈，一闭上眼睛就看见华娣咬着那双鞋子的样子和自己抱着她转圈圈的场景，耳朵里似乎听到华娣叫他"爸爸"的声音。德绍不知道是什么病夺走了天真可爱的华娣的性命，无法想象自己的女儿会这样突然地说没就没了，更无法想象自己要怎样面对兰香。他知道华娣的夭折对兰香来讲，更是无法承受之痛。

德绍到家后简单地听了一下志焰和文珍的描述，一句话都没说就赶去壶山村接兰香。

兰香在她大哥家养了几天，情绪稍有缓和，不再哭哭啼啼地闹个不停，但仍泪流不止、茶饭不思。看到德绍进门，她又疯狂地哭了起来，扭住德绍一边捶一边沙哑地哭："娘呀，就是这个狠心的人害死了我的女儿、害了我家华娣！""你现在再来有什么用啊？""你还我家华娣！"……

德绍眼睛里含着泪水任凭兰香捶打，兰香扭打了一会儿没气力了，缩在地上一边捶自己一边哭："老天爷呀，我做错了什么？你要这样对待我，对待我家华娣啊！""你怎么不说话呀？你说我进了你家那扇门后有什么对不住你的，你要狠心地抛下我们娘俩，天远地远的，你说啊！""你们一家三口都被抓走了，做水库，我一个人做三个人的事，你们年三十晚上回家，家是亮的、锅是热的，我没有让那个家关门闭户，你还要怎样？""华娣呀，是妈对不起你啊，你选错了妈呀，妈这个苦命的人害了你呀！"……

德绍想把兰香抱起来，可是兰香使劲地往地下缩，德绍不敢太用力，反而差点被兰香拖倒在地上，只好蹲下来哭着说："兰呢，你没有错，错在我，错在我，是我害死了华娣，你快点起来，不要把身体弄坏了，你再弄出个病来怎么得了。"兰香不理他，仍然缩在地上哭着喊着："老天爷呀，你干脆把我也一起收了去算了，让我和我的华娣一起多好哇！""华娣呀，是妈不好，妈的苦命把你害了！""华娣呀，你下辈子投胎一定要看清楚些，不要再投像我这种命苦之人。""华娣呀，妈跟你说，你下辈子要变就变个小，不要再变女啦，变女让人看不起。"……

德绍蹲在地上无言以对，手足无措地陪着兰香掉眼泪，兰香的哥哥嫂嫂看德绍根本劝不住，赶紧过来帮忙，大家把她扶到椅子上又劝了一番，才劝住。德绍陪着兰香在她大哥家吃过晚饭，又赔了一阵不是，兰香的哥哥嫂嫂也帮着说了一番宽慰的话，兰香才愿意跟德绍回家。

因为担心兰香的情绪出现反复，兰香的二哥一直把他们送到家，并且当晚就在德绍家住。晚上他问了一些德绍在南昌机械安装公司的情况，德绍向他做了详细的介绍，还对他说："我在南昌听说很多地方都成立生产队了，到时候全村人都在一起做事，大家按工分算，不需要像现在这样每家都要有男人来做耕田耙地、肩挑背扛的事了。"

兰香的二哥听了德绍的介绍之后，对去南昌当工人产生了兴趣。于是问道："南昌那边还招人不？"德绍说："招，我所在锅炉安装部还缺人呢。"兰香的二哥说："那到时我跟你一起去，你帮我介绍进去。"德绍迟疑一会儿说："介绍你进去问题不大，反正公司里缺人，怕就怕在兰香这一关不好过。"兰香的二哥说："是不好过，我明天再和她讲讲，你在家也不能保证孩子就不生病。"德绍在家里待了半个月后，带兰香的二哥一起去了南昌。

兰香虽然基本走出了阴影，情绪也稳定了，但仍不愿意让德绍再去南昌，无奈自己的二哥一直在敲边鼓、帮腔说话，所以松了口。

莲枝的儿子家宝，自小到兰香这里蹭奶吃，文珍也很喜欢他，经常拿咸猪油锅巴给他吃，还有华娣这个同伴一起玩，所以在家里总是待不住，经常跑到兰香家来玩，莲枝也时常跟着家宝一起到兰香家来坐一坐、聊一聊。自华娣夭折了之后，莲枝再也不到德绍家来了，也不让家宝来。一开始文珍看到家宝在他家门口玩，总忍不住要喊一声："家宝呢，来哟，我这里有好吃的哟。"没等家宝答应，莲枝马上就说："文珍婆呢，你不要再拿东西给他吃了，把他惯出好吃的毛病来，将来没出息得很。"两三次后莲枝干脆骂道："好吃鬼，你头岁没吃过吗？"一把把家宝抱了回家。几次过去，文珍便再也不敢喊家宝来玩了。

德绍和兰香的二哥去南昌四个多月后，河边村生产队就成立了，阔嘴旺被推选为第一任生产队长，每天家里人来人往热闹非凡，莲枝和阔嘴旺一样整天忙得不亦乐乎，有些事情阔嘴旺"吱吱唉唉"地说不清楚，要莲枝在旁边帮着说，更加没空到兰香家里来玩，自然更不会让家宝到兰香家里来玩。

第三章

　　德绍很快就把兰香的二哥介绍进了南昌机械安装公司的锅炉安装部，两个人工作上互相照应。工作之外，德绍带着兰香的二哥一起参加学习，还教兰香的二哥听普通话、说普通话。日子长了，他们两人也会利用工作之余的休息日或节假日去走一走八一大桥、逛一逛八一广场。德绍已经对南昌的方位比较了解了，能听得懂一些南昌本地话，和人交流时还能试着说两句南昌话。

　　锅炉安装技术上，兰香的二哥不像德绍当初来时学习得那么快，好在有德绍带着进入情况要容易得多，对公司的工作生活节奏也慢慢地习惯了。每年上半年的端午前后和下半年的中秋前后，德绍和兰香的二哥会抽一个人出来请假回趟家，到两边家里走走，说说情况，再把几个月来的几十块钱工资拿回家。遇有婺源老乡请假回家，德绍和兰香的二哥就请他们帮忙带斤把红糖、几尺布或是一套卫生衣什么的回家。

　　有一年中秋节和国庆节挨得很近，只间隔4天，德绍从公司请假回来，在家里过了中秋节后，把兰香和兰香的二嫂接到了南昌。到了南昌后，德绍和兰香的二哥带她们坐黄包车、走八一大桥、逛八一广场，直到看了国庆节期间的各种庆祝活动后，才把她们送上由南昌到九江的火车。

　　生产队成立后，河边村的生活更加有规律了，每天早晨先是听到莲枝对阔嘴旺的叫骂声，接下来听到的是阔嘴旺扯着嗓喊："唉唉……

起起……起来啦！唉……犁犁田的唉……犁田啦，唉……拾拾秧的唉……拾秧啦，唉……莳禾的唉……莳禾啦……"阔嘴旺拉完屎从主屋大门进、后门出，来到水井旁向全生产队的社员发布开工的号令。莲枝在外面憋了很久才有机会进东司，急急忙忙地冲进去，很快就解决了，等阔嘴旺在水井边"唉唉"地喊两遍，莲枝已经从东司里出来了，在东司门口骂道："吃下死的东西，就这么一句话，唉唉，唉半天也唉不清楚。开工啦！犁田的犁田，拾秧的拾秧，莳禾的莳禾啦。"生产队的社员们听到莲枝清脆爽亮的喊声，就像军人听到军号一样，雷厉风行地行动起来。

河边村生产队在队长阔嘴旺和他的老婆莲枝的双重领导下，轰轰烈烈地运转着，办大食堂、撤大食堂、丈量自留地、斗牛鬼蛇神、和依山村生产队合并、河边村分两个生产队、建生产队大仓库、在龙水河边开挖渠道安装水轮泵、开荒新田、开荒茶园。

阔嘴旺家门口的葱盆、蒜盆、竹杈和笕竿就是在这个时期建设起来的。

头年年底通水沟时，阔嘴旺借机把水沟往德绍家墙基方向移了一点，志焰、文珍和兰香都没怎么在意，以为是大家通水沟时无意为之。第二年年底通水沟时，志焰参加集体劳动，听到阔嘴旺站在他家门前说："唉唉，这一段水沟不知道为什么，唉唉，老是不走水，唉，导致整条沟的水都流不动，唉唉，造成积污积水，全村都臭烘烘的，要再往那边改点，唉唉。"

"旺呢，不能再往那边改了，再往那边改就更歪更不走水了，这里原来是笔直一条线的，去年他们通沟的人没注意到给弄歪了，所以导致水走缓了。"志焰从人群中站出来提醒道。

"唉，焰爷呢，唉唉，你也是没什么争的，唉唉，这是村里的公地，唉唉，有什么好争的呢，唉唉，你要从全村的角度来考虑，唉，不能老想着自私自利，唉唉。"阔嘴旺对志焰批评道。

"旺呢，讲话要讲道理，不能冤枉人，我没有自私自利，这条沟按照你说的那样再改的话，就更歪更不走水了，这是明摆着嘛！"志焰对阔嘴旺给他扣自私自利的帽子很不服气。

"水沟歪不歪不重要，如果修过去了水还是流不动的话，明年再改回来就是了。关键是焰爷呢，你不要抱着以前旧社会当甲长时的思想，想把那块地占为己有，这是要不得的。"莲枝从家里走出来扯着嗓门说道。

"莲枝呢，这是村里的公地，每天人来人往，大家都要从这里经过的，我哪里敢占哟？"志焰被莲枝这么一说立马偃旗息鼓了，轻轻地嘀咕了一句后就不敢再吱声了。

之后几年，那条水沟每年都往德绍家墙基方向改一点，直到贴着德家墙基为止，原来笔直的水沟在这里拐了弯，水流缓慢了，经常有积水。这对阔嘴旺来讲却正好，只要看到家门口的葱和蒜略微泛黄了，就从余屋里拿一把长把粪勺来从沟里舀两勺沟水泼到锑锅里，过两天葱和蒜就绿油油的了。

兰香和村里的其他妇女一样，正在争先恐后地进行着两场竞赛。一场是每天按照生产队的安排参加集体劳动，争先恐后地抢工分。另一场是遵照人多力量大的指导思想，争先恐后、接二连三地生孩子，各家在生育年龄范围内的已婚妇女都在这期间你追我赶地生孩子。开金家又生了两男一女，顺发家和进祥家都生了两女一男，进兴家连生了三个男孩……仙来家老大四斤都当生产队的会计好几年了，可是在四斤头个孩子满月不久，仙来的老婆却为四斤生了一个妹妹。兰香也生了两胎，都是女儿，德绍给大的取名叫建英、小的取名叫连英。两个孩子出生，德绍接到他表姨发过去的电报后，都只是买了两斤红糖回来，在家里住三天，看几眼孩子给孩子取个名字，连抱都没抱一下就回去了。

只要村里有人家生了男孩，文珍就跑到人家家里去凑热闹，经常把人家的孩子抢来摸摸抱抱，逢人就讲："我家兰啊，百样都好，就是生孩子只生一样不好。"志焰虽然嘴上不说，但也时不时地唠叨一两句："呜，看来我老子在汪庙坞还是睡得不自在，他睡不自在，这个家里的人丁估计是旺不起来喽，哎！"

德绍过年或是请假回来时，村里的人难免会围着他问外面的见闻，有时也会开开玩笑、聊聊天。他经常半开玩笑半认真地自嘲道："哎，我这个人啊，各方面都可以赶在前头，但就是被耽误在被窝里这事真是没办法。"德绍说这话，表面上像是在说自己，但实际上或多或少、或明或暗地有怪兰香没有为他生出儿子的意思。

兰香还没出生就没了爹，长到 7 岁时又没了娘，现实的境遇早就把她探求命运的勇气打磨得一干二净了，她也早就养成了遇事先从自己身上找原因、不到万不得已不与人争辩的秉性。就算华娣因耽误了看医生而夭折了，兰香也只是在德绍身上哭闹了一阵，而从没与志焰和文珍两位长辈争吵半句。德绍、文珍和志焰含沙射影地说一些怪她没生出男孩的话，她从没有回过一句嘴，有时实在委屈得受不了，禁不住掉下眼泪来，但滴了几滴眼泪后，就迅速把眼泪擦干了继续干活，去做更多的事、做负荷更重的事，反正就是不能让自己有一丝一毫的停歇，这样她会觉得更好受些。这是她一个人完成全家做水库的任务后，总结得到的经验。

当全村的妇女都接力赛似的生孩子时，莲枝却是个例外，自生了家宝以后，她的肚子就没有了动静。莲枝是能人，她嫁入河边村不久，村人就在心里形成了这个共识。自阔嘴旺当上队长后，莲枝遇事有想法有主张、办事精明干练的才华得到了进一步展现，在发动群众方面比阔嘴旺更有号召力感染力，在处理矛盾问题时比阔嘴旺更有决断力说服力。

莲枝本人也很好强，各方面都不愿意落后于人，所以当家家都生孩子，却始终不见莲枝的肚子往外鼓起，村里人虽然嘴上都不说，但心里都在猜想着她那葫芦里到底在卖什么药。

以莲枝的聪明伶俐，她早就知道村人的心里有这个问号，但她从没有和谁解释过，每天依然风风火火地帮衬着阔嘴旺吆喝着全生产队的社员，每天早上还是会在争东司时将阔嘴旺大骂一通。

三月初十，河边村生产队开始采春茶。初九晚上，阔嘴旺把全村劳力都吆喝到大仓库里，召开了动员大会，号召大家全身心地投入这场春茶采摘制作大会战中来，争取在产量和质量上都实现新的突破、上新的台阶，并对生产队的劳力进行分工编组、下达任务。

初十早上，有几个积极分子早早地起了床，在家里一边做着烧开水、添水壶等准备工作，一边等候阔嘴旺和莲枝的号令，随时准备挎着篮子、拎着水壶冲出门去采茶。和往常一样，大家先听到莲枝和阔嘴旺争东司时的骂声，可能因为采茶赶时间，这天早上莲枝骂得比以前狠了一些："你个好死不死的，屁本事没有，就知道一朝老早把东司占住。"阔嘴旺如往常一样蹲在东司里不吭声。不一会儿，莲枝又骂了句："变不全的，你死在里面了吗？鬼知道为什么那年没把你摔死，像你这样的早点摔死好得多。"

从婺源到德兴要从大茅山上一段崎岖陡峭的山路翻过去，这段路因为非常险峻而被人们称为"十八跳"。阔嘴旺跟养父躲国民党"抓壮丁"时，曾经躲到大茅山里。一天夜里他们两个准备经"十八跳"翻山去德兴那边讨饭吃，阔嘴旺因为饿得发晕脚下打滑，从山崖上摔了下去，腰被摔成了重伤，大腿根部被一根竹签刺了进去。所幸的是，阔嘴旺的养父力气大，把他背到了德兴，找到了一位老中医治好了他的腰腿伤。

一向蹲在东司里任凭莲枝骂的阔嘴旺，听到莲枝骂了这句之后，就像是屁股被竹鞭子狠狠地抽打了一下的牯牛一样，从蹲坑上蹦起来，"嘭"的一脚踢开东司门，径直冲到莲枝跟前，左手提着裤，右手重重地扇了莲枝一耳光。莲枝根本没有提防，"啪"的一声被扇得往后踉跄几步，差点没跌倒。

阔嘴旺扇了莲枝一耳光之后还没解气，一边系裤带一边凶狠地骂道："你这个泼妇，唉唉，真没想到你心肠这么狠，唉唉，那张嘴这么毒，唉唉，信不信我让你去见阎王爷。"阔嘴旺越骂越激动，浑身震颤、手脚哆嗦，一时间连裤带都系不上。

那边，被突如其来的耳光扇蒙的莲枝很快就反应过来，向外吐了一口血水后，顾不得红肿疼痛的脸颊，顺手操起支在大门前的扫把，上前朝阔嘴旺打去。阔嘴旺正在系裤带躲闪不及，被莲枝狠狠地一扫把劈头盖脸地刷下来。

那扫把是用毛竹丫扎起来的，打到人虽不至于造成内伤，但痛起来比挨了闷棍还钻心，如果眼睛被刺到或崩到哪肯定会造成严重伤害。阔嘴旺挨了莲枝重重一扫把，又痛又怒，可是还没等他来得及做出反击，莲枝又一扫把劈刷过来了，阔嘴旺情急下只好跑开躲避。

莲枝第二击没中，举着扫把乘胜追击，阔嘴旺两只手提着裤子跑不快，莲枝身手敏捷追上前去，使劲地用扫把照着阔嘴旺的后脑勺往下劈刷。莲枝在后面劈一下，速度就减慢一点，阔嘴旺挨一下两人的距离就拉大一点，不过刹那间莲枝又追上去劈他一后脑勺，阔嘴旺的后脑勺挨了两三下后裤带还没系起来。

两个人一个提着裤带在前面跑，一个举着扫把在后面追打，围着家门前的小平墩团团转。

莲枝手脚不停地追打，嘴巴上也不饶人："你个没种的料，今天竟然有种来打老娘！""没种的鬼，有本事，你今天就让我去见阎王爷！"……

阔嘴旺在前面跑着，时不时地用一只手回来挡一下，试图用手架住莲枝劈下来的扫把，但因为怕被毛竹丫刷到眼睛，始终不敢回过头来，所以根本架不住，只好用嘴巴进行还击："你个臭妇女，唉唉，给我滚！""唉唉，你个泼妇，唉唉，又骚又臭，滚！"……

村里那些等待号令的积极分子听到今天的骂声明显不对头，纷纷出来看个究竟，不想竟目睹到莲枝举着扫把追着阔嘴旺不停地打骂的一幕，阔嘴旺打也打不过、骂也骂不赢，只能提着裤子狼狈地逃窜。积极分子赶紧上前去把莲枝抱住劝慰。莲枝被抱住后根本不听劝，使劲地挣扎，不停地呵斥道："你们放开！我倒要看看这个变不全的料，今天怎样送我去见阎王爷！"

阔嘴旺终于抓住机会站下来把裤带系好了，他感觉脸颊上、后脑勺上、手臂上一杠杠的火辣辣地钻心疼，禁不住伸手去摸了一下脸，发现手掌上沾了血丝，气狠狠地骂道："这个泼妇真心恶呀！唉唉，听都没听到过有这么心恶的妇女，唉，哪里要得嘛？"

"你这个畜生，把话讲清楚，是我赖着你要的吗？我当初真是瞎了眼了，才跟了你这个死了没葬的鬼！"莲枝马上喊着问道。

"唉，唉唉给老子滚！"阔嘴旺的气还没消，又骂道。

"好，我就等你这个变不全的这句话。"莲枝说完抱着早就哭得"哇啦哇啦"的家宝，就奔龙头湾村的娘家去了，连一直憋着的"恭"

都没出，几个人去拉都拉不住。

看到这个情形，很多人出来打圆场："旺呢，快点去把她拿住吧！"阔嘴旺的态度一点也不见软："唉唉，让她滚，唉，滚得越远越好，唉唉，永远不回来最好！"他说完看了看围在家门口小平墩上的众人，接着说道："唉唉，都不要站在这里了，唉唉，开工了！"

莲枝走了后，生产队每次开会分工、商量事情等，总要"吱吱吧吧"地争老半天。会计、出纳、记工员、妇女队长、组长，还有那些积极分子，你说你的，我说我的，"叽里呱啦"地争，公说公有理，婆说婆有理，社员们也跟着起哄。阔嘴旺"唉唉"地说一通，他也说不清楚，大家也听得不耐烦，很难把意见统一起来。以往遇有意见分歧时，莲枝总会站出来对着阔嘴旺骂道："你个粪桶料，唉唉，唉你那枚死人头呀……"然后一五一十、一来二往地把各方的想法梳理得清清楚楚、明明白白，把各人心里藏着的小九九都摆出来，很快就能找到折中的方案。

莲枝走了没几天，就有人劝阔嘴旺去把莲枝接回来，特别是每当生产队开会后更是有很多人劝阔嘴旺："旺呢，莲枝回娘家这么多天，估计气也消了，去把她接回来吧。""旺呢，你是男子汉，古老话讲得好，男不和女斗，你不要和她斗气。""旺呢，相骂无好言、打架无好拳，相骂打架时的事，都不能放在心上。""旺呢，夫妻打架要床头打架床尾和，你是男人，这个时候应该放下面子去接，莲枝是个讲道理的人。"

莲枝走了，阔嘴旺打单身，白天要在外面招呼生产队的事，收工后要回家弄饭、洗衣、喂猪，根本应付不下架，搞得家不像家；每次生产队开会都开得很费劲，他还经常下不了台，心里早想把莲枝接回来。但一想到那天莲枝对他的辱骂和追打，自己反而要低三下四地去求她，阔嘴旺感觉心里的坎过不去，所以就硬撑着。遇有人劝他，他就板起脸来说："唉，接来做什么？唉唉，那个泼妇不在，唉唉，我清静得多。"

春茶会战结束后，生产队在仓库里召开庆功大会，阔嘴旺"唉唉"地对社员们在采摘制作过程中的积极表现做总结回顾，对突出队组和个人进行点名表扬。会战期间，阔嘴旺因为心情不好、精力不济，对各队组和社员们的表现掌握不准确，再加上没有莲枝给他做参谋，说得啰啰唆唆、含含糊糊，做出的评价无法让人信服，本该是一个轻松高兴的大会，却把大家开得气鼓鼓的。阔嘴旺的话还没讲完，社员们就忍不住在下面低声地议论起来，整个会场闹哄哄的。

会后生产队会计四斤、出纳老湾、妇女队长金芽没有回家，一起来到了阔嘴旺家。几个人进门一看，堂前的地估计自莲枝走了后就没扫过，楼梯底的脏衣裳堆得老高，像牛粪一样，发出一股酸臭味。桌子上、锅沿头摆满了碗筷、饭甑、瓢盆，几天都没洗了，上面的苍蝇停得密密麻麻的，"嗡嗡"地叫得像一窝蜂似的。阔嘴旺招呼他们坐，他们嘴上答应了都没坐。

金芽先开口："队长，我们几个来不是为了生产队上的事，而是来劝你去把莲枝接回来，你看，莲枝不在，你这个家都不成样子了。"

四斤和老湾也跟着帮腔："是啊，快点去把莲枝接回来吧，不要说你，很多社员都想她了呢。""队长，在老婆面前服个软不丢脸，明天就去，莲枝估计早就消气了，就等着你去接她呢。"

阔嘴旺知道他们来劝是好意，但嘴巴上一点也不领情："唉唉，你们不要没事做，唉，老是来劝我，唉唉，那个泼妇心歪得很，唉唉，根本要不得。"

金芽、四斤和老湾又劝了一阵，阔嘴旺依然很强硬，三个人一看劝不下来，打算各自回家。在离开之前，金芽又对阔嘴旺说了一句："队长呢，不看僧面看佛面，无论如何你总要把家宝接回来吧。"

金芽的这句话挠到了阔嘴旺的痒处，这段时间阔嘴旺也一直在琢磨这个问题。他经常想，如果不把家宝接回来，死后在地下如何向他的养父养母交代呢？不过阔嘴旺没有理会金芽的话，就把他们三个送出了家门。

等他们三个走了之后，阔嘴旺开始洗衣洗碗洗锅，打扫堂前家背，一直忙到夜里八九点才把家里收拾得干干净净、妥妥当当的。第二天天还没亮，阔嘴旺就跑到龙头湾村去接莲枝，他一连跑了三天才把莲枝和家宝接回了河边村。

莲枝回来后的第二天早上，河边村生产队的清晨又恢复了往日的生机，很多社员还没起床就听到莲枝对阔嘴旺的叫骂声："你个死了没葬的物，死在里面了吗？就你要出恭别人不要出恭吗？真是好死不死。"听到这熟悉的骂声，大家都知道该起床出早工了。

德绍在南昌机械安装公司的能力和表现，获得了锅炉安装部领导的认可，当上了第二小组的组长，月工资涨到了 18.5 块，可是就在德绍干劲十足之际，受世界局势和中苏关系变化的影响，公司的发展风云突变、势头急转直下。德绍当上组长的第二年，公司就停止生产了，公司对工人做了辞退、分流、转岗等安排。兰香的二哥被辞退回了家，德绍和一部分骨干被安排到新建的一个林场里。

到了林场后，德绍他们每天的工作是上山砍毛竹，月工资也降到了几块钱，相反地，物价却上涨了很多，农产品涨价很明显，一个鸡蛋要卖到几毛钱。德绍对安排他砍毛竹没意见，但对工资下降心生不满，他觉得辛辛苦苦砍一个月的毛竹换来的工资，买不了 20 个鸡蛋，还不如回家养只母鸡。于是向公司提出了辞职，说家里二老二小全靠老婆一个人照顾，在生产队里又没有一个正劳力（意指成年壮实男性）挣工分，养家糊口很艰难。

锅炉安装部的领导和公司的领导都挽留他，告诉他困境只是暂时的，挺过这一阵子就好了，还说过了年，可以考虑在林场的食堂里给兰香安排一份弄饭的工作。经锅炉安装部和公司领导这样劝后，德绍辞工的心思又软了下来，继续每天用心地砍毛竹。

腊月中旬，新建下了一场很大的雪，山上积了很厚的一层雪，晴了四五天都化不完，可是林场的年度生产任务还差一点没完成，林场里的工人们不得不冒雪上山砍毛竹。在山上干活时热得一身汗，忍不住脱衣裳，可是稍一停歇下来又冻得瑟瑟发抖，忽冷忽热，导致有人感冒发烧，林场的年度任务经过几天突击后也完成了，于是有几个生了病的工人干脆请假回家过年了。

德绍也想回家，恰在这时他接到文珍的表姐给他发来的电报："兰香生子，归。"德绍以这封电报为借口请假回了家，他没有向领导提辞工的事，但回家时把所有的东西都收走了。

兰香是腊月十五早上肚子痛发作的，已经生了三胎的她知道可能当天要生孩子了。她起床后，告诉文珍，让文珍向生产队帮她请假并去请接生婆，文珍让志焰去向阔嘴旺帮兰香请假，自己扭着小脚去龙头湾村请接生婆。

接生婆也是一个裹了小脚的老太太，等文珍和接生婆两个小脚老太太摇到家时，兰香已经把小孩生出来了。

孩子的脐带是兰香自己剪的。兰香看到文珍和接生婆迟迟还没来，提前让志焰烧了一锅开水，把剪刀丢进去煮，当她感觉马上就要生时，用脸盆舀了一盆开水端进了厢房，把那把煮了的剪刀泡在那盆开水里，然后快速地把孩子的衣裳收拾好放进被窝里捂热，并让志焰铲了满满的一盆炭火放进厢房里。

孩子生出来后，兰香快速地给孩子剪脐带、给自己换了一条裤子后，喊志焰打一盆热水进来，好让她给孩子擦洗穿衣裳。

志焰在厢房外听到孩子"哇哇"地哭，哭声很洪亮，禁不住兴奋地扯着嗓门问："兰呢，是个小吗？""兰呢，是小还是女？"

兰香忙得还没来得及注意这个，听到志焰喊才把孩子抱过来一看，发现是个男孩，于是答道："是个小！"

志焰一听是个小，"嘭"地推开厢房门说："兰呢，你快点进被窝里，不要冻到了，小孩让我来弄。"

志焰不是用热水给小孩擦洗，而是把自己的衣裳解开，让小孩贴着自己的胸前肉，再把衣裳合过来将小孩捂住，用自己的嘴巴把小孩鼻子里、嘴巴里的黏液吸出来吐到火炉盆里，吸完后抱着小孩去那边厢房里，和小孩一起钻进被窝里。

志焰把自己和小孩捂在被窝里直到接生婆来给小孩擦洗穿衣。接生婆从志焰的怀里接过小孩，看到小孩被捂得一身红扑扑的，说："你这样要不得，时间长会把孩子闭了气，很危险的。"

"唔，没事，你看我家小呢一身通红多好啊！"志焰对接生婆的话很不以为意。

文珍到家后，给兰香打一碗红糖水，让兰香喝了后，来给接生婆帮忙。她一边帮忙、一边不停地念叨着："我家宝呀！我家宝呀！我家心肝宝啊！""我家种啊！我家好种呢！"……

第三天天还没亮，文珍和志焰就起床了，文珍扭着小脚去龙头湾村请接生婆来给孩子"洗三朝"，志焰在家里烧水煮端阳艾、烧锅弄饭、打子（婺源话把"蛋"称为"子"）下面。接生婆到后，先吃了一小碗热乎乎的鸡蛋面后，才开始用端阳艾水给孩子"洗三朝"。"三朝"洗礼完后，文珍给接生婆塞了一个"红纸包"后送她到村口。

志焰在家门口放了一把冲天炮，又放了一大串小鞭炮后，去县城文珍的表姐家，请她帮忙给德绍拍电报。

德绍从南昌买了两斤红糖、两瓶雪梨罐头、一斤蜜枣和几尺花布回来。在回来的路上，他想自己总算有香火传人了，再也不用为此而背包袱了，他大大地松了一口气，并且下定决心还要再生，不能让单传的局面延续，他对此信心百倍、志在必得！他不停地猜想自己的儿子会长什么模样，儿子会不会长得很像他？开心地展望着要怎样培养自己的儿子？儿子长大后会不会很有出息？……

德绍的想法太多了，一时间根本理不清头绪，不过他已经给孩子想好了名字了：姬开虎，小名叫大虎。

德绍到家后，从兰香怀里接过大虎抱在手里，乐呵呵地笑着左看右看，看了好大一阵对兰香说："兰呢，这小子估计将来有几分蛮力喽，你看他身子骨粗壮得很！"

"你敢情是在南昌吃痴了喽，才生几天呀，你就知道他将来力大不大？"兰香觉得他回来只顾着自己的儿子，对她却不闻不问的，心里多少有点不畅快。

"咦，你怎么这样讲话呢？你不懂，孩子将来的身子骨一生出来就可以看出个大概来。"德绍看了兰香一眼，接着说，"我给你扯了几尺花布来，还有雪梨、蜜枣、红糖。"

"我才不希图这些东西呢。"兰香看了一眼德绍放在屉桌柜的东西说，"吃的你拿去给爸妈他们吧，花布到时可以给两个女做衣服。"

"要拿给他们的话，到时你拿去给他们吧。"德绍把大虎放进被窝里还对兰香问道，"奶水足不？"

自生华娣以来，兰香的奶水一直都足够孩子吃，兰香看了德绍一眼没有答他的话，在她的记忆里，德绍好像是第一次这样乐呵呵地抱起孩子来仔细地端详。

吃晚饭时，志焰对德绍说："看来我老子在汪庙坞总算睡安稳了，马上就要过年了，天气冷得很，明天你我一起去把他的坟堆一下，就当给他再盖一床棉被，让他睡得暖和一些好过冬。""不是清明前才堆坟吗，怎么现在去堆呢？"德绍说，"如果要堆的话，就把几个坟都堆一下，要加棉被就大家一起加。"志焰说："那还不好？"

第二天，文珍早早地做好了早饭，志焰和德绍吃过早饭、带上午饭，各在腰间系一把镰刀，扛一把锄头一把铲子上山去堆坟，把志焰的爷爷奶奶、父母亲和哥哥嫂嫂的坟都堆上了新土，直到天黑前才回家。

兰香生华娣时奶水就足，华娣吃不完还要供莲枝家的家宝吃，生了大虎后，文珍高兴得把家里最能下蛋的那只老母鸡抓来让志焰杀了，清炖起来给她吃，奶水更充足了。大年二十二杀年猪时，德绍把两只猪后脚留下也清炖起来给兰香吃，德绍长期不在家，兰香平日里要干很多重活，所以胃口好、消化能力也强，两只猪后脚两天就吃完了，奶水又浓又多，有时大虎吃饱了，把奶头丢了，那奶水还不停地往外冒。

兰香生前三个孩子时都没有坐月子，生大虎时，文珍劝她坐月子。兰香不愿意坐月子，对德绍说："建英、连英已经明白很多事理了，不能做过分了，要一碗水端平。"德绍觉得兰香说得有道理，所以帮忙兰香劝文珍。

到年三十大早上，兰香就出房门来帮忙，和大家一起包粽子、做清明果、蒸籽糕。那天晚上年夜饭除了肉果、粉蒸肉、粉蒸菜和清蒸荷包红鲤等常规的菜外，多了一盆猪头蒸萝卜坨。

文珍把整个猪头对半剖开洗净后，仍保持整体形状立在搪瓷脸盆中间，再把萝卜切成小方坨铺在脸盆里，加盐加辣椒粉加酱油蒸了一下午。吃团圆饭时，德绍看到一满盆的猪头炖萝卜坨，不解地问："妈，这是什么菜，这么多萝卜坨。"文珍说："嘿，就是要坨坨多呢，坨坨多才人丁旺！"

过完年到正月初十了，兰香看德绍一直闭口不提去南昌的事，忍不住问道："都初十了，马上就要过元宵节了，你怎么还不动身呢？"不想德绍却反问她："动身去哪里？"兰香说："嘿，能去哪里呀？南昌你不去了吗？"德绍说："不去了，跑到那里去砍毛竹，又不发痴，要砍毛竹平山林里多的是，再说了那点工资还不如在家里供鸡。"兰香听德绍说不去南昌了，心里自然高兴，并说："不去也好，建英、连英要人带，现在又有了大虎，还要供猪，他们两个老人忙不过来，你不出去，家里多个照应。"德绍说："是啊，我看村里很多人家都从云坦里挖砖来筑新屋了，我们是不是也要考虑一下？"兰香说："咦，现在才知道哈，前年过年的时候你是怎么说来的？都这个时候了，云坦里连一块整块的砖都找不到了。"

当时兰香提议到云坦废墟里去捡砖为将来起新屋做些准备，德绍是这样回她的："我又没儿子筑屋干什么？"把兰香问得火冒三丈，但又无言以对。

正月十八满了灯后，德绍买了三头小猪崽回来，还跟文珍说等家里的母鸡要趴窝时让它多孵点小鸡。

生产队开工以后，尽管文珍和志焰都力劝，但兰香还是和德绍一起参加生产队的劳动。兰香每天早早地给大虎喂饱奶后，和德绍一起去自留地里挖刨一阵，等生产队开工后和村人一起按照生产队的安排，参加集体劳动。文珍上午、中午和下午都要把大虎背到田里去找兰香喂一次奶。生产队歇工后，兰香和德绍挑着簸箕去云坦废墟里挖拣砖块。云坦废墟里好的砖块早就被河边村、依山村的人拣完了，兰香和德绍只能矮个子中选高个，把稍微大块一点的砖头都挑回来堆在屋子东侧。

德绍家屋子东侧是一块由林子延伸过来的荒地，原来长满荆棘、葛藤和苍耳等，这片荒地离林子的中心有点远，且上面没有高大的树木，志焰在这片荒地上刨刨挖挖，种点菜、栽几棵枣树，村里也没有人管，因为在大家的心里这块荒地不能算作风水林的一部分，志焰的行为不会影响村里的风水。德绍把砖头堆在这里，是想进一步把这块由志焰开荒出来的地坐实，将来好在这里筑新屋。

冬去春来，德绍和兰香在云坦的废墟里坚持挖了一年多，屋子东侧荒地上的砖头堆了两座小山，从废墟里刨出来的铜钱装了满满的两大罐头瓶。大虎出生时，德绍从南昌买回来两瓶雪梨罐头、一斤蜜枣，兰香说雪梨罐头止咳润肺、蜜枣养血，于是把雪梨罐头拿给了志焰，把蜜枣拿给了文珍。志焰吃完罐头后，两个罐头瓶不舍得扔，结果刚好被德绍拿来装了铜钱。除了挖了两罐头瓶铜钱外，他们还从废墟里开垦出来几块菜地。德绍对兰香说："估计云坦里再也挑不出像样的砖头了，要不从今以后，你歇了工后到田间地头去捡砖，我就上山去砍木料。"兰香说："好是好，只怕捡不了多少，这点砖离起屋还差得远。"德绍说："是啊，但不这样，又有什么其他的好办法呢？只有这样了，事情都是边做边想的。"此后，生产队歇工后，兰香就挑着簸箕到河边村、依山村、龙头湾村、塔底村的田间地头去捡砖，德绍系着一把镰刀去木坞的山里砍木料。

二虎出生前，兰香又捡了两大堆砖头；到怀上成虎时，兰香才差不多把砖头捡够，德绍也差不多把木料攒够搬回来堆在屋子东侧的地里。二虎比大虎小近两岁，德绍给他取名为延虎，成虎比二虎也小近两岁。

德绍从南昌回到河边村后的第三年，南昌机械安装公司就恢复生产了，公司里来人来函到县里，商请将原来辞退的那批有基础的工人重新召回去。县里有关部门拒绝出面联络，说："这些人不能让你们再召回去了，县里的生产建设需要这些正劳力，更为重要的是我们也要发展工业，这些人正是我们所急需的技术人才。"公司的人没办法，只好自己寻访，他几经周折找到了德绍。德绍听说公司恢复生产了，工资待遇也重新提上去了，动了重回南昌当工人的心思，但是想到二虎刚出生、自己的新屋还没起起来，还有听说婺源要发展工业并且把他们当技术人才来看待，所以就回了南昌方面，一边和兰香操持着家庭、一边随时等待着婺源县工业的"召唤"。

到成虎出生后，德绍也没有等来县里相关部门的"召唤"。这些年里，他每天起早贪黑，忙了自家的，忙生产队里的；忙了生产队里的，又要忙自家的，只要两眼一睁就得不到一下歇气的机会，比较起来，远没有当工人的工作生活有规律，收入更是差得远，可是南昌已经回不去了，县里也没有人"召唤"他，他知道这一辈子再也没有当工人的机会了，心里不免有后悔失落，但想到兰香接连为他生了三个儿子，马上就由忧转喜、干劲十足。

文珍老人心里一直为猪头蒸萝卜垞那道菜寓意的兑现而高兴不已，不过她的身体却为这美好寓意的兑现付出了巨大的代价。长期地背着小孩干家务，一忙起来，即使小孩在她背上拉尿拉屎，她也顾不过来，她的衣裳后腰部总是最先烂的，她棉袄的后腰部，整个冬天基本上没有干的时候，烂得很快，每年都要拆开来补。此时的她，已经变成了一个扭着小脚、弯腰驼背、嘴里没有几颗牙的老妪婆了。

志焰的头上头发越来越少、越来越白了，长长的胡子也几乎全白了，每天早上起来都要咳好大一阵子。

砖头和木料准备齐全后，德绍向阔嘴旺汇报说想要起新屋。

"唉唉，你也是没事做，唉唉，起什么新屋嘛？"阔嘴旺问道。

"队长呢，你看我家那个老屋都多少年了，并且现在孩子多了，根本住不下了。"德绍向阔嘴旺解释道。

"唉唉，绍呢，唉，不要炫耀，唉唉，村里有三个儿子的又不是只有你一家。"阔嘴旺一脸不高兴地说。

德绍没想到阔嘴旺会说出这样的话来，他完全没有心理准备，所以也没好气地说："队长，讲话要讲道理，我没有炫耀的意思，村里前几年有很多人家都起新屋了，我家的情况你又不是不知道，建英、连英要分床睡了，两个大小也要分床了，实在挤不下了。"

"唉唉，绍呢，唉，你不要到我这里来叫，唉唉，那块地是公地，唉唉，你起新屋要大家同意。"阔嘴旺不紧不慢地说。

阔嘴旺家的屋子在德绍家老屋的后面，德绍家在南，阔嘴旺家在北，两家不完全重叠，有点交错。如果德绍在自家老屋的东侧再起新屋的话，就会把阔嘴旺家向阳面全部挡住了，只有一条东西走向的石板路与外面相通。虽然前些年，阔嘴旺已经在大门口拓展出一块平墩来，但美中不足的是向阳不够，德绍的新屋起好后，这个问题就更加突出了。

经阔嘴旺这么一说，德绍猜透了他的心思，但他不打算让步。前些年阔嘴旺把排水沟移到贴着他家墙基，他都忍了，现在起新屋的事他绝不能再相让了，于是大声地说道："你不要跟我说这些冠冕堂皇的话，这些年村里谁家起的新屋是把老屋拆了起的，不都是在公地上起起来的吗？国家的政策我学得也不少，《六十条》我前几年在南昌学过很多遍了。"

自生产队成立以来，除了莲枝外从没有人这样跟阔嘴旺叫板过，于是他马上把脸板起来凶道："唉唉，你懂政策很不得了吗？唉唉，我跟你说那是要开社员大会，唉，要大家同意才行！"

"你不要拿政策来套我，前些年人家筑新屋，开过社员大会没有？我筑新屋没占耕地没占田，大家为什么不同意，如果到我这里就通不过的话，村里其他人家筑新屋又怎么通过呢？"德绍也反问道。

"咦，绍呢，你本事大得很哟，意思是不让你筑新屋，全村人都别想筑新屋喽。你不要以为你家老子还是甲长，可以一手遮天。"莲枝从家背过来冲德绍说道。

"我家老子当甲长，和你家旺丁当队长是一样的，也是大家推选的，他本人一点想当甲长的意思都没有，是旧社会下他迫不得已而为之的，这个情况旺丁和他家老子是清楚的，况且虽然他当了几天旧社会的甲长，但他从没做过伤天害理的事，也从没害过人。现在已经是新社会了，讲政策讲道理，谁都不能一手遮天！"德绍也毫不相让，马上回道。

莲枝自嫁到河边村来后，无论是社员大会上的争执，还是社员之间的纠纷，只要她出场，几句话下来就可以把事情平息下来，更没有人敢和她争吵，今天她是头一回遇到了对手，居然一句话把她堵得哑口无言。莲枝稍稍缓了一会儿才说道："那是当然，不过你筑新屋要开社员大会那是有政策规定的，你有本事有道理到社员大会上去讲，不要到我家屋里来吵。"

"我没有到你家里来吵，我是来向队长汇报筑新屋的打算的，是你们非要没事瞎扯些东西来吵。"德绍说完转身出门回家了。

德绍走了后，莲枝对阔嘴旺骂道："你个好死不死的东西，明明知道拦不住的事，你去吵什么？丢人现眼！"阔嘴旺说："你不要拿我出气，他挖砖砍木料又不是一天两天了，你难道不知道吗？也没看见你拿出什么主意来。"莲枝气呼呼地骂开来："我不知道头岁作了什么孽，跟了你这个没用的货色，什么事都要指望一个女人来，你自己讲你还是个男人吗？"

没过几天莲枝和阔嘴旺就想出办法来了。他们在志焰栽种的几棵枣树的东侧开荒种菜、种枣树、种梨树，把德绍预想的宅基地限定在志焰栽种的几棵枣树以西。阔嘴旺把开荒出来的地用竹篱笆围起来，做成了一个菜园，这个菜园北面贴着村里的那条窄石板路，东面挨着林子边沿，西面紧抵志焰种下的那几棵枣树，南面倒是空有很大一块没有围进来，因为前端有个没有人家识认的大坟堆。

本来阔嘴旺准备把林子延伸过来的整片荒地都圈起来的，但是莲枝却骂他说："你个变不全的物，你听说过有把野坟圈进自家地里的吗？有那个坟在那里，那块地还能飞了跑了呀？"

阔嘴旺把菜园围好后的第二天，召开了社员大会，会上大家同意德绍紧挨自家的老屋筑新屋，新屋的墙基东面到阔嘴旺家菜园的篱笆为止。

德绍的新屋起好后，大门必然朝南开，大门口正面除了门前的一块平墩外就是依山村的水田，东侧前面是一块不通路的长满了荆棘、葛藤和苍耳的荒地及一个大野坟，西边是自家的老屋和猪圈，猪圈以西是守田家的房子，所以德绍筑新屋就等于把自家封闭起来了，一家人进出只能从后门上村里的石板路，而不能走大门口进出。

德绍明知是莲枝和阔嘴旺给他设下的计，但他不能回头，只能硬着头皮向前撞向前闯。志焰和兰香也劝慰他说："走后门口就走后门口，只要一家人堂堂正正的就不怕。"社员大会过后没几天，德绍就找来石匠帮忙打砌墙基用的石头。

第四章

　　德绍家新屋筑好后，砖匠问德绍要不要在大门的门楣上方题字。德绍说："当然要喽，我已经想好了，就是'自力更生'四个字。"砖匠说："'自力更生'？我帮人家起屋以来，还是第一回听到讲题这四个字的，怎么写？什么意思？"德绍说："嘿，这四个字好写得很，意思也好得很。"

　　不光是砖匠不知道自力更生的意思，河边村大多数村人也没听过这四个字，更不知道自力更生的意思，但德绍对自力更生的意思是有深刻理解的。他早在土改工作队参加学习时就经常遇到这个成语。后来在南昌机械安装公司，他又多次听公司的各级领导强调要自力更生，特别是公司受中苏关系的影响无法正常运行时，领导们几乎天天都号召全体员工要自力更生、艰苦奋斗。还有这些年一家人的经历告诉他，唯有自力更生才能找到出路。所以他要砖匠在新屋的门楣上方写"自力更生"四个大字，并且除了大门的门楣上方写有"自力更生"四个大字外，新屋外墙内墙的其他地方都没有加任何图案装饰。

　　自有了筑新屋的想法后，德绍一家就想方设法地开源节流，夫妻俩努力地在生产队里抢工分、让文珍多养几只鸡多养几头猪、起早贪黑地捡砖头砍木料、利用生产队工余时间开荒种地；一家人尽量地省吃俭用，建英和连英一天学都没让上过。然而不管德绍和兰香如何地精打细算，终究是靠两双手养九口人，起码的衣食开销不能少，文珍和志焰两位老人一年下来少不了要到龙头湾村的赤脚医师那里去报到一两回；五个小孩日常难免会有个别出现头疼发烧拉肚子什么的，自华娣夭折后，一家人特别是兰香对小孩的病痛变得非常敏感，只要发现有点不对头就赶紧背到上市去找何医师，这些开支同样也是不能免的。

尽管一家人把能挖抓的地方都挖抓了、把能省下的都省下了，一年下来还是只能维持在不吃赤字的水平线之上一点点。至于起新屋的用度，虽然砖和木料是自己备好的，但瓦、石灰等材料要靠买，砌墙基用的石块和垫柱子用的柱础要请石匠开采和打磨，砖匠和木匠的工钱也少不得一分，除了把前些年德绍在南昌挣的那点积蓄全部花完外，还让兰香到两个哥哥家借了一些钱来垫了进去。为了尽快地把欠的外债还上，德绍把目光投向了龙水河，利用晚上的时间到河里去撒网打鱼，天亮前把网收回来，让志焰把鱼提到县城去卖，自己和兰香到开荒的地里和自留地里去刨挖一阵后，再参加生产队里的集体劳动。

新屋筑好后的第二年，兰香又生了，这次是个女儿，德绍给她取名为成英。村里和兰香一起营造了第一次生育高峰的那些妇女们到这时大多都"偃旗息鼓"了，有的安了环、有的做了结扎、有的过了生育年龄，只有兰香还保持着两三年一个的节奏在生。

成英出生后，兰香对德绍说："村里的妇女都安了环或是结扎了，我哪天也去安个环。"

"安环？急什么？"德绍想了想，瞪着大眼问兰香。

"急什么？你看家里都过不下去了，不讲别的，两个老人都带不过来了，再生的话，日子都过不下去了。"兰香也瞪着大眼反问道。

"怎么过不下去了，大的带小的，现在生产队的事建英做不了，可以帮着做家务，连英帮着带小孩不是刚刚好？"德绍对兰香的理由根本不以为然。

"你讲得轻巧，连英自己都不晓得事，没深没浅的，怎么带小孩？再说了，生出来了就要给吃给穿，这些从哪里来？"兰香对德绍说的办法也不以为然。

"哼，你真是妇人见识短，就知道吃穿，生出来了，我能让他们饿死冻死吗？你想想看，如果我老子的两个哥哥的两家人还在村里的话，或是我还有几个兄弟在，那会是什么光景，人多力量大，不说去惹人家，至少人家想欺负你前，也要先掂量掂量下自己。"德绍瞟了兰香一眼说。

连莲枝都说不赢德绍，兰香就更说不赢德绍了，所以没去安环。

从此，只要兰香和德绍外出劳动，家里文珍负责背成虎、连英负责背成英、建英学着做煮饭喂猪洗衣裳等家务事。

孩子越来越多，自然要兴建学校。公社经过考察决定在河边村红庙地块新建一所公社中学。

外坦以西，桃花溪和龙水河交汇的地方有一块几十亩的略成楔形的斜坡地，楔形的尖端是桃花溪和龙水河的交汇处，河边村人管这块三角地叫红庙。红庙的坡顶有一块平墩，平墩的东沿是云坦西面的那棵大樟树，公社中学的选址就定在了那棵大樟树以西的平墩上。

红庙原来是一片很大的坟场，坟挨着坟，晚上这里的"鬼火"此起彼伏。最大的一个坟是宋代的一个达官贵人的。这位达官贵人是婺源龙山人，他考取功名后在外地为官，之所以要葬到这里来，就是因为相中了这里的好风水。南面是龙水河和桃花溪的汇合处，视线过了"两水交汇"就是木坞连绵起伏的山脉。北面过了河边村这一块平地后就是丁坞，丁坞虽然山势没有木坞那么雄伟，但其山形宛如"五马回槽"。"五马"延长线的交会点大致就在红庙这个地方。红庙地名的由来，可能与这位达官贵人的坟有关。

这些年，由于孩子多、人口增加，各家都在生产队劳动之余大力开荒，到公社选定这块地的时候，小坟堆都被人家平了种菜，几座大坟堆没人家敢动，但大坟堆间稍平一点的地方都被种上了萝卜、红薯、玉米等需水量不大的农作物。阔嘴旺把在红庙开荒种有东西的人家喊过来，简单地做了个动员，就宣布了开工日期，要求各家在开工之前把种的东西收割完，否则后果自负。

虽然是自己冒着冲撞鬼魂的危险、辛辛苦苦地开垦出来的，但这毕竟不是生产队里统一分到各家各户的自留地，现在被公社征用了建中学大家都没话说，不管地里的东西有没有成熟，都规规矩矩地在开工之前把它们全部收割了。

几个月的时间社中的教学楼、宿舍楼、厨房等主体建筑就建好了，全是一层楼的青砖瓦房，墙外没有刷石灰。公社把开挖水井、开垦茶山和菜园等后续工作交给了河边村生产队，要求在开学之前完成。阔嘴旺将生产队的劳力分成三组，分别负责开挖水井、开垦茶山、开垦菜园。

挖水井一组在向地下挖时，挖开了一个坟墓，并且挖出了八个碗，组长把这个情况汇报给队长阔嘴旺。阔嘴旺赶来一看说："唉唉，这破碗又没花又没朵，唉唉，既不好看又不能用，敲了！唉唉，免得晦气冲了人。"

生产队出纳老湾赶紧站出来劝住说："队长，不着急敲，送到县博物馆去看看，如果被他们看上了，说不定会给我们生产队奖励呢！"老湾是因为江湾那边修水库移民过来的，修水库时发生过很多这样的事，他在这方面的认知水平比队长阔嘴旺要高得多。

阔嘴旺听老湾这么一说觉得有道理，就让挖井组停了工，放了老湾的假，让他带着八个碗去了县城博物馆，并给他照常记工分。

老湾晚上回来，向生产队交了三块钱，向阔嘴旺汇报说，博物馆的人难嚼得很，他们讲那几个碗没什么价值，死活不肯收，经过他一番好说歹说，好不容易才让博物馆的人把那八个碗收了，但只给了三块钱。

第二天和第三天，挖井工作继续，又先后挖出十来个碗、两把壶和其他一些东西，当有人向阔嘴旺汇报说又挖到东西时，他想都不想就说："唉唉，敲了，又不是发痴，唉唉，辛辛苦苦地送去，唉，耽误了工不说，唉唉，还要低三下四地求着他们收。""碗他们都不收，两把破壶他们就更不会收了，敲了！"……

第四天中午时分，县博物馆来了两个人到现场，看到那个墓已经被完全挖开了，没有什么再发掘的价值了，于是找到阔嘴旺，问后面是否还出土了一些东西？

阔嘴旺不屑地说："唉唉，挖出来了几个破碗，唉，还有两把烂壶。"

博物馆的人一听兴奋地问道："东西在哪里？"

"唉唉，敲了，唉唉，那些破烂东西没花没朵，唉，还晦气冲人，给你们送去你们又不愿意要，唉唉，不敲了做什么呢？"阔嘴旺很不高兴地说道。

博物馆的两个人被阔嘴旺说得一脸糊涂，半天没反应过来："什么？敲了！你们怎么能敲了呢？"

"唉唉，不敲了做什么？唉唉，我派人给你们送去，唉，耽误了生产队的工不算，唉唉，还要和你们说好话，唉唉，生产队里留着那东西是能吃饭呀，还是可以倒水呀？"阔嘴旺生气地问他们。

博物馆的人这时才反应过来，愤怒地吼道："谁说我们不愿意要的？我们一看那几个碗就初步断定为非常难得的宋代上等的影青瓷，很高兴地把它们收了下来，还付了你们生产队八块钱呢，这两天我们又请了专家来看，专家们觉得很有考古研究价值，经请示领导同意过后，今天专程过来做抢救性发掘工作的。"

最终抢救性发掘没有任何开展的意义，水井也没有打出水来。老湾在主动补交了五块钱后，被扣了当天的工分并被免去了出纳的职务。

老湾被免后，空缺出来的生产队出纳的位置，很快就被六旺顶替了。

六旺高高瘦瘦的，长圆脸，大耳朵、大鼻子、大喉结，眼睛和嘴巴相对较小。他前两年高中毕业，是村里文化水平最高的，虽然被推荐去读大学，但他更喜欢在村里轰轰烈烈的活动中当冲锋号手、施展才华，而不是去大学里啃书，对推荐外出读书的机会不屑一顾。

有文化有胆量有闯劲、无顾忌的六旺，出了校门后，成为生产队里一颗冉冉上升之星，老湾被免后出纳的空缺自然由他来顶替。当了出纳的六旺，很快就成为生产队里组织学习、开展运动方面的得力干将。没过多久，他又和四斤换了个位置，由他来当会计，四斤当出纳。

除了水井外，社中的其他后续工作如期在八月底完成了。在开学前需要选一名炊事员来为师生们做饭。对这份差事，河边村生产队的社员们都觉得是一个轻松的捡工分的活，男男女女都争着去。德绍和兰香看到大家都想去，估计自己肯定没戏，干脆不去凑热闹。

令人意想不到的是，一个学期还没完，三个先后被挑选过去的社员都轮番败下阵来。这时大家逐渐意识到社中炊事员是份十足的苦差事，再也没人愿意去接这个茬了。生产队将起评工分由最初的六分涨到了八分，还是没人报名。二百多师生一日三餐的问题可不是小事，把社中校长急得在阔嘴旺家堂前团团转，说生产队今天不为他解决炊事员的问题，他就赖在队长家里不走了。

晚饭过后，阔嘴旺把生产队"一班人"找来商量对策，一直到莲枝把厨房打点妥当了，他们几个都还没能物色出个合适的人选来。莲枝扫了他们几个一眼说："人家说三个臭皮匠当个诸葛亮，我看你们几个连一个臭皮匠都不如，都是些瞎尿桶，摆在眼前的都看不见。"莲枝说完朝着大门外努了努嘴。

"兰香呀？要不得喽，弄饭要起早摸黑的，她家里小孩那么多，离她不得哟。"金芽首先明白过来说道。

"她去要不得，文珍有心脏病，嘴唇老是乌的。"四斤也跟着说。

"有什么不得的？平时在生产队里抢工分和男的一样，这里每天有八分工，我估计她肯定愿意去，至于她家里的事，用不着我们瞎操心，我们只要公事公办，没做好扣她工分就行了。"六旺却说。

校长担心兰香为家里的事分心干不好食堂里的工作，因而站出来反对。

阔嘴旺在内心里也不赞成，一方面怕到时兰香干不下来又要找人，麻烦；另一方面，自上次跟德绍争吵过后，阔嘴旺再也没有和德绍一家人说过话了，他不愿意去德绍家商量这事，如果被回绝，他更加脸上无光。但他又提不出合适的人选来，所以闷在那里不置可否。

看到几个人激烈地争辩着，莲枝懒得接话，端一盆热水进房去洗脚。

不一会儿，莲枝还是禁不住从房里骂道："好物不留种，留个破尿桶。屁本事没有，你个臭粪脑壳就算待到天亮，也待不出个萝卜种来！还不快点去！"

阔嘴旺被莲枝骂了之后，只好硬着头皮带着校长来敲德绍家新屋的后门。经过一番争辩后，校长意识到再拖下去也不是个事，今晚必须把人选定下来，要不然明天早上全校师生都要吃生的，所以就跟着阔嘴旺来了。

　　德绍正坐在灶口的烧锅凳上，闷着抽旱烟，琢磨着今晚要把渔网撒在龙水河的哪一段才好，忽然听到有人拍门，心想莫不是生产队今夜又要临时开展学习批判活动，如果真是那样的话，今晚打鱼的盘算估计又要泡汤了。自筑新屋以来，家里又增加了几张嘴，德绍身上的担子压力陡增，除了生产队的劳动外，一心只想着如何多抓点收入进家门，对其他的事毫无兴趣可言。他轻声地叹了口气后，才扯着嗓子大声地答应道："哦，来啦！"慢慢站起身来，踱步过去开门。

　　德绍打开门闩后，看见是阔嘴旺和社中校长，诧异地说道："咦，什么风把你们两位吹来了？"

　　"绍呢，无事不登三宝殿呀。"校长"呵呵"地笑着说。

　　"校长，你们两位都是贵人，请都请不来呢，赶紧进来。"德绍也笑着说。

　　阔嘴旺和校长进屋后，看到建英跟着文珍正在洗碗洗锅，连英在堂前抹桌子，志焰坐在大门的门槛上抽旱烟，大虎和二虎趴在堂前的地里与成虎闹着玩，说道："唉唉，怎么才吃完饭吗？唉唉，你家兰香呢？"

　　德绍说："刚下肚，她在房里给那个小女擦澡，有什么事吗？"

　　阔嘴旺"嘿嘿"地笑了一声说道："唉唉，有个好差事，唉唉，生产队和学校想问下你家兰香愿不愿意去做。"

　　"她哪里有那个本事哟，我家里的饭菜都我妈弄的。"听了阔嘴旺的话后，德绍很快就明白了他们的来意，想把他们回绝了。

　　阔嘴旺说："唉唉，我们把全村的社员都过了一遍，唉唉，估计只有你家兰香才能弄得下架。"

　　"这个事其实并不像他们说得那么难。"校长赶忙帮腔。

　　兰香这时已给成英擦完澡了，抱着成英出来说："没者也嘤（婺源方言，意指不靠谱，不可能），队长，他们男人都做不下架（婺源方言，意指没有能力完成，无法胜任），我更弄不好。"

　　"男社员不是做不下架，在挑水挑柴、烧锅搬饭甑等力气活上，男的都没问题，关键是他们在炒菜、给学生打饭、帮学生热菜上做不下来。女社员呢，在吃苦和细致上好一点，可在力气上又有欠缺，生产队经过讨论觉得全村只有你这两项都具备，但就是怕你家里孩子多，脱不开身。"校长向兰香解释道。

"校长，你是给我戴高帽哟，我哪有那个本事呀，去不得。"兰香还是有点怕。

阔嘴旺急于找人去顶那个活，对兰香鼓励道："唉唉，兰呢，唉，你不要怕，唉唉，平时你不是常常和男社员抢活干吗？唉唉，你的力气不小，能干得下来，唉唉，你去田里地里拼死拼活大不了六分工、七分工，唉唉，这里至少有八分工呢。"

六旺说得没错，"八分工起评"对兰香和德绍都有很大的吸引力。前两天他们就听说"八分工起评"的事了，兰香心里早就有去试一试的想法了，德绍也注意到这事了，但两个人都没提，现在阔嘴旺和校长专门上门来说这个事，心里都有点心动了。

兰香听了阔嘴旺的话后，犹豫了一会儿说："我怕到时饭菜弄得不好，你们要怪人。"

"你们两个，一个是校长、一个是队长，都是拿主张的人，这两天我也听说了生产队里没有人愿意去做这个事，现在你们选兰香去做这个事，只要她愿意去，我肯定支持不反对，但我先要跟你们讲清楚，你们也知道我家里的情况，从早到晚忙得不可开交，有时少不了磕一下碰一下的，所以食堂里的事你们不能打墨斗线（婺源方言，意指上纲上线）。"德绍马上补充道，"当然她这个人你们也知道，这么多年了，在生产队里从来没有偷过懒。"

阔嘴旺没想到这事进展得这么顺利，心里一块大石头落下了地，喜出望外地说道："唉唉，绍呢，唉，你放心，唉，食堂弄饭的事哪里能上纲上线呢？"又转过身来对校长说："唉唉，校长你可以放心，唉，我保证兰香能做得下架，"又对兰香说："唉唉，从明天开始给你按八分起评记工分。"

红庙东侧就是外坦和平山林底，平山林底是古时的校场，是一个杀人问斩的地方，和红庙一样也是一个很吓人的地方。

龙水河在红庙这段是浅滩。这段河虽然水浅，但危险重重，历年来淹死过好几个小孩，不仅仅是河边村的，还有其他村的小孩。因为水浅，邻近村的小孩都很喜欢到这里来摸鱼摸虾摸螃蟹和玩水嬉戏，这片浅滩还是手工淘沙金的好地方，淘沙金的人在浅滩上挖出很多深坑。这些深坑非常危险，孩子们在互相追逐或追鱼追虾时，容易追忘了情，追了进去，在猛然踩空跌入深坑的瞬间，人会被吓得慌了神而胡乱挣扎呛水，越挣扎越呛水越慌张、越慌张越呛水越挣扎，全然忘了游泳的动作，心理素质不好、游泳技术不过硬的小孩可能会遇险。

在周边乡村的人脑海里，红庙这一块地方是一个鬼非常多的地方，有平山林底的"无头鬼"，有坟场里的"病死鬼""吊死鬼""饿死鬼""官老爷鬼"，有河里的"半岁鬼"，在夜里突然说到红庙，可以把人瘆得起鸡皮疙瘩。

兰香在去社中食堂当炊事员之前就已经怀孕了，但为了那"八分工起评"，她顾不得肚子里的孩子，也顾不得这样鬼那样鬼，每天四点多一点起床，便提着一个松根火去学校弄饭。这个松根火对她很重要，既可以照路，又可以壮胆。

到了学校后，第一件事就是去红庙河里挑水。打水井不仅没有打出水来，还把古墓破坏了、把文物糟蹋了，生产队决定不再打井，就从红庙河里挑水供社中用。从红庙河里舀水挑到社中食堂有 300 多米，有一段是从河边上来的石子缓坡路，100 米左右，上了这段坡路就是泥土路。不管是烈日炎炎，还是风霜雨雪，只要社中不放假，兰香每天天不亮就要经由这条路挑水，一日三餐，每餐至少要挑六担水。热天自不必说，即便是严寒的雪天，挑完水后也是一身大汗。

挑完水后要马上烧锅做饭，社中的食堂里有三口蒸饭用的大锅，兰香必须三口锅一起烧，烧开水、洗米、下米、捞米坯、蒸饭、给锅灶里添柴，这些工作要有条不紊地在三口锅里展开，稍有衔接不好就会出这样那样的问题。比如，这锅稀饭熬焦了、那锅却没熬熟，这锅饭太软、那锅饭却又太硬，还有夹生饭等。蒸饭用的大饭甑就像酿酒厂里用的那种饭甑一样，又高又大，兰香要用一个大方凳垫脚才能将大饭甑放下锅，铲米和铲饭坯用的是大铁铲，洗饭锅和洗饭甑用的是大扫把。

饭蒸熟后，要紧接着往锅里加水，用大蒸格为学生蒸菜。社中的学生要从家里装菜到学校里来吃，除了辣椒酱、干萝卜丝、霉干菜等不需要加热外，像霉干菜蒸肉、霉干菜猪皮豆豉、霉干菜豆豉豆腐干、霉干菜豆豉干鱼等，全都需要蒸热才能吃，学生们头天晚上会将第二天要蒸的菜用一个小菜盅装好放在食堂的架子上。对于这些要蒸的菜，兰香都会非常小心细致地把它们放在蒸格上，一层层地码好码稳，以免菜盅倒了，导致学生没菜下饭。

霉干菜又被婺源人称为"残菜"（"残"是婺源话的音译，婺源人称荆棘为"残"），将芥菜砍下来，菜叶菜帮一起蒸熟切细，放在大太阳下暴晒，芥菜片在蒸熟晒干后，卷缩成硬硬的、小小的，像一枚枚乌黑色的荆棘，抓在手里有刺人的感觉，因而婺源人管它叫作"残菜"。也有管它叫"残菜疤"的，因为它的形状和颜色极像破皮出血后的结痂，另外把它叫成"疤"，可以起到蔑视的效果，说明它贱、被人们瞧不起。"残菜"不仅利于存放，而且以"残菜"为主和其他如肉、鱼、豆腐等菜配起来，无论是炒还是蒸，都可以放很长时间不变质、不变味。每个婺源读书人，都离不开它，因而"残菜"又被很多婺源人戏称为"博士菜"。

学生们的菜蒸下锅后，兰香要抓紧时间为社中的老师们炒菜。学生们的菜以贱得不能再贱的"残菜疤"为主，老师们也吃得很节俭，全是南瓜、冬瓜、白菜、萝卜、豇豆等学校自己的菜地里产的蔬菜，炒菜用的油也得靠学校的师生们自己种。

有一次，校长看到兰香在刨南瓜皮，走过来对兰香说："兰呢，今年学校的南瓜种得好，你看，皮一刨开，渗出来的油好多呀！"兰香回答道："是呀，校长，这个南瓜一定很甜的。""今年的南瓜种得好，依我看，以后炒南瓜可以少放点油。"校长说。兰香以为校长在开玩笑，笑着问道："校长，你说真的还是假的？""当然是真的喽，去年学校的油菜没种好，今年油可能不够吃哟。"校长皱着眉头说。

兰香在社中当炊事员的工作干得非常出色，从来没有挨过批评，社中的领导和师生都对她的工作给予了很高的评价。

学校领导夸她给二百多人做饭，用大铲子铲米，却把握得恰到好处，不会今天剩了大半甑、明天又不够吃，用油用柴也很节约。老师们夸她厨房里收拾得干干净净，饭菜也做得很好吃。

学生们赞她打饭从来不克扣人，为人和蔼热情，搭个口信回家、家里捎个什么东西来、有件衣裳洗不干净了请她帮忙洗一下、帮忙加工个什么菜等，一些需要麻烦她的事，她不管多忙，总是笑嘻嘻地一口答应下来，并做得很好；身体病了不舒服和她一说，她就像心疼自己的孩子一样地照顾人。

大虎二虎在这年一起上了小学，再加上兰香又怀孕了，德绍知道往后的日子肩上的担子只会越来越沉重，又感念于兰香不顾有孕之身坚持每天起早贪黑地到社中去弄饭，志焰和文珍不顾越来越衰弱的身体咬牙支撑着，内心里的责任感、紧迫感天天煎熬着他，他迫切地琢磨着扩大捕鱼的收入来源。经过一番冥思苦想后，德绍终于构想出了个绝妙的办法：利用龙水河红庙段的"河形河貌"设计出了一个类似于"守株待兔""坐享其成"的捕鱼利器——"鱼床"。

龙水河红庙段的河面很宽，河水又浅又急，有的地方还露出了沙洲，河床表层是鹅卵石，鹅卵石下面是沙砾。德绍在河床上打下两排杉木桩，大致排出一个"V"形，"V"的底部刚好置于两个间距很窄的沙洲间，砍来竹丫、荆棘、没有多少树叶的树梢等拦在木桩间，做成一道"V"形的篱笆。从木坞深山里砍来两捆比手指粗一点的苦竹，这种竹子又直又长，用棕绳将这些竹子编成一张两边有竹篱的"鱼床"。将"鱼床"前端稍低后端略高地安在"V"形篱笆底部，在"鱼床"前端用鹅卵石堆个20厘米左右的"门槛"，在"鱼床"尾端拦一捆杉树丫。"V"形的篱笆阻断鱼儿去下游的路，将鱼往"鱼床"方向赶，本就湍急的河水经过篱笆的阻拦，到了"鱼床"处变得更加湍急。

篱笆扎好、"鱼床"安好后，德绍对扎篱笆的树梢上的树叶的多少、"鱼床"倾角的大小和"鱼床"门槛的高度反复地进行调试。树梢上的树叶多了，阻力太大会被水冲走；树叶过少，鱼和河水就会"漏"走。"鱼床"前低后高的倾角把握不好，鱼不是被冲出"鱼床"尾端，就是逆着水流重新游了回去。"鱼床"门槛高了，鱼不下"鱼床"；"鱼床"门槛矮了，河水下"鱼床"的冲力不够。

经过一段时间的调试后，德绍把各方面的分寸把握得恰到好处。没有其他去路的鱼顺着被篱笆"加急"了的河水，一下子就过了"鱼床"门槛，过了门槛后，鱼会被水下门槛时的冲劲冲到"鱼床"的尾端。河水自过了门槛后就会快速地从竹子间隙冲漏下去，"鱼床"前半部分就没有水了。鱼只能在鱼床尾端听着河水"哗哗"地冲下"鱼床"的声音而"啪啪"地干蹦，只要听到有"啪啪"地拍打着竹子的声音，就可以下河去捡新鲜的大活鱼了。将鱼捡起来，从沙洲上折根细长的柳条穿起来，就可以提到县城里去卖钱。德绍将苦竹间隙编得比较大，小鱼可以顺着河水从竹子间隙溜走活命，只有大鱼才会"留"下来，一些顺着河水漂流下来的水草，也会被从竹子间隙冲走，省去了很多打理"鱼床"的功夫。德绍曾经装到一条十几斤重的大鲤鱼。

德绍的"鱼床"安好后，成了家里一个重要的收入来源，不管是晴天，还是雨天，也不管是冰雪寒冬，还是夏令三伏，都可能会有大鱼来"投奔"。为了防止有人来偷"鱼床"里的鱼，德绍撒好网后，会在红庙的河沿上或是沙洲上用塑料薄膜搭个棚子，睡在棚里守"鱼床"。

德绍晚上外出打鱼，有时也把大虎或二虎带上，德绍抬渔盆拿渔网，孩子帮着拿撑杆、提马灯、提松根火等。撒好网后，德绍就带着孩子去红庙守"鱼床"。小小年纪的大虎二虎，已经懵懵懂懂地知道家里的困难和大人的不易，耳濡目染间在内心里积攒了为家出力的志气，所以德绍让他们晚上陪自己去打鱼时，两个孩子从不推托。虽然大虎二虎很愿意为家尽力，但他们毕竟正处于最怕各种鬼故事的年龄阶段，在陪德绍捕鱼时都曾被吓哭过。

有一次，大虎陪德绍守"鱼床"，到了夜里3点多钟时，志焰过来提鱼去县城卖，他要在社员们出早工前赶回来。志焰提鱼走了一刻多钟，一条大鱼下了"鱼床"，"啪啪"地拍打着"鱼床"。德绍说了一句"咦，可能不小呢。"就赶紧下河去捡鱼。不一会儿，德绍提着一条大鲤鱼回来，摸着大虎的头对他说："小呢，这个鱼不细呢，估计趁新鲜可以卖点钱，你朝朝刚走，我去追他，一会儿就会回来，你在这里守一下，怕不怕？"

大虎心里怕得要死，但他还是说："你去吧，我不怕。"德绍又摸了一下大虎的头说："真通（婺源方言，意同真乖），我一会儿就回来。"德绍说完就提着鱼飞奔而去。德绍走后，大虎躲在被窝里，脑袋里过着大人们讲的关于红庙的各种各样的吓人的鬼故事，他越想越怕，越怕越想，躲在被窝里越缩越紧，不停地发抖，一分一秒地熬着。德绍回来后喊他一声："小呢！"大虎听到后吓得"哇"一声哭出来。

二虎被吓得更惨。夜里3点左右，德绍对二虎说他到下游去收两张网，如果网到鱼的话，就可以让他朝朝一起提去县城里卖，让二虎守一下，二虎睡得糊里糊涂的，心想收两张网要不了多久就回来了，于是应了一声："哦，你去吧。"德绍撑着渔盆走后，二虎却清醒了，他的脑袋里浮现出各种听来的红庙闹鬼的情节，这些情节和自己臆想出来的情节相交织，二虎越想越害怕，各式各样的鬼在脑里眼前晃来晃去。

就在这个时候，借着朦朦胧胧的月光，他看到河对面有一个黑影，走到河沿边，脱鞋、卷裤腿、下水，径直朝着"鱼床"走来。二虎被吓得魂飞魄散，瑟瑟发抖地看着那个黑影从"鱼床"里捡起一条鱼往回走。等那个黑影上岸弯腰准备穿鞋时，二虎才从恐惧中反应过来，那个黑影不是鬼，而是有人来偷鱼，维护家庭利益的勇气立马涌上心头，但他还小，不敢下河去追，于是大声地哭喊起来："爸呢，有人来偷鱼啦！"

那个黑影听到喊声后，站起来扭头朝这边瞥了一眼，提起鞋子就走。二虎看着黑影提着鱼径直走了，"哇啦哇啦"地大哭起来。可能是二虎哭得太过伤心了，打动了黑影内心，他走了几步后又折回到河岸边，放下鞋子，提着那条鱼下了河来到"鱼床"边，将鱼放回了"鱼床"，并对二虎说了一声："小呢，别哭了，鱼还给你家啦。"说完，黑影蹚过河，上了对岸，提着鞋子走了。

社中的第一个学年快结束前，校长看到兰香挺着的肚子越来越大，紧张地说："兰呢，看样子马上就要生了，怎么办呢？要不要我和生产队商量一下，找个人来顶一下？"兰香说："没事，估计还有几天。"校长说："那最好，生产队找个人来估计也顶不上，不过只要你肚子有什么响动，就要快点跟我讲，千万勉强不得哈！"放暑假之后的第5天兰香生了，又是个男孩，德绍给他取名为林虎。

林虎出生后，德绍去给他上户口。工作人员翻开户口簿说："咦，加这个就是3个女4个小喽！"

德绍看了眼工作人员，豪气满满地说："嘿，有什么奇怪的？哼！儿子10个都不嫌多！"

"10个不嫌多！3个女4个小还不够呀？"工作人员听了德绍的话后吓一跳，忍不住又问道，"我跟你讲，不能再生了，再生怎么养活呀？你有三头六臂吗？"

德绍懒得和工作人员浪费口舌，给林虎上好户口转身就走了。

自到社中当炊事员以来，兰香无论是平常的感冒发烧拉肚子还是生小孩，都从没请假，只要学校不放假，她就保持全勤，也从没有因为家里的事多而误过一次社中食堂里的事，没有给生产队任何扣她工分的机会。

正月十二，兰香的两个亲哥哥和一个堂哥一起到兰香家里来走亲戚，这个堂哥是兰香生父的弟弟的儿子，虽然兰香的母亲后来改嫁了，两边并没有断了交往。兰香继父过世后，两边的来往比以前更加密切了，有什么困难都会互相商量周济。之前过年，几兄弟和兰香总会在正月初七、初八在兰香的大哥家里团圆一次，今年兰香挨着年关生了林虎，所以就没有像往年一样在正月初头去她大哥家吃团圆饭。

三个哥哥相约一起来到兰香家，兰香打心眼里惊喜高兴，让德绍在堂前招呼着三个哥哥，自己下地和文珍配合着下厨准备酒菜。不一会儿，菜就上来了，除了清明果、籽糕、粽子三大撑场的菜外，还有一盘蒜叶炒肉、一碗糊豆腐、一盘炒酸萝卜条、一盘炒青菜、一盘炒酸辣椒。正月里人们荤菜吃得多，糊豆腐、炒青菜、炒酸萝卜条、炒酸辣椒反而最受欢迎。

菜上齐后，志焰德绍父子、兰香三兄弟、文珍背着成英、兰香抱着林虎坐了上桌，建英、连英带着大虎二虎成虎坐另一桌。孩子们不喝酒，不一会儿就吃饱下桌了，大虎带着二虎成虎出门去捡爆竹，建英把成英牵到了厨房，喂她吃饭，连英也到了厨房里，那边可以烤火。

上桌德绍少不了向三位舅子敬酒，酒过三巡，大家的兴致都很高。这时兰香的大哥端了一杯酒来敬德绍，说："绍呢，这杯酒我敬你。"德绍也端起酒杯说："你是大舅，你敬我，我担当不起，还是我敬你才对。"兰香大哥说："绍呢，我们不分这个，我敬你，干了。"不由分说地把杯中酒干了。德绍只好也一仰脖子，干了酒杯。随后，兰香的二哥和堂哥依次来敬德绍的酒，德绍又干了两杯。正当德绍准备回敬三个舅子时，兰香的大哥二哥和堂哥又依次来敬志焰的酒。

酒桌上相互敬酒是很常见的，无论怎么敬都能说出千万种理由来，但今天兰香的三个哥哥动作这么一致、衔接这么紧凑，就像事前商量好了似的，这令德绍不免在心里犯蹊跷。几个人又互相找理由敬了几番后，兰香担心有人喝醉，于是出来劝道："我看你们几个酒喝得差不多了，现在饭也冷了，我让建英去煮钵面条来，大家填下肚子。"兰香大哥忙阻止兰香："不要去惊动他们小孩子，不瞒你们，今天我们来一方面是我们兄妹间过年团圆相聚一下，另外呢，还想和你们商量一件事。"

德绍心里已有准备，所以耐着性子认真听、不着急接话。兰香觉得哥哥这样说话不痛快，不满意地说道："老兄，你有什么事就说，难不成把我们当外人了？"

没等兰香的大哥回话，兰香的堂哥就把话接了过去说："是这么回事，还是我自己来说吧，你们也知道，我家那个肚子不争气，连着生了5个女儿，现在不敢再生了，所以想和你们商量一下，能不能从你家抱一个小过去，比如说，林虎。"

兰香堂哥的话落了音，屋里一下子就安静了，没人出声接话。

德绍虽然猜着有事，但兰香堂哥提出来的，超乎他想象太远了。

兰香完全没有思想准备，蒙了一闪过后，想起小时候哥哥对自己的牵带，成家以后哥哥对自己家庭的帮忙也不少，志焰文珍德绍被抓走了、德绍去南昌打工了、华娣夭折了、筑新屋差钱了等，这些难关都是在哥哥的帮忙下才渡过的，但她脑子里又不断地浮现着几个孩子从出生到现在的一个个瞬间。

志焰不知说什么，另外他知道这事轮不到他来表态，所以闷着不出声。文珍不说话，从凳上起来，扭着小脚到家背去煮面。

兰香堂哥之前设想过一些德绍兰香及志焰文珍的反应，准备了一些应对的话，可是现在他们四个都不答话的场景完全出乎他的意料，让他有点慌了神，赶忙接着说："要不这样，我的那个小女和林虎差不多大，要不我们两家换一个，绍呢，你看如何？"

兰香的大哥二哥觉得兰香堂哥急中生智的这个提议很好，可以达到两全其美的效果，于是随声附和起来。

德绍的心里也在进行着激烈的斗争，他知道三位舅子对兰香和对自己家庭的帮助，同时也知道兰香堂哥家庭光景要比自己的好过得多，自己的儿子过去肯定会得到百般的疼爱。但是他也忍不住想到每个孩子的点点滴滴和自己为了养活孩子在龙水河里、在红庙沙洲上熬过的一个个黑夜。他还想起了大虎二虎陪他守"鱼床"的情景，他想成虎林虎再大一点也会和大虎二虎一样坚强、一样懂事的，这么好的孩子怎么舍得送给人家呢，即使送过去过好生活，他也舍不得。何况自己曾亲口说过"儿子十个都不嫌多"呢，只有儿子越多才能让这个家的香火更旺，才能彻底改变人丁凋零、香火单传的局面。自己的父亲为什么会被癞梨骗了那么多钱呢？还不是想这个家香火繁盛？盼星星盼月亮一样，好不容易盼来的"香火"怎么能送人呢，穷一点、苦一点怕什么呢？即便猪狗猫那么仰仗主人施舍，它们也不会丢下自己的崽子，更何况自己是一个好手好脚的男人，身为父亲怎么能把孩子送给人家呢？只要能爬得动、干得动，就不应该卸下肩膀上的牛轭。

兰香堂哥的问话打断了他的思绪，他缓了缓神，笑着说："舅呢，我这几个小都是些不成器的东西，可不像你家那五朵金花那样，又勤劳又温良。真的，这几个家伙脾气怪得很，林虎现在还小，日里夜里都要吃好几道奶，离他妈不得。今天我们都喝了很多酒，脑壳里昏咚咚的，讲起话来也是糊里糊涂的，改天我们再商量可能要好一些。还有一个办法就是等我这几个小子再长大一点，到时如果你还看得上的话，由你来挑一个去，到你那里去上门招亲，给你当义子，如何？"其实让自己的儿子给人家当上门女婿，德绍在心里也是不能接受的，只不过他不好一口回绝，所以采取了个"无限期"拖延的办法。

经德绍这么一说，兰香的三个哥哥不好再坚持了，之前想好的各种各样的话，一句都没派上用场，只好应承着，一人吃了小半碗面条后就回去了。

第五章

　　从生产队称口粮回来，建英挑着粮食刚一进门就"嘭"地撂下担子，对兰香嘟了一句"妈，以后我再也不去称口粮了"！就气鼓鼓地进了房间。兰香从社中回来刚进门屁股都还没坐得稳，德绍坐在门槛上一边抽旱烟，一边思考今晚撒网的事，两个人都被建英这突如其来的一句怼得不知道怎么开腔。

　　上一次称口粮也是志焰、文珍带着建英连英和大虎二虎去的。称完后，志焰和两个孙女一人挑大半担，大虎二虎两个人抬大半筐，文珍扭着小脚在后面追，路上建英拿大虎二虎打趣："你们两个就会吃一门，两个男子汉扛那么点还走不动，裸呢都要踩到你们了。"大虎不服气："男子汉怎么啦，我们还小，再过两年，你们两个人挑的合在一起，还不够我一个人挑呢。"连英说："你现在一个人吃的比我们两个人吃的都多，要不你现在少吃点，等你力气长出来了再吃这么多，好不好？"到家了兄弟姐妹四人还高高兴兴地互相开玩笑。

　　这次生产队通知称口粮，德绍想起他们上次称口粮时开心的情景，所以这次还让他们几个人去，自己留在家里乐得清静，还可以专心地琢磨一下撒网打鱼的事。

　　不一会儿，志焰连英大虎二虎和文珍都回来了。兰香问连英："你姐怎么一个人先回来了呢？"大虎说："妈，六旺那个家伙太缺德了！人都要给他气死！"兰香问："人家怎么啦？"大虎说："到我家称口粮的时候，六旺大叫'这窝猪来了，这窝猪又多又能吃'，全生产队的人都'哈哈'地大笑起来，把我家的古都跌完了（跌古，婺源话，指丢脸的意思）。我恨不得冲上去把他打一顿，可惜我打不赢他。"二虎也气哼哼地说："下回如果他还这样讲的话，我们两个一起上去打他，打不赢也要打！"

二虎的话刚说完，兰香马上呵斥道："你们两个晓得什么呀？他说是猪就是猪呀，细人讲大话，你们有几斤几两呀，还要打架？信不信我先敲你们一顿！"听了大虎二虎的话，德绍将一口浓浓的旱烟含在喉咙里，不知道是吞下去还是吐出来，结果被呛得咳嗽不止，鼻涕眼泪都流了出来。

大虎二虎不明白兰香为什么突然间发这么大的脾气，被骂得摸不着头脑，心里很委屈很不服气，与兰香激烈地争辩起来。

德绍顾不得抹鼻涕眼泪，从门槛上站起来，走到大虎二虎跟前，用手摸了摸大虎二虎的头说："六爷是在和你们开玩笑的，是人是猪，他怎么能分不清楚呢？他还是生产队的会计，也是村里读书最多的人；你们要用心读书，将来在读书上超过他，那才叫真本事呢。快点去洗脸洗脚睡觉，明天一早还要上学呢！"

六旺这几年在生产队的势头越来越猛了，阔嘴旺已经把生产队里的斗争大会、学习大会、教唱歌、读报纸等都让给六旺来主持。六旺文化程度高，在学校读书时就积累了很多这方面的经验，当阔嘴旺把这些抛头露面的机会让给他时，他少不了要在嘴上客气一两句"队长，我只是会计，不合适哟""队长，这种事你来主持更合适，我怕主持不下来哟"，但心里却有当仁不让的意思。阔嘴旺往往会再推说一句："唉唉，我讲话讲不清楚，唉唉，大家都愿意听你讲，唉，你来最合适不过了。"经阔嘴旺这么一说，六旺就不客气地接了过去。

六旺曾半开玩笑、半认真地和四斤、金芽说过"结结巴巴的，他讲得费劲、我们听得也费劲""我看旺爷这个队长当起来真累""下回干脆我们选莲枝来当队长算了"等话语。对六旺的这些话，四斤、金芽等人大都"哼哼哈哈"地报以不置可否的回答。

六旺还背地里说过一些关于阔嘴旺的怪话，比如，"家宝是不是莲枝那次从龙头湾娘家回来后才怀上的""他女儿怎么长得一点都不像他呢""你们知不知道为什么每朝老早都是队长先抢到东司吗？哈哈""有谁知道莲枝为什么每天早上都要把队长大骂一通，哈哈"。

六旺曾在德绍值夜看抽水机时，打探过德绍的心思。

河边村的稻谷收成主要靠外坦和圳头畈这两块田。外坦地势相对较低，靠前些年修建的渠道和水轮泵就可以满足灌溉需求了，不需要耗油抽水。圳头畈是由森头坞和平山林山麓延伸下来的台地，和外坦一样也有三个断层，第一层面积最大，第二层面积稍小，第三层是生产队成立后开垦出来的，只有40亩。圳头地势最低的新田也比外坦要高一大截，并且桃花溪的水流量不够大，无法采取安装水轮泵的办法来解决灌溉的问题，所以在稻子做肚（婺源话称怀孕为"做肚"）时，生产队要用抽水机从平山林西头的桃花溪里抽水上来为圳头畈的田上水，每年的那几天抽水机都要日夜不停地工作，生产队要安排人日夜值班照看抽水机和水圳。

那天夜里轮到德绍值夜，夜里11点钟左右，德绍刚巡完水圳回到抽水房前坐下抽旱烟，一锅烟还没抽完，他就看到六旺打个手电过来检查。他把旱烟筒往石头上敲了两下，将旱烟从烟锅里敲落后，站起来对六旺说："六呢，这么晚了，你还没困觉呀。"

六旺说："绍爷呢，你不是也没困嘛。"

"哎，我要值夜，捞不到困喽，你可以放心地去困的。"德绍笑着说。

六旺"哼哼"地笑了两声说："绍爷呢，我还不知道你吗？就算不值夜，你这个时候也没困，哪一夜这个时候你不是在河里撑渔盆放网呀？真不明白，你这么玩命干什么呀？"

"六呢，我没有像你说的那样玩命哟。水路我刚刚都看过了，水到新田了，估计明天下午整个圳头畈的田就可以浇遍了。"德绍被六旺说得不好意思，想岔开话题。

"绍爷呢，我跟你讲，由你值夜是最好的，不仅水圳水路不用担心，就是抽水机出问题，生产队都不用担心，你懂行。"六旺没接德绍的茬。

"六呢，你给我戴高帽了，对抽水机我是一窍不通啊。"德绍说。

"绍爷呢，你不用谦虚了，我真想不通，你不待在南昌，回到河边村挖泥刨土有什么好呢？"六旺一边说一边往圳头畈田间走。

德绍本想回问六旺为什么不去读大学却来挖泥刨土的，可是话到嘴边还是咬住舌头把它吞了回去，见六旺还是要去巡水圳，说了一句"走，我们再去看看"，就跟了上去。

走了几步过后，六旺又说："绍爷呢，其实整个生产队的人都知道，你是最有能耐的，又懂政策又见多识广，脑筋也是最好用的，生产队里很多人都说要不是当初你去南昌了，生产队队长的位置就应该是你的了。"

"六呢，一会儿工夫你就给我戴了两顶高帽了，我哪里有那个本事哟，我连大字都不识几个。"德绍赶忙说。

"绍爷呢，你就不要在我面前装了，我还不知道你的本领，你现在是英雄无用武之地。"六旺"哈哈"地笑起来。

"你就不要逗我，我连养家糊口的本事都没有，哪里有那个本事呀，阔嘴旺和你们几个都是村里最有能耐的人，生产队在你们的带领下搞得有模有样，你就不要拿我寻开心了。"德绍对六旺的话感觉有点不安。

"哎呀，绍爷，你又不是不知道，旺爷当队长好是好，不过他好像什么都听莲枝的，生产队那么多人哪里能由一个女人来指挥呢？你说是吧？"六旺说。

莲枝拿主张一事德绍早就听说过，也清楚这个情况，不过德绍的全部身心注意力都集中在一大家子人糊嘴巴的问题上，对生产队管理上的事他连一丁点精力都不愿意投入。六旺对他这么一问，他猜不明白六旺的用意，况且之前因为筑新屋一事还和阔嘴旺、莲枝夫妇吵过，所以他更加谨慎起来，没有直接回六旺的话，而是说："是吧？我对生产队的管理情况完全不清楚，你知道的，我对生产队的安排是绝对服从的。"

"绍爷呢，你是聪明人，我就问你一句，如果旺爷不当队长了，你觉得谁最合适？"六旺说完又"嘿嘿"地笑了起来。

德绍没有马上回答六旺，顿了一会儿才说："六呢，你看这水已经走到新田这片了。"

"是呢，水到这里了，那我就回去了，你继续值夜吧。"六旺说完丢下德绍，加快了脚步独自匆匆地往回走。

德绍看着六旺手里的电火快速地移动，心里忐忑不安起来。潮湿的河风从龙水河河道里发来后，快速地掠过圳头畈的禾林，在禾叶尖上发出来的"沙沙"响声，一阵接一阵。他从腰间摸出旱烟筒，在水圳头坐下来，听着"汩汩"的流水声和"沙沙"的风声，抽了两锅旱烟后，才慢慢地踱回抽水房，继续值夜。

生产队的选举大会定于十月半的晚上举行，要求一家派一个人参加。德绍不关心生产队"班子"的调整问题，一如继往地晚上去龙水河里撒网、到红庙去守"鱼床"；兰香还是起早贪黑地到社中弄饭；志焰也不想去，快80岁了，他越来越懒得动了，更不愿意到那种乱哄哄的场合里去凑热闹，但总不能让文珍扭着小脚去吧，村里的裹脚老太太就剩她一个"种"了，志焰横想竖想没有办法，吃了两个糍粑后，磨磨蹭蹭地出了门，到生产队大仓库里去参加选举会。

通过大会选举，继发当了队长，阔嘴旺当了副队长，原来的副队长根祥没有报名参选。

其实在选举前，这已经是一副明牌了，各家各户心里都有个谱，这么多年来队长、副队长基本上是他们三个轮着来，这次根祥主动退出了，根据轮换要求，肯定是继发当队长、阔嘴旺当副队长。

对于六旺这个红人，自从他进了生产队"班子"后，确实给生产队的工作带了一些不同的声色和活力，但很多人觉得他这几年蹿得太快、事情做得太锐，大家都对他笑脸相迎，却不敢推心置腹地深交。

六旺没能当上队长，连副队长都没当上，不过大家还是继续推举他为生产队会计，四斤、金芽也还是担任出纳和妇女队长。

继发在河边村分两个生产队时当二队队长。这次选举虽然阔嘴旺只当了副队长，但生产队的日常工作基本上还是按照原来的方式运行，社员大会依旧在生产队仓库里开，一些"小会"还是习惯性地到阔嘴旺家里来开，生产队里的学习等工作依旧由六旺主持。

德绍让大虎二虎进房睡了之后，把渔网绑在渔盆里，扛着渔盆、拿着松根火出了门，打算到龙水河木坞口段去撒网，出了门口没几步就感觉腿脚软塌塌的，一点力都没有，几乎迈不动步子。

他心神不宁地走到社中边上那棵大樟树旁，忍不住把渔盆放下地靠在大樟上，从后腰间掏出旱烟筒后，人也靠坐在大樟的根上，从上衣兜里摸出装旱烟丝的盒子、引子和火柴。

腊月初的夜晚，天上零零散散地挂着几颗寒星，有气无力地发出微弱的寒光，德绍抬起头瞟了一眼那几颗寒星，将烟丝装进烟筒的烟锅里，把烟筒含在嘴里，起于木坞、森头坞大山谷和龙水河河道里的冷风，在圳头畈的田原上混合后，呼啸着迎面吹来。

德绍不禁打了一个冷战后，忍不住抬起头来朝那边望去，圳头畈那边整个四周黑乎乎的，几乎黏成一团，隐隐约约地能分辨出两个高耸的黑影，那是木坞和森头坞的两个最高的山尖，它们像一个巨大的山魈的两条腿一样踏在龙水河的两岸。

德绍把视线收回来，划燃一根火柴点燃引子，有心无肠地吸了一口旱烟，禁不住想起六旺这几年在生产队里的作为、值夜那天晚上和六旺的对话、这次生产队选举的情况，还有前两天六旺组织大家学习后他个人发挥了一通，要求所有社员服从生产队的统一安排、一切行动要听指挥，要一心为公，不能私下打自己的"小算盘""小九九"，不能自以为是、另搞一套。他虽然没点名道姓，但好像话里有话，所讲的都有所指。

德绍想着想着，不自觉间思绪就走远了，一锅烟只吸了一口就让它烧完了。

其实德绍原来不吸烟，从南昌打工回来后，由于长期夜间在龙水河里打鱼、守"鱼床"，为了撒网时提神和守"鱼床"时打发时间，才慢慢地抽起旱烟来。那根烟筒是他自己制作的，挖来一根带有三个竹节的水竹根，把一根钢丝放在火炉里烧得通红，穿进水竹根里，把各个竹节烧通，再把水竹根的根头钻通，凿出一个烟锅来，就算成了。

他没有像其他人一样，去买一根旱烟筒，也没有在竹根的根头嵌一个铜烟锅进去。

一锅烟烧完了，德绍没有再装旱烟了，他在大樟树上把烟灰敲落后，站起来重新把旱烟筒别回腰里，扛着渔盆转向红庙的河里去撒网。他感觉很疲惫，懒得走那么远去木坞口。

德绍到红庙河口下了河，撑着渔盆来到"鱼床"边的沙洲上，把"鱼床"上的水草清了一下，再到沙洲上把守"鱼床"用的棚搭好后，把渔盆抬过沙洲到下游去撒网。他三下五除二地把网撒完了，撑着渔盆回到沙洲边，在这又黑又冷的夜里，快速地钻进塑料棚，他想好好地睡上一觉，到下半夜时再去收网。

德绍不是自己醒来的，是六旺把他叫醒的。

德绍躺下后又烦乱地想了一通后才睡着。在睡得正沉之际，突然听到有人喊他，他迷迷糊糊地钻出塑料棚，看到六旺带着村里的三个年轻人和两个知青站在他眼前，不解地问道："六呢，你们怎么到这里来了呢，好冷呀！"

六旺笑着说："是啊，这天真冷，绍爷呢，不好意思啦，今天可能要得罪下你了。"

德绍被六旺的话说得更加云里雾里了，忙说："六呢，什么事这么急呀？害得你们几个三更半夜冒冷跑来。"

六旺说："绍爷呢，不瞒你说，生产队认为你打鱼、安'鱼床'是在走资本主义道路，派我们来割资本主义尾巴。"

德绍说："六呢，你等下，听我说，我打鱼、安'鱼床'是靠自己的劳动养家糊口，没有剥削别人，怎么会是走资本主义道路呢？"

德绍的话还没讲完，两位知青就带头喊起了口号，六旺马上招呼其他几个年轻人跟着喊。

口号声尖锐地划破夜空，但很快就被一片漆黑的红庙和静静的龙水河吸收了，不过相比之下，德绍的辩解显得更加虚弱无力，除了他自己能听到，根本没有达到六旺、两位知青还有几名年轻人的耳道里。

几遍口号过后，六旺伸手向这个小型队伍一示意，两名知青和几个年轻人不由分说地下到水里，操起镰刀把"鱼床"、篱笆都砍了。

六旺把德绍搁在沙洲上的渔盆推下龙水河后又用力地向下游踹了一脚。

德绍又想追下河去捞渔盆，又想劝止他们，急得支支吾吾地说不出一句完整的话来："唉，六呢……唉，你们……唉，等等……你们听我说……唉……"

实际上，他既劝不住，更捞不到。

六旺他们一行人明显有备而来，目的非常明确，怎么可能听他劝。

被篱笆拦起来的河水在篱笆瞬间被砍开后，非常快地往下游冲去，人在冰冷刺骨的河水里怎么可能追得上那顺流而下的东西呢。

德绍手足无措地站在那里，无奈地看着脱了位的"鱼床"、渔盆在河水中快速地漂远，那些用作篱笆的荆棘和树梢纷纷四散开来被冲得向下游翻滚，不一会儿就漂过了河湾。

六旺带着他的队伍得胜而归，德绍看着他们扬长而去的背影，心里似万马奔腾翻滚，脑里却不知所措，他不知道是该回家，还是该继续待在沙洲上。

回家，如果兰香问起来，怎么回答呢？待在这里，什么都没有了，又有什么意义呢？

德绍思忖着进退不得，干脆一屁股坐下来，看着龙水河里的河水泛出来的粼粼寒光，默默地掏出旱烟筒、旱烟盒和火柴，两手笨拙得几乎无法把旱烟装进烟锅里，划了好几下才把火柴划燃。他对着旱烟筒猛地吸了一口，焦灼苦涩的浓烟充满了他的口腔和咽喉。他想旱烟的味道一点都不好受，为什么那么多人却愿意吸它，甚至还离它不得呢？

是啊！有些事情真是说不清楚、想不明白，自南昌回来以后，兰香已经为他生了儿、生了女。兰香不想生了，自己还坚持着要生，一家人的生活就如同这吸进去的旱烟一般焦灼苦涩，但自己还不是一样地离它不得吗？几乎每天三更半夜都要到龙水河里来捞吃穿、讨生活，一天两天不来，心里挖抓得比烟瘾犯了还难受。

自安"鱼床"以来，夏天的蚊蝇虫蛇、冬天的冰霜雨雪都没能阻止得了他，多少个夜晚为得了一条大鱼而高兴万分，多少个夜晚为两手空空而失望至极。但龙水河呢，它每日每夜都这样慷慨地流淌着，从来都不索取回报。它会停下"哗哗"奔流的步伐吗？

不！不会的，谁也阻止不了它。用钢筋水泥修堨筑坝都没用，不牢实就被冲垮，牢实就被漫过，从上面飞驰而下。

自己自作聪明地建了两道篱笆，想拦住水、拦住鱼。拦住水了吗？拦住鱼了吗？没有，筑篱笆的树梢上的树叶稍多一点就被冲得不见踪影，上"鱼床"的鱼相对龙水河来讲，连九牛一毛都不如。面对滔滔的龙水河只能顺势而为，任何逆势的想法和行为都是妄想和徒劳的。

德绍想着想着，不知不觉间两行眼泪溢出了眼眶，顺着脸颊而下，流到了下巴，鼻子里酸酸的、口腔里咸咸的，他不得不用双手捧起冰冷的河水来洗脸，把鼻腔里的鼻涕眼泪都擤出来甩在龙水河里，把口腔里的痰涎也吐到龙水河里，让这些污物顺流而下。

不过，这些污物还没漂出一丈远，就被几条小鱼争着抢着吃掉了。龙水河是最不怕脏污的，它流经的沿途，不知道有多少人在里面洗碗洗衣洗澡，也数不清每天有多少人在里面洗尿桶洗屎盆洗粪箕，当然还会有人在里面拉屎拉尿，但龙水河从不嫌弃、从不言语，而是张开怀抱容纳这些污秽，并很快就能去浊扬清、实现新陈代谢，呈现在世人面前的始终是那样清澈甘洌。

转念间，他忽然觉得六旺这次割他的"尾巴"，割得真好、割得正是时候。

自己向龙水河贪婪地索取了那么多，也该还它一个公道，让休养生息。他不知道自己在龙水河里、在这个沙洲上熬了多少个夜晚，真是太辛苦了，连大虎二虎也跟着受了不少罪，现在社中马上就要放寒假了，眼看着就要过年了，刚好可以利用这个机会好好休养一下，一家人高高兴兴、和和美美地过个年。

想到这里，他快速地把塑料棚拆了，用绳子把被褥拦腰一捆背着就往家里赶，因为再不走，志焰就要来提鱼了，没必要让他老人家白跑一趟。回家的路上，他又想起了大虎二虎昨天晚上说的话，两个小子小人说大话，不知深浅、不知轻重，但可以从他们的话中看出他们是有志气的小子。只要有志气就不怕，现在大虎二虎都在上中心小学，村里和他们同批的绝大部分在村小就止步了，明年就要考初中了，考上了就继续读，考不上再过两年可以得力了。建英、连英自不必说，可以挣到两三个工分了，明年建英应该可以算半工了。

相比来时的沉重，德绍觉得现在腿脚轻快得多，三步两步就迈到家门口了。进家门前，他特地摸了一把脸面，清了清嗓子，他不想让家人知道他被人家"割了尾巴"，免得引来他们的担心。他进门后听到志焰已经在地房里"碰碰"地咳嗽了，他有气管炎，每天起床时都要咳一阵，德绍连忙喊道："爸，不用起来了，今天没有鱼，'鱼床'、渔盆和篱笆都被水冲走跑了。"

"啊？落大雨了吗？"志焰惊奇地问道。

"没有，可能是快过年了，上边有水库放水抓鱼吧，就那么一阵大水，过了就没了。"德绍说得很平和。

"哦，要死喽，还有这种怪事？可能吧，年终岁尾的落雨是涨不起大水的。你人没事吧？"志焰将信将疑地问道。

"我没事喽，你还可以困一下子。"德绍说。

"哦，人没事就好，那就捞到再困一觉了。"志焰咳了几声后又躺下了。

转眼社中就放寒假了，生产队一年的账目也出来了，德绍家分红7元。生产队里流行一句话：二生一过年不用急，二生二推空磨，二生三风往被窝里钻，二生四吃赤字。意思是说，夫妻俩都是正劳力，家里只有一个孩子，年底分红时有钱得，可以安心地过个好年；如果有两个孩子，年底分红时估计分不到什么东西，空转一年；如果有三个孩子，估计要过寒年了，难保温饱；如果家里有四个孩子，那么肯定要倒欠生产队一大笔。

当生产队会计六旺念到德绍家的收支情况时，在场的很多社员都不敢相信自己的耳朵，惊诧于德绍和兰香养了7个孩子，不仅没有吃赤字还可以分到7元钱，有的赞叹、有的惊叹、有的羡慕、有的议论。挨着德绍和兰香坐的禁不住问起来："你们两个鬼呀，真厉害！一人有几双手脚吗？""凶呀，真玩命，不要命的吗？""怎么做到的？明年跟着你家拖算了。"……德绍和兰香被他们问得不好意思起来，不知道说什么，只得赔着笑而不答话。这7元的分红是怎么来的，他们心里是一清二楚的，这一年里没有向生产队里预支过一分一厘；生产队里只要有包工的事，不管是田间地头的，还是深山大川上的，哪项工分高，他们就包哪项。这7元钱靠的是一家人没日没夜、手脚不分地刨挖，靠的是全家人的节衣缩食，无论是大人还是孩子什么时候吃过一顿好的？穿过一身好的？

拿到分红后，德绍要兰香和他一起进城去，给全家人扯布回来做衣裳，兰香不想去，但德绍非要扭着她一起去。兰香犟不赢德绍，抱着林虎和他一起走依山村村头徽饶古道的石板路，穿过新坑坳去县城。

到了县城后，德绍硬拉着兰香在东门的清汤店里吃清汤（婺源管馄饨叫清汤），两毛钱一碗的清汤，德绍叫了两碗，把兰香气得不肯吃。德绍把林虎抱过来，一边喂林虎吃一边问："小呢，好吃吗？"林虎嘴巴里含着清汤"唔"了一声，可能是太烫了，他想把清汤吐出来又不舍得，只好把嘴巴张开，用舌头将清汤从左边搅到右边，又从右边搅到左边，几番倒腾过后才把清汤咬碎吞下，嚷道："真好吃！就是有点烫！"德绍乐得"哈哈"笑。兰香忍不住骂起来："还笑，把他烫到了，我看你怎么办？"又转过来对林虎骂道："你个好吃鬼，烫都不知道吐出来，烫死你个好吃鬼！"德绍对兰香说："你个痴妇女，两毛钱都舍不得，能干出什么事来，那年我们在南昌还坐黄包车呢，那不是要跳河自杀吗？""现在和那个时候能比吗？那个时候家里几张嘴，现在家里几张嘴？你也不想想，我到食堂里一日从早做到夜只能挣三四毛钱，你倒好，没心没肝地一下子叫了两碗清汤，太浪费了！"一贯不喜欢理论争辩的兰香居然和德绍较起劲来。

兰香在社中食堂当炊事员，虽然身体上每天的负荷都很重，但她成天与老师和学生这些知识分子、知识青年打交道，精神上是宽松的自由的，经过这些年的熏陶，她的思想思维要比以前活跃得多了，她不再像以前那样总是忍气吞声。婺源有句俗话"城墙上的石头能说话"，说的就是这个道理。

德绍笑着说："有一张嘴，就有一双手，怕什么？吃吧！只有吃下去才不浪费，你不吃那才是真的浪费。你想嘛，你一年到头这么辛苦，吃碗清汤就要挨雷鸣打吗？来，小呢，叫你妈快点吃。"林虎说："妈，你吃嘛，真的好吃啊！""吃你的！你就会吃一门。"兰香没好气地说，仍然不动勺子。德绍见状把放在兰香面前的那碗清汤拖过来，拿起勺子舀起一个清汤，往张得大大的嘴巴里放，夸张地嚼起来，一边嚼一边说："唔，真好吃，感觉县里的清汤比南昌的都好吃。小呢，你妈不吃，我们两个多吃点哈。"

林虎每天晚上都跟着兰香睡一头，洗脸洗脚、把屎把尿都是兰香的事，德绍从来都没有搭过手，所以更亲兰香一些，他不舍得让自己的妈妈吃亏，忙说："不行，那碗是我妈的，还给她。"德绍半笑半骂道："你个不知好歹的小子。"接着又问："那我的呢？"林虎不理他，自顾自地吃起来。德绍拿起勺子舀了一勺汤，夸张地喝起来，喝得"吧吧"响，把一勺汤慢慢地喝完后，自言自语地说："啊呀，有的人喽，真可怜，钱花了，这么好吃的清汤连一口都吃不到，吃了冤枉亏，还要遭人笑哟。"林虎一看德绍又从他妈碗里舀了一大勺吃了，生气地说："爸，那碗是我妈的，你不能再吃了。"又对兰香说："妈，你快点吃嘛，一会儿就没有啦。"说着试图用她的小手把那碗清汤往兰香那边推。兰香又好气又好笑，一把把德绍手里的勺抢过来，对林虎说："来，小呢，我们两个快点吃！"林虎应道："好。"

吃完清汤后，德绍和兰香一起去扯布。到了布店里，德绍要给全家人都扯布做衣裳，兰香坚持只给两个老人和建英连英、大虎二虎四个孩子扯就行了。

"这几个小的哪里用得着嘛，大的换下来的，给他穿不是刚刚好吗？何必去花冤枉钱呢？"

"嘿，这几个小的一直在穿大的淘汰下来的破旧衣服，几年都没有做过新衣裳了，今年过年一人做一身算过分吗？林虎出生、周岁这些都没有穿过新衣裳，不仅他们要做，我们两个人也要做。"

"不是过分不过分的事，关键是用不着，我们两个就更用不着了，天天挖泥刨土，还要穿新衣裳吗，笑不笑人嘛。"

"你个痴妇女，古老话讲'狗咬破衣裳'，过年了，总不能老让人家看扁了。"

"又不偷又不抢，谁看扁你，你是脱离实际死要面子。"

德绍见无法说服兰香，便问起林虎来："小呢，想不想穿新衣裳？"林虎很高兴地答道："想！"兰香马上骂道："想什么呀？一天屁事不做，穿什么新衣裳！"林虎被兰香骂得不敢说话。德绍说："你这个痴妇女，怎么回事嘛，今天怎么老唱反调呢？小孩子过年想穿套新衣裳不正常吗？我们不能老让孩子穿得像个要饭的一样。"最后，德绍和兰香两个人都各让一步，给两个老人和七个小孩都扯布做衣裳，自己两个都不做。

扯完布回来，一家老小都高兴，兰香到裁缝师傅那里排了队，大致商定了师傅上门来做衣裳的日期之后，就开始和文珍一起忙着过年的各项准备工作了。和往年不一样，德绍专门跑了一趟官村，约了师傅来家里帮忙煎煎麦芽糖。德绍心想，大人不吃不要紧，更何况文珍志焰已经没几颗牙了，这种黏牙的东西他们两个这一辈子都无份了，可是家里孩子多，年年都让这么多孩子看着别人家孩子吃，看着着实可怜到家了，不能让孩子过得太屃了，屃着屃着，万一养成习惯了就成扶不上墙的烂泥巴了。

德绍约好煎麦芽糖的师傅后，就开始帮生产队和各家各户杀年猪，杀猪的日程已经排到大年二十六七了，日程虽是这样约下，但德绍想尽量往前赶，争取在小年前结束，小年过后，他就不想再动刀子了。

德绍是从南昌回来的第二年开始学杀猪的，现在已经是村里最好的杀猪匠了。帮人家杀一头猪可以到人家吃一顿杀猪饭，河边村这一带杀猪饭的菜品有个大体上的定例：一盘辣椒炒猪血、一盘蒜叶炒肉、一盘炒青菜，也有把炒猪血换成猪血汤的，那样的话就要再加一盘炒猪肝。吃完杀猪饭后，主人家会将杀猪的报酬放在装杀猪刀具的篮子里，有的是一块斤把的猪肉、有的是一节猪小肠加猪下水、有的是一块猪肝或是猪油，或多或少全凭由主人家给，杀猪人将篮子提回家后才打开，里面是什么就得什么，不言语声张、不计较比较。

小年晚上德绍终于把剃头匠海富家的年猪杀好了，海富家在村中央的水井旁，隔着水井与阔嘴旺家门对门，海富家大门对着阔嘴旺家的后门。德绍把猪肉猪杂打点妥帖后，一边在海富打过来的一盆热水里洗手，一边对海富说："富呢，今天是小年，我不到你家吃饭了，免得讨你嫌。"海富说："我光棍一个，讨什么嫌？不过今晚是小年，你在我这里吃，有个人对着坐，我高兴。你要回家吃呢，我不强留，明天把你家几个小子都带过来，你给我刮了一枚猪头，我替你刮四个萝卜头，如何？”德绍笑着说："四个不行哟，你好人做到底，小的要过年，老的不一样也要过年吗？"海富也笑了起来："哈哈，好，好，老的小的都来，我一起给你家修理了，但只管男不管女哈。"德绍说："那就一言为定，明天早上你也要像今天一样，多烧点开水。"海富说："放心吧，不会让你家老萝卜小萝卜冷了头的。"

"到了冬至就数九。一九得九，被窝里穿絮袄；二九十八，河里冻死老鸭；三九二十七，冷水冻成肥猪肉；四九三十六，屋瓦沟里挂冰砾；五九四十五，脱了寒衣去担水；六九五十四，脱了寒衣挂壁刺（徽派建筑会在柱子、房梁、厢房板上留一些榫头，用来挂东西。这些榫头或人为钉的钉子，统称壁刺）；七九六十三，脱了寒衣两头担；八九七十二，脱了寒衣做田事；九九八十一，脱了寒衣打赤膊。"腊月二十五早上，志焰老早起来教林虎唱数九歌。德绍对志焰说："爸，我昨晚和海富约好了，他今天一早就开始帮我们家剃头，你带两个小的先去，我们几个后边来。"志焰带着成虎和林虎走了后，德绍带着大虎二虎和三虎扫大门口的平墰，将平墰上的垃圾扫拢，铲到东侧阔嘴旺家菜园前的荒地上，从灶里铲了几铲火放在垃圾堆上，把垃圾引燃后就都去海富家剃头了。

兰香找来一件旧衣裳把头包起来，举一个长柄扫把扫楼板上的灰尘，建英和连英把家里的锅盖、水缸盖、洗脸架等搬到龙水河里去洗，洗好后搬回来晾在大门前的平墰上。文珍扭着小脚在锅沿头忙着煮饭。自建英连英开始懂事后，兰香和文珍在家务活上轻松了不少，过年时体现得更加明显了，头几天建英、连英不等兰香和文珍吩咐，就商商量量地把洗被褥、剪野艾、剪蒻叶、采粽衣、削粽叶等事情做好了。年三十做清明果、蒸籽糕、包粽子就更快了，兰香带两个女儿弄就行了，文珍一边烧锅一边催促一家人谁去洗头洗澡。

吃年夜饭时，德绍把两张桌子拼接起来，一家人围坐在一起，团团圆圆的。大家坐定后，德绍和兰香一起端杯敬志焰和文珍，喝完杯中酒后，德绍从口袋里摸出四块钱来，递给两位老人一人两块说："爸妈，你们辛苦了，从今往后，你们要多保重身体，将来等这些孩子都长大了，你们就可以享福了！"两位老人都不接钱，志焰说："小呢，压岁钱是给小孩子的，哪里有给大人的，听都没听到讲过啊。"文珍也说："我们两个老的，吃住都和你们在一起，要钱干什么？拿给小孩是正当的。"德绍说："给你们才是正当的，你们一天比一天老了，挣不来了；他们一天比一天大，好手好脚的，还怕挣不来？"

德绍坚持要把钱塞给志焰和文珍，志焰犟不过，把四块钱接过来后，和文珍一起端起酒杯要敬德绍夫妇和八个孩子，说："都倒一点，我家祖上是开糟坊的，按说子子孙孙都是要喝酒的，不想后来酒也不会酿了，人丁也少了，还好祖宗没作恶没作孽，再加上老天护佑，又发了这么多。来，我们喝了杯中酒，希望你们都没病没痛、成人出息、开枝散叶！"喝了杯中酒后，志焰拿了两块钱给林虎，说："小呢，前几天是你的生日，你这个生日真好，天下人都高兴，这是我和你裸给你的压岁钱，拿着哈！"说完把钱塞进林虎的衣裳口袋里，然后笑着对其他几个孩子说："你们不要不平衡哈，谁要你们不是过年的时候生的呢，我还有两块钱，哪天给你们买糖吃哈！"把几个孩子都逗乐了。

德绍本想去把林虎口袋里的钱拿出来还给志焰，但想想还是算了，没料到等志焰到位置上坐好后，林虎却爬下长凳跑到志焰身边把钱递给志焰说："朝朝，我不要钱，我也要吃糖，你给我多买点哈。"引得一家笑得前俯后仰。

第六章

　　过了年，河边村生产队里好事连连，娶亲出嫁接二连三地进行。婺源传统婚俗一共要走四个程序：提亲、认亲、下订、结婚。大多数情况下，提亲、认亲多半会在上半年农忙时节之前，下订会在中秋节到农历的十月半左右择期进行。婚礼大多会在农历的十一月下旬至次年正月上旬之间举办，这段时间农村人"又有钱又有时间"，他们一年来在田地里茶山上猪圈里所有的付出都得到了兑现，并且手头上也不会有多少事情需要急着去做。

　　婚礼选在年关岁尾，还有一个重要的因素，那就是关于酒席上的消耗量问题。年终岁末体力活少，各家伙食都开得不错，特别是正月初头，人人都在过年前后进了不少油荤，这个时候办酒席，来客吃不下多少。相反地，如果在其他时候办酒席，菜品再多、分量再大，都会被吃得连一滴菜汤菜水都不剩，下一道菜还没上来，上一道菜就被吃得精光，主客双方都不满意。

　　婺源婚宴的请柬分为两种：一种是普通请柬，发给朋友、邻居和关系不是很亲近的亲戚等；一种是注明"全家福"的请柬，血缘关系比较亲近的亲戚会收到这种请柬。收到普通请柬的人家，送来的贺礼多半是搪瓷脸盆、热水瓶之类的东西；接到"全家福"请柬的亲戚，根据亲近程度送出不同的贺礼，主要有被面、被单、床单、花布等。婚宴安排两天酒席，所有贺喜的人家要在头天安排一名男客去吃席、第二天安排一名女客吃席；收到"全家福"请柬的人家除了派人吃席外，婚宴期间一家人都可以到办婚宴的人家里去吃饭，自己家里可以不用生火。婚宴期间来吃席和吃饭的人很多，主家不得不考虑每个人的"消耗量"。

六旺的婚宴日子是正月初六、初七两天。六旺的对象是由下放到村里的干部新红给介绍的。下放到河边村生产队的一共有四家：三家本县的，分别借宿在继发家、六旺家和四斤家；一家从上海下放来的，在林子北边盖了一个小平房，平房里不分间，一家四口住在里面。

新红是段莘人，比德绍晚一年参加土改工作队，他们两人一起参加过学习培训，因此互相认识。

新红下放来到河边村生产队时，和德绍握手说："绍呢，你老兄当年急流勇退，有先见之明呀，佩服！"

德绍说："你才是有远见的人，我是睁眼瞎。你看，你是国家干部，我是一挖泥刨土的粗人，现在反而还要被你笑话。哈哈！"

"什么干部哟，从今往后，我们一起挖泥刨土，殊途同归、并肩战斗。你要带着我做事哟！"新红也笑着说。

"当了干部就是不一样，说起话来带着成语一串串的，以后你教我文化，我教你犁田。怎么样？"德绍笑着问道。

"行！就这么定了！"新红说完两个人又握了握手。

新红一家在六旺家借宿了两年后，在六旺家门前的一块公地上筑了新屋。虽然新红一家起了新屋另住了，但两家门对门，关系依然很亲近，日常里六旺管新红叫"新爷"、管新红的老婆叫"婶娘"。新红给六旺介绍的对象是新红老家段莘的一个远房亲戚，自此两家"亲上加亲"。

生产队会计六旺结婚，媒人还是下放到生产队的县上干部，河边村生产队里一些人家没等收请柬就先去送贺礼了。兰香和德绍商量后，也早早地去贺喜了，她除了买了一个"红双喜"字搪瓷脸盆外，还买了一条毛巾、一支牙膏、一对牙刷，将牙膏、牙刷整齐地摆在脸盆里，把毛巾搭在脸盆上，再折一枝天竹放在毛巾上送过去。

初四，六旺的老子来请德绍去帮他家杀猪，德绍满口答应，并且问六旺的老子："爷呢，做好事打杂的人都叫齐了没？"六旺老子皱着眉头说:"没有啊,正月年头,家家都忙,真不好配工,急死人了。"德绍说:"还差几个呀?我家兰呢可以去顶两天,细事她来不着,不过切菜、洗菜、洗碗这些粗活,她应该能做得下来。"六旺老子高兴地说:"那还不好,配你一个工,又配兰香两个工,怕是过意不去喽!"德绍说:"爷呢,乡里乡亲的,不用客气,再说了谁家不要办红白喜事呀?"六旺老子说:"绍呢,你说话真说得好,那就先谢谢你们夫妇的援手啦。"

六旺婚宴办好事的管账先生是新红。婺源民间办红白喜事,都要请一位字写得好、会管账的先生。管账先生要帮着写请柬、写对联、写标签、对所有收到的贺礼进行登记,负责对喜宴的消耗进行管控调度。喜宴结束后,管账先生要向东家交一本关于喜宴期间各样东西的用度、收到的贺礼和拜堂红包等清清楚楚的账。新红参加土改前和德绍一样,也只在祠堂里读了年把两年的私塾,经过这些年的学习锻炼,现在不仅字写得好,而且在算术方面也有了很多进步,可以当管账先生了。

初五,新红根据亲疏程度和辈分长幼,将六旺家亲戚送来的被面、被单、床单、花布等在堂前两侧的厢房壁上悬挂出来,用糨糊贴上标签,标签上注明"称谓 + 夫妻双方姓名 + 敬贺",比如,姑父姑母×××、×××敬贺。堂前上座的中堂照壁上悬挂着由六旺的两个舅舅送来的一幅寓意龙凤呈祥的中堂。

兰香贺喜的是搪瓷脸盆、毛巾、牙膏、牙刷,虽然在价钱上与那些悬挂在堂前的贺礼不相上下,但这类器物不可能享受"上墙"的待遇,这些器物被叠放在中堂门后面的架子上,新红在架子旁边的照壁上贴着一张大红纸清单。

六旺婚宴两天,德绍家的几个孩子都不愿意去坐席吃宴,两位老人只好出场,第一天是志焰,第二天是文珍。这两天,兰香都在六旺家打杂帮忙,德绍要帮其他办喜事的人家杀猪,家里全靠建英连英撑柱子。六旺老子来叫建英带着弟弟妹妹去吃饭,劝她不用生火做饭。建英不肯去,说:"唔,要不得,六爷结婚,我家又不是全家福,不能去吃,我和连英可以弄饭。"六旺老子说:"女呢,不要紧喽,乡里乡亲的,哪里分得那么清呢。"

无论六旺老子怎么劝，建英就是不去，也不让弟弟妹妹去。六旺老子见建英不愿去，就头天端了一大碗菜来、第二天端了一大碗糊来，建英不好拒绝，拿来自家的碗把东西装下。

　　帮六旺家杀了猪后，德绍又帮生产队里其他几家做好事的人家杀了猪；兰香也还帮了两家做好事的人家打了杂，一直忙到正月十二。

　　眼看就要开学了，兰香已经开始思量着又要过起早贪黑的生活了。德绍的心里也抓挠得很，今年这个年过得正如他之前设想的那样高兴和美，可家里已花得不剩分文了，去年撒网、安"鱼床"，熬更守夜，吃点苦头，但有从河里捞上来，就不用到生产队里去预支，所以年底算总账时才能分得到红，往后少了这条路，这个家估计要过得像透风窗一样。他不仅心里着急，浑身上下也不自在，要是往年，他一过正月初六就开始下河打鱼了，今年正月以来先是帮做好事人家杀猪耽搁了几天，后来按生产队安排出去积了几天肥，虽然也没有哪天是闲着的，但总感觉对不上劲，生活过得寡淡无味。

　　德绍感觉有力无处使，成天为找不到门路发愁得很，对门的阔嘴旺一家这几天却干得热火朝天的。

　　阔嘴旺、莲枝、家宝三个人忙着在贴着德绍家新屋的菜园里挖地浇水种菜。阔嘴旺和莲枝都是能干的人，家宝已完全出力了，声音也变得低沉浑厚起来了，在阔嘴旺和莲枝的调教下，现在干起庄稼活来有模有样的。经过几天的劳动，菜园里垄高沟直、垄上的土被翻敲得又细又松，垄上刨出来的菜行，行行笔直、行间均匀。阔嘴旺拿着粪勺往菜行里泼粪水，莲枝往泼了粪水的菜行里点菜籽，家宝拿着一把刨锄跟在后面，往点了菜籽的菜行里盖土。这种盖土其实并不是真的盖，而是把刨锄横过来，用它的棱在菜行边的土上轻轻地拍拉一下，带一点点土屑过来落在菜籽上，厚不得、薄不得，厚了可能导致出不了芽或菜根长歪了立不起来；薄了菜籽不仅出不了芽，而且可能被鸟儿吃得精光。

　　家宝的分寸掌握得很好，一拍一拉，将一层土屑带到菜行里，不厚不薄，恰到好处。家宝的妹妹家红穿着厚厚的袄子，像个圆绒球一样，拿一把栽菜秧用的小锄头在菜地里东挖一锄西刨一下。家红比德绍家林虎要小几个月，现在还不明白事理，纯粹是闹着玩，有时把家宝盖好的菜行也挖了。家宝也不生气，但故作生气地说她一两句："红呢，唉，你个家伙，不做好事，搞破坏倒行""红呢，别乱挖，菜种被你挖死了，不出芽，到时没菜给你吃，让你吃白饭哟""红呢，别挖了，那里面有臭粪，臭得很！"家红还是自顾自地乱挖，时不时地回家宝一句："我没乱挖，我在种菜呢""臭吗，我不怕，我要种菜"。

阔嘴旺和莲枝一个泼粪水一个点菜籽，一前一后地配合着，懒得理会两兄妹。自家宝长大懂事了，特别是着急女儿出生后，莲枝再也没有像以前那样凶地骂阔嘴旺了。

德绍站在自家门前的平墁上透过竹篱笆看到阔嘴旺一家人在菜园里种菜，时不时地一阵风把粪水的臭味吹过来，飘进他的鼻子里。作为一名挖泥刨土的做粗人，德绍对粪水的臭味是非常熟悉的，某种程度上说他对粪水的感觉是亲切的，而不是感到恶心厌恶。要知道连家红那么小的女孩子都不害怕，德绍就更加不会害怕了。

这种熟悉亲切的味道，进一步加剧了德绍心里的挖抓和浑身的不自在，他巴不得现在就有把锄头在手里，或是一挑重担在肩上，抑或是站在渔盆里右手握撑竿左手撒网。在这无所适从之际，他突然把目光聚在面前的荒地和那个野坟茔上，他兴奋地快步跨进大门，找来两把镰刀、一把锄头，叫来大虎二虎，递给他们一人一把镰刀，说："跟我来！"

兰香不知道他要干什么，问道："着急忙慌的，要干什么？"德绍说："把门口的荒地平了。"兰香说："荒地？哪来的荒地？"德绍不理他，扛着锄头出了门，大虎二虎也跟了出去。兰香不明就里，忍了一会儿还是忍不住追了出去，想看个究竟。

德绍正在给大虎二虎分工，要他们把荒地上的荆棘丛、矮灌木丛、葛藤等齐根砍掉，大虎朝南砍，二虎朝东砍，他自己负责挖。兰香看了几眼后，一句话都没有说，就回了家，文珍和志焰也出来看了看又回去了。

已经是六九初头了，德绍和大虎二虎没动几下就热得直冒汗，都把外衣脱了，只穿一件贴身的单衣用力地挖着、砍着，一直到天黑才回家吃饭。兰香对着大虎二虎骂道："还不把衣裳穿起来，冻病了，多的都去了。"

德绍下午使了力出了汗，此时肚子已经饿了，顾不得穿衣裳，舀了一大碗饭坐下来香香地吃起来。大虎二虎看德绍不穿衣裳就吃饭了，没理会兰香，也跟着去舀饭来吃，兰香追着他们，逼着他们把衣裳穿上了才让他们上桌吃饭。大虎二虎没办法，极不情愿地穿上了衣裳。兰香也舀了一碗饭坐下来，吃之前先抱怨一句："吃吃没事做，去平那块地做什么？"德绍没理会她自顾自地吃饭，吃完后把碗往桌里一推说："明天我和你负责挑，两个大女和两个小负责砍和挖，把那个野坟平了。"

"连河里的鱼都不给你弄，还去弄这个？当还没上够吗？"兰香一听更加不满了。

"不要怕，这个不一样，旁边有阔嘴旺家的菜园。"德绍宽慰道。

"你不要不服气，到时被收拾了，你就知道厉害了！"兰香警告道。

"妈，你不要怕，为什么人家可以开荒，我家就不行呢？"大虎忍不住插了一句。

"你知道什么呀？不知天高地厚！"大虎的想法让兰香很担心。

"小呢，别去弄了，那个坟在那里那么多年了，你去惊动它做什么呀？"文珍也不赞同德绍的想法，志焰坐在门槛上抽旱烟也干咳了一声。

"坟怕什么呢？人死如灯灭。那个坟多少年前就没有人家识认的，你看大过年的，也没个人来拜一下，前些年破'四旧'不知道挖了多少坟、破了多少东西，连家谱被烧了都没事。"德绍对文珍的话不以为然。

文珍拿德绍没办法，叹了口气，进厨房去洗碗了。志焰拿旱烟筒在石门槛上敲了敲，把烟灰敲干净了后，慢腾腾地挪着步子进房去睡觉了。

之后几天，德绍带着建英连英和大虎二虎专心开荒平整那片荒地，五个人每天都干得热火朝天、汗流浃背。荒地弄完后，就剩那个野坟了，德绍折了三个纸钱包，拿来小半瓶酒，先把酒洒在坟前，然后点燃三个纸钱包，对着那个野坟说道："老人家，我不知道你叫什么，也不知道你的后人在哪里。但俗话说'远亲不如近邻'，我们之间应该互相照应，这么多年来也没人来理你，我今天给你弄点酒来，算是正式认下了。你放心，我只平上面的土，不动其他的，要不然你上面长满了荆棘藤草也太不像话了，我把这些平了之后种上树、种上菜，肯定比之前要好得多。"德绍说完后就开挖，只动高于平地的土堆，而没有动墓室。

兰香没有和他们一起劳动，而是到生产队里去做积肥的事情，一直忙到学校开学。开学后，大虎二虎去上学，兰香又起早贪黑地到社中去弄饭了。德绍带着建英连英继续挖挑平整、起垄挖沟，但没有扎篱笆，在中间挖出一条宽宽的沟，宽到可以并排着走两个人，通过这条沟，可以从大门前的平塅一直走到林子里的路上。德绍没有往地里种菜，而是在靠近林子的东侧种上了几棵毛竹，在原来野坟茔的地方种了一棵梨树。把这些弄好后，德绍才带着建英连英一起参加生产队的劳动。

怕什么就来什么，仿佛冥冥之中真的有命运安排。过年开正以来，德绍一直担心家里没有来路，家里遇事要到生产队里去预支。没过多久，他的担心就变成了现实。

大清早，成虎背着书包出门去上学，经过守田家后门口时，恰巧守田从家里往外泼饭甑汤，结果一盆滚烫的饭甑汤全泼在成虎的后背上。虽然是早春，气温还很低，但成虎身上只有两件大虎二虎都穿过的旧单衣。送到医院脱衣裳时，成虎后背的皮肤粘着衣裳成片成片地脱落，就像开水烫鳖一样，吓得志焰文珍德绍兰香哭成一团，他们感受到的痛一点也不比成虎感受到的轻。

守田原是村里的老单身汉，父母解放前都死了，他是吃百家饭长大的，人老实巴交，个子矮小，人们常笑他手无缚鸡之力，在生产队里一年挣下的工分还不如一个女劳力多。几年前，钱家坞的一个男人被洪水淹死了，留下老婆和两个孩子，一个女人带着两个孩子过不下去，这个女人为了糊生活经人介绍嫁给了守田，嫁来的时候，她用一担谷箩一前一后地挑来了两个孩子，嫁给守田后的第三年又为守田生了一个孩子。生产队每年分红，守田家都是赤字大户，那间老屋早已作价判给生产队了，现在是生产队借给他家住的。

守田把成虎烫了，既拿不出钱来，也不愿出这个钱。他说："村里哪一家不是这样往外泼饭瓯汤的，鬼知道他一大早冒冒失失地窜过。"德绍没办法也没时间跟守田理论，只有先向生产队预支30块给成虎治伤。

成虎出院结账，一共用了20块钱的医药费，预支的30块还剩10块。事后，德绍找守田商量出医药费的事，守田说："绍呢，那天早上真的是活见鬼了，谁家不是这样泼饭瓯汤呢？这种怪事却被我这个倒霉鬼撞上了，你知道我家的情况，钱一分都没有，屋是生产队里的，就是栏里一只猪崽、鸡舍里几只鸡，你要抓猪就抓猪，要抓鸡就抓鸡。"德绍到守田家的猪圈里去转了一圈，又看了看他家的鸡舍，很多理论的话和骂人的话到了嘴边又被咽了回去，最终一句话都没说出口，转身回了家。

还欠生产队的预支款，怎么办？守田那边一分钱都指望不上，只有靠自己了。靠自己，钱从哪里来呢？德绍唯一能想到的就是龙水河。

德绍用剩下的10块钱，重新买了一个渔盆和几张渔网，顾不得春寒料峭，跳进红庙的河水里打桩、扎篱笆、安"鱼床"、反复调试。一切准备妥当后，他又恢复了以前的生活节奏，每天晚上到龙水河里、到红庙沙洲上去熬更守夜。德绍这次重操旧业，像是报复似的卷土重来，他一日都不愿意停歇，即使身体不舒服也要坚持。家里的花销当然扣得更加死了，孩子的夏衣、凉鞋，通通都不做不买，大人的根本不提；鸡蛋一个都不能吃了，全部留着卖，整个家庭除了填肚子和交学费外，其余方面接近零支出。

还好，六旺他们没有再代表生产队来开展"割资本主义尾巴"的活动，德绍在龙水河里的"打捞"事业没有受到影响，终于在中秋节当天一大早卖掉一篓鱼和一篮鸡蛋后凑齐了30块钱。

中秋节晚上，德绍来到六旺家还钱。六旺非常和气地对德绍说："绍爷呢，不急嘛，今天可是中秋节呢。"

德绍说:"六呢,看你讲的,欠生产队的能不急吗?过节前把债还清,那是老规矩。"

"绍爷呢,过节还钱那是指过年。"

"过年是过节,过中秋也是过节,早晚都要还,今天还了,一桩心事就了了,你说是吧,六呢。"

"绍爷呢你说的也是,生产队的钱那是集体的,谁都不能私占,可是借条没在我家里。要不这样,你把钱给我,明天我到生产队里把钱给四斤,同时把那张借条找出来撕了。这样大过节的,你也省得跑、我也省得跑,只要绍爷信得我实就行。"

四斤家住在圳头畈那边,德绍觉得六旺说得在情在理,并说:"信得你实,你六呢办事我怎么信不实呢。"于是把30块钱数给了六旺后,就回了家。

德绍回家吃了中秋夜饭后,破例地没有去撒网打鱼,而是早早地洗脸洗脚进房睡觉了,一家人终于在中秋节的夜晚睡了个安稳觉。

中秋节一过,很快就到收割稻子种油菜的日子了。生产队安排德绍等6个人负责犁油菜田,守田也在犁田组。犁田组里每个人每天犁多少田、耙多少田都有明确的任务。

可能受文珍个子不高的影响,德绍不像志焰那样长得人高马大,他自小就体质不强,成人以后也一直比较瘦弱,身高1.7米多一点,比志焰要矮一大截,力气更不如志焰年轻时那么大。对于这一点德绍是清楚的,他知道在河边村生产队里硬拼体力挣工分,他是末流之辈,所以他除了比别人更愿意吃苦外,还爱比人家更注意寻方法、寻巧。比如说,安"鱼床"、夜里下河撒网打鱼等,就是既折磨身体,又考脑筋的事。要不然,他家里有老有小,身上的负担那么沉重,全凭死力硬挑,他和兰香两个根本挑不走,更不要说筑新屋、得分红、供儿子读书了。

种油菜前的犁田、耙田,和插秧前的犁田、耙田完全不一样。一方面,种油菜不需要把整丘田全部犁了,而是有间隔地犁,把翻上来的泥耙细覆在面上,再挖沟起垄,就可以栽油菜秧了。另一方面,种油菜前的犁田、耙田,田里没有水,是干犁、干耙,牛拉起来要重得多。特别是耙田，如果和耙有水的田一样，人死死地站在耙上懒得下来，不但牛拉得累，走不动，而且还会把刚翻上来的泥土压实压紧了，不利于油菜生根生长。

德绍在赶牛下田之前，已经在脑子里琢磨了一番：一垄油菜大概有多宽、隔几穗禾蒂犁一道、铲油菜沟的地方要犁深一点、油菜垄的地方可以犁浅一点，什么情况下才需要人站上耙、什么情况可以让牛拖着空耙走就行。心里有个大概的眉目后，做起事来才会又快又好，对生产队安排的任务，德绍干起来是相对轻松的。

下午快歇工的时候，生产队来验收，看到其他几个人都紧张地在田里吆牛劳动，而德绍却坐在田埂上抽旱烟。阔嘴旺走过来问他："唉唉，绍呢，唉，你没看到大家都在忙着呢，唉唉，你怎么坐在那里歇着偷懒？"

德绍得意地回答："我哪里在偷懒？分给我的任务，我早干完了，你看我的牛早就卸了轭了，现在都快吃饱了。"

阔嘴旺反问道："唉唉，你那么能干呀？唉唉，你看人家守田现在还在田里吃着劲呢？"

德绍听到守田的名字难免想起他烫伤成虎的事，而现在阔嘴旺居然拿他来和自己比对，于是一脸不屑地答道："守田？他是个粪桶料，要是我和他换头牛的话，我犁两亩他犁一亩，他都弄不赢我。"

德绍的话落音后，只听得"啪啪"地连响了几声，还在田里吆牛的那几个人都纷纷在牛屁股上使劲地抽打了一鞭。阔嘴旺看了看德绍负责的那块油菜田，犁好耙细了，油菜垄高矮合适、宽窄均匀，垄沟笔直、深浅适中，黑着脸一句话没说就走了。

晚上，兰香从社中回来，一进门就问德绍："听说你今天把队长他们几个都得罪了啦？"德绍说："你从哪里听来的？我哪里得罪他们了？"兰香说："你得罪了人还不知道，我都听说了，真是糟糕，你好好想想。"德绍把今天犁油菜田的事简单地说一遍。兰香气愤地说："同样是犁那么多田，人家做得没你好没你快的得表扬，你做得又好又快却挨了批评，把人得罪了，还说人家是粪桶料，到底谁是粪桶料呀？啊？"经兰香数落之后，德绍意识到了自己的问题，但心里却不服：

"难道要我跟着他们拖着磨洋工吗？又不发痴！""我看你就是发痴了！"兰香的气不打一处来。

阔嘴旺这段时间心情也不好，社中的校长天天缠着他，要圳头畈西南尽头的一畈田。这畈田是阔嘴旺当第一任生产队队长时，带领全体社员开荒出来的，共 40 亩，命名为"新田"。

虽然现在继发是生产队的队长，阔嘴旺是副队长，但大家遇事总是先要到他家来理论一番，继发也乐得其所，除非涉及切身利益，否则不轻易表达，嘴上说是"尊重老队长""大家做主张""集体拿主意"等，实际上是把矛盾往阔嘴旺这边推。莲枝和阔嘴旺早就看透了继发的心思，也想抽身不管，但无奈"有事到他家理论"已经成了河边村生产队社员们的第一反应，大家都养成了这样的思想和行为习惯。习惯一养成了之后，就不好更改了，莲枝和阔嘴旺千方百计地往外推也起不了多少作用，有时好不容易推出去一件到继发家去理论了，过不了一会儿，继发就带着人一起坐到阔嘴旺家里来，说："来，来，我们一起到老队长家里，听听老队长怎么说。"有时继发难得一见地做出答复了，可是人家还是要到阔嘴旺家里再来走一遭，说继发队长说如何如何处理，"回禀"一下，讨个"心安"。

社中要新田那畈田的事，社中校长刚开始也是先到阔嘴旺家里来商量的，莲枝不等校长把话说完就说："校长，现在继发是队长，他早就没当队长了，你跟他说，一点用都没有。"校长说："他没当队长这个我知道，但他是副队长，我要提前跟他汇报嘛，到时生产队开会好心里有个底。"莲枝说："跟他提前不提前、汇报不汇报都无所谓，关键是你要提前跟队长汇报，快点去呀，要不然继发家睡觉了。"阔嘴旺也说："唉唉，校长，唉，我这个副队长是跟着拖的，唉唉，你去跟继发讲就行，唉唉，让他来征求社员的意见，唉，再开会做主张。"校长被莲枝和阔嘴旺攒出了门，来到继发家。

继发一看是社中校长来了，忙站起来问："咦，什么风居然把校长吹到我家里来了呢？"马上又是让座又是倒茶，还让旱烟筒给校长。

"队长，你知道我不抽烟的，我今晚来是有一件要紧事跟你汇报。"校长把继发递过来的旱烟筒推了回去。

"校长，你有什么事需要向我汇报哟，你真会开玩笑。"继发嘿嘿地笑起来。

"队长，你不要跟我打马虎眼，我真是有事要跟你汇报，你听我讲。"校长接着说。

"校长，你知道，我这个队长是撑人头、应门面的，生产队里的事，我们大家都听老队长的意见。"继发不等校长说完就抢着说。社中要田的事之前生产队里已有传闻，很多学校已经从对应的生产队里拿到田了。

"啊呀，队长，你就听我把话讲完嘛。"校长笑起来说。

"哦哦，对不起，校长你讲，我听着呢。"继发陪着笑了一声。

校长逮住机会，把社中耕种田地的政策依据、设想、要求等一口气说了出来，并告诉继发，社中有茶山、有菜地，但面积都很小，落后兄弟学校一大截，如果在划田方面得到"补偿"的话，全体教职员工有信心将社中办成样板中学，这不仅是学校的光荣，也是河边村生产队的光荣。

"校长，这么大的事，40亩田呢，而且新田这40亩田是老队长带着大家一起开荒出来的，你去跟他讲最好不过了。看吧，我之前跟你讲什么来着，让你找老队长，你还不信呢。"校长的话刚说完，继发就站起来说道。

"新田是他带人开荒出来的，这不错，但现在你是队长嘛，生产队里的事，我肯定要首先找你汇报哟。"校长不想自己像皮球一样又被踢回阔嘴旺家。

"哎呀，校长呢，我跟你讲了，这个事跟老队长讲才是最管用的，跟我讲不讲都没事。更何况这还是关乎他一手带队开荒出来的40亩田呢，由他出来拿主张是最合适的。"继发坚持不接招。

校长觉得虽然继发对他笑脸相迎、有礼有节，但估计找阔嘴旺可能更有用些。在继发家碰了软墙之后，天天晚上坐到阔嘴旺家，软磨硬泡，反正就是扭着阔嘴旺不放、赖着不走，就像之前要阔嘴旺帮他解决炊事员的问题一样。莲枝和阔嘴旺这回是铁了心要置身事外，所以任凭校长怎样施计，都是劝他去找继发，自己死活不站出来担事。

就在校长为争取新田那畈田的划转与河边村生产队两位队长斗法之际，社中却出了人命关天的大事。

社中的学生几乎都是清一色的农家子弟，社中食堂里烧的柴火全由师生自己上山去砍来，农村人家家家都要上山去砍柴来烧，社中的学生几乎无一例外地上山砍过柴，社中组织学生上山砍柴回来烧火做饭给自己吃是天经地义的、很正当的事，老师、家长和学生都没有人觉得有什么不妥。

社中师生砍柴的地方主要集中在木坞。

木坞山高林密，人们在山脊上把树砍倒除去枝丫后，会找一处比较陡的山谷，将木柴从山顶上滑下来，这样既省力又省时，久而久之，木坞各个山峰都有一条非常光滑的"滑道"，就像现在游乐园里的滑滑梯一样。常砍柴的人对各个山峰的"滑道"都很了解，什么位置有个转弯、什么位置有凸起的石壁、什么位置是泥石，在力道和方向上把握得恰到好处，一次就能将木柴滑到底，技术不好的可能要到"滑道"中间去转一两次。

这些"滑道"使用频繁，又陡又光滑，很多"滑道"人站顶上，能从上到下一眼望到底，但是为了安全起见，人们一般在滑木柴时，都要对着"滑道"大声地吆喝："下面有人没？我要放树下去喽！"如果连着吆喝几声都没人回应，说明"滑道"里没有人，就可以放木柴了。如果"滑道"里有人在转柴的话，他会马上回话："等一下喽，下面有人哟！"听到有人回话，上面的人也要回："噢，晓得啦，你弄好了说一声哈！""滑道"里的人会说："不要急哈，我弄好了就吆你！"

有时为了捉弄人，上面的明明看到"滑道"里有人在转木柴，也会对着下面使劲地吆喝："下面有人没有？我要放树下来喽！""滑道"里的人，本就为没有把木柴一次性滑到底多费一些工夫和力气而生气，一听是熟悉的声音多半知道人家在捉弄他并骂："你个鬼打的东西，眼被荆棘刺瞎了吗？没看到老子在下面呀！"上面人觉得看到了他的笑话，很得意地回骂道："哈哈，你个吃下死的东西，除了吃，一点屁本事都没有，死在家里算了，跑到这里来误事，快点给老子滚开，老子的树等不及要下来了！"下面的人当然知道他不敢真的放柴下来，一边不慌不忙地弄着自己的柴，一边反戗道："你个鬼寻得着的家伙，你有本事，你就放！不冲到老子，你就不是你家老子生的！"上面的人虽然被反将了一军，但一点也不恼怒，仍然很得意："你个死了没葬的东西，死到临头还嘴硬！要不这样，你抬上来，老子教你，保准一次性滑到底！"

下面的人一听忍不住笑道："抬上来，你在那里等哈，你也就是吹牛皮，一会儿我倒要看看你的真本事，要不干脆你人跟着树一起滑下来，我保准你一次性到底。哈哈！"两个人说说笑笑，不一会儿工夫，"滑道"里的人就把自己的木柴转好了，对上面的人吆道："你个急死鬼，可以死下来啦！"如果没有什么急事的话，他多半会找个安全的地方坐下来，等上面的人把木柴滑到底，两个人一起扛着木柴再打一路的"骂战"，出了木坞到沙洲那歇口气，吃个塔底村人种的萝卜后，乐乐呵呵地回家。

社中组织砍柴时，那个女学生的木柴在"滑道"里"搁浅"了，大概她平时在家里是干活的一把好手，所以当她的木柴"搁浅"了，她没有去找男同学或老师帮忙而是自己去转，她刚将木柴搬开准备将其"滑"下去，不想这时上面一块石头滚冲下来，夺走了她求学的美梦和她那美丽绽放的生命。

学校出了这样的事，校长不得不放下新田的事，抽身回到学校去做好安抚工作。阔嘴旺和莲枝终于可以松了口气，继发当然也少担了些心事。一个多星期后，学校的事处理好了，校长又到生产队里来说划田的事，发现阔嘴旺和继发还是和之前一样，互相推脱，都不愿意出来担事。校长本就心情低落，这下更加失望了，先后对阔嘴旺和继发说，如果一周之内生产队不能解决划田的问题，他就把这个情况反映上去，争取把学校搬走。

校长说把学校搬走并不是信口开河。校长是河墩村人，河墩村生产队比河边村生产队要大得多，那里有一所高中，有田地、有茶山、有菜园，受运动影响，那所高中停课了，至今都没有恢复，所以只要做通上面的工作，同意社中搬迁，所有的配套都是现成的，不仅不耽误学校的正常运转，而且自己还能为家乡生产队做件大好事。

一个星期之后，阔嘴旺和继发还是无动于衷，校长几经协调汇报之后，兑现了他的诺言，说到做到，上面同意从下学期开始，社中由河边村生产队所在地迁往河墩村生产队所在地，原高中的设施配套由社中承接使用。

　　社中搬走的消息出来之后，阔嘴旺、莲枝和继发都松了一口气，生产队里其他人绝大部分都抱着不受影响和无所谓的态度。德绍却是个例外，那天晚上，兰香从社中回来，德绍正坐在门槛上抽旱烟，兰香说校长跟她说社中搬走的事上面批了，问她愿不愿意跟着学校去河墩那边继续做炊事员。

　　德绍顾不得刚点上的一锅烟，把旱烟筒从嘴上取下来，狠狠地在石门槛上使劲地敲，他一边敲一边骂道："败子！真是败子，这么好的事，就这么败了！"兰香说："就你嘴多！我问你我下学去不去河墩那边呢？""不去！"德绍撂下两个字，气哼哼地去撒网了。兰香赶紧追到门槛边冲他喊道："什么败子？你不要多事！"德绍没理会兰香，快步走进了黑夜。

　　社中放寒假过后，校长带着教职工搬教学用具、教学书籍等。他没向生产队申请人员帮忙，生产队也不主动献殷勤，看到东西一批批地拉走，河边村生产队的人就像没有看到一样。

　　校长是最后一个离开的，他提着一个黑色的上海包，走出办公室，来到操场上环顾了一下四周，划了一根火柴点燃了一支烟，狠狠地抽了一口，吞下肚后再缓缓地吐出来，低着头转身离开了。他走了几步后，丢了手中的烟头，抬起头来，加快了脚下的步伐。

　　当他来到那个大樟树下时，有人叫住了他，"校长，走得这么急干什么？"原来新红和德绍两个人正站在大樟树下抽烟，新红抽纸烟，德绍抽旱烟。校长停下来说："唉，那边要复校，事多得都打结了。"德绍说："真搞不懂，非搬不可吗？"新红走过来，递了一支纸烟给校长，又把嘴上的烟头递过来给校长引火。校长点燃了烟，又狠狠地吸了一口，吞了下肚后再缓缓地把烟吐出来，对德绍说："绍呢，这些年感谢你家对社中的支持啊，你家兰香真了不起！家里事那么多，居然还愿意放她来做炊事员，你也了不起！"

"她来是挣工分的，校长你言重了。"德绍吸了一口旱烟说。

"要不是你家兰香来给我撑起食堂这一片天，可能社中早就搬走了喽，你们都知道，社中的茶山小、菜园小，还没有田，每年的油都不够吃，菜也不够吃。"校长说。

"校长，这个地方真是个好地方，有山有水，各方面都很方便，比河墩那里好多了。"新红说。

"那是，红呢，你说得没错。河边村生产队山多、田多、地多，社员少，我也搞不懂为什么会容不下社中呢？当初选址的时候充分考虑了这方面因素的。"校长说完又深深地吸了口。

"你也真狠得下这个心！你看这是多么好的一个学校啊！"新红笑着说。

"那有什么办法呢？红呢，你也要替我想想啊！"校长说完，"唉"地叹了一声。

"真想不通，哪头轻、哪头重，这班人怎么会连这个都分不清呢？唉！"德绍也叹了口气。

"生产队里要是由你这样开通的人来当家就好喽！"校长对德绍说。

"我没那个本事，不过话说回来，如果真是我的话，那40亩田连个屁都算不上。"德绍愤愤地接着说，"真搞不懂！不过，校长不要忘了，有空常来转转、看一看。"

"那是，这是个好地方，我忘不了的。"校长说完和德绍、新红握了握手后，丢了烟头快步地上路了。走了十来步又回过头来对德绍喊道："绍呢，你如果舍得的话，就让兰香到河墩来当炊事员，工分一样照算。"

"谢谢喽，你如果把学校搬回来的话，算半工都没问题！嘿嘿。"德绍冲校长喊完后，笑了起来。

校长没有回答，而是"哼哼"地笑了一声扭头走远了。

河边村生产队迎来了盘点红赤字的日子。这一年里，建英算半工，连英每天可以挣到3个工分；还有生产队新买进一群鸭，由志焰来放，并且生产队里每10个工分的分红值达到了7毛4，与一斤肉的价格相同，德绍家全年结余 35 块。一听比头年结余得多，德绍全家老小都非常高兴、非常激动，德绍开始盘算着今年拉兰香进城去买什么东西了，无论如何要说服兰香同意在去年的基础上再添几双鞋子。

从生产队仓库里回来后，德绍一边洗脸洗脚，一边哼着歌儿"咱们工人有力量，嘿！咱们工人有力量！……"这首歌是他在南昌机械安装公司当工人时学会唱的。德绍开始哼得很轻，没想他哼了几句后，人似乎完全投入进去了，声音逐渐大了起来。

"你痴咚咚地唱什么呀？"兰香忍不住打断他。

"你个痴妇女才痴咚咚呢，我高兴唱两句歌都妨碍到你了吗？真古怪！"德绍说完后，接着又哼起来，"咱们工人有力量，嘿！咱们工人有力量！……"

"妨碍是不妨碍着我喽，就是吵得很，小的都要睡觉了。"兰香说完也去舀水来洗脸洗脚。

当晚，德绍没有去打鱼，一家老小都高高兴兴地上床睡觉，很快大家都进入了梦乡，他们都在各自的梦里得到了想要的过年礼物。

天刚亮，德绍一大家子纷纷从梦中醒来，他们睁开眼睛恋恋不舍地从梦境的温床上下地。他们完全意识不到，黎明的曙光在彻底地驱散黑暗的夜幕时，也残忍地把他们每个人的美梦都击得粉碎。

最先得知梦破的是兰香。她一早下河去洗衣裳，刚走到河口就听到莲枝和其他几个妇女在大声地谈论着她家节余的事：

"什么？六呢算错了？忘记了把他家预支给三小看病的 30 块算进来？"

"谁知道六呢今年怎么会这么不细心呢？"

"怪不得！我就想他家怎么会这么能做呢？"

"昨夜继发、六呢、四斤、金芽、记工员和我家那个不得好死的连夜把账目重新对了一遍，他家今年实际结余 5 块。"

"结余 5 块。两个人真凶，养那么一大家子还有 5 块结余，真不得了！"

"凶喽，他家这些年多吃多占惯了喽！"

"多吃多占？"

"嘿！你也真是，你看，生那么多孩子，个个都要到生产队里来称口粮，这就是多吃。生产队里歇工后，又要到河里去打鱼，又要到山上和林子边上去开荒，这不是多占是什么？"

……

兰香无法相信自己的耳朵，撂下衣裳转身跑回家，把听到的跟德绍说。

德绍也不敢相信，禁不住叫了一声"什么呀？"就两步跨出后门来到阔嘴旺家。

阔嘴旺看到德绍急急地进门，早已料知他的来意，说起话来比往常更加拖拉结巴："唉唉，唉，绍呢，唉，你来得正好，唉唉，我们几个准备今天上午去找你呢，唉唉，六呢算账的时候，唉唉，忘了把你家，唉，预支给三小住院看病的那 30 块钱算进来，唉唉。"

听着阔嘴旺结结巴巴的话，德绍的心快要被提到了嗓子眼上，好不容易等他说完，德绍脱口而出大叫起来："什么？那 30 块我早就还了！"

"唉唉，还了？唉唉，你还给谁了？"阔嘴旺坐在椅子上一动不动。

"中秋节当晚还给六儿啦！"德绍跺着脚大喊道，"你去问他嘛！"

"唉唉，还给六旺，唉唉，还是还给四斤了？"阔嘴旺一点都不急，说话声音也不大。

德绍赶紧把中秋节晚上还钱的经过说给阔嘴旺听，他说得非常急切、非常大声，近乎哭喊。

阔嘴旺耐着性子听完后，叹了口气，说："唉唉，唉，这么大事，口说无凭，唉，喏，你看这是你写的字据。"

德绍看到了那张白纸黑字字据，上面还有自己按的鲜红的手指印，眼睛瞪直了，嘴里一个音也吐不出来。德绍看着字据愣了一会儿。突然，他转身跨出了阔嘴旺家的石门槛，一边往家里跑，一边恶狠狠地大声叫骂着："你们这些不得好死的王八蛋！""你们这些不得好死的王八蛋！"

德绍冲回家，径直进了厢房，从床底下把装杀猪刀具的篮子拖了出来。他刚要拿起那把放血刀时，兰香冲进来拦腰把他抱住，哭喊着问道："你要干什么去？"

"你放开我！"德绍用低沉的声音吼道，"那些吃人的王八蛋，我要让他们一个个都不得好死！"

"你们几个都被鬼牵住了吗？还不快点来把你家老子拦住！"兰香哭喊着，把德绍抱得死紧不放。

"快点放开！"德绍全身血脉贲张、两眼圆瞪地对兰香大声吼道。

志焰文珍和孩子们都不明白发生了什么事，但看德绍的架势，都赶紧按兰香说的过来把德绍拦住。成英、林虎早已被吓得大哭起来。

"你看这一家老小，你能做痴事吗？"兰香哭着问道。孩子们已经"哇啦哇啦"地哭成一片。

文珍扭着小脚挣扎着上前来，一边跌跌撞撞地挪着步子，一边问："小呢，什么事啊，吆喊打叫的？"她的嘴巴里已经没有一颗牙了，说起话来含混不清，声音也很低弱。

德绍不由得定下来扫了一眼。

下一秒，他就像一只泄了气的皮球一样，卸了身上的劲，缓缓地说道："放开，你们像一家痴子一样干什么，我去门口磨刀，马上就要帮人家杀年猪了。"

"一家人都指望着你呢，发痴不得呀！"兰香还是抱着他不敢放，志焰、建英、连英、大虎、二虎也不敢轻易松手。

"啊呀！快点放开，把我一身箍得生痛，还不放开，嘿嘿！"德绍突然笑了出来，眼眶里流出了两道浑浊滚烫的眼泪。

德绍把人家的年猪杀完后才杀自家的年猪，自家年猪的猪肉一块都没有留，全部卖了，全家人过年期间只吃猪杂和人家送的刀手肉。

大年三十、初一、初二歇了三天后，从初三开始，初三、初四、初五三天，德绍不顾兰香的反对，带着建英、连英和大虎、二虎，把家门口东前侧头年正月开荒出来的那片地种上了菜。

初六开始，德绍每天晚上都要外出去打鱼。

第七章

社中搬走了，兰香没有去河墩那边继续当炊事员，回到生产队里参加集体劳动和大家一起"抢"工分。自成虎被守田烫伤之后，德绍又恢复了白天参加生产队劳动、夜里外出打鱼的生活模式，不轻易放弃一夜。

五月二十一入梅，入了梅后雨下得出奇的少，是个干梅。河边村处于龙水河和桃花溪的围抱之中，龙水河大，桃花溪小。这两条河的习性是反着来的，桃花溪易怒，稍有点雨桃花溪就水漫金山、波涛汹涌，夹杂着由山上冲落下来的沙土落石把平山林底的稻田洗掠一遍，河边村每次大水洪灾都是桃花溪率先发难，由平山林底漫上外坦再进家门；桃花溪的水涨得快，干得也快，遇到干旱桃花溪平山林底段就干得像一根猪肠一样，弯弯曲曲的，那点水流得有气无力、奄奄一息。龙水河则温顺得多，要狠起劲地连着下暴雨才会涨大水，更不会像桃花溪那样动不动就要断流似的。这一年的干梅干得离谱，桃花溪居然在梅雨季节里把河水流得像泪水一样珍惜，根本无法满足河边村生产队第二大粮仓圳头畈的灌溉需求，禾林被晒出了"红头发"，收成没有了指望。

那年因为大旱普遍交不齐公粮，受了教训之后各村纷纷开展兴修水库的"运动"，河边村"看到人家吃饭自己喉咙痒"，不甘落后于人，效仿人家修水库，经过讨论后急急地在森头坞修起水库来，当初的设想是为圳头畈这片田供水。修好后才发现，只有雨水充足森头坞水库

108

里的水才供得上来，缺水时森头坞水库里的水位比圳头畈的田原要低得多，从里面抽水比从桃花溪里抽水还费劲。由于森头坞水库发挥不了作用，人们干脆不指望它了，水圳荒了没人管、水库坝漏水了也没人管，森头坞的水库修起来没几年就废弃了。现在遇上难得一见的干梅时，生产队才想起了森头坞水库，派了几个人翻山穿林去看，发现水库底长出来的树都有一人多高了，水库坝底倒是有几窝水，但那点水用个脸盆都可以舀得干，对一两百亩的圳头畈田原来讲，连杯水车薪都算不上。得知这种情况后，河边村的社员们都气急败坏地咒骂："真是鬼寻着了，饭都吃不饱，饿着肚子修起来水库，竟然一点屁用都没有？""当时是怎么搞的？害得大家净做些冤枉的事""不得好死的东西，出这种主意的，我看先后要遭雷鸣打的，只是如今还不到时候"。相比起来兰香的心里更加五味杂陈，但她忍住，一句感叹都不发。

圳头畈保不住了，生产队把希望全部寄托于外坦，把龙水河塥上的两个水闸扎得死死的，巴不得让每一滴水都从渠道里过，全都被水轮泵抽到外坦的田里去。为了防止塥上的水闸出问题，生产队每天晚上都安排了人值班。

就在全生产队的人担心日甚之时，老天突然下起了大暴雨，大暴雨下了一天一夜后，桃花溪起死回生，恢复了生机，龙水河的水位也明显地上涨了，人们"战干梅、斗干旱、保产量"的战斗热情和绷得死紧的发条松懈了下来。第二天，雨又下了一整天，全生产队人的心情由忧转喜又转忧，人们开始担心如果明天雨还这样下的话，桃花溪就要漫过平山林底了，于是纷纷咒骂道："这个鬼绝的天呀，真是瞎了眼了""不要干死一畈，接着又淹死一畈哈，还让人活不？"人们担心的方向掉了个头后，晚上值夜看水闸的人和生产队监督抽查的人都没到位。当人们醒来时雨已停了，抬头一看天空就知道雨已经下完了，大家在庆幸平山林底保住之余，又担心老天会不会恢复干梅的脾气。

"塥闸开了！"

"什么？塥闸开了！"

"塥闸开了！渠道里的水带不动水轮泵了！"

"塌闸开了，这下糟糕了，外坦的田怎么办？"

"塌闸开了！"的惊呼声经最早下河洗衣裳的妇女的口里发出来后，迅速传遍了全生产队。

继发、阔嘴旺、六旺等纷纷来到塌沿上，不一会儿几乎全生产队的男女老少都聚拢到了塌沿上。经过最初的慌乱和咒骂后，生产队进行了分工，继发负责组织人拦塌闸，六旺协助阔嘴旺追查原因和责任人。重扎塌闸的事很快就完成了，但追查原因和责任人的事在阔嘴旺家里争吵了一天也没有弄出个结果来，生产队里多半社员都不会写自己名字，所以没有建立到位签字登记的制度，前后值夜的互相指责抵赖，负责监督检查的继发也含混不清。一直吵到夜里十点多钟，莲枝不耐烦了，对阔嘴旺骂道："吵死！不要有事没事把人引到家里来吵，因为你个没用鬼全家人都不要睡觉了吗？"经莲枝一骂，大家也觉得当天晚上肯定吵不出个结果来，于是就散了。

虽然大家都没说出口，但心里都觉得继发至少有监督检查失职的间接责任。

第二天天还没亮，兰香躺在床上听到"嘭"的一声，门被重重地推开了。这个时分，德绍在红庙守"鱼床"没回来，志焰出门进城卖鱼也没回来，志焰出门时应该会把门虚掩着的，谁会来推门呢？怎么会推得这么重呢？兰香禁不住呵问道："谁呢？"

没有人回答兰香的问话。只听得一伙人大声地叫着喊着乱哄哄地冲进屋里，兰香还没来得及穿衣裳，就有人冲进房间里来了，翻箱倒柜。

和兰香睡一头的林虎已经被吓得"哇啦哇啦"地大哭起来，兰香顾不得穿衣裳，一边赶紧把林虎搂在怀里安慰，一边问："你们是什么人？到我家来翻什么呀？不要把我家小孩吓坏了呀！"

翻箱倒柜的人没有理她，只顾气势汹汹地翻箱倒柜，几下就把厢房里屉桌柜翻了个四脚朝天，厢房的地上一片狼藉。

刹那间，楼上楼下、堂前厢房、家背余屋都进了人，打砸声、喊打声、猪叫声、鸡叫声和人的哭喊声混成一片。

兰香在问了一两句后，也失去了镇静，顾不得安慰林虎，和林虎抱在一起，哭成一团。

不一会儿，刚刚喊着打着冲进来的人就席卷而去，留下一地的碎片、一屋的狼藉和瑟瑟发抖地哭成一团的全家老小。

猪和鸡全被抓走了，碗盘全被摔碎了，饭锅、脸盆全被砸了，水缸也被敲下来一大截，兰香用来腌咸鸭蛋的小坛也被砸了，端午节没吃完的咸鸭蛋被踩碎了一地。

文珍从思溪娘家带到依山村、又从依山村带到河边村来的一对瓷器花瓶，被提起来在大门口的石门槛上摔得粉碎。

德绍和兰香在云坦废墟上挖砖头筑新屋时，捡来的两大罐铜钱也被拿走了，连文珍和兰香从娘家带过来的一点金银细软也不见了踪影。

德绍是在红庙的沙洲上被抓走的，他被抓起来关在上市一户人家楼上的谷仓里。

傍晚时分，一家人在惊魂未定之时，得到了关于德绍的消息，说德绍为了打鱼擅自拆了龙水河堨闸，致使河边村和依山村几百亩水田没水灌溉，是典型的犯罪分子、破坏分子，已被抓捕候审。

听到这个消息后，哭了一天的兰香和文珍都晕厥了过去，不省人事。志焰泼冷水、掐人中，好不容易才把两人弄醒，醒过来的兰香不会开口说话，只会干瞪着眼睛流泪水。

志焰找来一个被砸扁了的锑锅，拿一截柴火把它撬开鼓捣几下，虽然还七歪八翘的，但这是家里唯一的容器了，志焰用它煮了一锅稀饭，劝着一天没进水米的一家老小吃，林虎早就哭饿了，最先吃，大虎、二虎、成虎也接着吃起来，家里没有碗，大家就用一个木勺一个铁勺从锑锅里舀着吃。

志焰又劝建英、连英、成英吃，三个孙女一人吃了两三口就放下了勺子。

文珍不愿意吃，志焰生气地骂道："大人要有个大人的样子，你个死老妪倒好，先厢了瘪了，你饿死了，不是给这班孩子多了事吗？"

文珍被志焰骂了之后，扭着小脚艰难地走上前，拿起勺子象征性地吃了两小口，就又哭起来。

志焰冲她怒吼道："哭哭，哭什么？就知道哭，屁本事没一点，还不快点带孩子去洗脸洗脚睡觉！"

兰香呆坐在厢房的门槛上，两眼木讷地睁着，不管志焰怎么劝，始终不肯挪动，也不开口说话，更不要说吃东西了。

志焰把文珍喊来，让文珍喂她吃稀饭，可是兰香连口都不张，把几个小孩吓得哭了起来。

志焰让大家止住不准哭，安排建英、连英把兰香抬到床上去，又叫文珍拿毛巾来给兰香洗脸。兰香始终像个木头人一样，一点反应都没有。

志焰安排建英、连英一起和兰香睡，文珍带着成英睡，大虎带林虎睡、二虎和成虎睡，把这些张罗好后，志焰才想到自己一天也未进水米，于是操起锑锅大口大口地喝起稀饭来，他没有用勺子舀，而是仰着脖子往嘴里倒。

没盐没油没菜的稀饭，志焰喝起来，就像梁山好汉抱着坛子喝酒一样豪迈。

志焰喝饱后，将锑锅甩到一边，横躺在烧锅凳睡了起来。

他闭上眼睛，迷迷糊糊中仿佛回到了他老子死去时的光景，当时也是在这间老屋里，也是这张烧锅凳。

他见到了自己的父亲、两个哥哥和姐姐，虽然他已经80岁了，但这些人还是把他当半大的孩子那样跟他说话："焰呢，要争气啊""焰呢，要懂事啊""焰呢，靠东靠西都靠不住、都不长久，一定要靠自己长本事吃饭""焰呢，不要怕，长大了就好了""焰呢，不能像瘪皮蛇那样让人看不起哟"……

志焰还像小时候那样倔强，要么懒得理他们，要么不耐烦地说："哎呀，真吵啊！""厌死！"……

突然，志焰好像明白过来了，"不对，你们不是早就死了吗？怎么还要来点对我呢？""你们不要来惹我，我懒得理你们，我还有一家子人需要拉扯！""你们都死绝了，就剩我这一支香火了，你不要来害我，要护佑我这一家子人！"……

"喔喔"一声鸡啼，把志焰叫醒。志焰从烧锅凳上起身，先来推兰香的厢房门，问建英兰香好一点没有，建英哭着说没有。志焰推门进

112

去一看，兰香还是没有恢复神志，叫也叫不应。

志焰"唉"了一声，退出了房门，生火继续用那个铫锅煮稀饭。

他把米下进铫锅里后，就来叫文珍起床："你个死老妪，还不起来呀，要睡到死吗？"

文珍一晚上眼睛都没有闭紧，她在床上干躺着难过死了，早就想起床了，但又怕把成英吵醒，不得不在床上继续难受地憋着，听到志焰的咒骂后，她没好气地回了一声："你个不得好死的鬼东西，非要把小孩吵醒就要好过点吗？"

志焰不理文珍，把大虎二虎成虎全都叫醒，让他们刷牙洗脸吃稀饭，然后全把他们赶去上学。

把家里的学生轰出门后，志焰又逼着建英连英一人吃了几口稀饭，紧接着也把她们赶出去干活。

志焰让成英、林虎吃了稀饭后，找了两个残缺的碗，舀了两碗出来，对文珍说："你吃一碗，再喂兰呢一碗！"然后就又操起铫锅大口大口地往嘴里倒稀饭。

志焰吃饱了后，找来一根棕绳把林虎绑在背上，对文珍说："你带着小女，看好兰呢，不光是要喂她吃，还要守着不能让她出事。我用昨天卖鱼的钱看能不能买口锅来，再到你姐家去借几个碗。"志焰说完，背着林虎出了门。

傍晚时分，志焰回来了。

须发花白的他，左手挎一口锅，右手提着一个布袋，背上背着林虎，满脸通红、满身大汗地走进屋，额头上的汗水顺着脸颊流到了又白又长的胡须上，又顺着胡须尖滴到了胸前，由胸前流淌而下。

他买了一口锅用一根绳子绑起来挎在左手上，右手提着的布袋里装的是从城东门文珍表姐家借来的碗和盘子。

志焰进门后放下锅和布袋，一边解下林虎一边问文珍："兰呢好点没有？"

文珍哭丧着说："到哪里去好呀？还是不会开口，人都要急死了！"

志焰抢进厢房一看，兰香还是木木地躺在床上，两眼直直地看着楼板，依然还是叫不应。

"你个死老妪，榆木脑壳，要望着她死吗？"志焰骂完文珍，马上对大虎二虎说："你们两个快点去你舅家，把两个舅舅都寻来。要快！路上要相伴照应着哈！"

大虎二虎顾不得抹眼泪，夺门而出。

志焰把买来的新锅放在灶里被敲碎的旧锅上，对文珍说："快点弄饭！"接着安排建英在厢房里看着兰香，自己带着连英成虎一起扫家里的碎片、收拾那些被翻得四脚朝天的箱子柜子。

文珍把锅点燃后，扭着小脚到大门东侧的菜地里去摘菜，成英、林虎跟在文珍的后面。

兰香的两个哥哥被大虎二虎寻来时，天已经黑断了，建英正跪在床前求兰香开口吃稀饭，可是不管建英怎么哭着哄着，兰香就像没听见一样，一点反应都没有。

两个哥哥一看，赶紧凑上前去叫："女呢，女呢。"结果也叫不答应。

兰香二哥说："哥呢，糟糕！已经不晓人事了。"

兰香大哥骂道："你那把嘴张开乱嚼什么？"接着转过来对志焰和文珍说："公呢，婆呢，估计她是被急火攻心了，这里又忙又乱，她看到这个场景更加好不了，我们先把她抬回去养一下，如果明天还不行的话就送到医院里去，如何？"

志焰感激地说："那还不好！就是难为你们两个舅舅了！"

文珍也附和道："就是，就是，还好有你们两个舅舅！"

兰香两个哥哥把竹床翻过来，在下面垫床棉絮，把兰香抱进去，志焰找来一根长柴竿和棕绳。竹床绑好后，兰香的大哥把林虎抱进去，让她和兰香一起躺在里面。

兰香的二哥牵着成英说："走，和舅舅一起去，给你妈做伴。"

两兄弟抬着妹妹疾步往家里奔。

兰香被抬到了她大哥家里，不管两个嫂嫂如何地轮番劝，她都没有任何反应。

兰香大哥又去把兰香的表嫂找来帮忙，这位表嫂是原来国民党时期那位乡长的二婚妻子。兰香和这位表嫂最谈得来，每次兰香回来，两个人都要说说谈谈一阵。

兰香的表嫂打来一碗红糖水，坐在床边不停对兰香劝道："女呢，你发什么痴呀？""女呢，你帮我吃一口哇！""女呢，你要放宽心呀，绍呢不会有事的，天晓得、地晓得，他不会去做那种痴事的。""女呢，你无论如何都要帮我吃一口！""女呢，你千万不能发痴呀，你看这些孩子一个个的，多好呀！""女呢，只要把心放宽了，没什么大不了的事，你要相信我！"……

兰香的表嫂就这样念念叨叨地劝了一夜，红糖水冷了就烧热，到天亮时分，兰香终于开口吃了一勺红糖水，但还是不会说话。

第二天，兰香在她表嫂像虔诚的信徒念经文般的哄劝下，喝了小半碗红糖水和小半碗米汤，还是不会说话，但上厕所会用手点了。

第三天，兰香吃进去了一碗红糖水和一小碗稀饭，半夜里兰香终于会开口说话了："嫂呢，我要回家。"

"女呢，你把一家人都吓死了。"兰香的表嫂破涕为笑。

"嫂呢，我要回家。"兰香有气无力地重复着。

"女呢，你要听劝，现在三更半夜的怎么回家呀？来吃点！"兰香表嫂端起红糖水来喂她。

"嫂呢，我要回家。"兰香还是有气无力地重复着。

"女呢，你要听劝，你现在讲话都没力怎么回去呀？还不快张嘴吃点东西！"后半夜里，兰香表嫂又劝兰香吃进去了一碗红糖水和一碗稀饭。天快亮了，兰香和兰香的表嫂终于都睡着了。

上午，兰香醒来挣扎着要回家，但兰香的两个哥哥和表嫂死活不让她回去，兰香被逼着又在大哥家休养了一天。

第五天，兰香在大哥家吃了早饭后，带着成英和林虎回了家，她大哥和表嫂不放心一路把她送到河边村家里，又劝慰了一番后才回去。

兰香对她大哥说："老兄，我没事了，你们回去吧，不管怎样，这一家人总要活下去！"

兰香回家后的第二天就带着建英、连英一起参加生产队的劳动。

德绍被绑着关起来后，夜里三个人把他从黑暗的谷仓里拖出来，拿了一张写好的"供述"让他签字摁手印。

德绍一看,上面罗列的除了擅拆堨闸一项轻罪外,其余的全是重罪死罪,德绍说:"你们到哪里去编这些东西来哟,我清清白白的,怎么可能犯这些罪呢?"

"你个破坏分子还嘴硬!"一个领头的说着就给了德绍一记耳光。

"你打我也没有用,你们也不想想我犯这些罪说出去会有人信吗?"德绍流着鼻血反问道。

三个人不理会德绍的反问,一拥而上对其一顿拳打脚踢。

"你们打死我算了,但这个字我死都不会签!"德绍被打得躺在地上,强忍着疼痛说。

三个人见德绍强硬得很,收了那张纸,把他又拖进了那间黑暗的谷仓里,把一同被关在谷仓里的另一个人拖出来,让他在另一张"供述"上签字摁手印。

那个人也是宁死不签字摁手印。三个人也把他打了一顿后丢回了谷仓里。

此后,每天晚上都有人来对他们进行"审讯",但两个人都宁死不屈。

一周后,那些人对德绍上了新的手段——"踩竹杠"。拿一根毛竹垫在德绍的大腿下面,一根毛竹放在他的大腿上面,让他承认自己是反革命分子,并在那张已经罗列好的"供述"上签字摁手印。

只要德绍不承认他们就在毛竹两端各站上一个人,由两头向中间走,德绍虽然痛得死去活来,但自始至终没有承认,也不肯签字摁手印。

不知是因为德绍坚决不低头、不屈服的精神感动了他们,还是因为他们对自己凭空捏造罗织的罪名底气不足,居然在第9天的下半夜里把德绍给放了。

德绍被放了,他的左腿因为被"踩竹杠"受到了严重的损伤。不过,此刻的他顾不得左腿钻心的疼痛,一颠一拐地走进一团漆黑的夜色里。

这伸手不见五指的黑夜和那暗无天日的谷仓相比,其实就是一个漫无边际的大谷仓，走在黑夜里的德绍，并不比被关在谷仓里好受。

在谷仓里，他只需咬紧牙忍住痛、管住手不签字摁手印就行。

走出谷仓的他，脑里心里肚子里都在翻江倒海，脑壳筋"嘣嘣"地跳着痛得厉害；心脏"突突"地把心窝冲撞得生痛，随时都有可能破胸而出；喉管里恶心连连，巴不得蹲下来吐一阵，但胃肠里却空无一物，除了一口苦水，什么也吐不出来。

他就像一名斗士一样，在战场上刚强无比，离开战场则如血肉之躯的常人一样，在面对家庭和家人时变得脆弱不堪。

他急切地想知道他被关在谷仓里的这些日子，那一大家子人是否安然无恙，是否也像他一样遭受毒刑拷打。如果也遭受了毒刑拷打，那么他们会被抓到哪里去了呢，年迈的父母和年幼的孩子怎么受得了？

那兰香呢，她会不会也被抓起来了，她还能像上次那样镇静地挺过来吗？现在可不比刚结婚那年了，那时候家里只有4个大人，现在他们已经有7个孩子了……

德绍感觉脑里心里肚子里的翻江倒海一浪高过一浪、一浪急过一浪，驱使着他一颠一拐地、不顾一切地往家里奔。

德绍还没拐出上市村的村头，电闪雷鸣就相互比拼着、追逐着朝他袭来，迎面吹来的风带着泥腥和湿热，紧接着豆大的雨点接踵而来，"啪啪"地打在他的头顶上、脑门上、脸面上、肩膀上。

距离出梅还有一阵子，梅里的夜晚下雷阵雨是常见的，即使是干梅，夜晚下雷阵雨也不奇怪。德绍下河打鱼、在红庙沙洲上守"鱼床"，不知道经历过多少个这样雷电交加的夜晚。春夏秋冬夜晚里的阵雨，风霜雨雪夜晚里的阵雨，对德绍来讲，都司空见惯、见怪不怪。

今晚，这阵雨激起德绍体内澎湃的热血，同时也让德绍感到极度的悲凉凄冷。

虽然九天来他没有像样地吃过一顿饭、喝一口水，还遭受了毒刑拷打，左腿受了重伤、钻心地疼，导致走起路来一颠一拐的，但他并没有失去与这漫无边际的、伸手不见五指的黑暗和这乘人之危的风雨雷电搏击的勇气。

他想，给他一把杀猪刀，他可以把这些都杀死、切碎，办得妥妥帖帖的。他有十足的信心战胜魑魅魍魉，但他不知道什么时候金鸡报晓、迎来黎明，这让他无可奈何、伤心欲绝。

他在暴雨中跌跌撞撞地进了龙头湾村。他深一脚浅一脚，"啪啪"地穿过村子，可是村里的狗居然一声都没有吠，是暴雨的声音盖过了人的声音，还是连狗都被这黑暗里的暴雨镇住了不敢出声。

他颠出了龙头湾村，沿着那条青石板路，继续向河边村颠。

这条石板路一年四季都是干干净净的，特别是秋收时节走在其间，一眼望去全是金灿灿、沉甸甸的稻穗，仿佛置身于金色的海洋里，那浓浓的稻香就在鼻尖。但现在这里一团漆黑，暴雨打在禾叶上的"沙沙"响和打在青石板上的"啪啪"响混成一片，慌乱嘈杂，伴随着令人作呕的泥腥味，驱使着德绍尽快逃离。

终于，他来到河边村生产队的地盘了，他从村北头进了村子，来到村中央的老水井边，在他的正前面是阔嘴旺家，右边不远处是六旺家，左边不远处是继发家，他可以横穿过去，经过守田家后门和阔嘴旺家大门前的那块平墩，从自家的后门回家。

他没有这样走，而是沿着宽石板路朝东走，经过继发家大门前，走到林子里，再从他自己开荒出来的那条菜垄沟，来到了自家的大门前。

暴雨还是一直下着，河边村生产队里各家的狗也没有吠一声。他全身上下早就被淋得透湿了，没有一丁点干的地方了，雨水顺着发尖、额沿流进了他的眼眶，稀释了他的泪水，让他无法正常地睁开他的双眼。

他用双手接了一捧从屋瓦沟上冲刷下来的雨水在脸上狠狠地搓了几下，彻底把脸上的血迹、污垢洗干净，他想顺手去拍门，但伸出去的手还没碰到门就缩了回来。

他从新屋大门颠到老屋大门，又从老屋大门颠到新屋大门，颠了几个来回，拍门的手从右手换成左手，又从左手换成右手，但都没有落在门上。

他还不知道家里已经被抄得干干净净，连一只好碗都不留、一只鸡都不剩。

他不知道一家人以泪洗面了几天后，已经哭干了眼泪。

他不知道志焰在老屋的那张老烧锅凳上又见到他的父母和哥哥姐姐，似乎找回了他年轻时操社会走江湖的闯劲。

他更不知道兰香已经在鬼门关走了一圈后又折了回来，决心要让一家人活下去。

这些他都不知道，他正努力地猜着听到拍门声后来开门的会是谁？开门的人看到他像个孤魂野鬼一样站在门前会是什么反应？会不会被吓到？进了家门后，一家老小见到他狼狈得像落汤鸡似的样子会是什么样的反应？

他想象不出来，所以干脆坐在老屋大门的门槛石上，任凭风吹雨打。

放眼望去，漆黑的夜里一团漆黑，什么都看不见，但他知道过了门前的平墩就是外坦的田原，这片田原中间曾经有一个叫作云坦的大村庄，现在这个大村庄已经破败得不剩一钉一瓦了，只有那三棵大樟树依旧孤苦伶仃地站在那里被这暴风雨无情地吹打着。

再往前就是平山林底了，那里有很多被杀了头的孤魂野鬼，鬼怕不怕这暴风雨呢，狗都被镇住不敢叫了，鬼应该也不敢出来活动吧？再过去就是桃花溪和平山林了，平山林里有乌烟瘴气和神麂，传说云坦村就是因为得罪了神麂，神麂才招来"长毛贼"把它灭了的。

那么他又是得罪了谁，才会落得如此下场呢？

也是神麂吗？是被他平了的那座野坟里的鬼吗？还是因为打鱼得罪了龙水河的河神或是红庙河里的那些淹死鬼呢？

很快这些原因都被他否定了。他知道人死如灯灭，那些所谓的鬼魂完全是无稽之谈，神麂传说更是无中生有。那么问题出在哪里呢？他绞尽脑汁地想着。

"小呢，起来放尿啦！"是兰香提醒林虎尿尿的声音。可是林虎没有反应。

"小呢，尿放在床铺上就没地方困觉了啦！"林虎还是没有反应，兰香不得不抱起林虎去给他把尿。

德绍在大门外听到兰香抱着林虎走在厢房地板上的声音，听得兰香走了七八步后，接着听到了林虎尿尿在尿桶里"咚咚"的声音。

连夭折了的华娣，兰香一共生了 8 个孩子，德绍从来没有在夜里给哪个孩子把过一次尿，一种无比的愧疚感在他内心里升腾，由内心的愧疚转而变成对自己的恼羞成怒，一股烈火冲进了他的眼睛、鼻腔，冲出了他的嘴巴。

"兰呢，我回来了！"德绍禁不住哭喊了出来。

"你，是人是鬼呀？"过了好大一阵子，才从门缝里传来兰香的哭问声。

"是我，我没有死，我回家了！"德绍声嘶力竭地隔着门喊道。

兰香把林虎放回床上，才来开门。志焰在对面厢房里已经咳嗽起来了，在连串的咳嗽声里，好像还夹杂着文珍的微弱的声音："小呢？是小呢回来了吗？"

兰香打开了门。

德绍颠着拐着进了门。

他完全不像个人，连个鬼都不如。

他那不人不鬼的样子，没有吓到兰香，也没有吓到一家老小，连林虎都不怕。

但他回来了的消息，好像把整个河边村生产队吓到了。

很多人看到他一颠一拐的样子，老远就躲开了，迫不得已迎面而过时，要么低着头匆匆而过、装作不认识，要么就皮笑肉不笑地和他打声招呼。

德绍却抬头挺胸，笑嘻嘻地和他们打招呼，即使是那些故意躲开他的人，他也要隔着老远喊他一声，感觉被打成"破坏分子""大罪犯"而抬不起头的是他们，而不是他德绍。

几天后的一个晚上，新红来看德绍。

德绍坐在大门槛上，用力地搓着他的左腿，他的左腿已经没有前几天疼了，但好像变得比右腿要小了。

德绍看到新红来并没有起身，而是看了新红一眼说："红呢，你怎么来了呢？"

"嘿，绍呢，你这话不对哟，我不能来你家吗？"新红说着准备去摸烟。

"不要去摸，我吃旱烟，你那个没味道。"德绍拿起放在旁边的旱烟筒。他已经从红庙沙洲上捡回了那天被打落的那支旱烟筒。兰香赶忙过来招呼新红坐。新红点燃了烟后，在一张长凳头上坐了下来。

"都是些什么人？"新红吸了一口烟后才问道。

"都是一些年轻人，看着好像都见过，不知道是上市村里的，还是知青。"德绍也点燃了旱烟锅。

"奇怪了，上市？河边村生产队的竭闸开了关他们什么事？他们怎么知道的呢？肯定有人在捣鬼。"过了一会儿，新红才问道。德绍没有回答，用力地吸着旱烟筒，他的烟瘾变重了很多。

"你打算怎么办？"过了一会儿，新红又问道。

"我要去告他们，他们不仅祸害我，还祸害其他人"，德绍说，"你比我会的字多，能帮我写状纸吗？不把这些人告出来，他们还要祸害更多的人。"

"你怎么知道的？"新红问。

"他们把一个干部和我关在一起，说他也是犯罪分子，这么热的天，让他穿絮袄坐火桶。"德绍两眼看着外坦和平山林方向。

"我可以写，但估计写不好，要不你托人写好后交给我，我帮你到县上去交，如何？"新红思考了一阵子才说。

"嗯，那我找谁帮我写呢"德绍发了一会儿呆又说，"你写得再不好也总比我写得好呀。"

"有一个人肯定写得好，我们两个人认识的字加起来，还不如他认识的字十股里的一股，可惜他去年年底随着社中一起搬走了。"新红说完抽了一口烟，站起来从德绍身边迈过门槛，来到德绍家大门前的平墩上，丢了手里的烟头边走边说："绍呢，你这个院子真好，这条路要是能铺上石板的话，那就太好了。"

德绍没有答他的话。兰香看到新红走了，追出来说了一句："红呢，你慢点！"

"哦，我晓得的。"新红应了一声后走出德绍家的菜园。

"告什么呀？吃亏还没有够吗？"兰香对德绍的咒骂更像是央求，"人回来了就行了，不要再去引火上身了！"

德绍依然坐在大门槛上，两眼看着平山林的方向，猛烈地吸着旱烟，没有理兰香。

七月半到了，文珍和兰香忙着做汽糕和灰汁片，德绍要她们带着建英和连英一起做，说："现在不让她们学，将来她们成了家怎么办？光着眼睛看着别人家吃吗？"

建英连英都很喜欢吃汽糕和灰汁片，所以也很愿意跟着学。

两个人一人端一盆头晚上就泡好的早米跟着兰香到老屋的磨盘上磨浆。一盆磨好后，兰香让她们两个把浆水端到新屋那边的灶台上去，跟着文珍学着蒸汽糕，剩下的一盆早米自己一个来磨。

文珍教两个孙女在米浆里掺自酿的米酒、观察发酵、配佐料、舀浆摊入蒸屉、起锅、加料和切片。

第一屉汽糕蒸出来后，两姊妹看到光滑洁白的汽糕，成就感十足，光顾着欣赏了，竟忘了之前文珍说的要趁热加料和切片。

蒸熟的汽糕外表光滑洁白如糕状，里面则像馒头和面包一样有很多"汽孔"，吃起来绵柔松软的，一定要起锅就加佐料，稍冷外表就凝了，滋味就吸收不进去。

文珍笑着骂道："两个痴子，还不快点加料切片呀！"

经文珍一提醒，建英赶紧将之前拌好的辣椒酱、腌菜、葱花抹撒上去；连英拿起刀子来切汽糕，由中间向外划，将整张圆形的汽糕切成楔形小块。

还没等文珍拿盘子来装，建英连英急于要品尝自己的劳动果实，顾不得烫，一人抓起一块来吃，边吃边说："唔，褓呢，真好吃！""褓呢，你快来尝下，看我们做得好吃不？"

文珍没有吃，而是骂道："不像样，两个女孩子，一点都没讲究！"

文珍把汽糕装了盘，端到桌子上让大家来吃，自己又回到了灶台边。

建英说："褓呢，你也去吃呀，这里有我们两个就可以了。"

文珍笑着说："我没牙没齿的，吃起来没味，看两个痴子蒸汽糕那个痴样还有味些。"

两个孙女也被逗笑了起来，她们很难得看到文珍这样高兴地笑。

汽糕蒸好后，兰香过来教两个女儿做灰汁片，对文珍说："妈，也去吃一点嘛，汽糕好咬动的。"

文珍说："我干脆等会再吃，帮你烧锅，你去教她们。"

兰香教建英连英放灰汁、焙浆起锅、用模子印片。

做好的灰汁片灰黄中带有点淡淡的绿色，吃起来涩苦中略带点香甜。这是一种典型的素食，估计最初应该是用来在七月半敬奉各路鬼神"食用"的，后来慢慢地演变成七月半的传统吃食了。

为了掩盖其中涩苦的味道，婺源人对其进行了改良，米浆焙熟成团起锅后直接用手搓捏成长形小果，起名为"抖抖果"，再和腌菜、肉丝、豆芽等一起炒起来吃，色香味俱全；也有将印好的灰汁片切成小长条形加入佐料炒起来吃的，效果和"抖抖果"一样。

兰香带着建英连英将那盆米浆的一半做成灰汁片，将另一半做了"抖抖果"。

"抖抖果"炒熟后，文珍还是没有吃，她拿一个碗，装了一些汽糕、灰汁片和"抖抖果"，扭着小脚出了大门，来到德绍开荒的菜地里，一边喃喃自语，一边将汽糕、灰汁片和"抖抖果"撒在菜地的边沿上，在原来那个野坟的地方多撒了一些。

新红把"状纸"递到县里，过了二十来天，几个人来到河边村生产队开展调查，调查的人先到塬上进行了实地察看，再找生产队的"班子"和当晚值夜的人谈了话，就回去了。他们没有找德绍谈话。

十来天后，上市革委会黄主任被撤了职，先上任的革委会主任姓陈，是从赋春调来的，和德绍在龙山一起搞土改共事了两年多。

陈主任上任的当天来到德绍家里来看望德绍，他从林子里的那条菜垄沟来到德绍家大门前的平墩上，看了一圈后才喊："绍呢，躲在屋里干什么？"

"哪一个哟？光天化日的，能躲到哪里去呢？"德绍自离开土改工作队后就再也没有和他见过面，也不知道他后来的情况，更不知道他已经到上市来当革委会主任了，只是觉得这个声音听得很耳熟，应该是个熟人。

"不躲那就出来见见老朋友吧。"陈主任说着就走进了家门。

"哟，你怎么来了？"德绍对他的到来感到很惊讶。

"怎么啦，不欢迎呀？"陈主任笑着说，"不管你欢不欢迎，反正我已经来了。"

"欢迎，但是你这个时候来，我既没有饭给你吃，也没有酒给你喝。"德绍也笑着说。

"放心，不吃你的饭，也不喝你的酒。"陈主任伸出手来和德绍握了握手，拉着德绍一起把德绍家的新屋老屋余屋、堂前家背厢房、楼上楼下转了个遍。最后停在老屋的那口破水缸边对德绍说："绍呢，处理结果里没有涉及赔偿的问题。"

"调查清楚了吗？"德绍急切地问。

"调查清楚了，堨闸是夜里被大水冲开的，你是被冤枉的。"陈主任说。

"那怎么处理的呢？"德绍问得更加急切了。

"老黄被撤职了。"陈主任说。

"撤他的职？有什么关系吗？"德绍感到莫名其妙。

"这个就扯得有点长、有点远了，要怪就怪你抢了人家意中人！哈哈！"陈主任把德绍拉到老屋的堂前，让德绍坐下来。

"你那张烂嘴，乱嚼什么哟！"德绍以为陈主任在和他开玩笑，对他的大笑很不满意，不愿意坐。

"嘿，你不要紧张嘛，坐下来听我讲，这事你是被冤枉的，上面已经查清楚了。"陈主任让德绍坐下后，自己也坐了下来。

黄主任是岭下人，和德绍一样，也是很早就参加了土改工作队。德绍在岭下搞土改时，他在罗田搞土改。

德绍在岭下开展工作时因一块田面积大小，和他的哥哥起了争执，他哥哥对德绍说："绍呢，我家弟佬和你一样都在搞土改。"意思是提醒德绍念在与他弟弟是同事的分儿上不要那么较真。

没想到德绍不仅不买他弟弟的账，还对他说道："既然你弟佬也在

124

做土改工作，他肯定晓得这项工作是不能有半点马虎的。你呢，应该比其他人更加配合工作，给大家带好头，树好榜样！"把黄主任的哥哥说得无以应对，乖乖地配合德绍把那块田丈量好，但这个梁子也就结下了。

后来，黄主任看中了兰香，请媒人去讲亲，不想兰香嫌他家在一个山坞里不通路，不愿嫁过去。第二年文珍在上市见到了兰香，并请兰香的那位"表嫂"为德绍讲亲，最终兰香嫁给了德绍，这下不仅伤了他面子，还伤了他的自尊，把他彻底得罪了。

两家结下了这么深的梁子，德绍却一点都不知道，黄主任自到上市来当主任后，就像是一只狩猎埋伏的狮子一样，在那里密切地注视着猎物的一举一动。

那天夜里一个人匆匆地到上市举报说，河边村生产队里的社员姬德绍为了打鱼而擅自拆了竭闸，导致几百亩田没水灌溉。

埋伏许久的狮子终于等来了踏进攻击圈的羚羊。狮子发起凌厉的攻势，他要利用这个绝好的机会把新账旧账一起算，决意将羚羊生吞活剥、置于死地。

黄主任根本不做调查，直接将一系列罪名往德绍头上扣，迅即安排人马，一路直奔红庙河里抓德绍，一路直扑德绍家。

"绍呢，这两天我把你的情况都了解了，这些年你受了不少苦。"陈主任最后说。

"苦一点没事，只要不被人家无缘无故地冤枉和欺负就好。"德绍说完眼睛通红，几乎要掉下眼泪来，他赶紧埋下头不让陈主任看到。

"放心，如果再有人欺负你，我替你讨回公道。"陈主任说，"这些年你后悔了吗？"

"后什么悔哟，我哪有工夫来想这些，我现在每天想着的是如何把这个家养活，把孩子养大。"德绍沉默了一会儿淡淡地笑了一下说。

"说实话，我真的很佩服你，我都不知道你是怎么把这么一大家子糊过来的，你真本事啊！真不容易！"陈主任感叹道。

阳历年当晚，六旺组织生产队学习，学习的内容是 1977 年 11 月 18 日《人民日报》头版刊登的《教育战线的一场大论战》和 12 月 16

日《人民日报》社论《用大庆大寨精神办好城乡商业》。

德绍没有听上市户口工作人员的话，兰香在1979年的春节那天生了小虎。

之所以在生了林虎后隔了好几年才生小虎，是因为其间兰香在下雪天为社中食堂挑水时，滑了一跤导致流产了。摔跤流产后，兰香自己走回家，到房间里把血淋淋的裤子换下来，到龙水河里去洗了后，就又赶回社中去继续挑水弄饭。

兰香为社中弄完夜饭、收拾好厨房后回到家，跟德绍说孩子落了，德绍问她："啊，落了？那要不要在家里休养两天？"

兰香说："不用喽，况且我休养了社中那么多人吃什么呢？"

德绍想了想说："看你，如果你身体顶不住就休养两天，我替你去弄饭，如果能坚持的话你就去，我跟妈讲，让她杀只鸡给你吃。"

第二天早上，德绍跟文珍说："妈，兰呢昨天摔了一跤，小孩落了，你杀只鸡给她补一补。"

文珍应了一声："哦，晓得啦！"

几天过去了，一直不见文珍杀鸡，德绍一提，文珍就说："唉，今朝我把鸡放出去了才想起这事。""要死起来，那只鬼打的鸡凶得很，今朝我差点就抓住它了，明朝我用网兜来盖住它，看它怎么跑。""唉，今朝又没抓住，我看没几天就放假过年了，干脆到时再杀吧。"

兰香听了后没有言语。

之后德绍又提了一回，兰香对他说："哎呀，哪里用得着杀鸡嘛，我现在不是好好的吗？"

过年时文珍杀了几只鸡，分到兰香和成虎共吃一只，兰香没吃几口就让给成虎了，成虎问兰香："妈，你不吃吗？"

兰香说："你吃嘛，我觉得这鸡好像没蒸透一样，咬不动。"

"咬不动？我觉得好咬得很呢。"成虎说。

"那你就多吃点，我咬不动。"兰香笑着对他说。

"嗯。"成虎应了一声之后，就大口大口地吃起来。他还很小，哪里会懂得大人的心思呢。

兰香流了产，既没有得到休养，也没有得到滋补，怀小虎期间还要起早贪黑地去社中食堂为二百多师生弄饭，后来家里又接二连三地出事，兰香的身心从没有宽慰过，导致小虎出生时很瘦小。

　　生了小虎后，兰香再也不愿生了，没有和德绍商量就去安了环，德绍知道后说："安得好，我也是这样想的，再生的话，真的糊不走了。"

第八章

《立春》诗云："东风带雨逐西风，大地阳和暖气生。万物苏萌山水醒，农家岁首又谋耕。"在婺源，传统习俗中似乎对立春并不是特别地重视，这里的人们没有鞭打春牛迎春的习惯，也没有送春牛、贴春牛图、咬春、戴春胜等庆祝方式，最多不过是家里的老人在立春的早晨自言自语地提醒一句"今日逢春了"，或是骂一句"要死喽，这个鬼绝的天气，都逢春了怎么还这么冷"。相比起来，婺源人对立春头日"绝水"的"四绝日"要重视得多，稍微懂一点世故的人都知道，这一天诸事不宜，婚丧吉庆、探亲访友、出行栽种等都要避开这一天，认为这一天向上的生发的力量最弱、趋亡的败落的力量强到极致。

过了"四绝日"之后就是立春。从此，漫长寒冷的冬季结束，春雷将炸开冰河冻土，春风将唤醒枯木蛰虫，在阳光明媚的春天里放眼望去都是勃勃生机。春天是百废待举的季节，人们在春天播下希望的种子，百般呵护、精耕细耘，以期换来丰收的喜悦。

婺源的春天极其美丽，是颜色的海洋，是花儿的天堂。蓝天白云下，聚散有致的村落，依山傍水、粉墙黛瓦；连绵不绝的山峦，巍峨雄劲、苍翠欲滴；漫无边际的油菜花，金黄夺目、香气扑鼻。屋前屋后、村头村尾，不经意地点缀着粉红的桃花、雪白的梨花；田间地头，流水潺潺，不知名的野花竞相绽放、姹紫嫣红。连那贱得没人愿意收的、散在田间地头的萝卜，也开出白生生的花朵来，花朵虽小但开得非常繁密，走近一看每一片白白的、小小的花瓣都渲染了淡淡的紫色，在到处的芳香四溢中照样引来蜂飞蝶舞。

婺源是一个多山少田的地方，可是河边村不一样。河边村总共只有 30 来户，却和依山村对半拥有外坦的田原，独自拥有圳头畈那块很大的田原，此外还有新坑坳、坞前坦（这片田在依山村前的徽饶古道边）等地方的田，可以说是一个人少田多的村子，只要不出天灾人祸的情况，足够全村人吃饱穿暖。

可不知怎的，大家这些年在生产队里干得热火朝天、红红火火，但一到年底分红，除了少数几家脸上挂笑外，大多数人家的心里都不是滋味，要么白干一年徒挣了岁月，要么白干一年不算还倒欠了账。有些人家虽然分到红了，可是也嫌少，觉得一年下来费了工，冤枉了光阴、耽误了光景，心里照样不痛快。

求变通、思出路的愿望一年强过一年，现在终于盼来了，早就埋藏在心底的种子，迎来了春风送暖的季节，新芽焕发出强大的生命力，疯狂地往上蹿，家家户户都巴不得日头转得快一点，早点将属于自己的份子拿到手里。这些种子萌芽蹿长的一个表现形式就是，把分到人头上的每一分田、每一棵茶、每一溜地，哪怕是一把禾镰、一个簸箕，都视为关乎今后一家人生计的大事，绝不会轻易地做出丝毫的让步。

生产队在上面来人的指导下，先开展学习动员，然后才开始行动。可是田地茶山、劳动工具等，可不像以往生产队年底分红那样可以算出个元角分来，好坏优劣没有量化标准，全凭脑袋想和嘴巴说，千人千面，众口难调。

田地茶山除了面积这一重要衡量标准外，在每个社员心中还有肥瘦远近、易旱易涝等标准。牛，不可能人手一头，连一家一头也无法满足，就算一家分一头，那也是极不公平的，因为各家的人数相差太大了，更别说牛要分公母、分年龄、分个头和力量。对于晒谷场，各家各人心里也有个孰优孰劣的评判，这一块水泥要厚一些、那一块水泥要薄一些；这里有点下陷，一下雨就积水；这一块要向阳一些，那一块背阴、谷子难晒干。还有生产队里的劳动工具，除了新旧锐钝之外，人们心里还有一个更加难以把握的标准，即好用和不好用。在这个分配的过程中，不可能做到绝对公平一碗水端平，也不能把谁当傻子当愣子让他吃亏。

面对这么复杂难缠的问题，怎么办呢？科学无法进行量化，迷信无法让人信服。只有采取科学与迷信相结合的方法。最麻烦的问题往往要用最简单的方法来解决，才能收到奇效。

将田地茶山、牛、仓库、晒谷场以及各式各样的工具大致地按照好中差进行分类后，再进行抓阄。这样做虽然勉勉强强地分了下架，但整个过程中少不了伴随着争争吵吵、打打闹闹。只要感到"被糊弄"了或是"吃亏"了，当家人出面或是一家人整体出动，在家庭命运大计面前，他们可不管什么春暖花开、草长莺飞的美景，也不会买队长副队长或是上面派来的领导的面子，立马翻脸哭闹喊叫、寻死作活，这种是对外斗争争取。也有内斗的，因为夫妻子女间认同的标准不一致、埋怨谁的手气差等原因，导致家里相骂打架闹得不可开交。

其实在丈量田地茶山面积、协调处理这类矛盾问题方面，德绍是老手，多年前他搞土改工作，积累了丰富的实践经验，但生产队里的事，他插不上手，也说不上话，并且他也不愿意和阔嘴旺、继发、六旺等人搅和在一起争论辩解。

与生产队里"分家"比起来，德绍更关注自己家庭的"百废待兴"，这次抄家虽然没有把粮食抄得颗粒不剩，人也只抓走了他一个，但对家庭生计的摧残比上一次要严重得多，除了粮食和人外，其他的能带走的和想带走的都带走了，不能带走的和不想带走的全都打了砸了。调查结果出来后，虽然把公报私仇、借刀杀人的黄主任下了，但对赔偿只字没提，并且对诬告他推卸责任的人也只字不提。对于是谁陷害他，德绍心里隐隐约约地有个谱，但调查结果只字不提，他当然无法去找人家理论，更不可能向人家提赔偿要求。

怎么办？这么一大家子人要养活，大虎二虎成虎成英要上学，德绍只有将目光投向奔流不息的龙水河，至于分田地茶山等事全让兰香去出面。兰香也愿意去，以免德绍去多嘴多舌得罪人不讨好，自己去了可以坐着听，一言不发地等到抓阄。

闷着不开腔的也不一定吃亏。苦命的兰香这次运气不差，不仅没有抓到下下阄，而且在分牛时抓到了一个上上阄。

德绍家一共有 12 个人分田，是村里人口最多的人家，按田亩计算可以单独分到一头牛，那些人口少的人家得两家或是三家共一头牛。村里可以单独分到一头牛的人家一共是 6 家，结果兰香抽到了 1 号阄，选了一头 2 岁多的"年生种"水牸。"年生种"是河边村这一带对一种水牛的俗称，这种母水牛只要给它的小牛断了奶，它就会很快发情，又能怀小牛。能够独立拥有一头水牛，而且还是"年生种"的水牸，全家人都美滋滋的，感觉捡了个大便宜。对于志焰来讲，更是意义非凡，他很小就成了给地主家放牛的"小长年"，从今以后，他可能又要天天放牛了，不过放的是自己家的牛。

除了一头"年生种"的水牸外，德绍家分到了 20.4 亩两季田和 2.4 亩一季田、24 亩茶山，还在六亩洲、圳头畈、红庙、云坦等地方分到了 3 亩左右的菜地。

分田到户后，河边村的早上还是能听到莲枝与阔嘴旺争东司时的叫骂声，她对阔嘴旺的叫骂声又比以前低了一些了，但再也听不到阔嘴旺在村中央的水井旁扯着嗓子喊："唉唉……起起……起来啦！唉……犁犁田的唉……犁田啦，唉……拾拾秧的唉……拾秧啦，唉……插莳禾的唉……莳禾啦……"当然也听不到莲枝在东司门口骂道："吃下死的东西，就这么一句话，唉唉，唉半天都也唉不清楚。开工啦！犁田的犁田，拾秧的拾秧，莳禾的莳禾啦。"

没有人发号施令了，可是河边村的家家户户起得比以前更早了。每天早上起来要干什么，他们早在头天晚上甚至更早的时候就计划好了，起来到东司里解决一下，抓把锄头扛在肩上、提个篮子挎在胳膊肘上、拿把镰刀系在腰里，朝着目的地径直去就行了，根本不用问谁找谁等谁，也没有人来提要求做监督搞检查，脚下的步子比以前迈得更加轻快，手里的活儿也干得比以前更加细致。

放暑假没几天便传来消息，大虎二虎都考上了初中。河边村文化程度最高的是六旺，他读了初中，并在"文革"初期读过高中，接下来一茬茬的孩子中，女的基本上都没进过校门，男的绝大部分在村小读两三年就出来放牛、捡谷穗，能到上市中心小学去读的，算是凤毛麟角，在这凤毛麟角中考上初中的连一只手都数不满。这下子不得了，德绍家一次就考上了两个。

对于多年没有喜讯的家庭来讲，这是一个足以振奋人心的消息。德绍激动得禁不住又要唱歌，不过他还是管住了自己的喉咙，自上次"得意忘形"唱歌之后，他再也不敢唱歌了。事实上，他的心情就像纸飞机一样，经过短暂的飞扬之后，马上就落回了地面。

任何事物都有两面性。对于德绍家来讲，即使大虎二虎同时考上初中这样的大好事，也有它的另一面。再次"遭劫"两年时间过去了，生活用具还没有添置齐全。文珍志焰已步入风烛残年，志焰每天早起时咳得更凶、咳得更长了，文珍一举一动、每时每刻都在显现着身衰力竭的迹象，那双小脚越来越扭不动了，从新屋走到老屋都要一摇三歇，嘴唇和脸颊整天都发紫发乌，虽然两个人都没有花钱住院，但是一年到头少不了要把龙头湾村的赤脚医生请到家里来好几次，打几针、拿点药，家里还要常备点润肺止咳的冰糖、补气生血的红糖。下学期成虎要到中心小学去读书，成英、林虎要到村小上一年级，村小的代课老师对德绍说，成虎在学习上比大虎二虎还要长进一些。

对于成英上学一事，德绍反反复复地纠结盘算了两年。一方面，德绍觉得只供儿子上学不供女儿上学有失公允，女儿也是人，也要长大成人，识点字对成家立业、居家过日子只有好处，没有坏处。虽说是帮别人家供书，但日子过得好了，那毕竟是自己的孩子过得好，每想到这里，他就对建英连英大字不识一个，感到深深的愧疚，下决心要供成英读书。另一方面，村里各家各户的女孩子几乎都不进校门，自己肩上的负担确实太重了，成英不上学，不仅可以省钱，而且还能帮兰香和文珍做很多事。现在林虎到该上学的年龄了，跳过成英把林虎送进学校，再过几年又把小虎送进学校，德绍感觉这样做太过残忍了，心里过意不去，所以决定下学期把成英和林虎一起送去村小读一年级。

大虎二虎考上了初中，为家庭争了光，一家人都很高兴，德绍作为一家之主在感到高兴之余，更多地感到的是负担。他知道两个人上初中后，与村里其他人家相比，肩上又多了一项"额外的负担"，并且这个负担的压力是实打实的，一点也不轻。

对这个"额外的负担"，德绍、兰香、志焰、文珍是欣然接受的，事实上这个结果正是他们一直所期待的。不仅如此，连一天校门都没进的建英连英姐妹，也乐见其成。强烈的主观意愿，驱使着他们有滋有味地挑起了这个"额外的负担"。

大虎二虎没有居功自傲，一放暑假就投入夏收夏种（很多地方称为"双抢"）、种地砍柴的劳动中去。德绍在忙完夏收夏种之后，就全身心地投入下河打鱼中去了，每天晚上都下河打鱼，他要在开学前凑足两个人的学杂费，没有添置齐全的锅碗瓢盆可以再放一放，但这笔钱是等不得的。此外，他还想给两个孩子一人添一套新衣裳、买一个新书包，让他们体体面面地走进初中校门，给老师和同学们留下个好的第一印象，不能被人家一眼就看瘪了。

在离开学报名还有几天的时候，德绍终于在龙水河里把他预想的东西都"打捞"了上来。那天下午，他让大虎二虎去海富家把头发理了，晚上大虎二虎从龙水河里洗完澡回来后，他让两人穿上新衣裳、背起新书包给他看。他看了之后很满意地说："像那么回事了。"大虎却说："爸，好是好，就是凉鞋太破了。"二虎也接着说："爸，干脆再给我们买双凉鞋吧，我们脚上的凉鞋再穿，连那'叮叮当'兑糖的都不要了。""两个不知足的家伙，买凉鞋？钱从哪里来呀？天上只会落雨落雪，不落钱！"德绍的好心情被两个儿子一人一句顿时说没了。

晚饭过后，德绍让大虎二虎去守"鱼床"，自己到龙水河龙头湾段去撒网。他把网撒好后就回家睡觉了，躺在床上突然想起了大虎二虎穿上新衣裳、背着新书包的样子，以及他们脚上的凉鞋，竟然觉得两个小子说的话其实并不过分，反而是自己对他们的凶骂有点过头了。那两双凉鞋已经穿小了，脚趾几乎全被挤到外面来了，鞋带、鞋帮断了好几回都是用烧红了的禾镰粘起来的。既然他们的要求不过分，那怎么办呢？家里一分钱也拿不出来了，那就看今晚龙水河愿意施舍多少了，够买两双凉鞋是他们的造化，不够也是他们的造化。

已经分田到户了，既没有人割"资本主义尾巴"，也不需要赶生产队里的早工，但德绍还是每天天亮之前起床下河去收网，因为这样才能保证鱼新鲜好卖。那天晚上龙水河开了大恩，"鱼床"上装的鱼和渔网网到的鱼一共卖了 3.5 块钱，德绍拿着 3.5 块钱沾沾自喜地去城西的百货商店。他在百货商店里转了一圈后，指着货柜里的一双黑凉鞋问店员要多少钱。店员说："2块5一双。"

2块5一双，2双要5块。他又生气又失望，连店员的话都没有回，就转身出了百货商店，从城西绕到城东，"咚咚"地朝家里走。

马上就要开学了，新坑坳里种一季的稻子已经开花抽穗了。新坑坳里狭长的田畈，被徽饶古道切分成两半，从汪庙坞山谷里吹的微微山风，把古道两边碧绿的禾苗摇曳得一浪追一浪，"沙沙"地响个不停。在视线的远端，两边的禾田又连成一片，弯弯曲曲的古道被淹没得没了踪影。

在骄阳的照耀下，从汪庙坞山上郁郁葱葱的松树林里飘来的松香越发弥漫浓郁，淡微的稻花香完全被盖过了。这里的稻花虽不如松香，但这里的稻花结出来的谷粒却是最好的，无论是外坦，还是圳头畈，那些地方结的谷粒，都不能跟新坑坳里的谷粒相比。这里出产的米，米汁米油要比其他地方的多得多，用这里产的糯米打糍粑软糯香甜，用这里产的早米煮稀饭浓稠可口。和其他地方比，这里的稻谷一日享受的光照时间短，晌午它们和其他地方的稻谷一样，接受烈日当空的暴晒，可是晚上这里的温度要低得多，经受更多的冷热考验和经历更长的生长周期，所以它们才会更加优越。

德绍行色匆匆地走在徽饶古道的青石板路上，路过他爷爷的坟时，他稍微放慢了脚步，朝那里瞥了一眼。清明前，他和老迈的父亲志焰，带着大虎二虎来堆了坟，现在那些新堆的土上落了一层厚厚的松针，还稀稀落落地长出了一些杂草；坟尖上的五色纸钱经过几个月的日晒雨淋，已全部褪成了苍白色，零乱地散落在那些松针和杂草上，坟尖上用来挂纸钱的竹枝光溜溜地兀自立在那里，竹枝顶上拴纸钱用的尼龙丝在微微的山风里胡乱地飘摆。

他停了下来，想从田埂边走过去，把那些散落的纸钱捡起来堆放在坟前烧了，正当准备抬起脚朝那边迈时，他又改变了主意。他想算了，现在是盛夏时节，怎么能去引火来打扰在里面安安稳稳地睡着的爷爷呢？反正快要过中秋了，干脆等那时候来上坟，再把坟堆好好地清理一下。自从爷爷睡安稳了，家里的人丁也兴旺起来了，大虎出生后，接连得了二虎成虎，间隔成英后，又接连得了林虎和小虎。可是随着人丁的兴旺，他肩膀上的担子也越来越重了，眼下为了大虎二虎上初中都这么犯难，如果连这一关都挺不过去，那将来的日子要怎么过呢？

　　他没有心思再停留下来了，继续迈开步子朝家里赶。很快他就来到自家的那丘田边，这丘田是新坑坳里最大的一丘，有 2.4 亩。他几乎要走过了，才意识到这是自家的田，禾叶间嫩绿的稻穗上挂着零星细白的稻花，仿佛有人在禾穗上撒了米粉一样。随着禾浪的起伏，几只小蜜蜂"嗡嗡"地一会儿起、一会儿落。他突然想起了之前在这里耘田时，踩到过一只鳖，这畈田里有鳖，这些鳖是从哪里来的呢？应该是从桃花溪新坑坳段爬上来的，既然连耘田都能踩到鳖，就说明这一段的桃花溪里应该有很多鳖。

　　想到这里，德绍加快了脚步，急匆匆地赶回家，舀来一碗稀饭几口倒进了肚子里，背起鱼篓急急地回到新坑坳，顶着烈日猫着腰在桃花溪两边岸底的泥石里摸找鳖。到下午 3 点钟左右，德绍一共抓到 5 只鳖，他顾不得回家吃午饭，上了岸沿着古道直奔县城。5 只鳖卖了 2.5 块钱。桃花溪施舍了 2.5 块，加上龙水河施舍的 3.5 块，德绍给大虎二虎一人买了一双凉鞋后，还剩了 1 块钱。

　　买好凉鞋后，德绍把脚步迈得飞快，经由新坑坳松香弥漫的古道，穿过随风摇曳的稻浪，高高兴兴地回了家。

　　睡觉前，德绍把大虎二虎叫过来，把两双凉鞋递给他们说："这下应该心满意足了吧，我跟你们讲不要一心钻在吃穿上，用心读书才是最要紧的。"大虎二虎很激动地接过凉鞋，迫不及待换上。

　　德绍看着他们的样子，嘴上虽不说，但心里很得意。大虎穿上后大小刚刚合适，但他却说："爸，你怎么买黑色的呀，一点都不好看。""爸，你买两双一样大的，他穿好，我穿大了一点，你也真是的，不知道给我买小一点的。"二虎接着说。德绍心里的满足感持续了不到一分钟，就被两个儿子一人一句给打进了冰冷的地窖，他猛地站起来，狠狠地扇了大虎二虎一人一个大耳光，怒不可遏地骂道："不知四季的东西！不想穿给老子脱下来！嫌这嫌那不去读更好！"

　　德绍虽然把大虎二虎打了骂了，但第二天还是早早地把他们两个叫起来，让他们穿上新衣裳、背着新书包、穿上新凉鞋，背了一袋大米送他们去学校，给他们报名交学费、称米换饭票，了解他们的分班情况。最后，把大虎二虎叫过来好好地叮嘱了一番才离开，匆匆赶回家。

新红一家要离开河边村回县城了，他全家都吃商品粮，没有在河边村分田分地。下放后借宿在继发家和四斤家的那两家人已先于新红一家回城了。上海下放来的一家四口，回去了两个，儿子和龙头湾村一家的女儿结婚生了小孩、在龙头湾村筑了新屋，不愿意回去，母亲看儿子不回去，也留了下来。

新红一家搬回县城前一天的晚上，德绍没有下河去撒网打鱼，并且把那天早上下了"鱼床"的一条4斤多的草鱼留了下来。晚上，德绍让兰香把那条草鱼红烧起来，自己去把新红请到家里来，两个人相对而坐，德绍先给新红斟了满满一杯酒，也给自己斟了一个满杯。

酒倒好后，德绍先开腔："来，恭喜你！"说完一仰脖子干了。新红也干了杯中酒，没有说话，拿起筷子撬下一块鱼肉来吃。德绍又给两人的杯子斟上了酒后，问道："怎么样？龙水河里的鱼好吃不？"新红说："好吃，你真有口福啊！"

"哈哈，你是笑话我还是羡慕我？"德绍也吃一口鱼后，又把杯中的酒喝干了，"来，我们再吃一杯！"

"当然是羡慕喽。"新红也干了杯。

"好，我就信以为真了。"德绍又把两人的杯子里斟满了，"要不我们两个换换，哈哈！"

"可以啊，只是我又不会打鱼，你那个渔盆我撑起来打转，要不了两下就翻下水，不仅吃不到鱼，弄不好还被鱼吃了。哈哈！"新红说完，看了看面前的一满杯酒。

"也是哈，你在这里打不了鱼，我进城也摸不清门道，换是要不得的。来，我们再吃一杯。"德绍举起杯子又干了。

新红没办法，只好也干了杯，把杯子捏在手里对德绍说："我不能再吃了，再吃就要醉了。"

"好，你不吃酒了，吃鱼，我们说说话。"德绍没有再给新红斟酒了，不过他给自己斟了一杯。

"你也不要吃了，酒吃多了不好。"新红劝德绍。

两个人吃着说着，德绍一个人又喝了两杯。最后新红提出要回去了，德绍说："好，我送你，门前杯你还吃不？"

"那就再斟一杯吧。"新红拿过酒瓶来给自己斟了大半杯，举起杯子来对德绍说："这杯我敬你，恭喜你！"

"恭喜我？恭喜我什么？"德绍问道。

"嘿，恭喜你成为河边村的种粮大户！不是吗？"新红说完一仰脖子，干了。德绍家的田最多，自然是村里的种粮大户。

"哈哈，干了！"德绍把酒干了后送新红出门。

两个人来到大门前的平墩上，新红站下来看了看说："绍呢，你这个院子真好，是名副其实的开门见山啊！"

"开门见山，可是那是平山林，里面有神麂和污秽的东西呢，山是人们都不敢进的山。"德绍说。

"那些胡编乱讲的话你也信？"新红说，"田地茶山都分了，你有什么打算？"

"田地茶山这些都是定死了的，能有什么打算呀，无非就是打鱼养猪，你说呢？"德绍把目光投向远处平山林的山梁之上。

"打鱼养猪，很好哦，照这个趋势下去，将来不会再有限制了。"新红点了一支烟，顺着那条菜沟，边抽边往外走，"你什么时候把这里铺上石板才好。"

"铺石板？唉！那年被敲了的半截水缸还没钱换呢。"德绍说。

送走新红后，德绍回来又给自己斟了一杯酒，吃了几口鱼后，一口把酒喝干了才作罢。他不仅烟瘾加重了，而且还产生了酒瘾。自受了"踩竹杠"以后，他的左腿出现了肌肉萎缩，现在左腿明显比右腿细，还时不时地发痛，为了缓解腿痛他几乎每天都要喝一点酒；还有就是喝一点酒后，冬天下河打鱼不怕冷。

建英连英在生产队里经过几年的锻炼，对田地里和茶山上的活已经非常熟悉了，两姐妹对自己的劳动能力很有信心，都不甘落后于人，在兰香的带领下，商商量量地把 20 多亩田、24 亩茶山和 3 亩多菜地伺弄得井井有条。

德绍再也不需要白天参加生产队的集体劳动、晚上出去打鱼了，除了大忙时节外，平日里他可以放心地把田地里茶山上的事交给兰香和建英连英去做，自己则腾出手脚来谋副业。新红离开河边村时问德绍的打算，他说打鱼养猪。其实德绍在听说分田到户的消息后，就开始在心里盘算这方面的问题了，所以当新红问起来，他很快地就说出了自己的想法，看似无意间随口而出，实则他早有过思考酝酿。

要养猪，首先得有人来养，其次得有场所，再就是得有够吃的猪食。在想时德绍是按照劳力、场所、猪食的顺序来想的，但在筹备上，德绍是反着来的。

3 亩多菜地加上门前的菜园里的产出糊一家 12 口的嘴巴肯定没问题，再喂两三头猪估计问题也不大，如果要再多喂三五头猪的话，那猪肯定吃不饱，成天叫唤不长膘，不仅赚不到钱，反而可怜了生灵。要多养猪，让猪吃饱，就必须再开荒菜地。

经过琢磨盘算，德绍选中了井湾山坳的两片台地。井湾山坳在森头坞余脉和平山林南侧余脉的交接处，因山坳里有一口不知是什么年代挖的水井，因此得名。这两片台地很平整，应该在很久以前有人开荒过，虽然现在已经荒得和一般山林没有区别了，但德绍来开荒不仅不算毁坏山林，而且还可以省掉很多气力。另外这里有水井方便灌溉，山坳里有一定的日照但又不用担心晒过头了，很适合种菜。

德绍用短把镰刀把粗一点的树砍倒、用长把镰刀把矮树丛和荆棘丛砍开，把这些弄回家当烧锅柴，再用重锄把树根、荆棘根全部挖出来晾晒后焚烧，最后再用轻锄把两块台重新再挖刨一遍。

德绍每天白天都泡在井湾山坳里，渴了就到水井里捧几捧水出来喝，累了就瘫坐在地上抽两锅旱烟；有时说好回家吃午饭的，可是干了一上午劲头上来，又不舍得耽误工夫回去吃了，害得 80 多岁的志焰不得不老是要给他送饭来。前前后后花了 3 个多月的时间，终于把两块台地开荒平整出来，起垄挖沟完毕。其间，兰香和建英连英有空也来帮忙。

井湾的地开荒出来后，德绍的心中已经有了解决养猪场所的方案了。德绍家的猪圈是在志焰手上起的，东西向被自家的老屋和守田家的屋子抵死了无法扩展，北边是东司，东司的墙基外是村里窄石板路，也无法扩展，在南向上，猪圈和老屋的南面墙平齐。德绍的想法是将猪圈拆了起余屋，余屋在原来猪圈的基础上向南扩展到依山村的田埂，呈南北向长条形。

　　因为没有钱，他不打算建砖墙结构，而是建一个土墙结构的余屋。为此，他又像起新屋时那样每天很早就挑一担簸箕出门，到处去捡砖头、捡石块、捡瓦砾，他想在夯土墙时把砖头、石块、瓦砾夯进去，这样应该要更加牢实一些。砖头、石块、瓦砾捡够了之后，他又开始到木坞的山里去砍做屋顶用的木料。木料备齐后，还差瓦片，瓦片捡不来，也没法自己烧窑做出来，只能花钱买。这些年龙水河俨然是德绍有求必应的钱袋子，这次也不例外。

　　起新余屋的各样材料备齐后，趁着年前的农闲时节，德绍请来夯土墙的砖匠、木匠和兰香的两个哥哥帮忙，赶在腊月中旬把余屋起好了。新余屋四周是杂以砖头、石块和瓦砾的土墙，在土墙上支木架屋棚，再在屋棚上盖瓦，没有打墙基，也没有用柱子。新余屋里面用木条木板隔出了10个猪栏。

　　德绍花了两年多的时间解决了猪的"吃住"问题，但眼下他首先要做的是杀猪，因为又到杀年猪的时候了，这两年村里杀年猪的人家越来越多了，连以前年年吃赤字的守田家今年也要杀年猪了，德绍要力争在小年以前把村里的年猪杀完，小年以后他就不想再动刀子了。

　　正月十五过后，德绍向人家赊了6只小猪崽，早稻秧苗插好后又向人家赊了100只鸭苗，鸭苗也养关在余屋里。兰香负责养猪，他负责养鸭，志焰负责放牛。

　　那头水牸不负众望，为德绍家生了一头小牯牛，这又是一件非常激动人心的事。兰香在小牛出生前一周左右，特地为水牸酿了两大桶糯米酒，在一家人的精心呵护下，水牸顺利地产下一头小牯牛。小牯牛出生后的一周内，德绍每天早晚都要去牛栏里转转，打两三个生鸡蛋和在煮好的糯米酒里，看到水牸将食盆吃得干干净净后，他才满意地离开。连兰香都忍不住自嘲道："我18岁嫁进这扇门，连带夭折的和落了的，一共为你家生了10个，没有一次享受到这种待遇。"

德绍喂牛吃鸡蛋的举动让兰香嫉妒，更让小虎不满。有人背着木箱子来村里叫卖冰棒时，村里的同龄人多半能从大人那里求得5分钱买一支，要么能磨蹭个鸡蛋来换两支与兄弟姐妹分享。小虎和林虎用尽了哭喊纠缠的办法，却从来没有成功过一次。一天下午，小虎看着卖冰棒的人打开木箱盖，掀开那厚厚的棉被，拿出一根冰棒递给了小虎的一个玩伴，他先撕下冰棒纸将其舔干净，然后再伸出长长的舌头来慢慢地舔那通身发白、冒着白雾的冰棒。

当小虎还在流口水时，林虎一把把他拉到墙角问："好吃鬼，是不是又流口水了？"小虎一边吞口水，一边说："我没有。"小虎说完下意识地用衣袖抹了一下嘴角，那件衣裳大虎二虎像他这么大时都穿过，由于小虎体格比他们瘦小，所以现在穿起来显得又长又肥，不过长长的衣袖对他来说刚好可以方便拭口水和鼻涕。林虎一把拍下小虎正在拭口水的右手说道："还说没有，你在擦什么？"小虎低着头无言以对，双手背在屁股后贴着墙。

林虎顿了一会儿说道："我有个办法可以让我们都吃到冰棒。"小虎欣喜地抬起头来问他："什么办法？"林虎说："刚才我们出来时，我看到那个笋壳鸡正在鸡窝里下蛋，你悄悄去把蛋捡来，我们换两支冰棒，一人一支。"小虎当然知道这个计划的危险性，但是心里已经同意了，不过他还是象征性地说了一句："不行，被妈晓得要挨打的。"林虎说："没事，如果问起来，就说可能是被老鼠偷去吃了，我也帮你说。再说了，你最小，他们不会真打你的。"

经林虎这么一说，小虎很快就将那个鸡蛋偷来换了两支冰棒，他们尽情地享受了卖冰棒人取冰棒递给他们的过程后，躲到林子里的樟树下，先将冰棒纸剥下来，放到嘴里嚼干后，再伸出舌头来慢慢舔那白白的、冒着雾气的冰棒。

小虎和林虎都希望这个过程能尽量地长一点，以至于后来舔不及，一些冰棒水流到了手上、滴到了衣裳上。两个人将流了冰棒水的手掌和衣裳上滴了冰棒水的地方舔了一遍后，都将冰棒棍含在嘴里不舍丢，但又怕挨打，几经权衡后不得不将冰棒棍扔进林子的水潭里。可是由于嘴角、手掌和衣裳上残留有冰棒的香味，小虎和林虎的罪行暴露了，两人都挨了毛竹丫，小腿上起了很多血丝杠杠。

4个月后，德绍养的鸭苗长成了成鸭，100只鸭苗只存活了93只，丢了4只，晚上鸭苗挤在一起被踩死了3只，已经有鸭下蛋了，多的时候早上可以捡到十来个，少的时候能捡到四五个。德绍盘算着待二季稻收割后，这些鸭将全部开栏下蛋了，年底前还鸭苗的钱估计不成问题，明年就可净赚钱了。家里有20多亩田，除去要交的公粮和一家人的口粮外，稻谷足够它们吃，养鸭总比卖余粮划得来些。

至于放鸭人工，德绍是不计算在内的，不养鸭也一样把日子过了，况且放鸭不用肩挑不用背扛，轻松得很，家里忙起来，80多岁的志焰可以一边放牛一边放鸭。

相比德绍养鸭，兰香带着建英连英种菜烧食养猪似乎还要划得来一些。过年前，6头猪除留一头做自家的年猪外，其余5头全部出栏，除去还上的猪崽钱外还剩200多块钱。

不过德绍对此很不屑，他说："你们几个就是眼孔浅，明年我不用花鸭苗的钱，而你们还要花钱买猪崽，明年我放鸭、放网、装'鱼床'，保证一个抵你们三个！"

建英说："爸，你别吹牛，今年只养了6头猪，明年多抓几个猪崽，你还是比不赢。"

"对，妈，你明年抓10个猪崽，一个猪栏放一个，余屋里连关鸭子的地方都不留，到时看看怎么比！"连英笑着说。德绍和兰香建英也忍不住笑了起来。

"绍呢，咦，日子过得快活哟！"正在一家人被连英的话逗得忍不住笑起来时，大门外面传来了一个声音。

对于这个声音，德绍听着似熟非熟的，他没有马上答应而是用力地回忆着。就在德绍快要反应过来时，那个说话的人已经走进门了，后面跟着上市乡的陈书记，上市革委会撤销后，陈主任当了乡里的书记。

"咦，怎么是你？"德绍惊奇地从凳子上站起来，快步地迎上前来。

"没想到吧？姬德绍同志！"他伸过手来要和德绍握手。

"没想到！"德绍的两只手和他的两只手紧紧地握在一起，两个人都很激动。

"嘿，绍呢，还不快点招呼林书记坐下来？兰呢，快点去斟水泡茶呀，待着干什么？"陈书记看到林书记和德绍两个人握着手不松开，眼眶里已经泛泪光了，赶紧站出来说话解围。兰香和其他人完全被这个突如其来的场面搞蒙了。

几年前和德绍一起被关在阴暗狭小的谷仓里，在大热天被逼着穿絮袄烤火桶的那个人，就是眼前的这个人。

经陈书记介绍后，德绍反应过来，赶紧招呼林书记和陈书记坐，随后自己也坐了下来。

斟水倒茶的事，把兰香难住了。那次抄家，把家里的茶杯全都摔得粉碎了，这几年添置生活用品，总把钱挤向置办急需的物件，只要能应付得过去的和不着急用的，就将就凑合着，连那半截水缸都还拖着没有换，怎么可能轮到茶杯这种可有可无的东西上来呢？

"没想到呀，你的骨头那么硬！"林书记说。

"书记呢，如果当时骨头不硬点的话，早就去见阎王爷了哟，哪里有我们今天的见面哟！还好和你关在一起！"自从谷仓里出来后，德绍就再也没有得到过他的消息，连他的死活都不知道，更不可能知道他当了书记。

"是啊！还好和你关在一起！"林书记也感叹道，"那种情况下我们两个有一个顶不住，可能另一个也垮了。"

听着林书记和德绍的对话，陈书记完全插不上话，于是起来散烟，林书记接了，德绍没接，德绍要抽旱烟才过瘾。

陈书记给林书记点了烟后，见兰香还没有端茶上来，转身去了家背，看到锅沿上摆着四个粗碗，两个大一点、两个稍小一点，四个碗里都放了茶叶，兰香提着热水瓶没主意是往大碗里斟水，还是往稍小一点的碗里斟水。

陈书记不明白怎么回事，走过去看那锅灶旁边那半截水缸恍然大悟，于是对兰香说："随便哪个碗都行，斟吧，没事。""哦！"兰香应了一声还是没主意斟。

陈书记抢过热水瓶往两个大碗里斟水，水斟好后，把热水瓶递给兰香，端着两碗茶水过堂前来对林书记说："来，林书记，尝一下他家的粗碗清茶。"

"好，上市的茶是不错的。"林书记接一碗来喝了一口，"绍呢，你家分到多少茶山？"

"24亩。"德绍回答道。

"24亩，这么多！"林书记又喝了一口茶，接着问，"能忙得过来吗？这茶是你做的吗？"

"能应付得过来，我不做茶，做茶是我家兰呢带着两个大女的事。怎么样？做得如何？"德绍没有喝茶，而是用力地吸了一口旱烟。

"做得很好，清香甘甜。你怎么不帮着一起做茶呢？"林书记好奇地问道，"采茶和夏收夏种是一样的，都要全家一齐上阵呢。"

"我采茶慢，做茶嘛，锅沿头有她们三个挤在一起就差不多了，我就去干点其他的事。"德绍吐了一口旱烟后说。

"林书记，向你汇报一下，绍呢抓副业抓得很好，养猪养鸭，活络得很呢！"陈书记接过兰香给他端来一碗茶，继续说，"晚上他要下河弄鱼，没工夫做茶。"

"哦，不得了，绍呢，看来你不仅骨头硬，还脑筋好。"林书记把茶碗放在桌子上说，"走，绍呢，带我们参观一下你的家。"

"哎呀，两个破屋壳，没有什么好看的。"德绍有点犹豫，不过林书记和陈书记已经起了身，陈书记领着林书记往厨房走了，德绍赶紧放下烟筒，跟了上去。

陈书记先带林书记看了厨房里的那半截水缸，顺便向林书记汇报了德绍遭打击报复及相关的处理情况，然后带林书记简单地看了德绍家的两个主屋，最后带林书记去看德绍家的余屋。

"哎呀，余屋里关猪关鸭，臭烘烘的，有什么好看的哟？"德绍想拦下陈书记和林书记。

"咦，绍呢，没有臭哪来的香呀，猪肉、鸭子和这些臭味是分不开的。"林书记上前把余屋的门推开了（婺源话管"蛋"叫"子"，如鸡子、鸭子分别指鸡蛋、鸭蛋）。

"哟，这个余屋不小呢。"林书记推开门后看到里面的样子，"有多少个猪栏？"

"10个。"德绍回答道。

"10个，那至少可以养20头猪了，你目前养了多少头？"林书记转过身来问德绍。

"去年养了6头猪，嗐，除了这一头留作年猪外，其余5头前几天都出栏了。"德绍指着栏里还剩下的那一头猪说。

"这头猪喂得不错，是吃生食还是熟食？哪里来那么多猪食呢？"林书记问得很仔细。

"烧食给它们吃的，"德绍说，"我开荒了两个菜园，种红薯、篱笆菜、芥菜给它们吃。"

"哦，这个是关鸭的吧？养了多少只？"林书记来到余屋的南头。

"是关鸭的，抓了100只鸭苗，损了7只。"德绍一边回答林书记，一边打开余屋南头的侧门，示意林书记和陈书记往外走。

"93只鸭，一天生多少个子、吃多少斤谷呢？"林书记站在关鸭的猪栏前没有挪步子问道。陈书记陪着他。

"割二季前一点，刚开栏生子，现在每天有40个上下；喂谷没有定数，反正用这个簸箕铲，生子季大半簸，不生子时小半簸，五六斤、七八斤、十来斤都有，这个讲不一定。"德绍说完取下挂在余屋土墙上的那个簸箕来给林书记看。

"林书记，我们再去看一下他家那个菜园吧，就是我们来时经过的那个。"陈书记向林书记建议。

"哦，是吧，那是他家的？刚刚没留意，走，去看看。"林书记一边往外走，一边算，"40个子卖4块钱，七八斤谷1块多一点点，一天含人工在内差不多赚3块，一年有一半左右时间鸭不生子，平均下来一天赚1块5，考虑到生子旺的时候每天至少有70个子吧，这样算来，平均一天应该可赚2块钱。嗯，不错！"陈书记也跟着出了余屋。

德绍带他们两个到那个菜园里转了一圈，顺便说了下平那个坟时，给它烧纸敬酒的情景，引得林书记和陈书记哈哈大笑起来。

"绍呢，你既是个坚强的革命者，又是个幽默的迷信者，还是一个有头脑的经济建设先锋。哈哈。"林书记笑着说，"陈书记，我今天本来是拜访朋友的，结果得了意想不到的大收获，你说是吧。"

"是的，林书记，这一趟走得值！"陈书记说。

"绍呢，今天县里开会，开完会后，我向陈书记打听你的下落，没想到你们两个是老相识，所以我就让他带路来看你。路上，陈书记跟我介绍了你参加土改工作队、被抓起来游街批斗、到南昌工作、被'割尾巴'和被打击报复等事。一路上我边听边想，感觉你真不容易、真了不起！经过参观之后，我觉得你让人佩服、让人感动，值得我和陈书记好好学习！"林书记说。

"咦，书记呢，你就不要笑话我了。我是一个尽力量糊生活的没本事的粗人。"德绍被林书记说得不好意思起来。

"绍呢，你不要谦虚，你抓副业的办法很好，我们现在很多人思想放不开，看不到这一点，更迈不开步子，你这个头带得很好。说说看，下步还有什么打算。"林书记接着说，"陈书记，我们现在正愁找不到这样的人呢，你看原来就在眼前。"

"是的，林书记，之前我只听说他养猪养鸭打鱼，但没想到他弄得这么好。"陈书记说。

"打算？目前还没有想好，不过明年肯定要多抓几个猪崽，再买点鸭苗来，放几十只是一根竹梢，放100多只也是一根竹梢。另外，如果忙得过来的话，要多养点鸡，鸡子比鸭子要好卖一些。"德绍说。

"好！好！非常好的设想！"林书记听了之后很高兴，禁不住叫好，然后转过头来对陈书记说："去年县里传达学习中央关于当前农村经济政策若干问题的文件精神，决定组织和发展农村专业户、重点户和农民联合体等，鼓励勤劳致富。陈书记，你还记得吗？"

"林书记，我记得的！"陈书记说。

"那好，我看你们考察研究一下，摸个底，一个是看上市乡还有没有像绍呢这样搞得好的或是比他搞得还要好的人家；另一个呢，就是要加强对他们的支持和帮助；还有一个呢，就是做好引导，让大家都来学习他们，把副业搞好增加收入。你说呢？"林书记对陈书记说。

"好的，我回去后就着手开展这项工作，一定抓好落实。"陈书记说。

德绍留林书记和陈书记在他家吃饭，但两人都没有留下来，林书记要赶回县里，陈书记要赶回乡里安排工作。

"绍呢，再见！"林书记和德绍握手告别，"当时你走了后，我完全想不到我们还能再见面，见到你真高兴！"

"是啊，完全料想不到！我说你们就在家里吃一口再走，兰呢已经烧燃锅了。"德绍再一次挽留他们。

"不啦，今天真的有事，因为之前没想到有这一趟，听陈书记一说，我急匆匆地就来了，所以得马上赶回去。你放心，你这里我肯定还要来，而且还要经常来。不仅如此，我还要把你也请到我家里去坐坐、聊聊。"林书记说。

过完年，正月初七、初八，是阔嘴旺的儿子家宝结婚办喜宴的日子，生产队改村民小组时，阔嘴旺当上了河边村村民小组的第一届组长，不过人们都不叫他组长，而是叫他村主任。

兰香在年前就去贺喜了，贺礼和那年六旺结婚时的贺礼一样，一个"红双喜"字的脸盆，再加一条毛巾、一对牙刷、一支牙膏。

初五，阔嘴旺上门来请德绍去帮他杀猪，德绍满口答应，兰香也去帮他家切菜洗菜洗碗打杂。家宝的对象是海富帮忙从老家江湾那边介绍过来的。海富和老湾一样都是江湾修水库时移民过来的，不过移民之前，他们两个不在一个村，互相不认识。

家宝结婚办喜宴的管账先生是六旺。六旺参选村民小组长，可是又没选上，不过当阔嘴旺请他来帮忙管账时，他还是很爽快地答应了。

林书记没有食言，年前和年后都来了一次德绍家，两次都在德绍家里吃的午饭，和德绍回忆往事、畅谈未来。

正月初十，林书记把德绍接到他家里去吃了一顿饭，德绍给他带了一些清明果、粽子和籽糕去。林书记告诉德绍他到广东去参观过，那边养猪场给猪栏打上水泥地，给猪喂生食，他还跟德绍讲了一些他参观过的养鸡场、养鸭场的情况。德绍走时，林书记送给他一株栀子花。

第九章

　　婺源地处赣东北、乐安江上游，与皖、浙两省交界；四面环山，西北部是大鄣山，东北部是浙岭与石耳山，西部是大游山，南面则与三清山相接，县域面积不到 3000 平方公里，山多林密，水网交织，山地、丘陵占总面积的 80% 以上，因而很早就有"八分半山一分田，半分水路和庄园"的流传。

　　自秦汉以来很多中原氏族为了躲避战乱，陆续迁入了婺源这个地处偏僻的山乡。北风南渐，吹遍婺源的山川田土，诗书风雅与田园牧歌水乳交融，衍生出一种与众不同的、超凡脱俗的人文形态，生生不息，孕育了鼎盛文风，到宋以后越发壮观，被誉为"物华天宝、人杰地灵""江南曲阜""书乡"。朱熹、齐彦槐、詹天佑、程门雪、金庸等人身上都流淌着根植于这里的文化血脉。

　　婺源不仅文风鼎盛、贤俊广众，在商贾领域同样人才济济、出类拔萃，这里的人很早就把优质的绿茶、木材、徽墨、砚台等运到外地换回丰厚的报酬，是徽州商帮的一支重要力量。

　　然而到了清末，随着封建统治的腐败没落、帝国主义入侵、军阀财阀官僚勾结垄断势力的兴起，徽商在激烈的竞争中失去了优势地位。再加上清军与太平军在徽州片区长期反复地开展拉锯战，致使徽州十村九毁、遍地生灵涂炭。

　　徽商内外交困，迅速没落，他们不得不收回闯荡世界的脚步，那些曾经远眺的目光也被吴头楚尾的崇山峻岭紧紧地锁住了。

整个过年前后，德绍都在思考盘算着新年里养多少头猪、多少只鸭、多少只鸡、给它们吃什么、养在哪里、家里人手能不能应付得过来等问题。

正月初十从林书记家里回来后，德绍的焦虑有所缓解，因为林书记告诉他外面养猪场里的猪是吃生食的，把猪食从菜地里割来丢到猪栏里，再在猪食槽里加几勺水、一勺糠就行了，不用宰猪食、也不用烧猪食。

这样可以省很多事，多养一些猪兰香建英连英三个人可以应付得过来，于是他计划买20只猪崽，就像连英说的那样，10个猪栏全部用来关猪，1个猪栏关2头猪。

10个猪栏都用来关猪的话，就需要另找地方关鸭和关鸡。德绍经过反复思考，想到了一个绝好的地方。

晚饭后，德绍从后门出，来到阔嘴旺家，跟他商量借用社中两间教室，一间关鸭、一间关鸡。

阔嘴旺不解地问："唉唉，你供这么多牲畜干什么呀？"

"你又不是不知道，这么一大家子人总要供活呀？"德绍说。

"唉唉，你是没话嚼得！唉唉，现在每枚人头都分了田分了地，唉，哪里能饿得到人呢。"阔嘴旺说。

"你个变不全的东西，那个破学堂空着也是空着，屋空几年就要烂掉，你不知道吗？绍呢到那里去供鸡供鸭不是更好。真是死脑筋！"莲枝对阔嘴旺骂道。

德绍借到社中两间教室后，赊来了30只鸭苗、50只鸡苗和20只猪崽。

上市乡经过摸底调查，发现德绍家的养殖规模是乡里最大的，于是将德绍家确定为养殖专业户，作为典型来宣传推广。

德绍家被确定为养殖专业户，德绍本人也被推选为人大代表，县里乡里多次对他进行表彰奖励。德绍家门前的平塅变得越来越热闹了，有乡里来的、有县里来的，有来考察参观的、有来采访拍摄的，还有村里村外来看热闹的人，多的时候隔三岔五就有一批，少的时候个把月总有一批。

前期，接到这种接待任务后，德绍都要提前到乡里去借几十个瓷器茶杯来，后来次数多，乡里嫌麻烦，干脆将那几十个瓷器茶杯长期放在德绍家里。

不知道是因为家里人来人往太多太嘈杂把文珍老人吵到了，还是因为文珍老人看到家里的光景变红火激动到了，一天早上她的心脏病急性发作了。

德绍把她送到县医院住院治疗，结果还是没有拖住她远去的脚步，那双平日里几乎扭不动的小脚，这次却走得出奇的快。

入院第二天上午，医生把德绍叫到一边，跟他说老人家估计不行了，让他准备老人家的后事。

德绍听了后，当即为文珍办了出院手续，托人把文珍运回家，安排兰香、建英、连英分头去报丧，自己则到学校里去把几个儿子和成英喊回来给文珍送终。

"生要生在苏州，死要死在徽州"。婺源传统丧葬礼俗非常隆重烦琐，大致可分为"送终、报丧、入殓、请七、出丧、安葬"等六个步骤。

人死如灯灭。这个道理德绍早就懂得，但他还是决定要为文珍办一个隆重的葬礼，这其中的缘由，就如他平家门口那座孤坟前给它烧纸敬酒一样。

文珍走时，正值德绍意气风发、踌躇满志之际，他努力将每一个环节都做到最好，让文珍穿着上等的丝绸入殓，到思溪去请来"最厉害"的看地先生为文珍找墓地，到太白请来著名的裱糊匠给文珍糊灵衣灵屋，到段莘请来最好的石匠为文珍采石刻墓碑……

思溪大地主家的女儿，却被卖给依山村一个小地主当童养媳，后又被穷光蛋强买了过来，吃了一辈子苦的她，在日子刚有转好的迹象时，她的心脏却不愿意再跳了。

还好，她的儿子让她走得风风光光、体体面面。

文珍和志焰的结合，是志焰强买过来的，他们结合后过了一段和顺的日子，后来志焰买屋不成反被癞梨将家里的钱掏空了。家穷和日少，自那以后日子就过得越来越不顺气、越来越紧张，他们没少磕绊吵闹，大打出手之际几乎到要把对方置于死地的程度。志焰是五大三粗的大汉子，而文珍是裹了脚的小脚老太太，志焰把她提起来就像"拎小鸡"一样，有一次，志焰把文珍拎起来，将她的头直接摁到了锅里，当时锅里正煮着一锅猪食，还好那锅猪食还没有烧开，德绍及时赶到，要不然文珍不被烫死也要被猪食水呛死。

到老了，他们在不知不觉中成为每天都要磕磕碰碰、每天都朝夕相处的伴侣，就像锅和锅铲一样，谁也离不得谁。文珍头年12月走，出了正月没多久，志焰就患上了老年痴呆症。得了老年痴呆症的志焰，留着一把花白的胡子，很爱喝酒，喝了酒之后满脸通红，说起话来中气十足，时而清醒时而糊涂。

糊涂时，逢大人就讲一些他年轻时闯荡江湖的英勇事迹，江湖险恶、兄弟情义、生死由命、人要忠心要善等，他讲得头头是道；逢小孩就讲一些离奇怪诞的鬼故事，新坑坳里的妖、森头坞的怪、红庙的鬼和木坞的山魁，他都能滔滔不绝地讲来。

清醒时，他就反反复复地念叨着买依山村癞梨家老屋的事："我们一家应该真心地感谢癞梨那个不成器的小子，要不是他假卖房子给我，我可能会用那笔钱去买一畈田了，如果那样的话，我穷了一辈子可能到头来还要背一个地主的成分。"

人高马大、身体硬朗的志焰，病得突然、走得也突然，没有卧床不起、没有住院打针，到6月初就走了。

德绍依照文珍走时的例，又为志焰办了一场风风光光的、体体面面的葬礼。这一前一后紧接着的两场葬礼，把德绍家自分田到户以来田地茶山上的收入和打鱼养鸭、兰香建英连英种菜养猪赚来的钱全部花得一干二净。河边村里有人说德绍打肿脸充胖子，但德绍自己认为这两场葬礼不仅是表达对双亲的孝敬，更是他的宣言。

办完志焰的葬礼后不久，大虎二虎都初中毕业了，两个都没考上县城的重点高中，更不要说小中专了，县城还有几所高中，但这些学校在高考中常常被"剃光头"，根本没什么读头，只好回家来种田做粗。

当初两个人同时考上初中时的光荣感有多强，现在的失望感就有多强，当时村人眼里的"额外负担"，似乎变成了现实。不过德绍不这样认为，他认为多读了三年书总是有收获的，对大虎二虎说："不要去听人家讲三讲四的，多读点书总不假！"

大虎二虎出了校门后，以前担心的人手不足的问题解决了，德绍觉得可以将养殖规模再扩大一些。恰好这期间，县里组织专业户外出参观学习，德绍跟着去了趟广东和浙江，长了很多见识。参观学习结束后，县里紧接着又开展了为期两天的集中培训，除了课堂上认真听讲座外，课余时间互相之间的讨论交流也非常活跃。这次参观学习和集中培训让德绍受益匪浅，他对扩大养殖规模有了一个明确的方向——在养猪养鸭养鸡的基础上，再加上养鱼。

德绍将新屋老屋前面用来晒谷子的平墩打成水泥地，在新屋老屋的地上铺了三合土，将外坦的一块田一分为二和依山村人家换来家门口水泥地前的两块水田，把这两块田合二为一，挖成鱼塘。

在新屋东面即门前水泥地东头砌一段院墙，在院墙中间开一扇拱形的门对着那条宽宽的垄沟，把垄沟也铺上水泥，变成一条水泥路。院墙里面除了通向林子里的水泥路外，就是菜园，菜园西边和鱼塘坝相接，菜园东面接林子，南面是依山村的田，北面是阔嘴旺家的菜园，在菜园和鱼塘四周种上桃树、橘树，在菜园的东面种了两棵桂花树。

在大门前的鱼塘坝上种一株梨树、一株枣树，梨树苗和枣树苗是兰香从壶山村她的哥哥家挖来的，结的梨子很甜，一点酸味都没有，结的枣子又大又甜。在鱼塘坝和水泥地之间留出 50 厘米宽的一溜空地，近屋一侧用青砖和瓦片砌一溜大概 60 厘米的镂空矮墙，在里面种上万年青、鸡冠花、凤仙花、美人蕉等，林书记送给他的那株栀子花也种在里面，与新屋大门正相对。

把余屋打上水泥地，用水泥砌出 10 个猪栏，猪屎猪尿可以引到鱼塘里喂鱼。德绍还找人在鱼塘坝上安了台压水机，不过这台压水机压出来的水始终有一股泥浆味，只能用来冲猪栏，德绍家做饭用的水，还是要到村中央的水井里去挑。

德绍把这些弄好不久，林书记到上市来调研，听说德绍挖了口鱼塘养鱼，便兴致勃勃地来看。林书记看了后，觉得德绍对家门口的改造很成功，把因地制宜、循环利用和简洁美观结合得很好，林书记回去后又给德绍送来了几棵牡丹花和一盆太阳花。德绍把家里那口破水缸换下来，立在门前一侧鱼塘坝的东头，把牡丹花种在里面，把那盆太阳花放在那段院墙的南头。

建英的婚宴定在腊月二十五和二十六两天，德绍对建英说："那些年我没本事，没供你和连英读书，这是不对的，你们两个这些年给家里出了很多力，所以你们两个出嫁，我不接一分钱，也不提任何要求，他们那边来多少，到我这里应上门面后，全都还给你们。"德绍还请来木匠为建英打了一个尿桶、一个脚盆、一个大箱子、一个小箱子，作为嫁妆。

建英出嫁当天，兰香把建英牵出厢房门，鼻涕眼泪止不住地流，德绍把兰香拉过来说："嘿，你个痴妇女，这个时候发什么痴呀？大女长大了，要去过自己的生活，这是多好的事啊，你哭哭啼啼的干什么！应该高兴才对！"

建英嫁给了六旺的堂弟锦旺，本来志焰想让建英嫁给他姐姐家的一个远房亲戚，以报当年姐姐对他牵带之恩，但建英看不上那个小伙子，志焰不好强求。

锦旺比建英大1岁多，只在村里读了三年书，就出来跟着大人到生产队里去摸爬滚打，因为从小锻炼得惯，所以田地茶山上的粗活细活他都能干得很漂亮，为人话语不多、实在肯干。

年底，鱼塘里的鱼出塘了，德绍用这些钱做了一个创举，买来了一部凯歌牌黑白电视机。

头几天只是河边村的年轻人到德绍家里来看电视。几天后，消息传开了，依山村、塔底村、龙头湾村，甚至更远的村里也有人到德绍家来看电视，屋子里不要说坐，连站都站不下。

为了方便大家看电视，德绍让大虎二虎在门前的水泥地上用一张八仙桌子和一张小屉桌搭个台子，将电视机架在上面放给大家看，那个打了水泥地的院子就像露天电影场一样，天天晚上都是爆满。

德绍的鱼塘养鱼成功后，他的日子似乎变得更忙了，经常要到乡里县里去开会，有时还要发言做报告。

河边村人看到德绍提一个上海包走出村口，都会半真半假地和他开玩笑："哟，绍呢，今天又到哪里开会呀？""万元户就是不一样，走起路来都要派头些""绍呢，今天又到哪里去吃伙食呀，专业户真要得，天天都有会开、有鱼子肉吃""绍呢，我看你是钱多得没去处了，连猪都要困水泥地了。"

对于这些风凉话，德绍是能正确面对并不受影响的，有时他还可能有点享受这些。

从人丁凋零到有这么一大家子人，从被称为一窝猪的一家变成了"万元户""富裕户"，从"破坏分子""犯罪分子"变成正面先进典型，这不正是德绍心里一直追求的吗？

德绍知道这些人说这些话，多多少少带有嘲讽的味道，同时也免不了多多少少地带有酸溜溜的醋味，所以不真正回答他们，一边自顾自地走着，一边冲人家笑一下或半真半假地说一句半句应付了事。

德绍家的变化，当然免不了要受到河边村人议论，有人说他钻国家政策的空子，有人说他不务正业把田地茶山全丢给家里的女人，有人说他尽做一些不对榫、没者也的事，（不对榫、没者也，在婺源话里表达的意思类似于靠不住、不靠谱）也有人说他脑筋灵活……

褒贬不一，总的来看，贬的多褒的少，对他家的这种变化不接受、不服气的多，理解认同的少。

除了当面嘲讽的，还有背地里使坏的。比如，在田里撒些拌了药的谷子，说是药老鼠实是想毒死他家的鸭；德绍家的小猪崽到要卖的时候，就背地里散布一些哪里哪里的猪崽种要好一些、价格要便宜一些的谣言；看到德绍家的猪跑出栏来，就背地里用竹梢抽打它，好让它到处跑踩了人家庄稼，再煽动人家到德绍家来理论找茬。

如果你发现有人背地里对你使了坏、害得你遭了殃。通常情况下，在往后的日子里，你千万不要指望他能痛改前非，或弥补他的过错，对你进行补偿。

不仅如此，很大程度上，他往往会是最见不得你日子好过的人之一，只要有机会他还会构陷于你、挖空心思地整你，即便你对他表现得再宽容大度、再既往不咎都没有用，除非有朝一日你强大得让他失望，或是让他明白无误地知道，他再也无法击败你了，他才会收心收手作罢。

对于德绍家家境的上升和他本人的走红，河边村里继发是最不愿意看到的。

"绍呢，你等一下。"那天德绍刚把关鸭的教室门打开，继发就把他拦住了。

"什么事哟？"德绍赶紧把准备往外窜的两只鸭堵住。

"我家的 6 只鸭是不是被你赶了过来，在你这里过的夜？"继发板起脸来问道。

"发呢，我怎么会赶你家的鸭嘛？我没有注意到哟。"德绍没有注意到继发的怒气，"等会儿我把鸭放出来，点一下就知道了。"

河边村很多人家都零零散散地养几只鸭。这些鸭，早上被放出来，不需要人看，自己去河里、田间地头找食吃，傍晚时通常会自己回家。如果没有回家只要到河沿边、田埂上寻一下，就寻到了，随便呼赶几下它们就回家了。

散养的鸭混入群养的鸭子这是常有的事，以前在生产队时期就出现过，发现了认领回去就完了，不光是河边村，附近乡村也是这样处理的。

"好嘛，那就点一点！"继发急凶凶地走到教室门前来。

"你让开一点。"德绍把教室门打开，用鸭梢点着争先恐后往外挤的鸭。

德绍点完后发现确实多了 6 只鸭，对继发说："发呢，不错，确实多了 6 只。不要紧，等会儿到樟树底下我分食的时候用鸭梢挥一下，你的 6 只鸭子就会离群的。"和群鸭相比，散养的鸭很怕鸭梢。

"看嘛，就是被你赶了来，你还不承认！"继发气势汹汹地说。

"咦，发呢，你怎么这样讲话呢，我怎么可能去赶你家的 6 只鸭？"德绍感觉继发在存心找他置气，不过他没工夫理他，一边说，一边急着往樟树底赶。

德绍每天早上来放鸭，都会把从家里挎来的半簸箕谷子靠在樟树根上。

这些鸭每天早上都要到樟树底吃食，所以一出了教室门就径直地往樟树底飞奔，领头的已经把脖子伸到簸箕里去偷吃了，德绍因为数鸭耽搁了时间，尽快赶上前去把簸箕"抢"过来，分撒谷给所有的鸭吃。

继发看到德绍走得飞快，也快步地跟了上来。

德绍撒了几把谷子后，用右手擎着鸭梢在鸭群上方横着挥了一下，继发家的那6只鸭很快就跑出了鸭群。

德绍对追上来的继发说："喏，发呢，你看，那6只肯定是你家的，快点赶去吧。"

继发顺势把6只鸭往河边村方向赶，德绍给鸭分完食后，把鸭往平山林底赶。

晚上，德绍一家正在吃饭，继发突然推门进来走到桌子前对德绍说："绍呢，你要还我家6个鸭子。"

"6个子？发呢，你发神经喽。"德绍以为早上继发把6只鸭赶走就完事了，没想到继发会冲到家里来要6个鸭蛋。

"你还要讲我发神经！你把我家鸭赶走了，在你家鸭栏里宿了一晚上，必须要还我家6个子。"继发说。

"哎，发呢，你今朝讲我赶你家鸭，我都没理你，我想过了就算了，怎么到现在还讲我赶你家鸭，我问你凭什么讲我赶你家鸭？"德绍放下碗筷站起身来问继发。

"不是你赶的？那你说6只鸭怎么会到你家鸭栏里去的？"继发大声地反问德绍。

"我还要问你呢，你为什么不看好你家的鸭，让它们跑到我家的鸭栏里去了？"德绍也对继发吼道。

"不管怎么样，你今天无论如何都要还我6个鸭子！"继发冲德绍嚷道。

"发呢，这个季节，我100多只鸭一天也就三四十个子，更何况我早晚都要给鸭分食，你那6只散养的鸭从来不喂食怎么可能会个个都生子呢？"德绍强忍着火问继发。

"你家的鸭生不生子我不管，反正我家的鸭每天都要生子，昨晚在你家鸭栏里肯定生了6个子，必须要还！"对德绍的说理继发根本不理会，拍着桌子对德绍叫道。

"发呢，你不得了了，无缘无故跑到我家来拍我家的桌子，我看你是欺负人欺负习惯了，我不找你赔你家鸭在我家吃的食都算好了，你倒还好意思来要子，我明白地告诉你，没有！"德绍终于压不住心里的火，也发作起来。

"没有？你看我怎么找你算账！"继发威胁道。

"算账？好！实话跟你讲，我忍你很久了，你背地害我的账我还没有跟你算呢，要算我们就算个明白。"德绍被陷害一事，县里经过调查，把当时上市的革委会主任撤了，就算一笔勾销了，对于背地里诬告他和损失赔偿的事只字未提。德绍对于这样的处理结果心里一直很不服，这两年随着自己事业的起色和时间的流逝有所淡化了，没想到继发竟然还要来找他的麻烦。

"我背地里害你？你不要空口无凭地乱讲！"继发又狠狠地拍了一下德绍家的八仙桌。

"我是不是乱讲，你心里最明白！我告诉你，我抱着君子不与小人斗的想法，所以一直没有找你算账，你倒好，非要恶人做到底，是不是？你今晚已经拍我家桌子两次了，再胡来我就不客气了！都什么时代了还想到我这里来抖威风，没门！"德绍也对继发发出了警告。

"我就要拍，怎么啦？"说着继发举起右手来又打算拍德绍家的八仙桌，德绍见势马上伸出右手抓住继发的右手，很快两个人就扭打成一团。

兰香见势赶紧上前去劝，可是两个男人打起架来，那架势她根本近不了身，碰到一下就被甩了出来，跌出去几步远。还好他们之前的大声争吵引来了一些村人的围观，继发的哥哥及其他几个男人上前去把德绍和继发拉开了。

后来继发把这事告到了乡里，德绍利用自己参加土改工作队、到南昌机械安装公司工作和这几年多次参加乡里县里的会议学到的法理知识，与调解的人员据理力争，最后的调解结果是各自出自己的医药费，既不"还"鸭子也不"赔"鸭食。

继发对乡里的调解结果很不服气，跑到县城里去告状，找那位下放时"落"在他家里的干部帮忙。这些年继发和他一直有走动，每年正月初头，继发都要拿二三十个清明果、一串粽子和一盘籽糕到他家去拜年，临走时人家也少不了要给他拿一两包冻糖、一两包水果糖、一两包炒果等作为回礼。那位下放干部这时已经当上了副县长，听了继发话后，副县长没有说谁对、谁不对，也没有说乡里的调解合不合情理，而是留他在家里吃饭，劝他放宽心情，同村乡亲低头不见抬头见，不要争输赢长短对错，要和气而不要结怨。

继发听完后，没有表态，骑着自行车闷闷地回了家。

德绍养猪养鱼实现循环利用的做法，被乡里县里作为典型来宣扬报道，德绍的名气越来越大了，到乡里县里去开会做报告受表彰的机会比以前更多了，到他家来参观采访的活动也愈加密集，时不时地还有人鼓励他贷款办厂，引导他从养殖专业户向企业家发展。

德绍自小穷惯了，对贷款办厂一事非常犹豫，虽然县里乡里都有人鼓励他，但他一直没有下贷款办厂的决心。一天德绍到县里去开会，会后有人跟他说："绍呢，你看我们婺源人逢年过节或是家里来客人都要做粉蒸鱼、粉蒸肉、打子下面，你现在养鸡养鸭养猪养鱼很好，鸡子鸭子可以把'打子'的问题解决了，养猪可以把'粉蒸肉'的问题解决了，而鸡屎鸭屎猪屎又刚好可以给鱼吃，鱼有吃的了自然也就把'粉蒸鱼'的问题解决了，可是'下面'的问题一直没法解决，婺源每年要消耗多少面呀，这些都要从外面进来，你只要把面厂办起来，根本不愁销路。"德绍听了他的话后觉得很有道理，记在了心里。

过了个把月德绍又去县城开会，会后德绍来到林书记家和林书记聊天叙旧，林书记看到德绍来了很高兴，就让夫人做了粉蒸鱼、粉蒸肉、下了半把面条。德绍看到端上桌的菜和面条，想起了前次来县里开会时别人给他提供的"粉蒸鱼、粉蒸肉、打子下面"的设想，并说给了林书记听。

林书记听了之后，想了一会儿说："这倒是一条路子，不过你要自己先想好怎么做，如果想好确定要办的话，刚好现在有一个免息贷款的政策，你开厂办企业刚好符合这个政策。"

德绍从县里回来后，又想了好几天，终于下定决心贷款开制面厂。

贷款很容易办，德绍跑了一趟上市乡就办下来了，在德绍办贷款的过程中乡里和信用社的人都很高兴。难的是买制面机器、进面粉和雇制面师傅，德绍在这三件事上前前后后花了半年多的时间。

德绍的制面机器是托一个挑货郎给买的，这个挑货郎是浙江义乌人，每年上下半年都会挑着货担到河边村一片来走村串巷地叫卖一段时间。有一次挑货郎经过德绍家门口时，刚好遇到下大雨，德绍好心让他到家里来避雨，在避雨时两个人就聊了起来。这样他们就交上了朋友，德绍管他叫老刘，他管德绍叫老姬。后来他只要到这片来叫卖就宿在德绍家，在德绍家吃住三四天，走时给5到10块钱，多给少给全凭他拿。

德绍从信用社贷好款后一个多月，还找不到买制面设备的路子，这时刚好老刘又到他家来借宿，晚上他们两个人吃了饭后聊天，德绍跟他说想买制面机但不知道要到哪里去买。老刘说义乌应该有卖。这事就这么定下来了，由老刘帮忙到义乌采购制面机，德绍仅从他的口中知道他姓刘，是一个从义乌来的挑货郎，关于他的家庭情况及其他身份信息等一无所知。

这个委托显然是非常草率的，但德绍不这样认为，他说老刘不可能是骗子，他常年在这边跑，如果是骗子的话，他早就做不下去了。所幸的是德绍对老刘的判断和信任是对的，老刘再来的时候已经为德绍买到了制面机，但需要花钱雇车去拉。

老刘确实不是骗子，但他只懂挑货叫卖，对制面及制面机，他是一无所知的。后来才发现老刘替德绍采购的制面机的型号非常老，机型庞大笨重，操作复杂，容易出故障。但对于德绍来讲，就算他自己去采购，结果也不一定就好，德绍和老刘一样对制面机的型号、性能及操作等都是零知识储备，在买时都是全凭卖制面机的人一张嘴推荐。

面粉的进货渠道和制面师傅是托乡里的领导帮忙问的。乡里的领导既不懂制面，也没有懂制面和卖面粉的亲戚朋友，几经周折好不容易商定了面粉的进货渠道，面粉进货渠道搞定后；又去求人，他求的人又去求另外的人，通过七弯八拐，终于从鄱阳找来两个制面师傅。

两个师傅到德绍家一看机器，说这种型号的制面机太老旧了，他们之前没有使用过，不过制面机的原理是相通的，给他们几天时间估计能弄得转。

　　怎么办呢？重新再找师傅吗？那不知道还要等多久，并且找来的也不一定会操作这种型号的机器。德绍一想，只有死马当活马医了，把面粉和机器交由他们摆弄。

　　两个鄱阳制面师傅照着说明书琢磨了几天，终于把机器弄转并制出面条来，虽然浪费了几袋面粉，但德绍还是很高兴。两个师傅对德绍说，用这套机器制面条要多人协作，照看机器、上面粉、加水和面粉、压面、切面、晒面、包装，要想连续不断地制出面条来，光靠他们两个还不够，起码还要3个人。

　　怎么办？建英已经出嫁了，连英和大虎二虎要负责种田地茶山还要帮兰香养猪，成虎成英林虎小虎还要上学，德绍想了很久，决定把连英扯到制面厂这边来，另外再到村里请来两个女孩子。农忙季节一过农村比较清闲，村里倒是有很多没有出嫁的女孩子，请人的事情好办。

　　为了方便日常生活，德绍将他家东司拆了，买来红砖重新砌，新砌成的东司分男厕和女厕。农村人家的东司，都不分男厕女厕，一家人用影响不大。制面厂开起来后，德绍认为家里多了两个外地制面师傅、两个帮忙的女孩子，再男女共用一个东司非常不合适，所以把原来的东司拆了重建。

　　德绍的这个做法马上成为河边村人谈论的焦点和嘲讽重点："咦，真不得了了，居然连东司都要分男女了。""没听到讲过，东司还要分男女，又不是县政府。""真派头，东司还要分男女。""这下，就差三寸摸不着天了喽。""一世人做了两世的怪事。"……

　　这些话同样影响不到德绍，但他的孩子却无法做到像他那样冷静和坚定。实际上不要说村人对德绍的"摇身一变"无法接受和心里不服，就连他的子女也跟不上他的思路。德绍的几个孩子的思想和大多数人一样，还在原来的圈圈里。他们和村人一样，认为侍弄好田地茶山才是正业，其他的事都是拿不上台面的、不正当的事，充其量最多只能接受多养几头猪、几只鸭、几只鸡。

林虎和小虎还很小，根本不懂事；成虎成英虽然懵懵懂懂地知道一些，但轮不到他们说话的份；建英连英虽有不理解，但她们是女孩子，脾气小，也没有出声的胆量。可是大虎二虎就不一样了，他们对事情已经有自己的主观判断，追求个性独立的愿望很强烈，不愿意隐忍，遇有不顺意的事或是他们认为不对的事，他们就要抵制、就要"跳"起来。

大虎二虎的不"温顺"与他们当时正处在"丑相出"（婺源将孩子的叛逆期称为"丑相出"）的年龄阶段有关，他们当时正处在本事没长全却自尊心膨胀，好面子、长脾气的人生阶段，也可能与德绍让他们"多读了一点书"有关，这是德绍当初咬紧牙关送他们去读书时完全意想不到的。

木秀于林，风必摧之。这句古话很多人说不上来，但不管是出身于什么家庭背景的孩子，哪怕是目不识丁人家的孩子，几乎都受到这句古话所蕴含道理的教育。我们的大人总是教导自己的孩子"要合群""不要出风头"，由于从小就受到这种思想的强化引导，"随大流""从众"，成为绝大多数人遇事后的第一选择，他们宁愿一起手挽着手走向灭亡，也不愿意脱离群体寻找新生。谁要是跳出众人另辟蹊径，众人的第一反应不是去思考他的对错与否，而是马上将其归为异己分子，迫不及待地想看他的笑话，并找机会落井下石。至于对"另类"的鼓励支持，除非等到"另类"取得了成功后，众人才在反思中后悔当初没有这样做。否则，这样的思想观念是不可能在众人的脑海里占有一席之地的。

徽商繁盛时期的遗留，随着云坦村的消亡也点滴不剩地彻底消亡了，木坞、森头坞、丁坞、汪庙坞把这一片围得像一个桶一样，人们的目光天天在桶底打转。德绍以前当"另类"跳出过桶底，最后都老老实实地回来了，现在虽然没有跳出桶底，却在桶底搞养殖办工厂，在附近村人眼里他照样是个"另类"。

河边村是小村，人不多，但巴不得看德绍家笑话的人却不少。他们时不时地和大虎二虎开些玩笑，挑拨一下他们和德绍的关系："你家老子倒是挺行当，他天天不务正业，不是在这里开会就是到那里去参观，风光得很，骗你们像痴子一样去卖鸡子、鸭子。""你家老子是吃吃没事做，到处去吹一些牛皮来，害得你们来做这些冤枉事，你讲逗人笑不？""也就是你，要是我才不做这些痴事，养猪养鸡放鸭，那哪是男子汉做得的？""我看你家老子是昏了头了，屋里不打水泥地，却给猪栏打水泥地让猪困，一世人做了两世的怪事，你说是吧？""亏你老子想得出来，做面卖，钻这些空子，你不去叫卖是对的，要我也不去，那像什么呀，还不如一个卖冰棍的小鬼呢。""做面卖，这种'没者也'的事，也只有你家老子想得出来，堂堂的男子汉，去卖面，你讲是不是不对榫？""哈哈，又去卖鸭子，你老子怎么不自己去卖，也只有是你，要我才不做这些鬼事呢，实在不行的话就把它敲碎了。"

大虎二虎的潜意识里都认为挑鸡蛋鸭蛋去县城里卖，是非常遭人笑的事情，更不要说让他们走村串巷去卖猪崽、卖面条了。本身心有芥蒂，每每听到这些更是怒火中烧，慢慢地，由不愿意去卖东西，发展到只要德绍坚持做的事情，大虎二虎都抵制。在大虎真的将满满的一担鸭蛋打碎后，父子间的矛盾发展到了经常吵闹、摔东西的地步。

大虎二虎不愿意卖东西，成虎对于假期里德绍经常安排他去放鸭也极不情愿，因为经常有人嘲讽他："耶，你家几兄弟就算你最要得，天天当连长（德绍家养了100多只鸭，一个连100多人）。"有一次他考试没考好，老师也讽刺他："你个笨脑子读什么书？干脆回家当连长算了。"成虎一气之下背着书包几步跨出了校门，不管德绍怎么劝他、打他，他都不去读书。

对于这样的嘲讽，林虎和小虎也不能幸免。当他们出现在人群中时，会有人说："咦，快点让开，万元户家的公子来了。""小呢，你家真的有那么多钱吗？""你家老子那个万元户是真的吗？我看是吹牛逼吹出来的。"当他们干成了一件事时，会有人说："哇哦，专业户家的公子就是不一样，真了不起。"当他们一件事干不成时，人们会说："咦，看来富裕户家的孩子也和我们一样嘛，没什么了不起的。"这些话一出来，马上就能引起阵阵哄笑。被嘲笑后，林虎和小虎往往认为是父亲给他们带来这样狼狈不堪的窘境，在心里累积对德绍的怨恨。

一同上学、放学的同学也常常拿林虎和小虎开玩笑。林虎为此还和依山村的同学打了一架。德绍五个儿子的体格，老三和老五长得像他，身体瘦弱、肌肉不怎么发达、力气也不是很大，老大老二和老四像志焰，虽然没有志焰长得高大，但身体强壮、肌肉发达、很有力量。林虎一个人面对依山村的一群同学，一点也不惧怕，说："你们不要说那些屁话，有本事就来打一架。"依山村的那群同学哪里禁得住他这话，说："来就来，谁还真怕万元户家的儿子不成。"那个挑头的不等别人推荐就站了出来说："让我来教训他。"他比林虎高一年级，个子也比林虎高半个头，可是两下一较量，林虎轻轻松松就把他撂倒在地，鼻血直流。

　　事后，那个同学的父亲把孩子领到德绍家来理论，说林虎无缘无故地把他儿子打得鲜血直流。兰香也不问林虎缘由，马上就向人家赔不是，问人家要不要去看医生。那位同学的家长说："看医生就不用了，但是你家要管教好自己的孩子，不能随随便便就欺负人打人，这次所幸只是打出了鼻血，再不管教的话将来非要打出人命不可！"兰香连忙说："是的是的，我这就收拾那个鬼绝的东西！"说完就从柴火堆里拿起一根柴火丫朝林虎狠狠地抽去，林虎躲闪不及小腿被抽到一下，但顾不得那钻心的痛，撒腿就往外跑，兰香拿着柴火丫在后面一边追一边咒骂："你个鬼绝的东西，看不把你一顿打死才怪！""吃下死的东西，读书不行，打架在行，有本事就不要回家！"……

　　对于那些到德绍家院子里来看电视的人，他们并没有因为德绍放电视给他们看而倍加爱护他家的东西，反而还带来一些破坏，德绍家院子里的枣子、桃子、橘子、梨子还没成熟就被他们摘完了，那一溜镂空的矮墙也因为有些人为了站得高一点好看电视，没多久就被踩得七零八落。

第十章

　　农村孩子有两个确定的时间有新衣裳穿，一个是过年，一个是生日，特别是 10 岁生日。小虎是年三十早上 9 点出生的，所以一年只有一次穿新衣裳的机会。兰香把裁缝师傅请到家里来，跟师傅说，既是过年，又是他 10 岁生日，要给他做一套好点的衣裳。裁缝师傅说："知道了，那就用一种新面料做，这种新面料，穿起来洋气，灰黑色耐脏易洗，而且价格也不贵。"新衣裳在春节前两天做好了，小虎高高兴兴地穿上过春节，到大年初六才脱下。

　　过了正月十八就开学了，小虎穿着新衣裳去报的名，开学头几天也一直穿着它。本来那个周末应该换下来洗，晾干了周一再穿到学校去，可是恰逢那个周六有个表哥结婚，兰香让小虎穿着新衣裳跟着她去吃喜酒。周日傍晚回来，兰香赶紧让小虎把这套衣裳换下来，好让她拿到河里去洗了，等睡觉前把它摊在锅里，第二天早上干了就可以穿到学校去了，这和年三十晚上粽子起锅后利用锅灶里的余温烘花生一样的原理。

　　第二天早上，小虎起床后从铁皮笼里抓了两块炒米片和一把糖籽，匆匆地揭开锅盖套上衣裳就往学校走。虽然已经是正月下旬了，但是早晨到处弥漫着浓厚湿重的寒雾，小虎穿着那套灰黑色的新衣裳来到上市中心小学四年级二班的教室里，迅速地坐下来，顾不得抹去头发尖上的雾霜，和往常一样大声地朗读课文。

　　早读结束了，接着上第一节课，是数学课，小虎的语文是班上最强的，几乎每次考试都是第一名，数学却不拔尖，这让他在总分上，常输给一个叫秋姿的女同学，小虎对此很不服气，所以每次数学课都听得很认真。

这节课上，坐在他后排的同学老是拿笔戳他的后背，小虎为了听好课一直禁住没有理他。到下课时才转头问他："干吗呢，有什么好事？"他们是很好的朋友，小虎以为后面的同学约他放学后去干什么"勾当"。后面的同学说："没什么好事，只是看到你的衣裳后背好像化了。"小虎脱下衣裳一看，傻眼了，衣裳后背有几个大洞，在洞的边沿，新面料化成一个一个的焦团团。小虎赶紧把它脱下来，扔进了学校的厕所里后，装作若无其事地照常回到教室里上课。

放学后，小虎憋着一肚子的火气狂奔回家。一进家门就大声地哭骂开来，质问兰香为什么每年只给做一套新衣裳、怪兰香把他的新衣裳烤煳了、怪兰香害他在全班面前跌了大鼓，威胁如果不再给他做一套新衣裳他就不去上学了。兰香无奈之下，只得答应过几天就请裁缝师傅再给他做一件新衣裳，小虎目的达成后，才收住了眼泪气哼哼地去做家庭作业。

婺源有句俗语：小孩盼过年，大人思赚钱。德绍雄心勃勃的"粉蒸鱼、粉蒸肉、打子下面"规划，遇到了市场这个冷血动物。市场只会按照自己的规律运行，不会掺杂一丝一毫的人情味在里面，对于那些想当然的设计，它不仅不会买账，还会让想当然的人付出意想不到的惨痛代价。

逢年过节或家里来客人就"打子下面"的做法流行于婺源民间，那是老百姓的智慧创造，经过长年累月的大浪淘沙而积淀下来的，是简单易行的操作与令人满意的效用的完美结合。

婺源是鱼米之乡，产米而不产面。物以稀为贵，逢年过节或家里来客人，下面以示隆重与尊重。做米饭需要烧水、淘米、煮米坯、沥水、蒸饭等工序，要用到笊篱、筲箕、饭甑等工具。两相比较，下面要简便得多，烧水、下面条、起锅；在需动用工具方面优势更明显，一双筷子即可。更不要说吃米饭起码得有荤菜、素菜，稍讲究点的还要讲究几荤几素几汤，下面就不存在这些问题，面条煮熟后丢几片菜叶下去，面条起锅后把煎蛋覆在上面，又好看又体面还不费事。在招待办完后的洗刷收拾方面，下面也比做米饭省事很多。

虽然下面比做米饭简便省事得多，但是平日里婺源的百姓是不会下面来吃的。一方面，一方水土养育一方人，婺源人更习惯于米食而不是面食，偶尔吃一顿面无论是当作新鲜，还是当作改善伙食大家都乐意接受，但是经常吃估计婺源人的消化系统不会答应。另一方面，大米产于自家田里，不用花钱去买，分田到户后，家家都有余粮，喂小鸡都用米而不是用谷子；余粮家家有，但有余钱的人家不多。

老百姓是最聪明的，也是最讲究实际的，他们消费看需要也看口袋，很多情况下由口袋决定需要，平日里谁会傻到掏钱去买面条来吃呢。

德绍家制面厂的机器开动后，面条源源不断地出，工钱、面粉钱、电费不断地往里垫，靠平时极其零星的购买量，根本无法做到资金回笼。

指望将平时产的面条存起来等到逢年过节时再大卖根本不现实。面条很容易生虫，德绍以及请来的师傅根本不掌握面条贮存的知识，也没有购买贮存的设备。德绍太过于乐观了，根本就没往这方面想，他可能把开制面厂想得跟他在龙水河里打鱼一样，当天打上来当天卖、当天就能拿回钱来。

其实就算能将平时产的面条很好地贮存到逢年过节的时候，德绍也无法维持制面厂的正常运转，因为逢年过节时，一家通常买两三把面条，充其量不过五六把，每日生产累积到逢年过节，那存量是非常大的，即使周边乡村人家都只买德绍家产的面条估计也销不完，更何况这根本就实现不了，不说别的，在河边村都办不到。

还有在营销策略上，德绍一窍不通，甚至根本没有这方面的意识，他不知道利用县城、乡镇的副食品店和各个乡村的小杂货店这个完整的面条销售网络，而是让那两个不会说婺源话的鄱阳制面师傅骑着自行车走村串巷地叫卖（因为大虎二虎都不愿意去卖面条），这样不仅浪费了人力物力，而且将自己置于本可以利用的强大的销售网络对立面，其销售情况自然不会好。

德绍办养殖虽然听到了很多风凉话，遭到了一些掣肘破坏，但运行不会有大问题，盈利上也还过得去。交够公粮少卖余粮管家禽家畜吃饱；儿子喊不动就自己动手，维护好栏圈里的清洁卫生不让它们生病；时不时地花点钱请兽医站的宋师傅来看看，打点疫苗喂点药不让它们遭瘟；实在养不过来还可以随时卖掉一些；最为关键的是不会有亏钱欠债的风险。开制面厂就完全不一样了，购置制面机器、进面粉、雇制面师傅和人工、交电费，这么多投入都需要垫资，销路稍有不好就难以为继。

德绍为了养家糊口而打鱼卖鱼、多养几只鸡、多养几只鸭、多养几头猪，后来受政策引导发展到办养鸡场、养鸭场、养猪场、养鱼场。他办的养鸡场、养鸭场、养猪场、养鱼场类似于农村原始的自给自足生产模式，只是量上稍大一点，超出了自产自销的范围，将剩余部分交易掉而已，只能说类商业或半商业模式。到这里，可能已经是德绍在"发展城乡商业"方面所能解决的问题的极限了。

开制面厂则完全不一样，它有一个完整的商业链条，需要市场调研、资本投入、管理运营，需要丰富的知识储备和敏感的分析预断能力，需要灵活高效的营销手段，显然这些都超出了德绍的认知范围，而且他根本没有意识到这一点。他虽然在南昌机械安装公司工作过几年，但那是高度计划条件下的公司，根本不用考虑进原材料和销售方面的问题。那段经历对他开制面厂的最大启发之一，可能就是将他家原来的那个东司拆了重新建了一个区分男女的东司。

那些给他建议、为他提供支持和帮助的人，同样也不具备商业运作的能力和经验。在面条滞销后，居然没有一个人将目光投向滞销的根源，而是建议他将制面改成制年糕和粉丝。他们认为既然老百姓不爱买面条，可能或是应该会乐意买年糕和粉丝来吃，并且制面条需要进面粉，制年糕和粉丝是用大米，婺源产米，早米糯米都很丰产，改成制年糕和粉丝后，可以省去进原材料的渠道，降低成本。

德绍在制面厂几乎血本无归而无计可施的情况下，变得比开制面厂时还不冷静，他听完人家给他的建议和分析后，迅速托那位义务挑货郎老刘买来年糕机和粉丝机，开办年糕粉丝厂。这种以臆测推理代

166

替务实调研分析的方式，当然会再次在市场被碰得头破血流。这是那个时代赋予的局限，对于绝大多数人来讲，都需要一个学习认知的过程，才能有提高和突破。

当时的德绍就如一位初涉股海的散户，听到人家说一只股票很好，于是他有模有样地对其进行观察分析，在他观察分析的时候，人家一个劲地说怎么好，那只股票也在不停地往上涨。他终于按捺不住内心的激动，满腔热血地满仓干进去，可是股票却应声下跌，他两眼血丝红红地盯着账户上资产的快速减少，急得心如刀绞，晚上也彻夜难眠，幻想着上天保佑第二天一开盘他买的股票就能快速拉升，让他扭亏为盈。

好不容易熬到第二天开盘，可那只股票还在向下挫，这时有人跟他说昨天那只股票不行了，这一只应该要好得多，急于扳本的他，肯定想都不想就将昨天买的股票"割肉斩仓"，然后急急忙忙地满仓干进这只股票里。老股民都知道，这种操作手法通常是从一个坑跳到另一个坑，两边送钱、两边挨"耳光"。

不管原因如何，结果是实实在在的，德绍办制面厂、办年糕粉丝厂都失败了，失败的沉重后果自然而然地落在他身上，他无法推卸一点半点。德绍从信心满满到跌落深渊，从"万元户""专业户""富裕户"变成了欠债大户，从经常风风光光地到乡里县里开会做报告、受表彰，到出门受嘲讽、在家受埋怨，这个转变太大了，过程太快了。

河边村人更加肆无忌惮地将他当作笑柄，嘲讽他的话比之前更为尖酸刻薄。来自孩子的埋怨，让他感到愤懑不平又孤独无助。

很多时候，德绍都想上前去和那些嘲讽他的人理论一番，告诉他们时代的步伐在飞速地迈着，他们还蒙在鼓里不自知，还恬不知耻地嘲笑别人。

德绍还想告诉他的子女，自己的方向一点都没有错，自己的失败可能是命运安排，可能是自己掌握的知识太少，但那些有知识有见识的人都说，知识可以改变命运，所以终究来讲，还是读书太少、眼界太窄导致了他的失败。正是因为自己早就有这样的认识和体会，才会在艰难困苦的情况下咬牙供他们读书；他们读了那么多书，怎么能脑袋一点都不开窍呢？还不如他这个只在祠堂里读了两年的人呢？为什么他们本事和眼界一点都不见长，脾气倒长了不少，村里那些没进过校门的和只读了两三年村小的反倒还踏实肯干一些。

难道供他们上学真的是自己错了吗？

德绍开始怀疑自己当初的决定，不过他很快就否定了这个想法。上学读书怎么会有错了呢，千百年来，人们都说：万般皆下品、唯有读书高；读书才能开智、才能明理。历史上那些有本事有作为的人，有几个是没读过书、大字不识几个的人呢？问题不在供他们读书读多了，而是他们还是读少了，没读通。如果他们再读多一些，读通了、开窍了，就不会和村里那些没开窍的人有一样的思想认识；如果他们再多读一些、再明白一些事理、再长些本事，他们应该不会和自己不合心，而是应该像古话里讲的"上阵父子兵"一样，和自己齐心协力地干事创业、把这个家建红火，正如他们小时候晚上跟自己一起去撒网打鱼、守"鱼床"时表现的那样。

如果真是那样的话，那该多好啊！自己的事业不仅不会受到掣肘，而且也不用事事操心，以前干过的事，自己有经验懂门道；以前没干过的事，他们读了书，有知识有文化，学起来上手快，父子间商商量量地、和和气气地，何愁事不成呢？以前到处都缚手捆脚的，家里12口人，只有自己和兰香两双手，都能糊过来，现在家里劳力多，政策好，可以完全放开手脚地去拼去闯，何愁干不出一番事业来呢？何愁家境不蒸蒸日上呢？

还有自己也老了，大虎二虎也大了，如果真是那样的话，他们应该可以自力更生、独当一面了，哪里需要他来撑排场呢？人们都说孩子越大越懂事，可是自己的两个儿子怎么越大越不成人呢？

德绍越想越不明白问题出在哪里，他的心里有千言万语，却一句都没说出口。他没有与嘲笑他的村人和与他"唱反调"的孩子辩解争论半句。他知道他与这些人完全不在一个频道上，与他们对话不仅得不到一点点理解安慰或是支持鼓励，而且费的口舌越多引来的嘲笑和抵触也会越多，就像调错了台的电视机一样，输入的电流越强雪花跳得越厉害、"吱吱"的噪声也越大。他感觉自己正独自奔跑在伸手不见

168

五指的黑夜里，越是东张西望、左顾右盼，心里就越发虚、越迈不开步，最好的办法是心无旁骛地加速向前奔。

面条和年糕、粉丝都卖不出去，德绍经过整夜的思考，决定把两台电动机都停了，把请来的两个鄱阳制面师傅和村里的两个女孩子都辞了，自己则赶到社中的两间废弃教室里去，给鸡分完食后，把鸭放出来，赶到那棵大樟树下给鸭分食。给鸭分完食后，把鸭赶到外坦的田里去，这个季节稻子快要做肚抽穗了，家家的田里都上了水，正是把鸭赶进田里，让鸭捉禾叶上的虫和田里的螺蛳、泥鳅吃的时候。德绍把鸭赶到外坦后，把鸭梢插在田里，把别在腰间的小板凳取下来放在田埂上，折回社中把鸡蛋和鸭蛋捡好后提回家。

他到家后，兰香已经把早饭做熟了，连英带着成虎和成英到井湾的地里去锄草了，林虎和小虎去学校了，可是大虎二虎却还没有起床。

成英看到成虎不读书了，她也退学，因为她不愿意经常被老师当着全班的面催她交柴火。学校早就不再组织学生上山砍柴了，取而代之的是每个学生每个学期向学校交200斤柴火，德绍很忙，没时间去给她砍柴交到学校里去。为此兰香每个学期都要念叨大虎二虎很多次，让他们去给成英交柴火，大虎二虎总是推三拖四，直到学期快要结束才迫不得已去给她交柴火。

对于成英的退学，德绍也劝过很多次，但成英和成虎一样死活不愿意再进校门，另一方面，德绍也觉得连英已到嫁人的时候了，家里确实需要一个女劳力来帮兰香分担一些家务，还有成英不去上学可以马上把放牛这件事接过来，自志焰走了后，家里一直愁没人放牛，所以劝了几回后就没有再坚持了。

德绍压不住心里的火，对着大虎二虎睡觉的厢房大声地骂道："是两头猪啊还是两个人呀？成天就知道好吃懒做，天上会落雨落雪，但绝不会落钱落米。""好手好脚的，大白天窝在被里干什么，我就不信日头不晒死别人就晒死你们。""就算是两头猪，像这样也抢不到食吃，要被饿死。"

大虎二虎听到德绍的咒骂，才慢腾腾地起床，懒洋洋地拿了牙膏牙刷和毛巾准备到龙水河里去刷牙洗脸。德绍看他们的样子更加生气，禁不住又骂道："都什么时候了，还好意思到河里去刷牙洗脸，你们就不怕人家笑话吗？"

"人家笑我？不笑你吗？"大虎转过身来对着德绍嘟囔了一句。

"你讲什么呀？"德绍完全没想到大虎会这样反问他，"你这个雷鸣打的家伙居然这样讲话！"

"吵吵，你就是个吵死鬼。"大虎一边说一边把毛巾搭在肩膀上自顾自地往龙水河走。

德绍想追上去拉大虎，可是被赶来的兰香拉住了，气得抓起桌子上的一只碗朝门口砸去。那只碗没有砸到大虎，"乓啷"一声在石门槛上撞得粉碎。大虎听到碗碎的声音，转过身来瞧了一眼，又扭过头去像没事一样，继续往龙水河走。

"你这个雷鸣打的逆子，给我滚！"被兰香抱住的德绍气急败坏地冲着大虎吼道。

"不要吵了，吵什么呀？两父子吵架做戏给人家看吗？"兰香抱着德绍劝道，又转过身来对二虎说："你个要死的家伙，还不来把你家老子拦住！"

二虎听到兰香叫他，正准备过来帮忙。不想德绍却转过脸来对着他骂道："困到现在才起来，你也不是个什么好东西，都给我滚！"

二虎见德绍这样骂自己，将一只手插在裤袋里，一只手拿着牙刷拎着毛巾，也走出门去了。

"好！好！你们这些催债鬼都走了最好！"德绍又冲着二虎骂道。

兰香一番好劝歹劝才把德绍拉到桌边，让他快点吃饭去看鸭。德绍被兰香劝着稀里糊涂地喝了一碗粥后，又被兰香推出了门去看鸭。

德绍不知道自己是怎么来到外坦的。他的心脏依然怦怦地剧烈地跳着，把全身的血脉都胀得生痛，他的脑袋里想着要怎样把这两个逆子"收拾"回正道，可他的腿脚却把他驮到了外坦的田间。

德绍来到插鸭梢的地方，把鸭梢拔起来扛在肩膀上，然后坐在板凳上。他坐下来，刚摸下别在腰里的旱烟筒，却发现鸭群已经不在外坦的田里了，他猜测鸭群可能到平山林底的田里去了，平山林底地势低，经常被洪水淹，田里的泥要更加松软一些，泥里的吃食也更多一些，于是他又把旱烟筒别回了腰里，提了小板凳，朝平山林底走去。

德绍在平山林底的东头找到了鸭群，他把小板凳放下来，把鸭梢插在田里，取下旱烟筒后在小板凳上坐下来，装上一锅旱烟恶狠狠地抽起来。

他的思绪一会儿跳到这里、一会儿跳到那里，一件事也想不明白，但却件件事都涌入脑海里飞窜，把脑袋闹得"嗡嗡"作响。日头的热劲已经上来了，把外坦和平山林底绿油油的稻叶照得无精打采，禾叶尖上残留的几滴露珠映射出一道道刺眼的光芒。德绍透过跟前一片禾叶尖上的露珠看到了自己的样子，50多岁的他蜷缩地坐在那张小板凳上，圆形的露珠让他的影像被严重地拉伸变形，使得他那秃了顶的额头、暗黄斑驳的脸庞和被旱烟熏得焦黄的门牙变得格外显眼。德绍大大地吸了一口旱烟，目光又凝视到了跟前的那颗露珠上，露珠里的人那副吃了苦跌了跤、又可怜又可嫌的样子让他止不住泪流满面。

"快点把你的鸭赶走！"在德绍沉浸于纷乱思绪而不自知之际，一声吼叫把他拉回现实。他抬起头来看到继发右肩上扛着一把锄头正急熊熊地朝他走来。继发一边快步走，一边又喊道："还不快点把你家的鸭赶走！"

"发呢，什么事呀？"德绍快速地把脸上的泪痕抹干净，站起来问道。

"什么事？你的鸭到我家禾林里钻来钻去的，把我的禾都踩倒了，还不快点赶走！"继发恶狠狠地说。

"发呢，你也是没话讲得喽，禾都长这么高了，鸭哪里踩得倒哟，相反地，鸭还能帮助捉虫松泥呢。"德绍心想继发又要来找他发无名火，不想和他正面交锋，所以把语气说得很缓和。

"我家禾田不要你家鸭来捉虫松泥，快点赶走！"继发的语气越来越凶。

"啊呀，不在你家田里放鸭就不在你家田里放鸭，我赶走就是了，没什么大不了的。"德绍依然强忍着内心的火气，拔了鸭梢准备下田去赶鸭。

"吃吼！吃吼！"继发已经取下了肩膀上的锄头下了田，大喊大叫地赶鸭了。鸭被吓得四下逃窜，继发不住地喊叫、不住地对鸭进行冲追。

"发呢，你不要不讲道理，鸭被你这样冲，到时不仅走丢了收不回来，而且连子都不生了，你要赔偿损失哟！"德绍的火气也上来了。

"赔偿损失？那你先赔我这一丘禾再说！"继发依然不停地冲追着鸭。有几只鸭被继发追上了田埂，继发操起锄头朝着那几只鸭追打过去。

"你想干什么？"大虎从外坦那边追过来，对着继发呵斥道。大虎从河里刷完牙洗好脸过后，回到家里看到德绍已经出门忙活去了，感觉到自己早上做过了头，又经兰香一番劝说和数落后，心烦意乱地扒了几口饭，戴了一顶凉笠扛一把锄头去圳头眽看水。当他走到社中樟树底时，就听到德绍和继发的对话，他越听越来气，上次继发到他家里来拍桌子时的嚣张样子立马浮现在眼前。其实上次德绍和继发扭打起来，大虎本打算去帮他老子的，可是兰香比他快一步上前去拉劝，之后很快就被继发的哥哥和其他人拉开了。

"继发，我跟你说，你不要欺人太甚了！信不信我把你一顿收拾了！"大虎丢了凉笠和锄头，飞快地来到了平山林底，指着田埂上的继发警告道。

"哇操！你不得了了，要收拾我！"继发停下追打鸭的脚步来与大虎对峙道。继发比德绍小 7 岁，生了两个儿子两个女儿，老大和老幺是儿子，大的和德绍家的二虎同龄，小的比林虎大 1 岁。

"你有本事再打一下我家鸭看看，只要你敢动一下，我今天不把你收拾了就古怪了！"大虎一点都不甘示弱。

德绍根本意想不到大虎这个时候会出现在这里，更没法想象到刚刚和自己针锋相对地"唱对台戏"的儿子会在他眼前和继发尖锐地对峙起来。这和几分钟之前他脑袋里想的相差太多了，不过他马上反应过来对大虎说道："小呢，算了，不要和他吵。"德绍担心大虎的力气没长全要吃继发的亏。

"算什么了，不行！不能让这个家伙老是欺负到我家头上来。"大虎指着继发说道。

"哟哦！你个短命鬼不得了，不知道天高地厚了。"继发也指着大虎骂道。

"你少废话，有本事就动一下我家鸭试看！你要敢动，我今天就要教你如何做人！"大虎向前走了一步，指着继发。

"你家鸭到我家田里来了，我打不得吗，我偏要打给你看！"说着继发将手里锄头朝几只鸭掷去。

大虎一看继发真敢打自家鸭，二话不说一巴掌朝着继发的脸就扇了过去。继发没想到被比自己小二三十岁的大虎扇了一耳光，内心里的血液一下就沸腾了，也一巴掌狠狠地朝大虎扇过来，结果被大虎的左手架住了，一阵拳打脚踢之后，两个人扭打成一团。

继发和大虎两个人就拉拽推搡绊摔起来，德绍急忙丢了鸭梢和小凳冲过来劝，可是还没等他跑到，继发已经被大虎绊倒趴在了田里。继发被大虎压在身下，使劲地想往上翻，大虎用双手紧紧箍住继发的脖子不放，无论继发如何地手撑脚蹬就是翻不过身来。

"你个半岁鬼，快点给我放开！"继发反抗了一阵之后使尽了浑身力劲还是无法脱身，只好威胁道，"还不放开！是不是？"

"快点放开！"德绍赶紧叫道，"打坏了人，不得了！"

"我跟你说，以后你给我自觉点，我告诉你，你以前欺负人欺负上瘾了，但现在不行了！"大虎把继发的头死死地摁在地上对他道，"要是还不老实的话，你看我怎么收拾你！"大虎说完把继发放了。

"你个短命鬼，你给我等着！"继发好不容易从田里爬起来，虽然头脸和周身都被泥巴糊满了，但他还是指着大虎骂道。

"你个害人精有多少本事呀？我随时等着你！"大虎指着他回道。

"你给我等着！"继发一边骂着，一边去捡锄头。

"我候着你呢！"大虎回着嘴被德绍推着走开。

继发捡起锄头骂骂咧咧地朝家里走，看都不看他家田里那块因两人打架而被践踏得一塌糊涂的禾林一眼。大虎到外坦捡起凉笠和锄头朝圳头畈走，继续去看水。德绍忙着到平山林底和外坦的田里去把鸭赶拢，心里想着继发少不了又要到乡里县里去告状。

令人意想不到的是，德绍一连等了几天都没有等来乡里的民事纠纷调解人员，却等来了几个从鄱阳来提亲的人员。原来给德绍家制面条的两个师傅中的一个看上了他家的连英，对于这门亲事，德绍的第一感觉是一股脑的火，提亲的人没说几句，德绍就要"送客"，坚决不收提亲的人拿来的糖果点心，提亲的人执意要把东西放下。德绍毫不客气地对他们说："你们拿走，我家没人吃这些，如果你们非要放在这里的话，我就把它们扔了！"

在德绍的心里，三个女儿中，他最喜欢连英。他觉得连英虽然没有读过一天书，但她脑袋活络，有主张能应变，说话办事总能做到周全体面，每次乡里县里有人到家里参观采访，家里的清洁卫生和饮食安排等都是由连英张罗的，连英每次都能把各方面办得妥妥帖帖的。之前有很多人探过德绍的口风，但德绍都把他们回了，说大虎二虎刚出校门不久，种田地茶山的水平还没到"出窝"的时候，连英还要带他们两年才能出嫁。近来，随着大虎二虎越来越"不由人"，德绍更加舍不得连英了，更加不要说嫁到天隔地远的鄱阳去。婺源到鄱阳没有直达的客运车，天亮出发天黑断了也不一定能赶到鄱阳县城，从鄱阳县城到那个制面师傅家里就更不要提了。

德绍把从鄱阳来的提亲"团队"赶走后，没几天人家换了一拨人又提着糖果点心来了。德绍赶走一拨，那个制面师傅就又请来一拨，一连来了五次。德绍才忍不住问连英自己的想法，连英说："爸，这种事情你看着办吧。"

"咦，其他事我可以看着办，这婚姻大事，我不能替你做主。要不要得，要你自己定，是你们两个人一起生活。现在又不是过去。"德绍说。

"那你觉得他要不要得嘛？"连英问德绍。

"这个小子倒是挺勤快的，就是太远了，还有我听乡里的人说那边生活苦得很。"德绍说。

"生活苦倒不要紧，我们家不也是一样吗？"连英想了想说。

德绍听了连英的话后，闷了好大一会儿都没有出声。过了没多久，那位制面师傅又带着第六拨提亲"团队"来登德绍家的门。经过一番你来我往的较量后，德绍说："其他的，我们都不说了，就是嫌太远了，将来我和她妈想见她一面都难，更不要说给我们送终了，她嫁过去以后，我们8个孩子就相当于少了一个。"

那位制面师傅说："那不要紧，我家也有几兄弟，只要你同意把连英嫁给我，我到你家来招亲都可以。"

"招亲？我自己5个儿子都嫌多了，哪里还用得上你来招亲。"德绍说。

"那也没事，你把连英嫁给我，我们两个就到这边来生活。"制面师傅说得很坚定。

"到这边来过日子，那宿在哪里呢？田地呢？"德绍又问道。

"那些都不怕，你把连英分到的田地给我也行，不给也行，我不信我们两双手养不活自己。将来赚了钱我们就可以自己盖房子。"制面师傅回答得很快。

"你小子现在还不知道生活的难易，说得倒轻松。这样，我们是大人，只是替她把个方向，同不同意要看连英自己；另外，我跟你说，就算连英同意了，她的户口绝不能迁走！"德绍说完，让兰香收下了制面师傅从鄱阳带来的糖果点心。

连英跟着那个制面师傅去鄱阳认了那边的亲戚就回到河边村，他们结婚没有办婚宴。连英回来后，德绍让他们两口子住老屋的一间厢房，把年糕机和粉丝机卸了下来，请砖匠重新在原来的位置砌了一个灶台，供两口子生火做饭，那间厢房原来是给两个制面师傅住的。德绍对他们说房间和灶台是借给他们的，过不了几年大虎二虎就要成家，在他们讲定对象提亲之前，这些都要收回。

在田地茶山方面，德绍想着他们两个人，只有一人的份，心想一人的量不能突破，不能拿其他几个孩子的田来贴给连英，但在质上可以稍向她倾斜一点。水田，划出来的是外坦一丘9分和圳头畈一丘1亩，他没有将新坑坳的人均2分划给连英，将圳头畈可以种两季的田多给了她2分。菜地，划出来的是云坦两垄、红庙两垄，还在自家开荒的井湾和家门口地菜地里分别划了两垄和一垄给连英。茶山，在圳头畈、带湖洲和自家开荒的新茶园里各划了1亩，森头坞的茶地又瘦又硬，所以德绍没有从森头坞划茶山给连英。此外，德绍还依前例，请木匠来给连英打了一套家具。

没过多久，德绍又进了一趟县城，找到了新红，把他家在河边村的那间屋子借来供连英两口子住，并且教女婿下河打鱼。

连英两口子，田地茶山的事主要由连英来营务，鄱阳佬非常勤快（自打他和连英结婚后，河边村的人再也不管他叫制面师傅，而称他为鄱阳佬），除了日夜不分地下河打鱼外，还时不时地从鄱阳贩猫贩麦芽糖到这边来卖、到乐平煤矿里去挖煤、帮人家伐木锯板等，反正只要能给家里添收入的事，不管多苦多累他都愿意去干，不像大虎二虎那样有要面子、怕遭人笑话之类的顾忌。

对外，大虎可以挺身而出和继发打一架。但在家庭内部，他和德绍之间的矛盾不仅没有缓和，反而有愈演愈烈之势。家里逐渐形成了一个"默契"的分工，德绍的事主要由德绍和兰香两个人来做，田地和茶山主要由大虎二虎带着成虎成英来管理，林虎和小虎负责读书。

成虎和成英有时会被父母喊到他们那边去"帮忙"，成虎虽然有时会不情愿，但毕竟年龄小"翻不起大浪"，所以只好硬着头皮去。成英脾气最好，建英连英出嫁以后，家里除了兰香外就剩她一个女劳力了，既要做放牛这种轻活，也要到田里地里去干重活，还要帮兰香做家务杂活。农忙时，她白天跟着三个哥哥一起下田割稻子插秧，早晚时间帮兰香打猪草割鱼草、做饭洗碗洗衣裳；不是农忙时，她就白天放牛砍柴，早晚时间帮兰香做家务事。

相比于成虎成英的"两边挑"，大虎二虎对于父母那边的事，就像是另外一家人一样，"零参与"。

林虎和小虎要上学，只有寒暑假和农忙假才帮忙做农活。假期里，林虎可以跟着哥哥姐姐到田里地里"打滚"，小虎因为瘦弱无力被全家公认为是放牛的最佳人选，并且认定他也只能胜任这个行当，于是安排他负责放牛，把成英替下来做农活。

河边村人认为，既能砍回来大捆的柴火、挑得起很重的一担谷子，又能在田里快速地割七行稻子插七行秧，那才是英雄好汉，至于放牛，那是说不上台面的事，为真正的男子汉所"不屑"。

小虎起初很讨厌放牛这个差事。他不喜欢放牛，不仅因为放牛不够男子汉，而且因为他觉得牛在家里的地位比他的地位高，家里宁可把鸡蛋喂给牛吃都不肯给他兑冰棒吃，让他嫉妒。不过，没过多久他就在这项本该为男人所"不屑"的事情中体验到了无比的快乐，彻底改变了对放牛这项工作的理解。至于对牛的成见，在他学会骑牛背后，就被彻底地抛到九霄云外去了。

小虎认为秋冬季节放牛是最美的差事。稻子割完要等到明年才种，所以不用着急犁田，除了犁几块油菜田外，牛基本上没有什么活要干。牛不累，小虎放牛自然也不用紧张，不用像其他时节一样早起去放牛。吃了早饭过后，和村里的放牛娃约在一起，在腰里系个刀鞘，别把镰刀去牛栏里将牛牵出来，从红庙那里骑在牛背上过河。过了河到对岸，就是一片沙洲，沙洲上塔底村人种满了萝卜，这种沙地萝卜此时又甜又脆还水分多。小虎从牛背上跳下来，左手顺势拔起一个萝卜，抖几下把萝卜上的沙土抖掉，右手顺手取下腰里的镰刀，几下就把萝卜皮削干净了，又坐上牛背，美滋滋地嚼着甘甜的萝卜，任凭牛驮着他们往木坞走。等把萝卜吃完了，将萝卜叶往牛头一递，牛就会回过头来，伸出长长的舌头，贪婪地将整棵萝卜叶一下子卷进嘴里。

塔底村人对于这种"偷吃"是不会追究的。不仅如此，河边村、依山村、塔底村和龙湾村到木坞砍柴的人多半会在这里歇口气，拔个萝卜吃下，既止渴又充饥，塔底村的人都不会说。但是，如果有人将萝卜拔出来吃一半丢一半，或是到沙地里挑三拣四，拔两个丢一个，把萝卜地踩得乱七八糟的，人家就会很生气。如果被当场揪住，少不了当面将你数落一番，就算没被逮住现行，那也少不了被咒骂一通。

牛到了木坞后，解下牵牛绳，让牛自由自在地去山上找吃的。小虎他们也自由自在去山上找吃的，野柿子、野猕猴桃、野山枣，找到了成熟的，先在树上吃个饱再说，然后再往衣袋裤袋里装，如果口袋装不下，就干脆把外衣脱下来包。没成熟也没关系，如果是快要成熟的，就把它们摘下来，带回家去埋在糠里，要不了几天就可以吃了，有时也会留几个，埋在木坞口的田里，记住位置，过几天再把它们挖出分享着吃。如果是完全没有成熟的，那就用心记下果树（果藤）的大概位置，过一两个星期再来看，当然这是有风险的，有可能会被别人摘走了，不过也不用可惜，木坞大山里这三种野果多得很。

小虎他们有时嫌野柿子、野猕猴桃、野山枣太过稀松平常，不惜多走三五里路去千弯和木坞底，找木坞最好吃的两种野果。一种被称为"萝"，外形像现在餐桌上蘸酱吃的弯弯的小黄瓜一样，小黄瓜是嫩绿色的，成熟的"萝"是淡黄色的，没成熟的"萝"外表的颜色与青枣的颜色相近。把成熟的"萝"的外皮剥开，里面是黄色的稀瓤，可以倒入或吸入嘴里，酸甜多汁。

还有一种被称为"爆"，这种野果外表是浅褐色的，形状像贝壳一样扁扁的弯弯的，成熟后会爆开一扇"门"，露出形状像一截小香肠的乳白色的"肉"，把它摘下来，把"门"掰开，一口就将"肉"咬进嘴里，软糯香甜，美味无比。

小虎他们在吃饱摘够了之后，胡乱地找根倒霉的小树砍下，去除枝叶，用两只袖子将用外衣包裹的野果拴在树干上，再砍个小丫杈当顶子，把树干扛在肩膀上优哉游哉地出木坞，到沙洲那里，把树梢往坡坎上一搁，用顶子撑住肩扛的位置，微微一弯腰就可以卸下重担，出来歇口气吃个萝卜。缓过劲、补充能量后，微微一弯腰将肩伸进去，再稍稍踮下脚，撤下顶子扛起树干，将顶子挎在另一个肩膀上，经由河边村堨上回家。傍晚时分，小虎他们直接到木坞口去等牛就可以了，牛到这个时分早就吃饱了，自己会到木坞口来等人。小虎他们重新将牛绳系上，骑着牛背出木坞，从红庙过河，将牛赶回牛栏，天黑前由外坦回家。

夏天牛的任务重，不能像冬天那样把它们"放出去"，由着它们"早出晚归"，必须要由人领着到草多的地方让它们尽快吃饱好干活。还有一个问题就是，夏天到处都种着庄稼，人必须把牛看住，不能让牛把人家的庄稼吃了。即便是这样，小虎在夏天放牛也同样很有收获。

圳头畈是夏天放牛的好地方，圳头畈除有大片田外，还有茶坦，夏天茶地里长满了牛最爱吃的"甜草"。这种草，叶子细细的长长的像小号的柳叶一样，它的茎是紫色的，可以长得很长，既可以贴着地皮长，也可以盘在茶丛上，扯一截下来在嘴里嚼几下会有淡淡的甜味。过了茶坦再往南就是一片干涸的沙田，由于地势太高要花很大成本从河里抽水来灌溉，而且沙质土留不住水，这片田只有在"大开荒"年代有人种过水稻。分田到户过后，这些田虽然也分到人头上了，但人们都不会来种，除了偶尔有人来试着种一下桑树苗、西瓜等外，大部分时间是荒芜着的，长满了甜草，为河边村的放牛娃提供了很好的放牛场所。

茶坦的东面是森头坞的浅山林，森头坞和木坞一样也是一片很大的山，由于不用过河且路好走便利，里面的大树早被人们砍来炼钢炼铁和烧锅了。到小虎放牛的时候，村人已经要求要保护森头坞的林木了，明确森头坞的树只能削丫杈、不准砍的保护措施，因而山上稀稀疏疏地长出了一把粗的松树和杉树。在这些松树、杉树下面是浅矮的杂树丛和荆棘丛，浅山林里藏着很多野果，这些野果都会在夏季成熟，和木坞的野果刚好在季节上形成互补，让河边村的放牛娃冬夏两季都可以尝到大自然馈赠的美味。

小虎和村里的其他放牛娃把牛赶到圳头畈的茶坦上或是那片荒田里，留下一两个人看牛，其余人到森头坞的浅山林里去采摘山楂、野山莓、"乌阳橙""乌地嘟""乌落苏""乌蜡烛"，有时他们也会轮换着上山去采摘。野山莓也被叫作野草莓，其他几个的名字中的"乌"字，是因为它们成熟以后都呈乌紫色。至于"阳橙""地嘟""落苏""蜡烛"是婺源话的"音译"。"乌阳橙"也会被叫作"乌米饭"，如粟米般大小，长在一种低矮的树丛上，这种果实吃在嘴里干巴巴的，没有多少汁液，但有很强的类似于酸梅粉的酸甜味。"乌地嘟"在外形上与草莓相似，长在一种贴着地皮生长的草上，这种草大概喜欢阳光，通常长在向阳的坡地上或是山路的边坡上，它的叶片大而圆，上面有很多"茸毛"。"乌地嘟"成熟后乌紫色的外皮里面包裹着紫色的酱汁，吃起来淡淡的甜甜的，酱汁里面夹杂着比芝麻还小的黑色的小颗粒，这些小颗粒可能是它们的种子。婺源人管茄子叫"芦苏"，"乌芦苏"就像一个个微型的茄子一样挂在灌木枝上，吃起来口感和"乌地嘟"类似。"乌蜡烛"外形有点像黑豆，果实的结构有点像樱桃，薄薄的肉大大的核，甜甜的、香香的、凉凉的。这些名字中带"乌"字的野果，吃了之后都会把舌头和嘴唇染成乌紫色。

山楂有两种，一种成熟了之后变红，一种成熟了之后变黄变软，放牛娃管变红的叫红山楂、管变黄变软的叫黄软楂。小虎喜欢吃黄软楂，整个地放进嘴里，轻轻地将山楂嚼咬，再用舌头嘴唇抿几下，把山楂籽和山楂肉分离开，将山楂籽喷吐出来后，就可以放心地大口大口地嚼山楂肉了，红山楂只能拿在手上小口小口地咬，没有黄软楂吃起来那么带劲。森头坞的山上也是有杨梅的，不过由于山林太浅而"藏不住"，放牛娃们没有耐心等到它们成熟，早早地把它们糟蹋完了。

好吃的杨梅当然藏于木坞的深山里。杨梅也分两种，一种是成熟之后变成乌红乌红色的，叫作乌炭梅；另一种是成熟之后变得嫩白嫩白的，叫作白玉梅，两种都很好吃，不过白玉梅难得，因而它更稀奇一些。像小虎他们那样的放牛娃是很少有机会去木坞摘杨梅的，通常是大人们砍柴时顺便摘回来或利用中午时间抽空去摘。成英是最会摘杨梅的，她总是提一个大篮子去，花大半个下午的时间就能挎回来满满的一篮子杨梅，有乌炭梅、有白玉梅。看到成英摘杨梅回来，小虎就用一个大碗舀上大半碗，往里面加半勺食盐，摘几片紫苏叶放进去，用水泡一阵，这样吃起来会减少酸味，又香又甜。

德绍和兰香对于田地和茶山的事，也基本上是"零参与"。大虎二虎对父母的事"零参与"属于冷眼相对、袖手旁观，德绍兰香对田地茶山的"零参与"是合情合理的，毕竟他们年龄大了且家里有这些壮劳力，用不着他们参与，也应该不用他们参与了。

德绍虽然不参与田地茶山的劳动，但他心里眼里还是放不下，他放鸭看到圳头畈田里都被晒开裂了，回到家骂骂咧咧开来："这些吃下死的东西，田里的禾都要干死了也不去放水。""真不知道头岁作了什么孽呀，尽生一些好吃懒做的催债鬼。"……

大虎开始懒得理他，让他一个人自言自语地骂着。德绍见没人理他，心里火星变成了火苗直往脑里冲，他压抑不住，接着骂道："要这么多吃吃不做事的东西来干什么？阎王爷呀，求求你快点睁开眼睛把这些雷鸣打的家伙收了回去！"

大虎听德绍骂得这么狠，禁不住回道："禾要干死了，你不会去放水吗？田里种出来的谷米你不吃吗？骂我们吃下死，你不要吃吗？我

180

跟你说，你办得就去把事做了，不愿做的话，就让它干死算了，不要吵死，我的事不要你管！"

"嫌我吵？不要我管！我帮你生了手脚的嘛，你好手好脚的，有本事就跳出去，去自力更生，再也不要进这扇门，我欢天喜地！"德绍被气得浑身直打哆嗦，"晒死算了，好，好，看你们有什么好下场，到时我死了看不见了，总有人看得见。"

"你有什么本事来教训我，除了一张嘴整天吵吵外，屁本事都没有。"大虎一点也不相让，"我的下场不要你管，你管好自己就不错了！"

双方对骂越来越激烈、声音越来越大，很快就发展到摔板凳、摔筷子摔碗，迅速引来村里人围观。兰香奋不顾身地一边上前劝，一边把大虎往外推："变不全的东西，你老子说你几句不是应该的吗？你就不能少回两句！"又转过身来一边拉德绍，一边说："你呀，真是言多，有什么好吵的呀，让全村的人看笑话。"兰香左边拉劝一番、右边推搡一阵，两边不讨好，几下就累得没气力了，可是德绍和大虎却吵得越来越有劲，兰香无计可施，只好缩在地上捶胸顿足地自己哭起来："我呀，真是不知道头辈子作了什么孽呀，我的娘呀！""我的命怎么这么苦呀，娘呀，我自从进了这扇门，什么苦没吃过呀，娘呀，让我死了算了！"……

听到兰香撕心裂肺地哭，成英、林虎和小虎也马上哭开来。村里人对兰香进了这个家门之后所受的苦都是由衷地同情的。几个妇女赶忙上前去把她拉起来，不断地劝慰她："快点起来，不要哭了。""不要哭了，你看这几个小的都跟着哭起来了，你这样哭气坏了身体，他们连饭都弄不进嘴。""快点起来，不看大的，要看小的，几个小的还指望着你呢。"建英连英也闻声赶来半劝半骂道："干什么呀？又在做戏给全村人看吗？""吃吃没事做了吗？老是做戏给人家看！"德绍和大虎也都吵累了，再经众人一番劝，两边才怏怏地收了场。

制面厂和年糕粉丝厂倒闭后，乡里县里还有人劝德绍再去银行贷些款来办其他方面的厂，德绍虽然嘴上答应着，但始终没有付诸行动。不仅如此，他还把当初贷款来没有用完的那部分钱拿去还了银行，这部分钱本来是预算在家门口东前侧的菜园里盖厂房的，但德绍害怕债做深了，没有建厂房，而是将制面机安在老屋的堂前，将粉丝机和年糕机安在老屋的厨房。

德绍在通向企业家的路上摔了跟头，并且好像从此一蹶不振，县里乡里组织来德绍家参观采访的活动渐渐减少，"风光"越来越暗淡了。德绍家的"风光"在面厂开起来的时候，到达了顶峰，不过峰值如昙花一现一样，转眼即逝。

德绍所做的两方面的事，一是搞养殖，二是开厂。搞养殖无疑是赚的，开厂是血本无归。两相比较起来，赚的是小打小闹，亏的是大手笔大投入。德绍养鸡养鸭养猪养鱼，只是在农村散养的基础上稍稍增大一点规模而已，养殖的方式是最普通的"原始"方式，养这些东西所付出的劳动主要靠德绍和兰香。严格意义上讲，参与养殖的劳动力，是文盲或半文盲，属于马克思在《资本论》里所说的，产生价值比较低的简单劳动。开制面厂和年糕粉丝厂则完全不一样，那是全新的生产方式，需要资本投入多，他在能力不足、准备不周的情况下，贷款购置了设备、进了原材料、雇了师傅和工人。简单劳动的收获，显然无法扯平大量资金的投入。

德绍折腾的事赚小亏大，欠了一屁股债，还不上。大虎二虎负责的田地茶山的事，虽不至于欠债，但也经不起推敲比较。

大虎二虎出校门后，建英连英都还没出嫁，有姐姐顶着，管理田地茶山的责任没有直接落到他们身上，所以做起事来也不怎么上心，感觉有个似懂非懂就满足了。等两个姐姐都出嫁以后，活儿落到他们身上时，他们懵懵懂懂地接住了，不过他们的心性完全没有成熟，虽然知道那些事情的流程和工序，但对于分寸火候的把控则全凭的心情，德绍的念叨通常只会起副作用。到粮站去交公粮卖余粮时，德绍家得的钱最多，不过那是因为人多田多的缘故，实际上如果算起平均亩产量来，他家的平均亩产量肯定在村里排倒数。

田里水稻亩产比不过人家，有总产量掩盖着不容易被看出来，可是在茶叶这一项上就完全不同了，茶站的人每天早晨都会给出"评判"。

婆源种茶历史悠久，陆羽在《茶经》中就有"歙州茶生于婆源山谷"的记载。《宋史·食货》将婆源的谢源茶列为全国六种名茶"绝品"之一。唐以前，茶叶的吃法主要是经过蒸青捣碎制成团饼焙干后再煮水饮用，这个时期的婆源茶因为"置制精好，不杂木叶"而声名鹊起。到了明代，太祖朱元璋下诏改贡芽茶，炒青取代蒸青。婆源炒青茶因其香气浓郁、滋味醇厚脱颖而出，从此婆源茶被明清两朝列入贡品，并于18世纪进入了欧洲市场，深受上层贵族普遍喜爱。

如今，婆源仍然延续着传统的炒青法制茶，家家户户都会。只要当听到布谷叫第一声"大家采茶"时（布谷鸟的叫声与婆源话"大家采茶"的发音很相近），村里的男女老少只要行动方便的都要去采茶。放牛的也要把牛牵到茶地里来，一边看牛一边采茶。采下来的茶叶不能积压，各家要安排人定时将全家人采的茶运回家，摊晾在篾簟里。晚饭后，家家户户开始炒茶制茶，将茶叶倒入洗干净的锅里用手翻炒；茶叶出锅后，扬去灰尘，趁热将其放在篾席里揉捻，揉出茶汁，再放回锅里炒干或摊在烘笼上烘干，新茶的清香弥漫了全村。第二天天还没有亮，各家都要派一个人到乡里的茶站门口去排队卖头天晚上制出来的茶，卖茶的人回来后刚好给采茶的人送早饭。

河边村的茶叶主要产自圳头畈、带湖洲、森头坞、上山和马笠这五片茶园，前两片是近龙水河的山间平畈，接受日照多一些，要先采；后三片是近桃花溪的茶山，可以稍后采。这样的采摘顺序已形成多年，生产队时期就按这样的顺序安排劳力，分田到户后各家大致沿袭了下来。

天刚蒙蒙亮，村里的男男女女、老老少少在手肘里挎个竹篮，在后背上背个凉笠，急匆匆地向茶园汇聚。到了自家的茶地后，一声不吭，迅速地四散入湿气厚重的茫茫浓雾里，在茶树尖上"噼里啪啦"地采摘起来，这声音仿佛过年时从远处传来的连绵不绝的小鞭炮声。

采茶的响动惊醒了窝里的鸟儿，它们纷纷飞上枝头"叽叽喳喳"地叫起来，像是躁动不安的抗议，又像是不愿服输的争鸣，但人们懒得理它们，只管闷着头全神贯注地忙着手头的活，仿佛在进行着一场紧张激烈的采茶比赛。

当天空亮开时，各家各户卖茶回来的人将陆陆续续地送饭来到茶园。他们的到来将点燃整片茶园的气氛。

"咦，这么早就来啦！"

"早吗？不早喽，日头都几多大啦。"

"不用讲得，肯定又是一等一级！"

"哼哼，净嚼一些没者也的话，一等一级，没你家厉害喽！"

"你这个鬼，那把嘴就像嚼屁一样，十句都没一句是真的，又没人偷你家的抢你家的？"

"哈哈，少在这里嚼屁，偷得去抢得去那是本事，有得让人偷让人抢那更是本事。像你家就好喽，每次都一等一级。"

"你这个家伙诙谐得很，真是不对卯榫，我家什么时候都一等一级啦？没你家那个做茶的功夫好！"

"我家那个做茶功夫好，你个变不全的东西怎么晓得的？嗯？"

"功夫好不好，一看就知道！不过肯定没你晓得得真切。哈哈！"

"是吧，你个不对榫的鬼绝东西，还有这个本事呀？那你家那个功夫好不好呢？你去讲亲之前相准了没有？哈哈！"

"哈哈！功夫要两个人都好才行，光一个人好是没有用的。"又有人加入进来了。

······

两个人聊着，把两个人的那个人都牵扯到了，他（她）们当然要加入"战斗"。紧接着，两家人都会加入进来。茶地挨着的人家听着忍不住笑、忍不住插嘴，自然会被卷进来。随着卖茶回来的人越来越多，茶园里战端频起、烽火连天，不一会儿整片茶园里的人都会被席卷到，连早就收了心性的老人、还没通心性的孩子也会被裹挟波及。有时一家大小长幼之间，也少不了互相说笑打趣。

再过一会儿，朝阳就要爬上山头了，蓝蓝的天空洁净如洗，几片云层稀稀落落地飘着，被东边的晨光照得洁白透亮，如农村人家晾晒的棉絮一般。圆圆的月亮依旧高高地悬挂着，不过它的光芒已被盖过，羞怯地藏于云间，让人不容易觉察到它的存在。

鸟儿们的心情平复了，识趣地将茶园让给河边村人，成群地飞离枝头，成为蓝天白云下一片片飞速移动的黑色斑点。雾气已经散了很多，但依然丝丝缕缕地缭绕着青翠欲滴的茶园，穿着五颜六色的人们散落其间，点缀得生动活泼、恰到好处。山风河风交替拂荡"沙沙"作响，山涧流水潺潺不止，男人们粗犷的笑声和女人们清脆的笑声交织在一起，此起彼伏；布谷鸟东一声西一声起劲地叫着"大家采茶""大家采茶"，催促着说笑的人们手指不停地在茶树尖翻飞、"噼里啪啦"声响成一片，演奏出一曲欢畅的劳动交响乐。

德绍要放鸭，很少来采茶。他宁可孤坐于田间，也不愿意到茶地里来凑热闹。他家的茶叶很少被定为一等一级，大多数情况下都被定为二等一级或是二等二级，多半卖6块7或6块8一斤；村里永祥家、迎娣家、根发家的茶，基本上每次都被定为一等一级，可以卖到7块2一斤。每每听到村里人比较这些，德绍的心里都窝着火，经常会在晚上忍不住骂道："人要脸，树要皮。真是死猪不怕开水烫，唉！"可大虎二虎则表现得无所谓，要么对德绍置之不理，要么就回怼道："有本事就你来做，没本事就不要吵。""我不信少那么几角钱就活不下去啦，真古怪！"

除了水田、茶山的人均收入少外，德绍家自留地里的产出也赶不上人家，地里的南瓜、冬瓜、豇豆、辣椒、卷心菜、大白菜、萝卜、花生、大豆等，都没人家的好。

第十一章

　　德绍家的鱼塘"翻塘"了！兰香成虎成英都到塘里去捞那些翻白打旋的鱼，大虎二虎赶紧跑到水轮泵口去和那些要引水灌溉的人家打商量，请人家让他们先把水引到鱼塘里来救鱼的命。德绍急得把那台压水机压得"咣当咣当"的响，期望着压水机"咕吒咕吒"一口一口地吐出来的带着泥腥味的水能救池塘里的鱼。

　　德绍当初设计的想法是循环利用，将猪屎猪尿引入鱼塘中喂鱼，这些冲入鱼塘里的猪屎猪尿既可以直接作为吃食性鱼类的饵料，又可以促进鱼塘里浮游生物的生长，这些浮游生物刚好是滤食性鱼类所爱吃的食物。殊不知，这些冲入鱼塘里的猪屎猪尿也可能会给鱼塘带入大量的寄生虫和病原菌，从而导致鱼感染发病；多余的猪屎猪尿则会在鱼塘里腐烂发酵耗费大量氧气、产生大量的热量，导致塘水升温鱼儿缺氧，严重的情况下整塘鱼都会"翻塘"致死。

　　德绍没有人受过养鱼培训，连一些基本的常识也不具备，对于每天该引入多少猪屎猪尿，德绍的心里没有规划计算，有时一连几天都不冲猪栏，有时一天就将所有的猪栏都冲个遍。虽然兽医站的宋师傅曾对德绍提过一两句关于鱼缺氧的问题，但那也仅仅是随随便便地提一下，说的人和听的人都没有太在意，那时周边几个村都没有养鱼的人家，大家都没有听说过哪里发生过"翻塘"死鱼的先例。

　　人走霉运的时候，所有的侥幸都会变成不幸，没有先例的事情都会转到他头上来"冒泡"。前两天，因为天气太热了，德绍让成虎把所有的猪栏都冲了个遍，他这样既保持了猪栏的卫生，又可以起到给猪栏降温的作用。德绍不曾想到这一举动，断送了整塘鱼的性命，他看着那些半大的白鲢、草鱼整筐整筐地捞上来，眼睛瞪得老圆，一句话也说不出来。

大热天里，鱼塘的水温很高，这些鱼捞上来放不了一会儿就又腥又臭，一时半会儿卖肯定卖不出去，送给人家也没几家愿意要，除了留几条自己吃外全都倒进了龙水河里，白花花地漂浮着顺流而下。德绍站在塥上目送着那些鱼越漂越远，直到最后几个白点点绕过河湾消失在他泪汪汪的视线里，他似乎想要挥手和它们告别，但右手还没抬起来，人却几乎要跌坐在地上，他被这冷不丁的失常气到了，狠狠地骂了一句："又不要死！以前从河里打鱼，现在却往河里倒鱼。唉！"

鱼塘"翻塘"之后，只要稍有点闲暇，德绍的脑袋里就浮现出那白花花的鱼在龙水河里顺流而下的场景。对于他来讲，"翻塘"比制面厂和年糕粉丝厂倒闭还伤人些，即便后者让他损失惨重，欠了一屁股的债，但是那毕竟太短暂，近乎是一个梦，而养鱼则不同，他在这上面是尝到过甜头的，且他还用头年养鱼赚来的钱买来了附近乡村里的第一台电视机。还有就是虽然县里乡里一直在鼓励他开新厂，重振雄风，但他在心里已经认输了，他已经死了这条心，不愿意再去触碰。对于养鱼，德绍是不甘心的，他想要是那天没有让成虎去冲猪栏就不会有"翻塘"的损失了。

他越是后悔，就越想尽快挽回损失。

天无绝人之路，德绍绞尽脑汁终于想出了一个可以弥补损失的办法。他决定在家门口的鱼塘里种莲藕，因为他之前在县里开会时听说过有一种莲藕，生长期很短，现在种，到秋冬季就可以收获。德绍跑到县农业局，找人帮忙买来那种莲藕的藕苗。藕苗买来后，德绍带着兰香成虎成英，按照县农业局技术人员的指导把藕苗种下去，又按照县农业局技术人员交代的那样施肥、管理。

莲藕长势很好，田里的二季稻收割完后，德绍催着家人赶紧把稻谷晒干卖了，好把精力转到挖莲藕卖莲藕上来。

大虎二虎在卖完稻谷后觉得只要把油菜种下去，他们当年的"年度任务"就差不多完成了，对挖莲藕卖莲藕这个"分外差事"不愿意接茬，之前他们不肯去卖鸡蛋鸭蛋，后来不肯去卖面条和年糕粉丝，现在同样不愿意去卖莲藕。

德绍怕莲藕成熟之后长时间不挖烂在塘里，又担心天气冷了挖莲藕更不方便，想尽快把塘里的莲藕都挖出来卖了，兑换成钱。一来心里踏实；二来可以看下收入情况，好与养鱼做比较，利于明年打算。看到大虎二虎与自己完全拧着来，不愿意"插手"莲藕的事，德绍心里憋着气几天没有发作，只好把村里的两个女婿叫来帮忙。

这天，一家正吃早饭，大虎叫成虎和他们一起去挑牛粪，把牛粪坨坨塞到油菜根窝里。德绍一听火冒三丈："你们两个堂堂好汉种点油菜，还要把他喊去做什么？""什么呀？他不吃油吗？不能种油菜吗？"大虎反问道。"我还没死呢，这个家还轮不到你来撑排！"德绍怒不可遏。

兰香一看家里又要起"战火"了，丢了手里的饭碗上来劝。

她先来劝德绍，德绍看到兰香来劝他，而不是帮他一起教训两个儿子，于是把憋了几天的满肚子的火气撒在她身上："这些催债鬼为什么这么坏呀？还不都是你惯的！""这个家就是毁在你的手上了！""把这些催债鬼惯坏了，你做死都无功！"

兰香在德绍那里挨了一顿训之后，又来劝大虎，没想到儿子也对她恶言相向："你个没有用鬼，知道什么？""你没本事就不要讲话！""你就知道死做，有什么用呀？"

兰香为了这个家庭做那么多的"冤枉"活，没想到50来岁了，还要被丈夫和儿子这样说她，心里的委屈无法言表，哭着跑到壶山村她大哥家去了。

她大哥问明缘由后，不停地劝她说："怎么办呢？都五六十岁的人哪，难不成要离婚？""以前那么苦的日子都熬过来了，现在又不是吃不饱穿不暖，没什么过不去的。""有什么办法呢？生都生了，只能慢慢地劝，总有一天他们要长大懂事的。""有些事情是生了命、定了数的，你急也急不来、躲也躲不过去，有什么办法呢？等他们都长大了，知道要强的时候就好了。""快点回去吧，你不回去，一家人连饭都弄不进嘴。""今晚就在这里住，明早就回去，要不然，那几个小的还不知道怎么样了。"

兰香跑到她哥哥家去后，德绍和大虎二虎都不去接，也不做饭来给大家吃。到傍晚肚子饿得实在受不了了，大虎大呼小叫地让成英去弄饭来吃。

林虎和小虎放学回家，看到家里被"战火"烧得狼藉不堪，妈妈也跑了，第二天早上两个人都没去上学，哭着跑到大舅家里去。兰香大哥一看林虎和小虎哭着来了，便催兰香："还不快点回去，再不回去那个家都不成样子了。"

兰香经不住她哥哥的劝，心里本来就软下来了，一看两个小孩可怜的样子，再想想那个家，虽然嘴上仍在骂"我是头岁作了什么孽呀，生了这些吃下死的东西，就会吃一门"，"就要让这些家伙饿饿才知道好"，但人实际上已经准备动身了。

兰香到了家以后，看着锅沿上排着堆着的碗筷、楼梯底下堆着的衣裳，听到猪栏里的猪被饿得"咕呢咕呢"的大叫声，根本没有时间来置气，也没有时间去过渡她的情绪，又一头扎进了她那"就知道死做"和"做死都无功"的命运里。

像大多数故事一样，命运对悲惨落魄的人的打击，从来都是以接二连三的组合拳的形式出现的。对德绍的打击也是按照这样的节奏来安排的。鱼塘"翻塘"之后第二年，养鸡场也出了问题。

德绍的鸡养在社中的一间废弃教室里，他一般不到外面买鸡苗，主要靠自家养的母鸡孵，除非有兽医站的人推荐一些好的鸡种，德绍才会少量地买一点。

春天里，两个外地人挑着担子来村里卖小鸡，卖小鸡的人说，他卖的是泰和乌鸡。泰和乌鸡是久负盛名的江西特产，不仅营养价值高，药用价值也很高，虽然其原产地离婺源很远，但是因其名气响亮，即便是很少出门的农村人也对其早有耳闻。在早就听其名而不见其形的基础上，再经卖鸡人的一番夸赞推崇，河边村很多家庭主妇都忍不住心动了，少的买一两只两三只，多的买五六只七八只，兰香也买了五只。德绍出于好奇，也有买几只试一试的想法，并将这五只鸡苗一并放入社中的教室里一起养。

　　卖鸡苗的人走了五六天后，村里陆陆续续地传出有人家的鸡出"水痘"，先是仙女家的一只小鸡的眼睛被"水痘"封住了眼睛，走路就像喝醉了酒一样，后来连米都啄不进嘴了。村里的媳妇们在河里洗衣裳时，你一言我一嘴地给仙女出主意，有的说她家去年一只鸡也出现这样的情况，后来喂了几粒药就好了；有的说不要紧，只要拿针把那个"痘痘"挑了就好；有的说是不是天气太热了的缘故，多喂点水就好了；等等。

　　龙水河是河边村人地地道道的母亲河，除了农田灌溉用它的水外，全村人洗衣裳洗碗洗澡洗粪桶洗尿桶都在这条河里，虽然没有明确的划分功能区，但根据水流的方向大家都知道该在什么地方做什么事。塌上两个排水闸前方的一片区域是公认的男人洗澡区，近村一侧人工挖出来的六七米宽的用于安装水轮泵的渠道上游是公认的女人洗澡区，渠道的下游是公认的洗粪桶洗尿桶的区域。洗碗洗衣裳的时间通常没有人洗澡，既可以在塌上，也可以在渠道的上游，不过大体上人们总是在塌上排水闸边上洗。村里发生的事情，无论是大的小的、好的坏的，只要女人们愿意说出来，都会被她们在洗衣裳、洗菜、洗碗的时候，拿到这里来召开新闻发布会、新闻评论会。

　　又过了两天，迎娣家的一只小鸡也出现了这样的状况，慢慢的有好几家的小鸡都出现这样的状况，而且先头发病的仙女家的那只小鸡已经死了。之前兰香没在意，当听到有好几户人家的鸡都出了状况，并且已有小鸡死了，她猛然觉察到可能不像大家说的那么简单，丢下衣裳跑回家对德绍说："你要不要到兽医站去一趟，村里有几家小鸡'出痘'了，仙女家上次买的小鸡都死了。"德绍一听拔腿就往社中跑，一边走一边喊："快点让三小骑自行车去兽医站找宋师傅。"

　　上市兽医站只有宋师傅一名工作人员，成虎死命地蹬着自行车，一身大汗地来到兽医站，发现兽医站的门是锁着的，成虎在兽医站门口等了一上午也没见宋师傅来开门，只好向旁边的信用社借了一张纸一支笔，留了个纸条塞进兽医站的门缝里后回家吃午饭。

　　由于在消毒、接种防疫、打扫卫生、通风等方面坚持得比较好，德绍家养鸡场一直没有出现过瘟疫，时间长了慢慢的心里的弦就绷得不怎么紧了，平日里只是利用喂食、捡蛋、打扫卫生等时间，对那些鸡大体地扫一眼，看看有没有明显不对劲的。几百只鸡挤在一起密密匝匝的、上蹦下跳的，仅凭那简简单单地匆匆扫一眼，很难发现有鸡不对劲的苗头。

当德绍听到村里有鸡瘟后再来看时，立马就发现有好多鸡都出问题了，德绍赶紧把那些看似得了病的鸡抓起来关到另外一间教室里。不一会儿，兰香也赶过来帮忙，可是那么多鸡关在一起，除了明显被"水痘"封住眼的，其他的根本无法区分哪只得了病，哪只没得病，更不要说区分哪只感染了病菌哪只没有感染。

德绍和兰香只能抱着宁可抓错不能抓漏的思路，凭感觉尽可能地把染病的都抓出来，把剩下的鸡赶到另外一间教室里，再把以前宋师傅留下没有用完的药拌食喂给两拨鸡吃。

德绍回家吃午饭时，听成虎说宋师傅没在兽医站，又让成虎骑自行车去宋师傅家里寻人。成虎撂下饭碗，使劲地蹬着自行车赶到宋师傅家里，打听宋师傅的行踪。

宋师傅的家人告诉他，宋师傅一早就出门了，但没听说去哪里，只有等他回来后尽快让他来帮德绍家的鸡看病。

宋师傅是当天晚上十点多才来的，他头天就和齐村一个养猪专业户说好了，第二天一早去给他家骟猪。

下午骟完猪后，顺便到附近几个村里巡诊，又帮人家骟了几头猪、骟了几只鸡，发放了一些预防性的兽药，在人家家里吃过晚饭后才回家，到家后听家人说德绍家的鸡遭瘟了，于是马不停蹄地赶来。

宋师傅来后，连夜给德绍家的鸡打针吃药，经过连续两天的治疗，宋师傅帮德绍家治好了三分之一左右的鸡；其余的要么病死了，要么为了防止病菌传播而被杀死了。

宋师傅让德绍把这些病死、杀死的鸡埋进深坑里，覆上厚厚的石灰，再盖上土。剩下的鸡，虽然侥幸活了下来，却久久不下蛋。万幸的是，德绍家的鸭没有染病。

鸡瘟过后，德绍慢慢地把存活下来不生蛋的鸡全都卖了，按照宋师傅说的对原来养鸡的教室进行药水消毒，消完毒后再撒一层厚厚的石灰，计划暂停一段时间后再重开。

年前，德绍经过盘算，觉得种莲藕比养鱼要划得来一些，但是考虑到种莲藕没人愿意挖、没人愿意卖，所以还是决定继续养鱼，不过要对冲洗猪栏进行规划节制，特别是要经常把一些猪屎猪尿担到田里去。

这段时间里，陆陆续续地还有人鼓励德绍做一些其他方面的事，再到信用社贷些款来把家门口的菜园全部盖成厂房。对此，德绍嘴上总是应承得好好的，却迟迟不付诸行动。

大虎二虎在这件事上又与德绍想的完全相反，他们觉得德绍眼光短浅，不管能不能把厂开起来，但只要把屋子起起来都不会亏。

德绍听后嗤之以鼻："起屋来给你们住吗？就知道吃现成的，给你们生了手脚的，有本事自己去起。"

要说德绍没有远见，是有一定道理的，离开土改工作队和南昌机械安装公司这两件事就是例证。和他一起参加土改工作队并坚持下来的，现在都当领导了。比如，上市乡的陈书记现在调到镇上当书记了，比他晚几年的新红也当上县里一个部门的办公室主任了；和他一起到南昌机械安装公司打工并坚持下来的，现在很多都在公司里走上领导岗位了。

不过话又说回来，说他是一个鼠目寸光的人，好像也不对。一个鼠目寸光的人，不可能老早就参加土改工作队，也不可能报名去南昌机械安装公司，更不可能办"专业户"、开制面厂。实际上，他很有眼光，但又太过谨慎了。

德绍自小生活在一个很贫弱的家庭环境里，家里就他一根独苗，志焰文珍巴不得把他时时都箍家里。

长大成家以后，上有老、下有小，一大家子人都系在他一个人身上，他怎么可能不瞻前顾后、小心谨慎呢，他的每一步都不允许有任何闪失，不允许有任何冲动，自然而然地因此而"胆小怕事"。

某种程度上讲，他离开土改工作队和南昌机械安装公司，就是因为他知道自己身负重担，必须谨小慎微而导致"目光短浅"所做出的选择。

在生产队里预支 30 元，却要他还 60 元，一家人没日没夜辛辛苦苦地劳作一年的成果被人家"吃"了，他没有拿杀猪刀去捅人，也没有和人家相骂打架，这些都是很好的体现。

不过大虎二虎可不管这些，他们完全体会不到这一点，时常抱怨和挖苦他："为什么家里的日子这么难过？还不是因为你！要是当初留在土改工作队的话，说不定我们现在也是县里领导家的孩子了，哪里还需要像现在这样挖泥刨土？""讲我们没本事？你有本事，那当初你为什么不留在南昌呢？要是那样的话，我们现在也是生活在大城市里的人，吃着商品粮，哪里还需要像这样面朝黄土背朝天呢？"

德绍对他们嗤之以鼻："哼，要是那样的话，城里计划生育抓得紧，哪还有你们这些催债鬼呢？有快活日子，也是我和你妈过，轮得到你们吗？"

德绍的事业不进反退，不过从整个婺源县范围来看，却有很多欣喜的变化。改革开放的思想和政策正在不断地深入人心，种西瓜、种甘蔗、种葡萄、种莲藕、种大棚蔬菜……养鱼、养猪、养鸡、养鸭、养甲鱼……做茶叶加工、做油纸伞、做服装、开砖厂、榨菜籽油……还有一些规模工业。

伴随着这一大好的发展态势，涌现出一大批先进典型人物，涌现出了很多"万元户""专业户""个体户""企业家"。与德绍这位先前的典型相比，这些新星有知识、有见识、有胆识，也更有思想，起到的带动辐射作用更强。

河边村、依山村、塔底村和龙头湾村的人也慢慢地跳出原来的"圈子"。他们慢慢地不再歧视、嘲讽德绍养猪养鸡养鸭养鱼了。

他们终于开始反应过来：德绍在改革开放的春风还没有吹融寒冬的冰雪时，就意识到春天的来临，并且迅速地从冰雪里冒出头来，成为"另类"；不过这个"另类"并没有走歪门斜道而是走的康庄大道，只是与自己相比，德绍明显"抢跑"了。

于是乎，那些曾经嘲讽德绍的人，现在都争先恐后地冲出去，开足"马力"向前奔，纷纷开动脑筋想、甩开臂膀干，养猪、养鸡、养鸭、养鱼，光是河边村养鱼的就有五家，连与德绍家大打出手的继发也挖了两口鱼塘，还种了一丘田莲藕，村里还有几个年轻人种起了猕猴桃和火龙果。

渐渐地，河边村及周边村里买电视机的人家越来越多了，人们也不再提"万元户""专业户"了。形成鲜明对比的是，德绍家那台凯歌电视机开始变得容易出故障了，噪声越来越大、雪花越来越多，图像也经常抖动得很厉害，有时候大虎二虎干脆跑到别人家去看电视。

看到县里出现了一系列的变化后，德绍多次跑到乡里县里，要求辞去了人大代表的身份。他说一方面自己年龄大了脑筋不灵活、转不动了，精力体力都不够用；另一方面现在比他干得出色的人多的是，他已经不先进了，也配不上当这个代表，他没有脸面再占着那个位置，夹着个包去开会坐在那里心里感觉愧疚得很，应该主动地让出来给那些真正有代表资格的人，让他们去发挥作用。乡里县里经过考虑后，同意了他的请求。他得知消息后，如释重负地说："好，好。代表不了了，就不能盲目地代表了。"

初三上学期读到一半，林虎也不愿意再去读书了。德绍问他为什么，林虎说他那个成绩根本考不上重点高中，老师也劝他们这些成绩不好的同学，对他们说余下的时间可以不用来了，初中毕业证照发。

德绍听后无言以对，只好作罢，虽然又一个希望破灭了，但是家里又多了一个劳力。

林虎出校门后，德绍起了把大虎"往外推"的心思。他想家里的田地茶山和其他的副业已经定型了，多一个人窝在家里就多浪费一个劳力。另外，他想把大虎"推"出去后，不仅可以为整个家庭向外开辟一条路子，而且可以把大虎二虎拆开来，免得大虎牵头带着二虎和他唱"对台戏"。

德绍经过一番考量后，觉得有两条路子很好，一个是照相，一个是砖匠。随着人们生活水平的改善，农村人愿意照相和起新屋的人越来越多。

照相师傅骑辆自行车背个相机到各个村庄转一转，人家争相来拍照，拍完了骑着自行车将胶卷送到县城照相馆里去洗，过几天到照相

194

馆里把相片取回来送给人家，这个活又轻便又挣钱。

砖匠的活虽然不像照相师傅那样轻松，但只要你技术好，人家都很敬重你。帮人家砌屋砌墙，工钱高，一天三顿都有好饭好菜，晚上还有酒，一天还有一包好烟；不替人家干活，人家也是老远就喊"师傅"。

德绍估摸着大虎贪图享乐、不愿吃苦，决定送他去学照相，德绍在县城西门找到一家照相馆，和人家谈妥让大虎来学照相的事。大虎听说让他去学照相，觉得很新鲜，第二天换上一身干干净净的衣裳，高高兴兴地骑着自行车到了县城照相馆里去学照相。

大虎学了个把月，基本上掌握了拍照技术，师傅开始带着他到乡下各村去给人家拍照。大虎跑了几天之后，情绪就上来了，坚决不愿意去，他说到乡下给人家拍照的都是老年人，他一个年轻好汉做这种让人家笑话；还有他看不惯那些人在镜头前摆来摆去那副臭美的样子，逗得他想笑不好笑、想骂不能骂，难受得要死。

大虎说出的理由让德绍哭笑不得、气不打一处来，但又无计可施，只好把他送去学砖匠。大虎跟着龙头湾村一个砖匠干了近半年，砖匠师傅对德绍说，你家儿子读过书，就是不一样，学起来很快，有些东西一点就通，比很多年轻人好带得多，估计再有年把就可以出师了。德绍听了心里很高兴，因为按照婺源老规矩，学砖匠学木匠起码要跟着师傅干3年，师傅才考虑让徒弟出师。

大虎之于德绍就像婺源清明时节的雨之于晴一样，只要阳光稍一灿烂，冷雨就会马上赶到，把春光暖阳迎头浇灭。

德绍没高兴几天，大虎就给他来个"迎头一击"，大虎因为和师兄吵架进而大打出手，不愿意再去学砖匠了。师兄觉得自己资历长，少不了要对大虎的手艺指指点点，有时还要安排他做些"下级"的事。大虎自恃学艺进展快，对师兄的指摘不服气，也不愿意买师兄差遣的账；还有大虎觉得砖匠又脏又累又危险。德绍气得把整桌饭碗掀翻在地，顾不得脸面，缩在地上捶胸顿足地哭骂起来："你这个不得好死的催债鬼呀，我跟你讲，处处日头都晒人，处处雨滴都打人！""好，好，我看你能做出什么名堂来！"

大虎"推不出去"，德绍就想来"推"二虎。德绍带着二虎替人家杀年猪，教他杀猪的基本要领和让主雇人家满意的细节要求。德绍已经 60 岁了，杀猪不光是去捅那么一刀，要分边、切肉、剖猪头、清猪杂，这些活考眼力、考手力、考腰力、考精力，他前两年就流露出不想再杀年猪的意思了，但为了带二虎，德绍不仅应承下河边村所有人家，还带着二虎去依山村帮一些人家杀年猪。

二虎学得很快，一个年终下来已掌握了其中的诀窍，一刀就能将猪杀死、刨猪汤滚烫程度、开边、拨边油、估重分块、剖猪头、砍猪脚、通猪肠、翻猪肚等，这些活儿，二虎都能干得很好、很漂亮，不像有的杀猪匠，捅几刀都杀不死，开边时把整条脊柱砍得稀巴烂，切肉时切得不成形状，大一块小一块，猪油拨得零零碎碎，猪肠猪肚么么弄不干净要么弄破了等，人家非常忌讳杀年猪杀成这个样子。

德绍让二虎跟他学杀猪，不是要让他在每年年终帮人家杀年猪赚那点刀手肉，而是要让他干贩生猪卖猪肉的营生。农村家家都喂猪，生猪价很低，只要你估重估得准，杀猪手艺好，到农村人家里将猪整头地沽来，杀了，将猪肉按等次切分开、猪头猪脚猪杂弄干净到市场上去卖，一定能挣钱。为此，德绍还特地到铁匠铺里为二虎订了一套崭新的杀猪刀具，在上市看了个摊位，到屠宰检疫点为二虎办理了贩生猪卖猪肉的手续。

德绍是清明时节的阳光，大虎是那个时节的冷雨，二虎和大虎一样，都不愿意让德绍快活灿烂。

二虎不仅不愿意干贩生猪卖猪肉的事，还说："那是既杀生又骗人的事，人家养一头猪多不容易呀，明明是三百斤你骗人家说二百八十斤，这种缺德的钱我不赚！""我和猪无冤无仇，干吗平白无故地捅死它，还要将它碎尸万段卖给人家去煮吃！"

德绍被二虎说得哑口无言，瘫坐在石门槛上，到后腰上摸了半天都没把旱烟筒取下来，好不容易取下来又摸不到旱烟丝和火引子，气得他把旱烟筒往门外一撂。竹根旱烟筒"啪"的一声打在水泥地上，蹦得老高，掉进了他几年前请砖匠砌的花坛里，滚到那棵栀子花脚下。

德绍一阵摇头叹气后，缓缓地从石门槛上站起身来，几乎泪流满面地走到栀子花前，想起送他栀子花的难友林书记已经退休了，慢慢地弯下腰捡起那截竹烟筒，用手在烟筒嘴上抹了抹后将其别回腰里，垂头丧气地去放鸭。

德绍给二虎指的路子，二虎看不上，可是愿干的人多的是。

依山村杀猪匠新华听说了德绍的点子后，禁不住拍腿叫绝，他当天就跑到上市去把那个摊位租了下来，又去办了相关手续，很快就把杀猪卖肉的生意干了起来。两年后，当一般人家为起两层木架结构的屋子而咬碎牙时，新华家却起了一栋三层楼的大屋子。

每当德绍到大路上或是新坑坳去放鸭时，他都要歪着头多看几眼新华家那栋又高又大的新屋，大虎二虎小时候夜里陪他一起去打鱼、守"鱼床"的情景浮现在他的眼前，把他晃得心神不宁。

那时的他，迫不及待地希望大虎二虎快点长大，而现在他却恨不得两个小子回到以前那个样子，再想到他曾经夸下的海口"儿子十个都不嫌多"，不禁为当初的狂妄无知感到羞愧不已。

老话讲，"养儿防老，积谷防饥。"人们信奉了千百年的老话，怎么到他姬德绍这里就一点都不灵验了呢，儿子变成了恶狠狠的"催债鬼"。

德绍在内心里不停地拷问自己，冥思苦想自己错在哪里？他也经常拷问老天爷，难道他这一辈子受的苦难还不够多吗，为什么小时候两个好端端的儿子，如今俨然变成了两个专门和他唱反调的家伙呢？

德绍绞尽脑汁也挖不出问题的根源，但继发家大儿子的结婚，让他确认了解决问题的出路，或是说摆脱两个催债鬼的办法，那就是尽快给他们讲亲，让他们成家过自己的生活。

人无压力轻飘飘，井无压力不出油；肩上没有担，走起路来晃晃荡荡。让他们成家过自己的生活，肯定是一条好路子。

村里像他们那么大的小伙子都已经成家了，德绍和兰香之前也多次考虑过这方面的事，但这两个家伙在外不成事、在家抬竹杠的形象让他们犯难，心想换作自己也不愿意把女儿嫁给这样"不成人"的人。

让大虎二虎娶亲成家，说起来容易做起来难。

另一方面，德绍和兰香的心里还有一点挑儿媳妇的心思。虽然大虎二虎经常和他们闹矛盾，但他们都认为自己的两个儿子并不是痴子呆子，两个都是初中毕业生，除了六旺那个"文革"期间的高中外，初中毕业在河边村已经是最高学历了。

再说他们两个的长相、体格也都是上好的，虽说赶不上志焰那样高大粗壮，但说五官端正、体格健壮是一点都不为过的，要力气有力气，能挑能扛在村里是数一数二的人物，要脑筋有脑筋，学什么都能学得快学得会。

因此，在给儿子讲亲这事上，德绍和兰香既怕被人家嫌弃伤了儿子的脸面、败了名声，又怕寻得不好亏待了自己的儿子。

在德绍着急给大虎二虎娶亲成家时，大虎二虎竟然突发奇想要筑新屋。

德绍家新屋老屋的楼下各两间厢房。德绍兰香住一间、大虎二虎各住一间、成英住一间，大虎二虎住新屋，德绍兰香和成英住老屋。成虎、林虎住在新屋楼上的一间仓房里，小虎不上学期间就和成虎林虎挤在一起。

大虎二虎感到家里住得太挤了，特别是那间老屋被制面机、粉丝机、年糕机、电动机、晒面架等"破烂"占得像个鬼屋一样。还有他们看到村里人家接二连三地起新屋，不甘落后，也想起新屋来"撑门面"争口气。

想筑新屋当然是好事，可是家里没有钱，要砖、要瓦、要柱子、要横梁、要木板，怎么办？

大虎二虎决定自己动手。他们先从烧砖烧瓦开始，决定将圳头畈一个废弃了五六年的旧砖窑修复好，那个窑的窑顶已经完全垮塌了，窑里长满了野草和荆棘。

那个砖窑是一位浙江佬建的，他在这里烧砖烧瓦卖，后来因为家庭变故而回老家了。浙江佬在这里烧砖烧瓦的那几年，经常请村里的年轻人帮忙，按天算工钱，大虎二虎时常在他那里打零工。

他们两个凭着记忆印象和"猜想"，居然很快就把这个窑修复了，要知道砌砖窑结窑顶对于砖匠来讲是非常难的活，可以说是砖匠技术皇冠上的红宝石。

把破旧的烂窑修复后，大虎二虎在圳头畈又忙活了几个月，果真烧出一窑青砖来。采泥、和泥、制砖坯、晒砖坯、装窑、烧窑、闭窑、出窑全是他们自己弄的。

一窑砖烧出来后，到了夏收夏种时节了，他们商量着暂停烧砖，等秋冬季天气凉点的农闲时节再继续烧，把田里的事忙完了后，趁热天去木坞山上准备起屋要用的木料，他们想热天把木料木板准备好经热天暴晒后，到秋冬季烧窑间隙再扛回家要轻得多，可以省很多力气。

整个热天只要田里的事不扯着，大虎二虎就早早地吃了早饭带上午饭，拿着斧子、锯子、刨子、镰刀等工具上山去，选料、砍树、截断、刨皮、锯板、码齐。

柱子用什么树、横梁用什么树、锯板用什么树，楼板要几分厚、厢房地板要几分厚、照壁板要几分厚、厢房壁板要几分厚、中堂门板要几分厚、大门板要几分厚、后门板要几分厚，全屋下来要多少根柱子、要多少根横梁、要多少方木板，他们一边琢磨，一边干，不知疲倦地忙到天黑才回家，有时还把成虎和林虎吆着一起去。

德绍在圳头畈放鸭时，去看过大虎二虎修复的砖窑，看到窑口方正规整、窑顶拱圆结实，他还爬上窑顶用力跺了几脚试试，没有任何响动。

后来，他又去看了看青砖，发现他们烧出来的青砖规规整整，没有开缝掉角，也没有弯翘断片，他一手拿一块敲了敲，听到"当当"的脆响，就像是在敲两块铁片一样。

八月底，他特地把鸭赶过龙水河、赶到木坞的田里去放，趁机到山上去看大虎二虎弄的那些木料木板，看到柱子和横梁剥了皮后，十几二十根一摞，码放得整整齐齐。木板锯得厚薄均匀、形状规整，根据不同用处垒放，每一摞都码成"井"字形，便于晾晒。

看到这些之后，德绍很满意，感觉两个小子的活比自己当年筑新屋到木坞砍木料来得讲究。他想多读点就是不一样，之前自己吃了那么多苦供他们读书终究还是值得的；只要两个小子用起心来，他们都是村里一等一的好坯子，他们完全有本事干出一等一的好活儿来。

大虎二虎的行动，让全村人都以为这两个好汉终于"开窍"了，德绍和兰香的心里好像也云开雾散了。

兰香每天早早地起床，把早饭和午饭一齐做好，每天煮几个鸡蛋用个布袋装起来，好让他们带到山上去吃，中秋节还特地杀了两只鸡清蒸起来给他们一人吃一只。

村里很多人看到德绍便夸道："绍呢，还是生儿子不假呀，你看你家这两个大小真不错，再过几年那三个小的都得力了，就不得了喽""绍呢，不要看他们以前和你吱吱巴巴地吵，那是不懂事，你看，懂事了就不一样喽""我看你以前的苦没有白吃，生儿子就是这样，少不了吵，等到长大了，知道要了，就好了""咦，这下你要享福喽，马上要有新屋子住喽"。

德绍听了心里美滋滋的，却不表露出来："我是昏了头才生了这些催债鬼。""你给我戴高帽哟，我看他们还是那个样子，坚持不了几天。""哼，我倒想看看这些不成气候的东西能弄出个什么名堂来。""住新屋，我这两把老骨头没有那个福气。"

德绍想不到他口是心非的回答却一语成谶。秋末，在上市粮站卖完余粮后，大虎从粮站出来拐到村委会去批屋基。工作人员告诉他："你家欠信用社的贷款没还清，不能批屋基。"

"什么呀？这是什么规定哟？听都没听到讲过，你是不是弄错了？"大虎大吃一惊地叫道。

"我们接到的通知就是这样的。"那位工作人员坐在椅子上斜着眼瞟了他一下后，冷冷地回答道。

"以前乡里还赖着我家老子贷款呢，一个劲地催他贷款起厂房，到你这里怎么就反着来呢？"大虎无法接受工作人员的话。

"你也知道那是以前！"那位工作人员向大虎强调道。

大虎闷头闷脑地回到了家，之前一直鼓着的劲一下子就泄了，没有再去烧砖烧瓦了，那些码在木坞深山里的木料木板也懒得去搬运回家。

第二年年初，乡里在海南三亚的一个农村里租了50亩试验田，计划培育杂交谷种，公告要招10个年轻小伙去种试验田。大虎去报了名并且被选上。

10个年轻人，在乡里两名带队干部的带领下租住在三户农民家里，耕种那 50 亩试验田。

大虎在三亚待了大半年，回来的时候用所有的工钱买了台双卡录音机和一大堆磁带。之前村里已经有很多人家买了录音机，最先买的人家买的是单卡录音机，后来买的人家都买双卡录音机，而德绍家还是靠那台破凯歌电视机撑门面。

大虎买来的这台录音机是村里最大最好的录音机，功能也比人家的多，有收音、录音和内录等功能。他买来的磁带里的歌，无论是流行歌曲，还是民族歌曲，都是河边村里最好听的，于是村里经常有人拿磁带来找大虎录歌。

虽然大虎一分钱都没带回来，不过乡里的人倒是夸他很能干，说这次育种他是表现最好的，无论是种田，还是和当地村民协调商量事情以及搞联欢活动等，他都做得很好。可见，只要大虎认真起来他是可以种好田地的，也能将家里水田的亩产量提高上去的，可是他从海南回来后心思更加不在田地上。

大白天全村劳力都在田地里弯腰埋头地挖刨着，他把录音机的声音开得老大，躺在家里凉凉的竹床上，听歌、学歌。

大虎既学唱流行歌曲，也学唱民族歌曲，《一无所有》《黄土高坡》《冬天里的一把火》《大约在冬季》《信天游》《走西口》等，他都能很有情感地唱来。《刘三姐》他不会唱，但那两盒磁带他听得最多。

汉城奥运会的比赛直播他也不愿错过。看完举重比赛过后，大虎突发奇想，要做一副杠铃。他花了几天的时间，弄来几个很大的樟树墩放在家门口的菜园里，再找来一根钢管，在钢管的两头各串一个樟树墩，早晚间都要到菜地里去练几下抓举、练几下挺举。

他还把村里的同龄人硬拉来比赛一番，经过多番比赛过后，二虎被公认为全村力气最大的小伙子。

每天晚上，大虎都要开收音机听新闻评论、听评书，单田芳的评书《隋唐演义》，他一集不漏地听完了。

除了有这些异于河边村常人的行为表现外，大虎从海南回来后开始往外写信、寄信，过个把星期就要骑自行车去一趟上市邮政所，把写的信寄出去，把寄给他的信拿回来关起厢房门一个人在里面看。

那些烧好的青砖、弄好的木料和木板，早就被他抛到九霄云外去了。村里有人家筑新屋差几根木料、差几方木板、差几十甚至一两百块砖，都去找他借："大虎，差几块砖，来不及去买了，你借我用一下，过几天买来还你。""老虎，你还信不过我实，我到时还你，直接给你搬到家门口来。""虎哥，临时发现还差几根横条，现在再去砍那些生树来又不能用，向你借一下，我记着账，等你筑新屋我砍来还你。""虎爷，你放心，我要不了多久就还你。"

向大虎借东西的人，摸得着他的脾气，顺着他的性子，喊他"大虎"，有的甚至喊他"老虎""虎哥""虎爷"。对这些来借东西的人，大虎通通非常愉快地答应他们。说借其实也就是说一声而已，有的甚至连说都不说就去搬来用，反正大虎二虎既不去看也不去管。那些借出去的砖、木料和木板，不管是真心借的，还是假意借的，最后的结果都一样，老虎借猪、有借无还。

每每看到这些、想到这些，德绍和兰香的心里如翻江倒海，却又有苦难言，只能忍了又忍，有时话都到嘴边了，迫不得已咬破舌头往肚里吞，他们都怕自己的话又引来一阵"家庭风暴"。自将尽快为大虎二虎讲亲定为家庭主要任务后，德绍和兰香尽量小心谨慎、最大限度地不言语，以免又引来"对台戏"，影响家庭和大虎二虎的形象。

兰香更加不顾身体的承受能力，又多养了几头猪，已经五十好几了，却又过回了生产队时期的日子，起早贪黑地下地干活，种萝卜、种红薯、种南瓜、种冬瓜、种芥菜，为了把这些种得更好以便可以喂更多的猪，她常常自己挑粪桶、挑尿桶去菜地里施肥浇灌。即便是这样还是不够栏里的猪吃，她还要带着成英到处去打猪草，或是到龙水河里去采捞水草来给猪吃。半夜里，一家人都睡下了，还能听到兰香"咔嚓咔嚓"地为猪崽宰猪食的声音，宰一会儿刀口不快了，就在水缸沿上"吱吱"地抹几下，接着又"咔嚓咔嚓"地宰起来。在与村人接触时兰香比以往更加放低姿态，待人更加热情，遇事比以前更加隐忍退让，她要向人树立一个好婆婆的形象，同时还要想方设法地向人家打听，多了解掌握一些周边村里女孩子的信息，遇到有觉得合适的，并似真半真地央人帮忙问一下。

第十二章

阔嘴旺的身体突然不行了。

他躲"抓壮丁"时从"十八跳"上摔下山崖落下的腰腿老伤，在前两年就开始经常发作疼痛了。不过他这个人犟得很，不管莲枝和家宝家红怎么劝，他都不愿意去看医师，就算家宝把医师请到家里来了，他也还是不让医师看。他说："唉唉，我一辈子都没打过针吃过药，唉，活了这么大岁数够了，唉唉，死了就算了，唉，何苦到老了还要来弄这些呢？"

阔嘴旺宁可病死疼死都不愿意看医师，结果老伤发作得越来越频繁，身体也越来越弱了，为此他不得不辞去了村主任一职。村里经过民主投票，六旺被选为村主任，终于得偿所愿。继发以 5 票之差落败，他比阔嘴旺小 7 岁，比六旺大 10 岁。选举结果出来后的第二天一早，在龙水河埠沿边召开的新闻评论会上，大多数评论员都认定继发将彻底地退出河边村的政治舞台。

村里选举结束没多久，阔嘴旺突然说眼睛痛得厉害，一蹦一蹦地胀痛。莲枝让家宝骑自行车去上市把何医师请来，不过阔嘴旺照样不让何医师看，粗声粗气地骂道："唉唉，看什么呀？唉，吃吃那些气力没地方出了吗？""唉唉，去寻医师来做什么？唉唉，让我死了不是更好。"何医师根据莲枝的描述，说阔嘴旺可能得了青光眼病，让家宝跟他去上市拿了几包药来，不过阔嘴旺连一粒都不吃。端午节没过多久，阔嘴旺的身体明显地越来越不行了，高高大大的身体，瘦得没个人形，由于视力下降得太猛看不清路，走起路来连步子都迈不开，只能小步小步地探。

六旺当了村主任以后，村里有什么事情都到他家去解决，阔嘴旺家一下子冷清了下来。自阔嘴旺的眼睛发病后，莲枝再也没有在早上对阔嘴旺大声地叫骂了，不过村里好像没人注意到这些变化。平日里，从早到晚各家只顾忙各家的事，盘算着各自的家庭生活之计；遇有问题了，大家很习惯地抬起脚往六旺家走。

阔嘴旺从小失去了父母，但被抱养到了河边村成了人家的独苗；他跟着养父躲过了抓"战丁"，却意外地摔下了山崖，性命无碍但落下了病根；他娶到了一位身体健康、精明能干的媳妇，不过也招来了每天必不可少的对他的大声叫骂；他当上了河边村的第一任生产队队长和第一任村主任，可是到头来家里一样冷冷清清的，自己也疾病缠身、寸步难行……

老天爷对不同的人的命运安排，天差地别，有的一顺百顺，有的厄运连连，有的峰回路转，有的急转直下。还有的悲喜交加、跌宕起伏、变幻莫测，上一秒让你欲哭无泪，转过身来下一秒钟就能让你破涕为笑。还有的像在与你玩猫抓老鼠的游戏，你已被他抓住后，他要将你置于股掌之间玩弄一番，直到他觉得没有什么花样可玩时，他才会将你撕咬吞下。

在命运玩弄你的过程中，你可能会有片刻间的轻松，如果你因此而觉得否极泰来话的，那将大错特错，这片刻间多半是它在酝酿下一步如何玩弄你的乐章。

自被"踩竹杠"之后，德绍的左腿便经常会发痛，天气变化之际尤为突出，中医西医都看过，都不奏效，在没有办法的情况下，他就喝点烧酒来缓解疼痛，时间长了，并养成了每天都要喝点酒的习惯。这些年来，开制面厂和年糕粉丝厂欠了一屁股的债、养鱼遭"翻塘"、养鸡遭鸡瘟，可谓诸事不顺，再加上大虎二虎的不成器，他一端起酒杯来就忍不住要多喝几杯，有时早上一起床就感到心烦意乱，并要斟一两杯来倒进肚里后才会觉得好受一些。他喝的是从人家打来的谷酒，这种酒的酿法估计与他家祖上酿酒的方法相同，酒价低廉，但酒性刚烈。久而久之，酒精对他身体的作用经过日积月累，终于在兰香的大哥起新屋上栋梁那天厚积薄发地显现出来了。

新屋上栋梁要摆酒，德绍去喝喜酒，腊月里天气本来就很冷，外加那天是个阴雨天，在解痛、御寒双重目的的驱动下，德绍下酒下得很快。同桌的人看他愿喝，并顺势多劝了几杯："姑夫呢，你喝得的，来，再喝一杯。""姑夫呢，你家祖上是酿酒的，哪有酿酒喝酒不凶的呢，来，我们再喝一杯。"德绍经不住劝，人家劝两句，他就喝一杯。下午6点多钟酒宴结束，德绍信奉金窝银窝不如自家狗窝的信条，不是迫不得已的情况下，他不会在别人家里住宿。腊月的婺源，下午6点多天已经黑断了，德绍喝了一肚子的酒，顶着寒风和细雨匆匆行走在崎岖泥泞的山路上，从壶山村回家要经过一段山路到上市，再从上市经由龙头湾村回家。

快8点钟德绍才到家，他走得一身大汗淋漓，到家后他一屁股坐在烧锅凳上，一边烤火一边抽旱烟。一锅烟没抽完，就摔倒在炉灶口，口吐白沫，四肢抽搐。兰香被吓得哭爹喊娘，还好连英保持头脑清醒，赶忙安排锦旺、鄱阳佬和大虎二虎把德绍抬到上市卫生院。

上市卫生院值班医生初步查看了一下，就联系了救护车把他送到了县医院。县医院值班医师看了之后说德绍得了脑溢血中风，安排住院治疗，经过县医院的一番救治后，德绍虽然保住了性命，但身体左侧偏瘫了。

德绍昏迷了一天一夜后才醒过来。他睁开眼睛看到兰香建英连英锦旺鄱阳佬大虎二虎成虎林虎小虎一家大小眼泪汪汪地围坐在他的身边，惊奇地问道："你们围着我干什么？"可是他马上就发现不对劲，嘴巴好像不利索，耳朵里听到的是咿咿呜呜的一串，完全不是他想要说的，比阔嘴旺说话还含混不清。

"怎么回事啊？"他紧张地大声喊道，"我怎么啦？"同时手脚用力想坐起来。他听到的仍然是咿咿呜呜的声音，并且根本坐不起来，他的左半边完全不听使唤、无法支配。

他急得大喊大叫，手抓脚蹬，以为自己是在梦里，他拼命地挣扎着，想让自己快点醒来摆脱这可怕的梦境。他发现无论自己怎么挣扎都没用，难道自己已经死了，他们是来给自己送终的。

兰香赶紧扑过来，抓住他的手脚不让他挣扎，"醒过来了，谢天谢地，醒过来了！"哭着说，"快点，别擘动啦！"

"我这是怎么啦？"德绍咿咿呜呜地叫着问兰香，"我是死了还是活着？"

"你这个鬼呀，一家人都被你吓死了！"兰香忍不住又哭起来，"你没死，你看呀，一家大小都在这里，你怎么能就这样丢下给我呢？"

连英看到德绍醒了，赶紧把医生喊来。医生让德绍不要紧张、不要擘动，并告诉他，他得了脑溢血中风偏瘫了。

德绍疯了似的大喊大叫着咿咿呜呜地问医生："我得了什么病？这个样子像什么话？我下半辈就这样瘫着怎么得了？"医生耐心地跟他解释，他流着眼泪鼻涕认真地听着。最后医生告诉他，只要相信自己、坚持锻炼，他还是可以下地走路的，只是走起路来一瘸一拐的，生活基本可以自理，但已完全丧失了劳动力。

"你的意思是我这个病看不好了，是吗？"德绍听完后，止住眼泪，可怜巴巴地问医生。

"是的，能够控制住不让它再次发作就很好了。"医生告诉他。

"那还看什么？我要出院！"德绍说着就想从病床上弹起来下地回家。可是他忘记了，他身体的一半已经不由他做主了，只见他的身体在病床上扭动了一下，根本起不来，他气愤地用右手在病床上重重地拍了一下。

医生看到后，对他说："咦，你要注意喽，以后起床要慢慢地侧过身来，先把脚放下地，再用这只手撑着坐起来，再下床。还有千万不能再喝酒，也不要发火发脾气，要不然再发作的话就麻烦了，会有生命危险的！"

德绍无奈地躺在床上，两眼直直地看着天花板，他无法接受自己半身瘫痪的事实。以前自己腿脚灵便的样子一幕幕地浮现在他眼前，上山砍柴、下河游泳、赶牛犁田、撒网打鱼、走20多里去县里开会……

虽然自己的力份不是很大，但自己样样都不落人后。现在可好了，瘫在床上成了个废人，吃饭上东司都要人服侍，这可怎么办呢？还不如死了算了！再想到自己参加土改工作队时意气风发的样子、到南昌当工人时穿着一身工作服很洋气的样子、开办专业户夹着"上海包"到乡里组里开会那副派头的样子，还有上台发言时侃侃而谈的样子，当然他还想到了两次被冤枉地抓起来遭批斗毒打时的样子、被割"资本主义尾巴"和一家人一年的心血被人家吞了时的情景……

他的鼻涕眼泪又止不住地往外流，他不知道自己这辈子为什么会这么命苦，老天爷为什么要这样残忍地玩弄他，害他吃了苦跌了鼓不算，最后还要让他落得如此下场，让他生不如死。

德绍想到了死，不禁想起了自己的父母亲志焰和文珍，想到了自己小的时候，想到了那个三代单传的家，又想到现在已经有一大家子人了，断后的问题解决了。可是光人多有什么用呢？关键是要成器呀！不成器，一个个的像催债鬼一样，再多也没有用！一想到这里，他的念头马上就转变了。

他告诉自己：不行！我的任务还没完成呢，还有一大家子人要牵带，现在还不能死！

他转过头来咿咿呜呜地对兰香说："你去把那个医师寻来，让他帮我开出院！"

"出什么院？刚刚人家医师跟你讲得清清楚楚的。你没听到吗？"兰香问道。

"医师呀！医师哎！"德绍见兰香不愿意去找医生，干脆自己扯着嗓门叽里呱啦地大喊叫起来，"我要出院！我要出院！"

医生犟不过德绍，第四天为他开了出院。德绍到了家里后，一刻也不愿意躺在床上，挣扎着滚下地，让兰香给他搬来一张长凳，他扶着长凳站起来，弯着腰跌跌撞撞地从凳头拐到凳尾、从凳尾拐到凳头，这样反复来回地学走路。经过两天的练习，他终于学会了在左边手脚不听使唤的情况下，摸着东西走路。

这两天里，他跌倒了又爬起来、跌倒了又爬起来，几乎一刻不停地练习着，左边的腿脚、臂膀、手臂、脸颊都被摔得青一块紫一块的，他不愿意放弃，反正也不知道疼痛，只不过每摔一跤就骂一句："跌死算了！""跌死了更好！"

第三天，他让兰香给他找来一根木棍当拐杖，在堂前转着圈子练习拄拐走路。兰香想来扶他，他一点都不领情地骂道："站一边去！你吃吃没事做了吗？"

兰香去扶他几次都被他摔开了，只好眼泪哗哗地看着他。"又不是鬼寻着你了，有什么好看的？想看我的笑话吗？"德绍看了兰香一眼接着骂道，"还不去做你的事，你没事做了吗？"兰香只好退回了家背。

兰香到家背还没站稳，就听到"啪"的一声，赶紧跑回堂前来，看到德绍摔倒在地上，那根小棍滚出去老远。兰香一边弯下去扶他，一边说："你呀，这么犟做什么呀？慢慢来嘛，医师讲过的，你跌不得的呀！"德绍趴在地上，没有接她的话，也不要她扶，指着那根小木棍说："帮我捡过来。"

德绍终于重新学会了走路，也学会了说话、吃饭和上东司。这些天来，他从厢房里摔到堂前、从堂前摔到门前的水泥地上，他摔跤次数，比小时候学走路时摔跤的次数还要多，摔得比小时候还要痛、还要惨！但德绍不愿意去计较这些，从可以丢了小木棍走路那天起，就挣扎着出门去放鸭。他别一张小凳子在右腰眼处，抬根竹梢在右肩，一瘸一拐地跟在一群鸭后面，时不时地用右手将右肩上的竹梢取下来挥赶一下离群的鸭，歪着嘴巴"哦唏哦唏"地呼赶一两声。有时连左脚上的鞋子掉了，他都不知道，在一片乱糟糟的鸭脚印后面，留下弯弯曲曲的两溜歪歪斜斜的脚印，一溜解放鞋底印，一溜脚掌印。

很快德绍得了脑溢血偏瘫的消息就传遍了周边乡村，过了两个多月，上市信用社的人就来他家催债了。对于信用社的催债，德绍使出"拖字诀"，他的说辞大致有：一是这钱我当初根本不想贷，是你们赖着我贷的；二是贷下来的钱我一分都没有乱用，全部用在了当初的规划上，而且我还节约下了盖厂房的钱，节约下来的钱，我已经还了；三是家里确实没钱，一有钱马上就还。

信用社的人说：一是贷款是你自愿地主动地向信用社申请的，有白纸黑字为据，国家怎么可能"赖"着你贷款呢？二是钱虽然是花在了所谓的"规划"上了，但那是你自己的"规划"，规划不好亏了本，那是你自己的事，不过欠国家的贷款是必须还的；三是制面厂年糕粉丝厂虽然倒闭了但你家还种着田地茶山、养着猪养着鸭养着鸡养着鱼，家里还有经济收入，必须把这些钱拿来还贷款。

德绍对信用社的人说：白纸黑字那是不错，但当时乡里县里让我贷款开厂那是千真万确的，我一点都没有撒谎，要不是他们让我贷款开厂，我就养鸡养鸭养猪养鱼，日子现在好过得很，哪里会有这些"阎王债"，我没有去找他们就算账好了。我家里有收入是不错的，但我这么一大家人也要生活呀，不能让我全家人光屁股饿肚子，你们看看我两个大儿子到现在都还没结婚，小的还在读书。再说了，我现在是一个瘫子，好死不死的，时不时地还要花钱看病，真的拿不出钱来。德绍和大虎二虎吵架占不到上风，但和信用社的人"摆事实讲道理"却丝毫不落下风。

信用社的人其实也知道德绍家的情况，但是催债的任务又不能不完成，所以说：既然你说是乡里县里的人让你贷款办厂，那你去找他们，让乡里县里给我们信用社下文件，否则我们只能根据贷款合同找你。欠账还钱那是天经地义的事，家家都有困难，不可能因为有困难就可以不还钱，那国家怎么办？

德绍说：你们以为我是痴的吗？当时县里乡里的人退的退了、调的调了，我到哪里去找他们去呀？就算找到他们，他们说的话还算数吗？你们还买账吗？但是你们信用社主任是知道的，那时候他没少来我家，县里乡里来人他经常都在一起的。再说了，我也没说不还，但现在确实是没有钱，一有钱我就还。上市的乡长书记已经换了好几任了，和德绍有患难之交的县委林书记早就退休了。

还好信用社催债毕竟不像抓计划生育那样急，才得以让德绍的"拖字诀"有发挥作用的余地。

信用社的人跑了几趟后，不愿再跑这种"冤枉路"了，而是等德绍家有猪出栏、卖了谷子或是其他有收入进账时再来。德绍也知道全凭"拖字诀"，一点都不还肯定是不行的，于是当实在拗不过时，就还一点。有些钱虽然还没进来，但早就被"盯"上了，比如，小虎的学费、买猪崽时赊的账、预备给家人做的过年衣裳等，这些钱只不过是在家里"过下手"而已，对于这些钱德绍只能死死地顶住信用社人的"攻击"，并适时地以攻为守："要不你们去起诉我，把我抓去坐牢""要不你们把我家封了抵债""要不你把我的屋拆了"……信用社的人也知道，走法律程序不是一时半会儿能解决的，封家、拆屋肯定行不通，只好先放一放。

举步维艰的阔嘴旺没能迈过年坎，就被老天爷划到了阎王爷的账下。莲枝主事，带着家宝家红，风光体面地把阔嘴旺送上了山，村里海富、六旺、四斤、金芽还有兰香等人都来给他家帮忙。阔嘴旺的墓地选在了森头坞一个朝向木坞的山坡上，隔着圳头畈的田原和龙水河与木坞那边他的养父的坟遥相对望。

过年期间，有一些外出打工挣钱的消息在河边村流传开来。有关于温州方向的、有关于广州方向的、有关于杭州方面的；有做衣裳的、有做皮鞋的、有做玩具的、有做钣金的，等等。从正月里出去到回家过年，有带回来千把块钱的、有带回来两三千的，甚至有带回来万把块钱的。正月初三，上市村里一个头年在北京打工做衣裳的女孩子来到河边村，挨家挨户地问有没有女孩子愿意跟她一起去北京打工。

她头年回来过年的时候已经和厂里说好了的，帮厂里招一个人，厂里给她50块钱。全村问遍了共三个女孩子报了名，莲枝的女儿家红、继发的小女儿开枝和德绍家的成英，她们三人经常一起放牛、砍柴、打杨梅、捡栲珠。三个没有出过门的女孩子成了新时期河边村第一批出去打工的人，她们正月初六出发，经湖北襄樊转车去到北京帮人家做衣裳，成英没有盘缠路费，向家红和开枝一人借100块，说好等厂里发工资就还她们。到了厂里以后，她们的身份证就被"集中保管"了，每天要工作十五六小时，除了坐在位置上踩缝纫机、躺在床上睡觉和吃饭上厕所外，几乎没有任何自由的时间，200块钱一个月，平时只给点零用钱，到年底时再结账付工资。说是厂，其实是一个帮真正的厂代工做衣裳的小作坊。

家红、开枝、成英她们三个人出发后，一直没有音讯传回村，三家人的心里都不踏实，到了二月二家家都炒粽子吃时，莲枝一口都吃不下，泪眼汪汪地从德绍家新屋的后门进来找兰香，她已经很多年没有进过德绍家的门了。

莲枝进门后对正在锅沿头忙的兰香嚷道："兰香呢，你这个鬼呀，你真禁得住呀，一个活生生的人出去个把月了，一点音讯都没有，你一点都不急，像没事一样，心真恶呀！"

"莲枝啊莲枝啊，你是不知道我的苦呀，都是自己身上掉下来的肉，能不急吗？可是谁知道她们到哪边海哪个国里去了，我能有什么办法呢？哪天不在心里打鼓呀？"兰香何尝不是为成英的事成天心急如焚呢。

"我们到上市去问，先把那个来招人的人家找到，问她家要人！"莲枝说。

"那还不好，走，我和你去！"兰香撂下洗碗布，跟着莲枝一起出了家门。

"我们要不要约一下她？"刚出门口没两步，莲枝问兰香。

"要哟，多一个人去总要好点。"兰香说。

"我也是这样讲，你去约她，我回去换双鞋，然后到村口等你们。"莲枝对兰香说。

"那我就去约下她。"兰香答应了一声就去约继发的媳妇接娣。

莲枝、兰香、接娣三个人在村口会合后"噔噔"地去上市，挨家挨户地问，问了大半天才问到了那户人家。那家人对她们说：她女儿跟他们说北京的厂里忙得很，也管得死得很，难得有空闲写信寄信；她家女儿头年去打工，他们直到端午节左右才收到一封信，全年也只有那一封信；答应只要他们有消息了就搭个口信到河边村，让她们放心。

虽然没有问到自己女儿的确切消息，但至少可以证明来村里招工的人不是人贩子，莲枝、兰香、接娣三个人的心里稍稍平复了一些。她们回到村里后，一边提心吊胆地忙着，一边焦急地等待着端午节的到来。

举步维艰的阔嘴旺走了，一了百了，和他住得前后门相对的德绍还在一瘸一拐地画着他的人生轨迹。脑溢血偏瘫了之后，德绍对大虎二虎的婚事越发操心焦急，他想自己的日子不多了，以后的日子每天都要格外珍惜地过，他要争分夺秒地完成他的任务。他不能接受在自己入土时，他的孩子都还没有开窍自立，还是催债鬼的样子，那样的话，还不如一个都不生呢。

德绍和兰香想了又想、合计了又合计，他们想大虎二虎都是村里的大龄青年，村里比他们小两三岁的都已经结婚了，虽然大虎脾气比二虎要坏一些，但还是要按顺序来安排，先给大虎讲亲，再给二虎讲亲，万事开头难，只要大虎的亲事定下了，二虎的亲事就要好办得多。德绍还对兰香说，为大虎讲亲的事一定要三思而行，务必一击就中，否则就麻烦了，连二虎的亲事也要受影响。

二月中旬，德绍终于拿定了主意，好声好气地征求大虎的意见。"我的老婆不要你们讲，都什么年代了，还来这一套！"大虎丢了一句给德绍后，就进了厢房。

德绍对大虎的反应始料不及，整个人僵在那里不知所措，那只不听使唤的左手悬着时不时地抖动一下，仿佛抽搐一般，过了好大一阵他才缓过劲来，一瘸一拐地出门去放鸭。

过了几天后的一个晚上，兰香突然问德绍："唉，这下不晓得怎么办了？"

"什么怎么办？没头没脑的。"德绍被兰香问得莫名其妙。

"我今天去给大小洗被窝，在他的枕头底下看到一张女孩子的照片，怪不得他不要我们给他讲亲了。"兰香说。

"女孩子的照片？"德绍问道，"是哪一个？你认得不？"

"我到哪里去认得哟，个子不高，皮肤黑黑的，瘦瘦的。"兰香说。

"一张单人照吗？"德绍追着问，"照片上还有其他人吗？"

"没有，就是一张单人照，背着手，站在海边。"兰香说道。

"海边，难不成是海南的。"德绍说，"天远地远的，他有那个本事把人家想来不哟？"

"海南？天远地远的，怎么要得哟？"兰香担心地说。

"怎么要得？我看你也是发痴了哟！只要他有这个本事把人家娶

来，怎么要不得！”德绍看了兰香一眼接着说，"哼，就怕事不成，就麻烦了，唉！"

兰香听德绍这么一说，一夜都没睡好。天还没亮，兰香就把德绍叫醒了，说："这样吊着要不得，他本身就年纪大了，谁知道是个什么结果？他这样拖着一天天地不务正业，这个家还有格呀？"

"哼！现在知道厉害了吧，这些催债鬼有哪一个会让我们轻松呢？我反正已经死了一半了，这一半也拖不了多久了，到时一了百了！你呀，我跟你说，有让你受的！"德绍气哼哼地对兰香说道。他上半夜也没睡着，好不容易才睡着一会儿，又被兰香叫醒了。

"你这个不得好死的东西，当初是哪个非要生这么多的？我不知道头岁作了什么孽，让我这辈子命这么苦。唉，早知道是这样，变猪变狗还好一些。"兰香说完穿衣裳起床去忙活。不说别的，家里八口人，栏里十几头猪，都要靠她的一双手去忙吃的，只要她醒着就得不停歇地做。

端午节前两天，莲枝收到了女儿家红的来信。信是由家红写给莲枝收的，不过从内容上判断，应该是三个女孩共同写给三家人收的。信的内容很短，概括起来就是一句话：她们在北京一家厂里打工，包吃住，200块钱一个月，老板说要等到小年左右才放假让她们回家，请大人们放心。收到这封信后，三家人心里的石头终于落下了地。

兰香的心里放下了成英这一头，关于大虎亲事的那一头却越悬越重、越悬越高，她的手脚做得比以前累多了，她的心脑隐忍盘算得比以前更苦了。自她看到那张照片后，她身心紧张日胜一日，随时都想找个人来哭诉一通，可是能找谁呢？她随时都想把大虎找来骂一通、打一顿，可是她知道既骂不得、打不得，也骂不赢、打不赢，只能日复一日地忍着绷着熬着。那天大虎又是睡到老晚起床，到龙水河里去刷牙洗脸后，饭也不吃就准备骑自行车出门去。

兰香禁不住追到门口喊道："小呢，你饭都不吃又要到哪里去呀？"

大虎回过头来看了兰香一眼，惊讶地说："喉咙老大地叫什么呀？我到上市去一趟。"

"小呢，你呀真不懂事呀，你是要把你老子母都逼死吗？"兰香几乎哭了出来。

"什么事呀？发什么神经？"大虎不明白兰香为什么会有这么大的反应。

"小呢呀小呢呀，你呀都这么大了，怎么还这么不识数呀？"兰香再也忍不住了，把长期憋在心里的话都哭诉了出来，"小呢，我和你老子吃了多少苦才把你们盘大，不知道是头岁作了大孽还是怎么的，你们长大了却还不如小时候懂人情。你难道一点都不想想吗？像这样生活怎么过得下去呀？我和你老子的日子还有多少呀？到时候，我们两脚一撑都进了黄土坑，你们都能在世上站得住脚不？这个家是不是要散了？你是老大呀，怎么能像永远都睡不醒一样呢？"

"你一朝老早发什么痴呀？"大虎没想到兰香会啰啰唆唆地哭诉这么一大堆，生气地问了兰香一句之后，继续往外推自行车。

"小呢，算我求求你了，你老大不小了，不能再这样稀里糊涂地不成人了呀，你脚底下还有弟佬女妹，都要靠你牵带呢，那些没有结果的冤枉事你不能再去做啦！"兰香一把抓住自行车后座不放，继续哭诉道，"你也不想想，像这样下去这个家还能拖多久？把家拖垮了，你们兄弟一个个都像瘟皮蛇一样，没有一点出息，将来怎样抬头见人呀？"

"是不是鬼寻着你了，吵死，吵什么？快点放开喽！"大虎对兰香吼道，用力地把自行车往外推。

"今日我无论如何都不许你去，小呢，天远地远的，没有结果的，趁早放手算了，我求求你了！"兰香死死地拉着自行车后座不放。

大虎没有办法，只好丢了自行车。自行车"哐当"一声摔在地上，兰香也随着自行车往后跌出去几步，差点没摔倒。大虎听到声音头也不回地朝外走。兰香本想继续追出门去，但又怕引来村人看热闹，把抬起的脚步缩了回来，扶起自行车，默默地走到烧锅凳前坐下来，鼻涕眼泪止不住地往下流。

个把月过后的一天早上，大虎还是睡得老晚才起床，一边拿牙膏牙刷毛巾，一边对兰香甩了一句："只要你去讲得来就行！"

德绍请依山村共一房头上下来的老媒人出面到新村一户石匠家里为大虎提亲。

媒人带着建英连英，提着兰香准备好的糖果糕点出发了，德绍和兰香在家里忐忑不安地等着，德绍的旱烟一锅接一锅地抽个不停；兰香一会儿到堂前转转、一会儿到厨房走走，一会儿到大门口看看、一会儿到后门口看看。

大虎二虎不痴不傻，有长相有体格，虽然经常和他父亲唱"对台戏"、吵吵闹闹的，但那是因为他们没有担到担子，只要有担子压在肩上，他们自然会收了晃荡的心性，就能立起一个家，这一点很多人家是看明白了的。晚上快9点多钟，建英连英回来了，说人家收下了糖果糕点，媒人在经过依山村时直接回家了。

德绍听了后，没有说话，收了旱烟筒一瘸一拐地到老屋的厢房里去睡觉了，兰香说一句："这下就好了！"就"咔嚓咔嚓"地给猪崽宰食，她宰得更加用力、更加起劲。

第二天早上，大虎起得很早，把屉桌里的信和枕头底下的照片全部拿了出来，丢进锅灶里烧了。照片中的那个女孩是大虎他们租种试验田所在村村主任的女儿，黎族人，她和大虎都彼此中意，但村主任不同意，不管大虎去三亚生活，还是女儿嫁来内地，他都不同意。

德绍偏瘫以后，老天爷在得意扬扬地欣赏自己的杰作之余，还时不时地发点功，德绍也就间间断断地再发生脑溢血，有的轻有的重。轻的时候，突地倒在地上一阵口吐白沫四肢抽搐后就完了；重的时候，则要送到医院里打针输液住几天才能出院。德绍不可能长时间住院治疗，只要还活着，他就不能允许自己躺在床上，他要抓紧点滴时间去完成那些未尽的事。病情稍微一稳定，他就嚷着要求开药回家，如果要打针输液的话，就请龙头湾村的赤脚医生来帮忙，给赤脚医生一点出诊费就行，这样既省钱也省事。

后来，脑溢血发作只要不是很严重，德绍干脆不去医院，直接请赤脚医生来看，反正他对医院用的药也基本知道了。

再后来，连赤脚医生也不愿意跑了，对德绍说："打针其实很简单，你喊个儿子过来，我教他。"德绍让成虎跟他学。赤脚医生把打针的前后程序和要求向成虎说了一遍，指导着成虎在德绍的屁股上注射了一针，留下一套注射器，并交代每次用前要在开水里煮几分钟消毒。第二天第三天他都来指导了成虎，之后就再也不来了，全由成虎自己操作。此后，赤脚医生只在德绍发病的头一两天来看一下，把药开好后，跟成虎交代一下这些药怎么配就行了。

脑溢血每发作一次，德绍就觉得他离鬼门关又近了一段，越发觉得自己除了生养了一班孩子、欠了一屁股债外，完全一事无成，于是更加不顾自己的身体，只要能扭得动，他就早早地抬着竹梢一瘸一拐地出门去放鸭。他的行为，很容易被老天爷理解为不知收敛地对其进行挑衅，仿佛在对老天爷说，有本事就让暴风来得再猛烈些吧！老天爷很快就成全了他的"心愿"，它指使龙王发来洪水。

早饭时分洪水漫过鱼塘坝，头年冬天投放的鱼苗经过半年饲养，都跑了个精光，鱼苗成本和半年的饲养打了水漂。

快到晚饭时分，洪水冲垮了德绍家大门前分隔水泥地和菜园的那段院墙，家里进了1米多深的水，村里各家都搬到楼上去住了。

夜里10点钟左右，德绍家的余屋被冲倒了。德绍起那个余屋时四周是用半砖半泥坯垒的墙，再在泥坯墙上支木架屋棚盖瓦，没有像建正屋那样打墙基，也没有用柱子。这种半砖半泥坯的墙经洪水冲泡一段时间就散了，木架屋棚连同瓦片"轰隆"一声整个地垮塌下来，紧接着发出"嘭嘭"的声响，瞬间下落的木架屋棚砸在了水泥猪栏上被撑住了。还好猪栏是用水泥和砖块砌成的，耐水泡能承重，没有直接砸下来将砸猪死，虽然随后"哗啦哗啦"地往下掉瓦片，这些瓦片掉到猪栏里的水泥地上，碎成了碴砾，但一头猪都没有被伤到。

洪水是第二天早上才慢慢退去的，新屋老屋经受住了洪水的冲击，一大家子人都安然无恙，不过屋里一片狼藉，满地淤泥，水缸里饭锅里炉灶里全都积满了泥浆。厢房里的木地板经洪水冲泡都浮了起来、漂来漂去，洪水退去后全都乱了位，横七竖八、乱七八糟，木地板下面积了厚厚的一层淤泥，又腥又臭。

社中也被淹了，鸭不怕淹，但却被湍急的洪水冲得不知所终，140多只鸭洪水退后只找回来不到40只；德绍的养鸡场还没来得及恢复到原来的规模，里面的几十只鸡被冲得只剩下十来只。

洪水退去没几天，那些被淹没的制面机、年糕机和粉丝机就长满了铁锈。

林书记送德绍的太阳花，在洪水中随着院墙的倒塌而不知所终；林书记送的那株牡丹花长得很旺，后来居然把米瓮的裂缝胀开了，发洪水时米瓮被冲倒了，沿着开裂掉了很大一块下来，还好没被冲走，洪水过后虽然大虎把破米瓮扶了起来，但日常里没人有心思去照料它，没过多久那株牡丹花枯死了都没人注意到。

只有那个用红砖水泥重砌的分男女厕所的东司安然无恙。

家里遭了灾，余屋垮了，鸡鸭鱼都被冲跑了，田里的一季稻几乎没有收获，上市信用社的人也不好意思来德绍家催债。余屋的土墙倒了，好在木架屋棚垮塌下来被水泥猪栏撑住了，兰香让成虎买来毡布把掉了瓦的地方盖好，继续在那个矮棚里面养猪，只是夏天矮棚里太热了，猪受不了，经常要从栏里跳出来。兰香担心会把小猪崽热坏，所以不再养猪娘，而是卖猪崽，肉猪的数量也不得不减少，免得猪多了挤在一起更热而得病。

没有信用社的来催债，卖猪的钱可以全部挤到大虎的婚事上去，6月初卖了几头为大虎办"度家地"。10月底，德绍家又卖了几头猪，为大虎办"下订"。"度家地"和"下订"，是婺源婚俗里的两个重要的环节。"度家地"是指：男方提亲获得同意后，择个好日子举办认亲仪式，将女方参加仪式的亲戚接到男方家里，便于他们实地"参观考察"男方的家庭情况，包括房屋、余屋、家具、鸡舍、猪圈等情况；双方亲戚一起吃过较为丰盛的午餐酒席后，男方家把女方亲戚送回并给每人发一份礼品和一个红包。"下订"要举办一个比"度家地"稍隆重一点的定亲仪式。按婺源惯例，"下订"之前这桩婚事还是可以有变数的，但"下订"仪式举办过后，这桩婚事就算定下了，男女双方都不能轻易生变。双方通常在"下订"之前，商定聘礼，讲好置办项链、戒指、耳环等饰品，确定男方家里房屋、家具、田地茶山等家产的分配原则等。女方家人要通过这个环节，为自己的女儿争取一些"利益"，尽量为日后两口子的生活打好基础，向男方要的聘礼多半会通过陪嫁的方式返还回去。

大虎的对象家提出要一台缝纫机、一只手表、一辆自行车和一两黄金，那一两黄金用来打一副金项链。这下把德绍和兰香急坏了，就算把栏里猪全都卖了也不够，况且办婚宴还有一大笔花费怎么办？德绍拐到新村去和女方家里打商量，但女方父母坚持这些东西不能少，他们说："我把女儿养到20多岁就这样给了你家，就提这么一个要求，让她在出嫁的那天冠冕堂皇一下，过分吗？况且我家又不要，这些东西还不是由她带到你家去吗？"无论德绍怎么讲道理讲情理，对方父母就是寸步不让。

德绍无奈地拐回了家，和兰香整天愁眉苦脸地数着日子。

大虎的心里也不轻松，今年一季稻几乎没有收成，二季稻又不能多卖，因为要留着办喜宴，从茶山上"摘来"的那点钱还不够女方家办酒席所需，更不必说还要置办几件家具呢，别的不说，高低床、五斗橱、高低柜、梳妆台这几样总不能少吧。田地茶山上已经没有可挤的了，大虎学着德绍当年的办法，把目光投向了龙水河，到龙水河红庙段去建"鱼床"，把德绍当年用的渔网找来理顺补好，夜里到龙水河里去撒网打鱼。可是现在已经不是从前了，白天时不时地有人炸鱼，夜里常常有人放药毒鱼，龙水河里没鱼了，大虎坚持了个把月，没有什么收获。

眼看着就要到腊月了，大虎心想总不能让那"四个一"拦住了自己的亲事，对德绍和兰香说："你们抓紧时间帮我向人家借，这些债到时由我来偿。"德绍抬起头来看一眼大虎，又把脑袋耷拉了下去，继续抽旱烟。兰香见德绍不表态，只能自己来接话："小呢，借，我来出面噢，就是不知道上哪里去借，借不借得来呀？"德绍叹了口气说："能借多少是多少吧，有一点总比没有好。"兰香先找自己的两个女儿建英连英，向他们"摊派"了一人至少300块的任务，然后到壶山村娘家去借，最后到依山村同一个房头上下来的几家去借。兰香几乎跑断了腿，终于在腊月二十二那天帮大虎把媳妇娶进了门。

腊月二十六，成英她们三个外出打工的女孩子终于回到了家。在北京打工一年，她们没有去看下天安门，更别说去游故宫、去爬长城了。高强度的劳动，没有把从小做惯了粗活的女孩子累倒，她们反倒觉得这样可以节约开销，成英在还了人家200块钱后，居然拿回来了1700多块钱。受此影响，第二年正月初六，林虎也出去打工了，成英她们三个女孩子在正月初五出发又去了北京。

过了正月初十，德绍和兰香就找大虎商量分家另过的事，德绍对大虎说："新屋东侧的厢房给你们住，新屋的灶台给你们两口子弄饭；我们其他人把老屋重新收拾出来，在老屋的灶台上弄饭过日子；田地、茶山等也相应地从总家里拿出一个人头的量划给你们，至于怎么划的问题你们兄弟间商量就行，我们两个老的不干预。"大虎无话可说，第二天找二虎商量着把田地茶山分好了。

德绍家的经济情况本来就很困难，再加上遭了洪灾，大虎的婚事办下来，不仅让大虎分家时背了债，总家里也一贫如洗，还好有成英打工赚回来的钱才让这个家在新年里得以开张。

大虎分家另过了，德绍和兰香的心绪一点都放松不下来。兰香让二虎给她买了8只小猪崽；德绍先让成虎给他买来60只鸭，接着催二虎买来一批鱼苗投放到门口的鱼塘里，这些花费全部从成英打工赚来的钱里出，再加上为小虎交学费和成英、林虎出去打工的路费，成英没日没夜地到北京踩一年缝纫机换来的血汗钱，还没出正月就被"报销"完了。

第十三章

　　小虎在河边村读了 3 年村小，考上了四年级才得以到上市中心小学去读书。河边村的村小只有一个班，里面包括从念一年级到念三年级的所有孩子，老师是初中毕业后来村里代课的张老师。张老师是塔底村人，家里也种地，除了上衣口袋里偶尔插一支钢笔外，再也没有区别于普通农民的特征了。

　　张老师早上要把家里的早活忙完了才来学校，中午在学生家里吃过饭后要赶回家去做一阵农活，下午放学后也要去田间地头挖刨。相应地，村小的学生们早上要放了牛再来学校，中午可以在龙水河里抓鱼摸虾或是趴在河沿的柳树上歇凉、睡午觉，下午放学后回要去采茶砍柴。

　　小虎很喜欢跟同学到丁坞去砍柴。丁坞有很多黄沙岗，每人砍好一捆柴后，就在黄沙岗上玩耍追逐，他们最喜欢拿一把松树枝垫在屁股下，从黄沙岗的顶上滑下来，比谁滑得快。

　　有一次小虎滑得实在太快了，连松枝把裤子划破了露出屁股瓣都不知道，那天小虎虽然扛了很大的一捆柴回家，不过还是被兰香大骂了一通。

　　到夏收夏种、采茶叶、摘茶籽等农忙时节，村小要放假。假期里，张老师要从半工半农的角色切换回一个心无旁骛的、地地道道的农民的角色，村小的学生也要参与到田地里茶山上的劳动中去。

　　大忙过后，村小复课。村头的那间教室里又会响起琅琅的读书声，村人经过教室边多半会放慢脚步或是稍稍站定听一会儿，从朗读合声中辨别出自家的孩子的声音，揣测着他读书的样子，如果听到不对劲则会向里面瞅一眼，举起巴掌朝自己的孩子发做发狠的样子。

村里未上学的小孩也会围在村小旁边，边嬉戏打闹，边学着咿咿呀呀。路人经过多半会赞叹：咦，这个乡村小是小，却很有生机。

小虎他们在村小读书从不上音乐课，但能听蝉鸣、听鸟叫；从不上体育课，但个个都是游泳、攀爬、骑牛的高手；从不上美术课，但个个知道鱼游的样子、公鸡叫的样子、鸭和鹅走起路来一摇一摆的样子；从不上自然课，但个个能区分出南瓜秧和冬瓜秧、准确知道什么节气该干什么农活；虽然语文和数学很少考 90 分、100 分，但都深知长辈们日晒雨淋、挖泥刨土的艰辛、明白一份耕耘一份收获的道理。

在村小读书的孩子，每年六一儿童节，都要到中心小学集中一次。

上午的活动是集中表彰"三好学生""优秀班干部"，以及举办少先队员入队仪式。下午的活动是观看电影，中心小学的学生和各村办小学的学生都集中到上市唯一的电影院里看《智取华山》《地道战》《地雷战》等。一天活动结束后，每名学生可以领到一袋饼干，饼干是散发着浓浓的牛奶香的那种，吃起来又酥又甜。

小虎记得很清楚，每年少先队员入队宣誓的领誓人都是秋姿。每次表彰都有秋姿，既是"三好学生"又是"优秀班干部"，而且还经常是县级的。

小虎加入少先队宣誓时的领誓人就是秋姿。虽然小虎也经常上台领奖，但那些奖的分量与秋姿的相比相差太远了。

秋姿比小虎高一个年级，不过她三年级读完后，生了一场病休学了。小虎去中心小学读四年级时，秋姿病好了、休学结束来学校读四年级，和小虎读一个班。

小虎在河边村村小读书的 3 年里一直是第一名的成绩，到了上市中心小学后，他的成绩在班上老是排第二名，第一名经常被秋姿霸占着。小虎的强项是语文，数学中等偏上，是语文课代表。秋姿语文和数学都很强，是学习委员。

他们的班主任姓石，是一个刚从中师毕业的男老师，瘦高个，满脸的青春痘，教语文，课讲得很好，上课时很严厉，下课后很随和，周末时背一把吉他、一块画板，骑一辆自行车到乡间田野或小山坡上弹唱写生。

石老师有时会偷点懒，把秋姿和小虎叫到他房间里替他改作业，自己则弹吉他给他们听，或是支起一块画板画画。石老师这样教书和生活的方式，使得班里很多同学都把当老师作为最大的人生理想。

病好复学的秋姿和以前一样活泼伶俐，头发浓密短直、一套运动服、一双白胶鞋，从头到脚干净利落。那年六一儿童节，秋姿再一次为少先队员入队当领誓、再一次上台领取县级"三好学生"奖和"优秀班干部"奖。

除了生病休学那一年外，秋姿都是上市中心小学最出色的学生，无论是学习、品德、长相，还是穿着打扮，其他的男女同学跟她比都逊色一大截。和秋姿相比，小虎就像秋后的茄子，干瘪瘦小、弯腰驼背，穿的不是大了就是小了，大了的是他哥哥穿过的，小了的是自己去年或前年的。

上市中心小学，没有六年级，读完五年级就小学毕业了。小虎和秋姿都考上了上市中学，他们班上有一半多的同学就此结束了课堂求学之路。到了初中以后，小虎被分到了实验班，班主任是他的表哥、兰香大哥的儿子。秋姿因为休学一年年龄大了1岁没能进实验班，两个人没在一个班，不过他们的成绩仍然像读中心小学一样，总是排在学校的前几名。

自林虎出校门后，家里就剩小虎一个人读书了，每学期要交200多块的学杂费、住宿费。小虎家里穷，经常要拖欠学杂费、住宿费，要么让他表哥帮忙垫付、要么请他表哥帮忙向学校打商量欠着。这些欠下的钱，要么等成英打工回来，要么等家里卖了谷子、卖了猪，才能还得上。

每到学期末尾几个周的周六上午，小虎的表哥班主任就会把他叫过去，对他说："回去讲下，那学费的钱我都垫了快一个学期了。""回去讲一下，学期快结束了，要把学费的钱交了……"

学校周六下午放假，让寄宿的学生回家，绝大多数学生都欢呼雀跃，可是小虎却一点都不想面对。他不知道回去向谁要学费，挨到周日傍晚要返校了也没有说出口，只好硬着头皮又回学校。等表哥问他时，他就撒谎说："家里说过年前还给你""我妈讲等谷子卖了就来交""哦，我忘了讲了"……

周日傍晚，同学们都会带很多好吃的菜来到学校，有霉干菜蒸肉、霉干菜鱼干、豆豉鱼干、酒糟鱼干、干萝卜丝肉丁、辣椒酱肉丁、辣椒壳（婺源方言，指切碎晒干后的辣椒）鱼干等，稍次一点有霉干菜豆腐干、辣椒壳豆腐干，而小虎基本上每次都是霉干菜、干萝卜丝、辣椒酱。

开晚饭时，同学们打好饭回寝室后免不了要互相换菜吃，并谈论着谁带来的菜最好吃、谁带来的霉干菜里藏的肉最多、谁带来的酒糟鱼是用大鱼做的肉多刺少、谁带来的酒糟鱼是用小鱼做的肉少刺多还有点苦，同学们说这些话时多半是互相调侃作乐，而不是攀比。

住校生大都是农村孩子，相互之间的物质生活条件不会有太大的悬殊，普遍都是走路来学校，周末回家都要放牛砍柴、下地劳动，同学之间没有互相攀比的风气。

他们也不嫌小虎带来的菜差，还经常把自己带来的好菜和他分享。但小虎觉得，每次都吃人家好吃的菜，自己的菜总是拿不出手，内心里免不了有很强烈的惭愧感。

在学习上，小虎因为有秋姿这个"参照物"在，学得很认真、成绩也很好，但在生活上，小虎难免有"自惭形秽"的感觉，因而时常产生不想读书的想法。

他想成英为了避免被老师催着交柴火就不读书了，现在在北京打工，不仅养活自己还帮助养家，她是有志气的；自己如果不读书了，就再也不用每学期拖欠学费、再也不用被表哥三番五次地催，而且家里的负担也会减轻不少。

周六上午放学前，小虎的表哥说他准备买辆自行车要用钱，让小虎回家去说一下把欠他的钱还了。小虎应承下来后，回家对德绍和兰香说，他不想再上学。

"不读书？不读书你干什么？"小虎的话让始料不及的德绍大发雷

霆，将那只能控制的右手重重地拍在桌子上，吼着问小虎。他的那只不能控制的左手，不停地在空中抽搐晃动。

兰香落了一胎后，在既没有得到滋补，也没有得到休养的情况下怀了小虎，小虎出生时，兰香将近 40 岁。小虎自出生以来身体就很瘦弱，为此经常被人家叫作"瘦小"。

小虎因为身体瘦弱、力气小，所以在干活方面总是跟不上趟，比如说，成虎割四行稻子、插四行秧可以与大虎二虎割七行稻子、插七行秧的速度一样快时，小虎割两行稻子、插两行秧都跟不上他们；至于挑和抬方面，那就更不用说有多惨了。

婺源人常讲：朝娘（指爷爷奶奶）爱长孙，爹娘爱幼子。德绍一点都不嫌弃手无缚鸡之力的小虎，似乎反而因此很得意，常常对小虎说："力大有什么用？不会动脑筋，力再大都等于零。""粗人才要力大，只要用心读书，将来能拿得动笔就行。"

自林虎不读书后，德绍将之前寄托在几个孩子身上的、培养他们读书"跃农门"的希望全部倾注在小虎一个人身上，再加上看到小虎一贯以来的成绩都很好，心里不断地累积着对小虎的期望。他万万没想到，小虎也会对他开展出其不意的"打击"。

"你死都要给我死到学校里去！"德绍不等小虎解释，接着吼道，"真是古怪，怎么净是出一些不成气候的料呢！"

小虎没有胆量像大虎二虎那样与德绍对着干，星期天下午蔫蔫地去了学校，对他表哥说，家里现在没有钱，可能还要等几个星期才能还欠他的钱。

德绍把小虎赶去学校后，心里仍然不愉快，不过二虎的亲事是摆在他眼前最重要的事情。看到大虎结婚后的转变，他坚信只要二虎结了婚，他也会变回小时候那么有志气。

德绍决心要在有生之年、趁早地把这个问题解决了。他料想只要把两个大催债鬼扭回来了，成虎林虎自然就会好的，那样的话就剩小虎读书一个难题了，他巴心巴肺地希望有一个孩子能把书读通。

德绍一边看着那百把只鸭，一边寻思着给二虎讲亲的事。兰香没有得到丝毫的停歇又进入紧张的下一"回合"。

正月底，德绍问二虎有没有相中的对象，二虎含糊其词地说了几句。虽然二虎遮遮掩掩，不过德绍已经猜出了他的心思，二虎喜欢老湾家的小女儿。

这让德绍很犯难，他闷了好大一会儿后，非常谦和地对二虎商劝道："小呢，那个女确实不错，不过我们这样的人家，她老子那关可能不好过哟。你要体谅到这一点。"

二虎听后没有说话就进房睡觉了。

虽然讨到了二虎的心思，但德绍和兰香迟迟下不了请媒人去提亲的主意。正月中下旬和二月初头是提亲的高峰期，没过多少天，兰香在河里洗衣裳时听说老湾家收下了龙水河下游梅洲村一家来提亲的糖果糕点。兰香回家后，不敢言语，每天心里闷得更慌。

很快消息就传遍了河边村，二虎自听到消息后的第二天起，每天都要等到日头老高才起床，话不多说、事不多做、饭也不多吃，对德绍和兰香更是横着脸懒得搭理。

老湾家的小女儿叫东蓉，身材圆润高挑、皮肤白净细腻、头发乌黑莹亮，长圆脸高鼻梁、丹凤眼，逢人见面总是先笑嘻嘻地打招呼，说起话来声音清脆爽亮。东蓉在村小读了三年书，就出来干田间地头的事，由于自小做得惯，现在田里拾秧莳禾割禾、地里锄草种菜、山上采茶砍柴都是一把好手。

老湾一家从江湾移民来河边村后，在圳头畈那边筑屋安家，他家屋子刚好筑在圳头畈第一断层和第二断层的交界处，屋子大门前刚好有两丘田，那丘大的一亩四，那丘小的七分，分田时这两丘田都分给了德绍家。

二虎在大小丘里莳禾、割禾、耘田，总是要脸朝着东蓉家的方向，不像在其他的田里那样一来一回，一次头朝向、一次背朝向。如果碰巧东蓉在家里并且知道二虎在大小丘里劳动的话，她要么端个饭碗、要么扫家门口的地、要么出来晾衣裳，一边在她家门口的枣树下忙活，一边和二虎你一言我一语地说话、开玩笑。

有一次东蓉在家，却好长时间没到门口来，直到二虎把脖子都仰酸了，她才来到那棵枣树下洗头发。

"哈哈，你刚刚肯定躲在家里吃烟！"二虎停下耘田的脚，站下来笑着问东蓉。

"吃烟？我一个女人家吃什么烟？"东蓉一边蹲下来洗头发，一边答道。

"女人家吃烟有什么古怪呢？你还不承认，我刚刚看到你家屋背后一直在往外冒烟呢，你一出来，那烟就没有了。"二虎说着也动脚耘起田来。

"哈哈！"东蓉的笑声像银铃般清脆，"你个不对榫的鬼，净讲一些不没者也的话，那是我在烧水，准备洗头发！"

"哦，原来是烧水，哎呀，你们女人家真麻烦。一脑头发还要专门来洗，又多事又洗不干净。"二虎加快了脚下耘田的速度，"你看我们男人多好，'咕咚'一声，跳到河里，浑身上下都洗得干干净净的，多干脆多舒服呀！"

"你那把烂嘴没话嚼得哈，女人家有女人家的事，这个可以比得吗？"东蓉回道。

"男人当然是女人比不得的。"二虎快耘到东蓉家枣树底了。

"嘿，我听你讲话的口气，好像女人要低级点一样。"东蓉听了很不服气，"你没听到讲过男女各半边天呀？"

"那是骗人的，给你们女人戴高帽，女人喜欢听好的，所以才编些话来把你们捧得高一点，让你们高高兴兴的。"二虎笑了笑说，"这哪里能当真呢？你说女人挑又挑不赢、抬也抬不赢，打架更打不赢，怎么顶半边天？"

"像你这样说，男人这么厉害，这世上就可以不要女人喽！既然女人那么没本事，那为什么男人还要编些话来讨好女人呢，哈哈！说明女人还是要厉害些，男人不得不讨好她们，用你个死脑壳想想是不是这个道理呢，嘿嘿！"东蓉说完很得意地笑起来。

"看吧，你不懂了吧。这个不叫讨好，就像大人哄小孩一样，男人是在哄你们，逗你们开心，这个和讨好不一样，是两码事呢。"二虎终于耘到东蓉家枣树底了，站在那里看着东蓉洗头发。

"那你也不想想，男人为什么要哄女人、逗女人开心呢，我看你痴咚咚的，是不明白哟！"东蓉抬起头来看了二虎一眼，"嘿，你看你人都木在那里了，连田都不知道耘了吧。哈哈！"

"这几丛禾，早一会儿耘，晚一会儿耘都不要紧喽，"二虎被东蓉说得不得不动下脚耘田，"我看要紧的是，怎么把天下人都知道的道理，告诉你这个蒙在鼓里的痴鬼。"

"讲我痴？我看你才痴呢！"东蓉洗完一道头发了，起身来，端着脸盆假装着朝二虎泼洗头发的水，二虎吓得赶紧往后退了几步。"哈哈，你刚刚不是讲男人有多么多么厉害的吗？怎么连一点水都怕得这个样子，我告诉你，女人不仅仅是半边天，而且还是大半边天，知道了吗？哈哈！"东蓉倒了水后，乐呵呵地进屋去打水来洗第二道。二虎赶紧把这趟耘到头，走回那边田埂再耘过来。

关于二虎对老湾家小女有意这事，德绍和兰香之前多多少少有些耳闻，也有些觉察，但都不愿意相信这个事实，没想到这一次事实还是站在了他们的对立面。

从内心里来讲，德绍和兰香对老湾家的小女没有任何恶感，也是喜欢的，心想二虎是村里力气最大的小伙子，东蓉是村里上等的精灵女孩，能凑成一对当然欢天喜地，不过他们都认定老湾肯定不会同意的。

德绍不知道怎样跟二虎解释，每天焦急得坐立不安、无法入眠，在想了又想之后仍然无计可施，但又不愿意再拖延了，拖一天老天爷留给他的日子就少一天，只好推兰香去碰钉子。

兰香无处推脱，只能硬着头皮去劝二虎："小呢，缘分是生了命定了数的事，强求不来的。"

二虎盯着那台屏幕冒着雪花吱吱叫的凯歌牌老电视机，一声不吭，连头都不愿意回。

"你家老子并不是不愿意去帮你讲，只是他还在做打算时，人家就上门去了，谁能算得到就这么几天就有人家这么快？"兰香忍了一会儿又说，"其实我和你家老子觉得培志家的老二女更合适一些，你觉得如何？"

二虎没有理会兰香，站起来"啪"的一声关了电视机开关后，就进了厢房。

兰香讨了个没趣，德绍想了一整晚后对兰香说："这个事啊，你找大小去和他讲，讲不定可以做得通呢。"

兰香依计来找到大虎，对大虎说："你去和你弟佬说一下。"

大虎倒不以为意，对兰香说："没事，到老湾家来讲亲的那个小是我们的同学，经常一起玩的，过两天我来跟他说就是了。"

过了几天大虎约二虎去木坞砍柴，路上对二虎说："他先去讲了，而且人家也把糖果糕点收了，说明他们之间有缘分，就算我家之前去讲了也肯定不会成；你要换一头想，好在我家没去，去了不仅不会成而且还要跌古，如果你再不开窍的话，朋友间没了面不算，还逗人家笑话。爸妈帮你到培志家去讲不是更好，朋友照做，两个人都讨到了老婆，多好啊！"

二虎没有答大虎的话。

约莫过了半个月后，一天二虎吃完晚饭，到锅沿头撂下饭碗对兰香嘟囔了一句："你去讲吧，不过我跟你们说，弄不成功，不要怪我哈。"

德绍和兰香从二虎那里领了命，当晚就开始物色媒人。经过一番考虑之后，德绍觉得最合适的人选是莲枝，让兰香去请莲枝帮忙。

兰香心里没把握，但又不得不出马，吃了晚饭过后，惴惴不安地来到莲枝家试探她的口风，没想到莲枝很爽快地答应了。

培志是河边村里的能人，无论是生产队时期，还是分田到户过后，都能把生活过得上好，摆弄田地茶山是一把好手，处理邻里关系也很有一套，和村里各家关系都很融洽，家里也和和气气，内外都没有磕碰争吵。

莲枝带着建英连英一进门，培志就猜到了意图，不过他还是笑着对莲枝说："咦，莲枝呢，你怎么会带着两位女将大驾光临呢？是不是走错了门哟？"提亲是双方第一次"会面"，通常情况下大家说话都非常客套和分寸。为了避免冷场，老练的媒人会有很多调节的办法，让谨慎的"会面"保持轻松，时不时地有说有笑，双方在说说笑笑中进行试探摸底。不过莲枝不想走老套路，笑着对培志说："志呢，你是精灵的人，我也不和你拐弯抹角，你家又有一朵花被人家相中了。河边村再也没有像你这样好福气的人了，儿子个个成人肯做，女儿个个孝顺精灵。""莲枝呢，你也是没话讲得了，谁有你福气好哟，你家家宝家红都是一等一的。"培志一边招呼莲枝建英连英坐下来，一边说道。

莲枝坐下对培志说："我家的那两个不成器的东西也能说一等一？我只听到你讲过啊，要是他们有你家子女一半好，我做梦都要笑醒。不瞒你讲，自从我家那个不得好死的东西走了后，我哪里都不愿意去，连门都懒得出。不过昨晚她们家母兰香来找我，要我带她们两个到你家来访这朵好花，我想啊，其他的事我肯定就回了，但是这个事，是个绝好事，所以就应承了下来。"

"那还不是，这些年来很少看到你走动了。"培志只接了莲枝的前半句，而没有答后半句。

莲枝接着说："要我来讲呀，村里的小辈们，只有你家几个和兰香家几个算得上好料，你家的自不必讲，全村公认。兰香家几个小，个个都读到初中，村里一共多少个初中生呀，多半出在了她家，就算这两个大女一天校门都没进，不过思想也通透得很，现在日子都过得上好的。她家老二小，是村里这一浪小里力最大的，也是最能悟的，可以说是能文能武。你说是吧！"

培志只好说："那个小是不错的。"

莲枝接着又说："依我讲呀，小子家年轻时难免要晃荡一点、犟一点，只要坯子好，都没什么事的。你看他家那个大的，自去年讲了亲后，完全像变了个人一样，田里地里茶山上，哪一样不打点得妥妥帖帖的，还学他老子夜里去弄鱼，能吃苦得很。后来买金器差了钱，主动出来担债，有男子汉气概得很呢。你说是吧？"

"这话不假，大虎完全像变了个人似的。"培志点了一下头。

"是啊，你看嘛，不光是脾气秉性变了，最难得的是，分家的时候，两兄弟商商量量、和和气气地就各样定下来了，没请一个公人、证人，没立一张字据，更没有吵一句嘴。这些以前谁家有过呀，可以说之前谁都想不到他家几个小能做得到。是吧？"莲枝说起话来，别人很难插得上话，"你看喽，她家这个老二也不坏呢？虽然老大分出去

229

还没几天，但是已经可以看得出来，买鱼苗、买小猪，还有田里地里茶山上的事，样样都开始自己打算着，抓了起来。古老话讲，女怕嫁错男。怎么选呀，不能看长相，也不能看家底，长相不能当饭吃，家底可以花光。我说呀，不痴不呆有担当，只要看准了这一点，就错不了。你说呢？"

"不错咯。"培志应道。

"男人只有有男子汉气概，才像根柱子，才能立起一个家。否则，那些三脚踩不出个屁来的男人有什么用呢？无能的男人要不得，一个家靠女人，蹦死都没什么大不了。"莲枝看了一眼培志，笑了一下接着说，"不用讲别人，村里一个你、一个德绍，最有样了。你们两家过去日子都不好过，现在两家都好得很。你家嘛已经是村里日子最好的人家了，没有你这个又精灵又能吃苦的男人想都不要想。德绍呢，什么苦他都能挺得过来，什么事他都能顶得住，硬是把一家大小拉扯大了，换作别人那个家早就垮了。别看他现在瘫了，但他那股劲一点都没有泄。你看他家那几个小，像他得很，没有一个愿认孬的。你说呢？"

"是咯。"培志应了一声，"莲枝呢，你喝口茶嘛。"

莲枝端起茶杯轻轻地喝了一口，放下茶杯说："我想啊，你们两家结为亲家绝对好，你家老二女和他家老二小，是绝配的一对。你家老二女和你一样，各方面都是能手；他家老二小，能文能武，又有志气。眼前看他家是苦了一点，但两个年轻人在一起，只要心齐，要不了两年就能翻上来。"

"莲枝呢，你倒讲得好，什么事经过你的嘴都变得一等一的事。"培志笑着说。

"志呢，这些话我哪一句是瞎讲的呀，不信你再看连英一家嘛，那个鄱阳佬在村里落下来后，屁都没带个来，现在再看呢？人家把新红家的屋买了下来，孩子也生了两个，日子过得和和顺顺的，没有哪里不好。你说是吧？"莲枝说完看了一眼培志，又看了一眼建英连英。建英连英进了门后，根本插不上话，赶紧趁这个机会赔个笑脸。

"鄱阳佬和连英两个人，真的是让人服气的。"培志说。

230

"志呢，你不要怕，我还能骗你吗？他家老二小差不了的。"莲枝不等建英连英开口，就又把话接了过去，"我看呀，你再想一下，另外也探下你家老二女的心思，我也回去得了。"莲枝说完起身从建英手里把糖果糕点拿过来，放在培志家桌子上，就招呼建英连英出门。

培志也起过身来，抓起桌子上的东西往莲枝身上推："哎哟喂，哪里需要这么客气嘛！"

"哪里的话哟，这是好事，怎么能空手甩臂地来呢。"莲枝笑着说，又把东西推了过去。

莲枝和培志两个人笑着脸又来回推了一两个回合。

莲枝从培志的力道上感觉出培志的心理，并说道："志呢，听我的，不要客气，你先收了，成不成还可考虑的嘛？就算不成，你把这点东西吃了，他家德绍还能来敲你的牙齿不成。"

"这哪里好得呀？"培志又推托了一阵后，终于接下了莲枝推过来的糖果糕点。

在与培志结亲家的事确定后，德绍又起了要办厂的心思，他这次要办的是碾米厂。他发现河边村、依山村、塔底村、龙头湾四个村都没有碾米的设备，要把谷子运到上市去碾，不仅要在路途上费时费力、怕遭雨打，到了上市后还要排很长的队，有时白等一天的时间都碾不回来。

有了办碾米厂的想法后，他没有盲目上马，而是跟成虎唠叨一些附近几个村子碾米多么不方便、多么费工费劲，河边村的位置离这几个村都很近，要是有一台碾米机的话就好了。

然后引着成虎对周边几个村一年的碾米量进行再三估算，让成虎到县城去了解碾米机的价格。经过他一番苦心的酝酿和嘀咕后，成虎对买碾米机的事有了一定的思想认识和心理准备，认识到办碾米厂应该是一件可以挣点钱的事。

德绍见时机成熟了，将那40只老鸭卖了，这些鸭鸭龄大了，不怎么下蛋，再动员兰香卖了两头猪，用这些钱买来几袋水泥和砖瓦，让成虎在菜园靠近新屋的一个角上砌了一个二三十平方米的小平房。

成虎知道家里没有钱，还要给二虎娶亲，所以打地基、砌墙、砌机座、安木架屋顶、盖瓦、打水泥地、安装机器等都是自己设计、自己动手，既没有请过一个工匠，也没有请过一个人工。

德绍家砌了一个小平房的消息传到了信用社，他们很快就派人来催债。信用社的人刚到德绍家大门口，德绍赶紧"拐"出门主动地迎上前去，把他们带到那个被洪水冲倒的余屋前，让他们看那些被养在矮棚里的猪，对他们说自己的儿子老大去年好不容易才结了婚，现在欠了一屁股的债；老天爷开眼保佑，老二的亲事也初步定下了，但结婚的钱八字还没一撇；眼看着老三的年龄也蹿上来了，一家人都急得火烧眉毛，求信用社的人再缓缓，等这个家喘过这口急气就来还钱。

信用社的人被德绍家的惨状和德绍的求情打动了，没进家门就打道回府了，让德绍保留下了家里摘春茶和卖一季稻的收入。德绍用这些钱，为二虎办了"度家地"和"下订"。将制面机、粉丝机、年糕机等当废铁卖了，加上日常卖鸡蛋和鸭蛋的钱，让成虎到县城买来碾米机。

大水进家时，大虎二虎将两台电动机从机座上拆下来，抬到了楼上，其他的机器都没管，让洪水浸泡生了锈。当时他们认为那些"破烂"里只有两台电动机是有用的，制面机、年糕机、粉丝机都只能当废铁卖。

成虎把碾米机和电动机安在那个小平房里，按照说明书，先从自家的谷子碾起，琢磨着碾米机的操作，几袋谷子下来，成虎差不多摸准了放谷阀门调节的分寸，可以帮人家碾米了。

德绍家碾米厂办起来后，河边村、依山村、塔底村人自然都到德绍家来碾米，一部分龙头湾村人也来。没多久，来碾米的人反映要是再有一个磨粉机就好，现在虽然不用推着谷子到上市去碾米了，但还是要到上市去排队磨粉，要不然就花人工花力气到石磨上去磨。

德绍和成虎经过估算后，把家里的另一台电动机卖了，买来一台磨粉机，和碾米机对称着安，共用一台电动机，这台磨粉机还可以将一个个的生辣椒磨成辣椒酱，只是要换个筛子。

碾米厂办起来后，德绍家成了村里的用电大户，上市供电所的人干脆让成虎帮着收村里的电费，收一度电的电费给成虎一分钱的劳务费。

二虎婚事"下订"前，培志对德绍说，关于彩礼那些，我家不多讲，依例不破例。德绍无可辩驳，只能硬着头皮应承下来，跌跌撞撞地拐回了家。从此脑袋里经常"嗡嗡"地响个不停。

二虎知道老丈人向自家老子开了这个条件后，对德绍和兰香说："爸妈，你们不要急，我和兄佬一样，这个钱算在我的头上，你们去帮我借，我结婚后去还。"

德绍和兰香听了后，相互看了一眼，又都看了二虎一眼，眼睛里含着泪，半天出不了声。

二虎的婚礼同样是定在腊月二十二那天。二虎结了婚后，两口子住新屋西侧的厢房，为了解决分灶的问题，德绍请来砖匠在新屋的厨房里再砌了一个灶台，供二虎两口子弄饭。至于田地、茶山等的分配问题，就像头年分家一样，由二虎和成虎商定。

大虎二虎分家之时都是由兄弟间商商量量、和和气气地完成的，在分配田地、茶山等大小问题上都没有请过一名"公证人"，也没有争吵过一句。时常有村人在德绍和兰香面前称赞他们家在分家一事上为村里带了个好头、树了个好榜样，两个人心里都暗自高兴，不过嘴上却说："我们家不像你们那样的人家呀，穷得叮当响，有什么好争的呢？"

不过，这两次分家有三样东西是搁置着没有分的。

一样是屋子。大虎二虎两家分别住在新屋的两间厢房里，成虎、林虎和小虎挤在新屋楼上的仓房里，德绍兰香和成英分别住在老屋的两间厢房里，虽然这样住着，但并没有明确新屋老屋的划分问题。

另一样是欠信用社的债。德绍知道，他这一辈子就要这样"拐"着结束了，不过他把他的不甘心包藏得紧紧的，不许别人触碰。只要有人提起，他便怒道："我的事不要你们管！""让它，我要你们还个屁呀！""让他们来把我抓去抵债！"

看到大虎二虎结婚后的转变，他再也不把他们当催债鬼看了，对他们之前与自己唱"对台戏"、唱反调的事也一笔勾销了，反而怨恨自己当初没有把他们牵带好引导好。

他多么希望老天爷能再给他一个健全的身体，好让他多活些年头，这样他就能自己背下那个包袱，让自己孩子都能轻装上阵、展翅高飞！

另一方面，大虎二虎都是带债分家出去的，谁也拿不出钱来，再加上当时德绍还一瘸一拐地放着鸭，兰香还在栏里养着几头猪，多多少少有点收入。所以，大虎二虎在分家时，都没有去触碰这个问题，而是将其搁置一边。

第三样没有分的，就是家里的两头水牛。大虎二虎成虎都觉得没法分，也没有分的必要。他们说定在夏收夏种期间不要分彼此，收割、弄田、插秧都要互相商量着一起来完成，像一家人一样统一调度劳力，不要像有的人家那样想分彻底，却又无法分均匀，导致吵架打架，亲兄弟成大仇家。

成虎帮人碾米磨粉加上收电费，近半年时间为家里增加了几百块钱的收入，比之前德绍预想的要稍好一些，不过他们也没有想到这钱赚起来却非常不容易。

碾米机和磨粉机发热很厉害容易出故障，运转时间稍长米粒受热坚硬程度下降变软变糊，会把碾米机的米筛堵了或是直接把米筛胀破，导致机器梗住或是漏谷子。对磨粉机来讲，如果机器发热严重，再加上米稍有点潮，就会把米粉变成米糊梗在机器里，严重时会导致磨盘受损。

碾米机的米筛和磨粉机的磨盘卖得很贵，坏了不知道要碾多少米、磨多少粉才能抵得过来。

无论是碾米还是磨粉，灰尘都非常大，人在那个小房子里呆几分钟，就会全身沾满灰，头发里、鼻孔里、喉咙里、眉毛上全是，要么一通黄，要么一通白。黄的是糠灰，白的是灰粉。为此，成虎得了个"糠爷"的外号。

冬天还稍好点，要是夏天，那个小平房里根本没法待，里面极其闷热且灰尘弥漫，人几乎透不过气来。

吃苦受罪还不算，最让成虎感到委屈的是，上下三村人到上市去碾米、磨粉都交现钱，因为互相之间不是邻里乡村、不是熟人熟事，无法赊账。可到成虎这里就不一样了，都是低头不见抬头见的熟人，无论是碾米，还是磨粉，通通都是完事后，喊一声："你帮我记起来，过年和电费一起算哈。"喊完挑着东西就走了。

年底，成虎拿着账本挨家挨户地去收电费和碾米费、磨粉费，有的人家很愉快地交，有的人家要催好几回才交，有的人家不仅欠着不交，还要和成虎争吵，要么说电表坏了走得太快了，要么说成虎的账记错了他不认账。

和去年一样，腊月二十六，成英、家红和开枝一起从北京回到了家。不过林虎没有回家，他托一个和他一起打工的初中同学捎来口信，说他去广州了，明年过年时再回家。

第十四章

　　二虎分家出去后，成英和林虎常年在外打工，小虎读书，日常在老屋里生活的就剩下德绍兰香和成虎三个人。

　　成虎在替人家碾了一年米后，觉得代收电费和帮人碾米、磨粉，不仅挣的钱比不上在外打工，而且还要受气吃冤枉亏，想出去打工。

　　德绍和兰香都劝他不要出去，对他说他年龄也不小了，要在家里守住根本，等缓个年把两年就该娶亲成家了。村里跟他一般大的已经有人相继结婚了。

　　经德绍和兰香这么一说，成虎有点犹豫，熬了一个多月后，成虎还是出去了，把德绍和兰香气得成天唉声叹气地连饭都吃不下。

　　好在成虎到杭州转了几天又背着包回来了。外面的工厂都在正月底前就把人招满了，成虎只会碾米种地，并非熟练工人，厂方不愿意为了一个生手再去做添置设备、安排食宿等工作，所以他只得回家干他的老本行，种田种地种茶、碾米磨粉代收电费。

　　德绍和兰香看到成虎又回来了心里自然高兴，可是按下葫芦起了瓢，小虎突然再次提出不想上学了。心里积压着情绪的小虎，在初三下学期开学不久就接连遇到不愉快。

　　一天早上晨读时，一个龙头湾村的同学站在讲台上喊小虎过去。小虎和他从中心小学时期就是同学，他向来是班上的调皮鬼，不过他们两个因同学时间长并且又住隔壁村，所以关系比较好。

　　小虎听到他叫自己，没有多想就走到了讲台前。等小虎走到讲台

236

前时，他对小虎说，把你的手伸过来给我看一下，小虎毫不提防地把左手伸给了他，他突然用他的左手抓住了小虎的左手，用右手伸进小虎外套的袖子里把小虎毛衣的袖子猛地往外一扯。

小虎身上的这件毛衣是大虎以前穿的，大虎结婚成家以后，这件毛衣不要了，兰香就拿来给小虎穿，小虎的个子一直是又瘦又小的，到了初三还没有发育，坐在班上的第一排。大虎的毛衣给小虎穿实在太大了，所以只好将毛衣的下摆扎进裤子里，衣袖折回来藏在外套的袖子里。

当小虎站在讲台前，伸出手来被他的那位同学一拉，那本来就长了的毛衣袖子被扯得更加的长，比外套的袖子长了很大一截，就像是戏服那长长的可以甩来甩去的袖子一样，只是戏服的袖子是白白的、用丝绸做的，而那件毛衣的袖子是由灰灰的开司米做的。

小虎的同学一边扯着他的毛衣袖子不放，一边喊："快看，这件衣裳的袖子好长啊！"

同学们经他一喊都抬起头来看，立刻引发了教室里阵阵哄笑。小虎被他的同学拉在讲台上展示，既不能使劲地挣扎以免袖子被扯得更长，又无法脱身，羞得满脸通红，感觉无地自容，只能用很强硬的声音来给自己壮胆："放开！""神经病呀，快点给我放开！"

尽管小虎一再要求他的同学放开她的毛衣，可是他的同学却为自己的哗众取宠，吸引来大家的注意力，而更加得意、更加起劲地卖弄着，牢牢地抓住小虎的毛衣袖子不放。

经过几个回合纠扯后，小虎终于缓过神来，抓起黑板擦朝他同学的头扔去，趁其躲避时，扯回了毛衣袖子。

小虎知道自己被羞辱了，但是他知道以自己的实力冲上去打架，不仅挽不回半点面子，而且还会被再次羞辱一场，于是便一边把毛衣袖子住外套袖子里折，一边说："袖子长一点有什么不好，折回去两层还要暖和一些。"

同学们一开始没有反应过来，跟着起哄看笑话，这时都觉得那位同学的行为是极其不道德的，不仅不再笑话小虎，反而对那位同学投去了鄙视的目光，有个别的还声讨他，所以他虽然被小虎用黑板擦砸了一下脑袋，头发里留下了很多粉笔灰，也只好作罢。两人各自收场，同学们也继续读书。

被同学羞辱一番后，没过多久，小虎又遭老师教训了一通。因为经常停电，农村人家都备有煤油灯或松根用来照明，学校里的学生们则会在抽屉里备上几根蜡烛或是一盏煤油灯和一瓶煤油。

小虎知道家里的经济情况，从没有向父母亲提过买蜡烛和买煤油灯的事，遇到停电时，就向同桌"借光"，偶尔也会趁机去捣蛋，和那些不怎么用心读书的同学一起去吹别人的蜡烛或煤油灯，引来嬉笑逗乐和追逐打闹。

一天晚自习又停电了，当小虎正和几个同学搞破坏吹人家蜡烛时，被当班的化学老师撞到了，其他几个同学跑得快，小虎个子小被当场揪住，遭了一通狠批后，被勒令回座位认真自习。

当化学老师把其他几个教室巡查完回来时，看到小虎坐在位子上向同学"借光"看书，又把小虎叫了出去，很生气地问道："你是不是想等我走了又要捣蛋？"

小虎莫名其妙，回答道："老师，哪里的话？我在认真看书呢。"

化学老师认为他不老实，斥责道："你还狡辩！我看你那样子就不像在学习。"

小虎说："老师，我真的在学习，没骗你。"

化学老师更加生气了："你以为我是痴子吗？连根蜡烛都不点，学习个屁呀！"

小虎辩解道："老师，我没点蜡烛，但我确实是在认真学习。"他不想跟化学老师说家里没钱买蜡烛。

化学老师严厉地呵斥道："没点蜡烛在认真学习，好，我相信你，但你知道吗？你这是在蹭别人的光，蹭其实就是偷，是非常可耻的行为！"

这两件事，让小虎急切地盼着早点出去挣钱养活自己，不仅不用再过被催交学杂费、被羞辱的可耻日子，而且不再成为家庭里唯一的"吃白食"的。

虽然小虎退学的思想非常坚决，但这一次德绍的态度比成虎成英林虎退学时坚决得多，非要把他撵到学校里去不可。德绍告诉小虎多读书一点都不假，只要把书读通了比种田要强千万倍都不止；对他说如果不去学校读书，就永远不要再进这个家门。

德绍不知道要怎样才能让小虎抛开那些目光短浅的念头，德绍想让小虎明白只有认真读书才是对这个家最好的帮助、才是他将来最好的出路。

德绍想到了自己年轻时因为眼前的困难，就离开了土改工作队、从南昌机械安装公司辞了职，他决计不能让类似的错误在小虎身上重演，但是照目前小虎的态势似乎正在犯他当年犯下的错误，他为此气急败坏、心急如焚。

小虎听不进德绍的那些道理，不过他没有离家出走的勇气，只好回了学校。

小虎人进了校门，心思却不在学习上，不仅不认真早读和上晚自习，连课堂上也不集中注意力。他时常纠结着，就算考上了高中又能怎样呢？还不是要向家里要钱，现在连初中的学杂费都交不齐，那高中的学杂费、生活费就更交不齐了；成英能出去打工挣钱，自己应该也能找到工作，不说能挣多少钱回来，至少可以不用再向家里要钱了。

有时他又想，读了这么多年书就这样放弃了真很可惜，况且又不是读不进去；出去能干什么呢？自己不可能像成英那样去给别人做衣裳，那是女人干的，自己的身体又瘦又瘪，不像林虎那么强壮有力，不知道能不能干得下来做皮鞋、做门窗、做扳金那些活。

德绍好不容易把小虎撵到学校里去了，信用社的人又上门了，自然引来村里一些人围到德绍家里看热闹。德绍顾不得一点自己的脸面，将家里的困难一一地"摆晒"出来。

不过信用社的人这次一点都不愿意和德绍磨嘴皮子，他们简单地说了几句催款的话后，宣布了一项政策，说德绍的无息贷款期限已过，根据新的政策再不还就要算利息了。

这对德绍是一个非常严重的打击，意味着德绍的"拖字诀"再也不起作用了，必须要尽快偿还那笔贷款了。

受这次催债的影响，德绍又变得很爱喝酒了，兰香每天都心事重重的，两个人一天下来都难吱几声。德绍几乎每天晚饭都喝酒喝得唉声叹气、泪流满面，兰香只要劝他一句，他就发脾气："你管我干什么？让我死了不是更好吗？""你管我？你有资格来褒贬我吗？吃饱了没事做了吗？"

兰香一天忙得不可开交，没有时间来和他吵，也不想被德绍寻衅滋事成为出气筒，所以说了一句不说二句。成虎更是不愿意去招惹德绍。德绍呢，谁劝他他就冲谁发火；没人理他，他就发无名火，家里又成了火药桶。

小虎得知家里欠信用社的贷款要算利息的消息后，内心的天平进一步倾向于不上学这一边了。

欠银行的贷款怎么办呢？靠德绍和兰香肯定还不上了，父债子偿，只能由子女们来承担。

大虎二虎分家出去时，没有明确怎么分这笔欠债的问题。小虎要不要承担呢，不过他还不具有承担能力。林虎虽然出去打工两年了，但他和一伙年轻人，一会儿在温州、一会儿到广州、一会儿到东莞，一会儿做电焊、一会儿做钣金、一会儿做机修，难得见人回家、也难得见钱回家。成虎成英虽然能挣点钱，但全让他们来承担肯定是不合理的，况且成虎娶亲成家的事也等不起了。

兰香每天要做饭、洗衣裳、养猪、种菜，还要帮着照看大虎二虎的小孩。大虎二虎分家出去后，大媳妇二媳妇这样的年轻劳力不能因为带小孩而耽误在家里，不出去劳动。

对德绍和兰香来讲，他们认为带孙子孙女是他们应尽的义务，不帮忙带孩子，哪里有资格做"朝朝""裸裸"呢？耽误了年轻的劳力，分出去的新家怎么上岸呢？虽然他们身上的担子一点也不轻，但当两个媳妇把小孩"丢"过来时，他们都会随声应道："嗯，你放在这里吧。"

德绍把鸭赶到可以丢手的地方，就得赶紧拐回来看孩子，把兰香腾出来去做其他的事。他拐回来时经常摔得一身泥，有时摔得鼻青脸肿都顾不上。

虽然他已经一瘸一拐了，但是他还不愿意轻易地放弃这场和老天爷之间的赛跑。

德绍看小孩子时，经常摸着大虎的女儿的头自言自语地说："你可是第三代的带头人，一定要像个样子，要带好头""带头人，要带好头哟"……

大虎的女儿还不大会说话，更听不懂他说的话是什么意思，看到他歪着嘴巴说个不停，也叽里哇啦地学着乱说一通。

当大虎的女儿含含混混地说出"带头人""带好头"几个字时，他就更加起劲了，反反复复地念叨着："哦，你听懂了。""真通，我家女呢，这么小就知道要带好头了。""对啦，要带好头呀。""大的牵头，小的游游。大的做好了，小的自然就好了。"……

他似乎忘记了当初自己说的"在被窝里耽误了""儿子十个都不嫌多"这些话，而将大虎的女儿视为带头人。

这些年里，建英连英无论是出嫁前还是出嫁后，对这个家庭的牵带帮忙一点也不少；成英就更不必说，辛辛苦苦打工挣来的钱，全都无私地奉献给了这个家。这些他都看在眼里，记在心头，并且经常反思，现在他的观念已经改变了。

他还想到自己当初犯了一个错误，就是在大虎二虎出校门时，错过了对他们的引导，在他们"丑相出"时缺少和他们特别是和大虎之间的沟通交流，如果那时把这样工作做好，大虎成器了，二虎自然也会好，很多问题都不会发生，这个家庭也许就不是这个样子了。

大虎二虎也在愁着还信用社贷款的事，德绍和兰香的情绪和总家（总家，婺源方言，指兄弟分家之前的那个家庭）里的紧张氛围，他们也感受了。经过一段时间的考虑后，一天晚饭后，大虎来到老屋，对靠在灶沿上洗碗的兰香说："妈，我想了一下，那个贷款分三股来还。我们两个分家出去的一人一股，你们总家里承担一股。"

德绍当初一共贷了2万块钱，把贷来没用的部分还了，后来在信用社不断地催交下，时不时地还一点，到这时还剩下6500块。

大虎说按三股来分，他和二虎一人承担一股、每人还2000块，剩下的2500块由总家里承担，当初德绍买来的制面机、电动机、粉丝机、年糕机等不管是卖了废铁也好，还是在使用也好，都归总家。

241

兰香听了后说："好，那还不好，我人啊都要虑死了，就是你们到哪里去拿这么多钱来啊？"

"这些事你就不要管了，你去问下他们两个，看他们同意不，不能再拖了，再拖下去利息都不得了。"大虎对兰香说。

德绍听了大虎的话后，在堂前叽叽哇哇地哭喊着："你们去还它干什么呀？让他们来把我抓去呀，我这几支老骨头丢到哪里都不怕！"
"不要去还，还什么呀，当初是他们赖着我去贷的！"……

大虎没有接他的话，转身回了新屋，兰香也没理他。

二虎和成虎都接受大虎的提议。还款方案定下来后，为了不挨利息，大虎二虎都从媳妇那边的亲戚借来钱，把属于自己的那一份给还了。

成虎把头年田地里茶山上的收入和帮人碾米、磨粉、收电费的收入全部拿了出来，兰香把成英头年打工赚来的钱剩下的也全部拿了出来，勉勉强强凑够了2500块，让成虎去还了。

成英头年打工拿回来2400块，过年时给家里买了水果、糖、糕点，给德绍和兰香一人买了一件衣裳和一双鞋子，给小虎交了学费，为小虎买了一双球鞋。正月成英去北京时，拿了300块做盘缠路费，后来德绍找龙头湾的赤脚医生看了两次病，也是从成英赚回来的钱里开销的。

还有2个多月就要中考了，县里突然宣布，从当年起，中考加试体育。被人们称为"瘦小"的小虎，从开始读书以来，一直是坐在教室里的第一排，总是和班上的女生坐一桌，从来没有和男生坐过一桌，这个消息让小虎下定了不读书的决心。

中考结束当天，小虎回家接过了牵牛绳，彻底断了再读书的念头。他一边放牛，一边想我要怎样才能变强壮呢？我要到哪里去打工呢？我打工能干什么呢？

有时他也会想我会不会考上高中呢？我还会不会和秋姿继续做同学呢？但是只要脑袋里一蹦出这种火花来，小虎马上就毫不留情地把它们扑灭。

中考结束不久，夏收夏种就开始了。德绍家大虎二虎虽然分了家，但按分家时说的，夏收夏种期间统拢起来安排。成英、林虎外出打工了，不过有大虎和二虎的媳妇增加了进来，相对于村里其他人家来讲，德绍家在夏收夏种期间人的任务可能是最轻，但牛的任务是最重的。

兰香抓阄选到的那头水牸分到她家后第二年就怀上小牛了，之后又产了几头小牛，不过德绍认为有那头水牸足以完成家里耕田耙地的任务，所以当小牛可以犁田时就把小牛卖了。

小牛离去后，好一段时间那头水牸的性情都很不稳定，经常停下来，竖着耳朵非常专注地听、用饱含眼泪的双眼四处搜寻，并悲伤地呼唤着，当听到有牛答应时它就挣脱牛绳奔跑过去。

每次遇到这种情景时，小虎都忍不住要哭一场，寒暑假和农忙假里的每一天都是小牛陪他一起度过的，在它刚长出两只小角时，小虎经常用双手摁住它的两只角，用头顶住它的前额和它玩顶牛的游戏。

小牛很"知趣"，从来不主动进攻，就立在那里任小虎顶，有时还象征性地退个小半步，让小虎赢。有时小虎累了懒得走路，就拉着它的尾巴，让它拖着自己走。

小虎还从村里很多放牛的女孩子那里学会了编辫子，经常把小牛的尾巴上长长的毛编成辫子。不过小牛几下就甩开，它一甩开小虎又给它编上，小虎编上它又甩开，这样闹着玩，它从来都不气不恼。

在小牛学会懂人话会犁田开始，小虎就开始骑它的背，冬天去木坞放牛就骑着它从红庙过河。德绍每次卖小牛，小虎都觉得德绍太残忍，因自己无法阻止父亲的行为而有很大的负罪感。

小虎虽然已经初中毕业了，并且他在心里也认定了走出校门的命运安排，但他男子汉的地位还是没有得到家人的认可，如往常一样安排他做以放牛为主的"边角"工作。

与之形成鲜明对比的是，当初林虎初中还差一个学期没读完出校门的时候，家里没有安排他去替成英放牛。小虎对此心里有不满，但苦于自己的身体不争气，所以没理由发泄，只能每天早早起床，把牛牵出去吃带露水的草，以便它被牵去干活时已经基本吃饱，不用饿着肚子干活。

当水牸被成虎牵去犁田后，小虎就把小牛牵到河边，把牛绳拴在河边的柳树上，让小牛泡在河水里避暑，同时还可以避免被苍蝇牛蝇咬。把小牛拴好后，小虎回家吃早饭，吃完早饭后提两个空热水瓶去为在田里辛苦劳作的哥哥嫂嫂们打水。

外坦、平山林底、圳头畈等地方都有很多汩汩地往外冒水的泉水窝。这些泉水甜甜的、凉凉的，是炎热的夏天在外辛勤劳作的人们解暑止渴的最佳饮料。

小虎最爱到猪栏江边的一个泉水窝里打水。这个泉水窝很大，他双脚踏进泉水窝里，弯腰用双手捧水进嘴，先把自己喝得肚子滚圆，再揭开热水瓶盖和瓶塞，将整个热水瓶摁进泉水里，看那些白白的、大大的气泡"噗噗"地一个接一个地往上蹿，待到没有气泡时，一瓶水就装满了。

小虎把热水瓶提出来盖好立在岸上，又装另一瓶，两瓶都装满了，但他没有立即去送，而是让双脚在清凉的泉水里多泡一会儿，再把脸浸到泉水里，鼓起嘴巴往水里吹一阵泡泡后，捧一捧水洗洗脸，捧几捧泉水淋在滚烫的头发上。

这个泉水窝出水量都很大，出水口一般都有碗口般大小，汩汩的泉水翻滚着往外冒，泉窝里的水一两分钟就更新了，不用担心会把泉水弄脏。

有时小虎还要试着去捉在泉眼里翻腾的小鱼小虾，但是这些经常和人嬉戏的冷水鱼反应快得很，他根本别想碰到得。小虎失望地上了岸，懒懒地迈着步子去送水，反正他知道家里没有把他当成正劳力来看待，不指望他能在田里做多少活。

完成了上午的计划任务后，哥哥嫂嫂们才回家吃饭，小虎也跟着他们一起回家。吃完饭哥哥嫂嫂们要歇晌午，因为中午的阳光实在是太毒了，如果出去干重活可能会中暑。

不过小虎要在这个时候顶着最火的日头去放牛，把小牛从河里牵去一起放。中午放牛主要是把牛牵到刚割了稻子的田里去吃田埂上的草。

生产队的时候，田埂通常比较宽，但是分田到户后，大家都开始打田埂的主意，今年削一点明年削一点，两年下来可以多栽一行稻子了。

你削我也削，田埂一年比一年窄，但田埂太薄了会渗水或漏水，可能会导致灌溉的水或是刚施了肥的水流失了，所以当削到一定程度后两边都会不约而同地停止。

可是以前可以牵牛去吃草的田埂现在连人都无法通行了，草长得特别茂盛，只有等田埂两边的稻田有一边的稻子被割倒，牛才能吃到它。因而夏收夏种时节中午放牛，主要是替牛找到这样的田埂。

兰香也要顶着晌午的烈日到龙水河里去洗碗筷。兰香洗好碗后，会顺便在河里摸点螺蛳蚌壳回家，以便晚上炒起来吃。

等母牛吃饱后，小虎会把牛牵到河里，让它们母子泡澡降温，牵牛绳拴在河边的柳树上。

等晌午的烈火过后，哥哥嫂嫂们出去干活，成虎又要把牛牵去干活，这时小虎要帮兰香翻晒谷子、驱赶来偷谷粒吃的鸡。

等哥哥嫂嫂们出去1个多小时后，小虎又要提着两个空热水瓶去为他们送水。送两次水后，小虎就可以去龙水河里游泳，顺便扎几个猛子在河床上拔一篮水草回去喂猪。

夏收夏种期间的雷阵雨总是在午后来袭。河边村的雷阵雨在到来之前，是可以看得见的。木坞方向远山的山尖上一起"白雾"，全村人都得赶紧丢下手里的活，撒开腿跟阵雨赛跑。不管是在田里干活的，还是在家里做家务的；不管是年轻人，还是老的少的，都要拼命地往晒谷场跑，去晒谷场"抢谷"，使出浑身解数不让谷子淋雨。

如果谷子被淋了雨，弄不好就会发芽；就算处理好了没发芽，也很难逃过粮站验谷员那一关。

河边村的晒谷场上，人们个个都拼尽全力，用上所有工具将谷子往家里运。

孩子们飞快地用推子将谷子推拢、老人们挥舞着扫把跟在小孩后面，将没推干净的谷子扫拢、女人们急急忙忙地用簸箕将谷子舀进谷箩、男人们光着膀子挑起谷箩向家里飞奔。

孩子们将谷子大致聚拢后，赶忙丢了推子，操起簸箕帮忙舀谷进谷箩。如果谷箩都被男人们挑走了，那么女人和孩子要趁这间隙利用簸箕、铲子、脸盆、提桶等能盛东西的工具，或捧，或端，或抱，或提，运谷子回家。

如果男人挑完一担回来，女人和孩子还没有舀好另一担谷子，男人则迅速将谷箩放倒，朝着谷堆顺势往前一推，再用双手狠起劲地将谷子往谷箩里扒拉，男人手大有劲，推一下再扒拉几下，就能装进去大半箩谷子。

当男人将谷箩拉着立起来，女人赶快将满满一簸箕谷子倒进去，谷箩就装满了，男人二话不说，将两个装满谷子的谷箩拉拢，挑起就往家里奔。

小虎也光了膀子露出一根根排骨，手忙脚乱地推谷、铲谷，心里想着总有一天，他也可以光着膀子挑着一担谷子飞奔起来。

兰香看到小虎吃劲费力的样子，对他喊道："你来扫！让我来铲！"说着一把抢过小虎手里的簸箕，弯下腰铲谷进谷箩。

小虎无奈，只好捡起兰香撂下的扫把跟在兰香后面扫谷。

转眼间，大虎二虎成虎拍马赶到，大虎二虎的媳妇在他们后面紧追而来，德绍也丢下鸭群一瘸一拐地赶来。

夏收夏种期间，放鸭很不容易，没割的田里不能放，鸭会偷吃谷穗；插了秧的田里不放，鸭会把人家刚插下去的秧踩倒，德绍必须随时紧跟鸭群，眼睛一下都不能打野。

阵雨如群马一样，"吧嗒吧嗒"地一哄而过，马上又是烈日当空，照得被阵雨浇了一遍的晒谷场闪闪发光、刺人眼睛。

村人不管有没有抢赢阵雨都一边往田里赶，一边狠狠地骂着："这个鬼绝的天呀，真是要磨死人呀！""像这种天啊，如果是个人的话，老子恨不得两巴掌扇死它！"……

夏收夏种结束没几天，学校公布了中考成绩，但是小虎没有去学校拿成绩单。一天晚上，在河边村村小代课的张老师突然来到德绍家，人还没进门就说："恭喜呀！你们家瘪小考上二中了。"二中是县里唯一的重点高中。

听到这话，德绍正准备去舀菜的勺子一下子顿住了，那只不听使唤的左手剧烈地颤抖了几下。他偏瘫以后没法拿筷子吃饭了，因为用筷子从碗里扒饭时，左手不会扶碗，扒不了几下就要把碗扒下地摔碎，所以改用拿勺子吃饭。

正在吃饭的其他人，包括小虎在内也都木然地看着张老师，没有说出话来。

德绍终于反应过来："张老师，是真的吗？"

兰香也赶紧让出自己的位子来说："张老师，坐下来吃饭？我去拿碗筷来。"

"饭我已吃过了，你们家瘐小考了518分，县里划的体检线是515分，从往年的情况来看，录取线一般就是体检线，有时也会多个1分左右，高2分的情况都很少见，他高了3分指定能上。"张老师没有坐下，走到小虎身边说。

德绍一瘸一拐地非要把张老师拉到位子上坐下来吃点，兰香也过来帮忙。

张老师不愿意坐，说："我真是吃过了，我今天下午到乡里去卖谷子，刚好碰到了瘐小的数学老师，我们是同学，我在他家吃的饭，吃饭时我就问他瘐小的情况，他把情况跟我说了一下，还说瘐小没有去拿成绩单，所以我就拐过来跟你们报个喜，再说了我还是瘐小的启蒙老师嘛，他考上了我脸上也有光呀。"

张老师在小虎的头上摸了摸，接着说，"身体是单薄了点，到了高中要注意锻炼身体，这回体育总分30分，你才得12分，要继续努力，争取考个好大学，给你家也给张老师争口气！"说着就出门骑自行车走了。德绍和兰香拉都拉不住。

张老师走后，德绍先拐到条桌的柜子边，把已经放进去了的那壶酒又拿了出来，拐回到座位上，斟了一个满杯，一饮而尽。

兰香忍不住说了一句："可以啦，吃了这么多杯还不够？"

德绍抬起头来看她一眼，和往常不一样，他这回没有发火，而是问兰香："你要不要也吃一杯，要的话拿杯子来，我给你斟。"

兰香说："我不要，这么热，吃烧酒受不了。"

德绍还想再斟一杯，他把酒壶举起来准备往酒杯里斟酒，不知为什么，他放下了酒壶，却把那个刚刚喝干了的杯子拿起来往嘴里倒了个底朝天后，站起来一瘸一拐地回房间睡觉了。

第二天一大早，小虎还没起床去放牛，德绍就拐出门去放鸭了。

没过两天小虎考上二中的消息就传遍了全村，小虎在村里人的夸赞声中改变了自己先前的看法，开始认为命运非要安排他去读高中不可。

为了给小虎筹学费，兰香已经在计划卖哪几头猪了，并算计着要向谁家借钱了。

然而，就在全家为小虎考上县二中又高兴又紧张之时，小虎的表哥拿来了一份通知。通知说，从当年起，采取计划招生和调剂招生相结合的方式进行初升高招生。

当年计划招生的分数为519分，519分到500分为调剂招生的范围，518分到515分每人交1800元调剂费，514分到500分每人交2400元调剂费……

这份通知简直就像一个晴空霹雳，把全家震蒙了，完全乱了分寸、不知所措。小虎的心态又来了个180度大转弯，认为加试体育、调剂招生，是命运为了非要把他赶出校门不可，而做出的精心安排。

离高中开学越来越近了，家里的气氛也越来越紧张了，德绍每顿喝酒越来越多，吃饭越来越少，有时甚至一口饭都不吃，兰香好几次在洗碗时让碗缺割了手。

小虎中考的问题出在化学和体育上。他中考的科目有语文、数学、英语、物理、政治、历史、化学、生理卫生和体育。化学和生理卫生共100分、化学70分、生理卫生30分。体育总分30分。其他科目各100分。

小虎物理考了全县最高分98分，可是化学才考30分，没及格，因为考到一半时他就出去上厕所了，其他科目发挥得一般。

体育方面，小虎百米跑、立定跳远和掷铅球这三项的成绩都没达标，只得到了12分，也没及格。

按往年，体检线基本上就是招生录取线，有多少学生会因为体检不合格而被"刷"下来不让读高中的呢？所以在划体检线时本身就要考虑到这方面的问题。

可是今年偏偏搞出来个计划与调剂相结合的招生方式，小虎的中考成绩只上了调剂线，不交钱就不能读县二中。

对于这个结果，小虎一会儿感到很懊悔，一会儿感到很高兴。

感到懊悔是因为他认为以自己的水平是可以考上二中的，没被二中录取不能展现出自己的真正实力，虽然打算初中毕业后就不再读书了，不过他想就算不再读书，也要展现下自己的水平，要利用中考的机会证明，自己不读书并不是因为读不进去，而是因为要自食其力。

感到很高兴，是因为他觉得没有考上二中可以更加坚定自己不再读书的决心，518 分刚好，既反映了自己是有一定水平的，至少是上了二中体检线了的，这在村里也是头一个获得如此"殊荣"的，又可以不用继续读书了。

即便当时他不知道出去打工能干什么，也没有多少信心，但他还是为这 518 分的"恰到好处"而时常感到高兴。

高中报名前一天的早上，小虎出门去放牛时，德绍让他回家吃早饭时把牛牵到河里拴在柳树上。小虎没太在意，牵着两头牛在外面吃了一会儿草，就把它们拴在河边的柳树上，让它们泡在水里一边消暑一边反刍。

吃完早饭，他跟成虎上山去砍柴，心里想着今天要学着认几种烧锅火势旺、烧过后木炭好的木柴，以后还要抓紧学习营务水稻、蔬菜、茶叶等基本技能，免得叫村里人笑话。

砍柴回家的路上，成虎扛着柴左右肩换着扛、走得飞快。小虎右肩不会扛，用左肩扛着不到成虎肩上的柴的重量三分之一的柴，没走几步远就走不动了，他气愤地把木柴摔下地，瘫坐下来歇一阵，再把柴火抬上肩膀扛着走，等他三步一歇地把柴火扛到家时，成虎已经吃完饭去茶地里锄草了。

小虎把上衣脱了甩在柴火堆上，看了看又红又肿的左肩，光着膀子进屋，盛了一碗饭，夹了点菜、倒了点菜汤到门口来吃，一边看着一大一小的两根柴，一边气哼哼地扒着碗里的饭粒。

他胡乱几下扒完了饭，把碗丢在灶台上，出门操起刚刚丢在柴火堆上的上衣准备去放牛。

德绍突然喊住他："到哪里去？"

"去放牛。"小虎应道，心想问得真奇怪。

德绍从椅子上站起来说道："回来，把东西收拾一下，明天去县里报名。"

"报什么名？发神经喽！"小虎以为德绍糊涂了，"人家不让读，我也不想读。"

"谁不让读？"德绍反问道，"自己本事不够还要怪人家，亏你讲得出来？"

小虎不耐烦地说："一会儿考体育，一会儿要交钱。这不是明摆着的吗？"

德绍一瘸一拐地走到门口，一边把小虎往回拉，一边说："钱的事你不要管，只要把书念通就行。"

"钱，哪来的钱？"小虎疑惑地问。

德绍拐回家里，一屁股跌坐回椅子上，叹了口气，淡淡地说道："都窝在家里只能糊口吃的，其他的什么也不行，这个家里一浪一浪地这么多人，必须要有人带头找到其他的出路才行。我把牛卖了，明年请牛犁田。"

小虎的头"嗡"地炸了一下，撒腿就往河边跑。

河里空空的，一伙小鱼在那里杂乱地追逐，一会儿蹿起来去叮一下那飘落下来的柳叶。柳树的枝条耷拉着一动也不动，几只知了在柳树上声嘶力竭地叫着，仿佛在说："死了死了。"

柳树上他经常拴牛绳的痕迹清晰赫然，岸边石板路上两头牛走时，留下的湿脚印也被晒干了，那头老水牸和小牛母子俩已经走远了。

这两头水牛的重要性是显而易见的，无论是对已经分家的大虎二虎，还是对总家来说都是不可缺少的。

小虎感觉那泡尿既没有撒在化学老师的身上，也没有撒在厕所里，而是撒在了自己的脸上，让一家人跟着遭了殃。

第十五章

　　小虎没能继续和秋姿做同学，秋姿中考时好像也发挥失误，差几分没考上卫校，还好她是县级三好学生，有加分。有了加分，她成功地被地区卫校录取了。

　　卫校、中师、农校、茶校，读三年毕业就分配工作，家里就有收入进账。农校、茶校，读三年出来通常分配进乡（镇）政府，有门路有本事的，在乡镇过渡几年就可以调进县里。

　　农村人家普遍的想法就是通过读书跳出"农门"，农校、茶校一听名称就给人一种泥土气息，因而一般人家可能根本不知道这种"没出息"的学校居然还有这么多好处。

　　另外，农校、茶校统招名额很少，一些名额是通过委培、定向等方式来招收，绝大多数农村人家根本不知道这些渠道。

　　相对来讲，中师和卫校的名气则要大得多，在老百姓心目中的定位也要光亮体面得多，家长总是鼓励成绩好的孩子报这两所学校，想读这两所学校的竞争压力最大。

　　录取中师的难度更大，因为很多乡镇卫生院给人的感觉是有气无力、要死不死的样子。

　　人们有点头痛感冒挨两天也就过去了，实在挨不过去了就到赤脚医生那里抓把药来吃，不仅便宜还能赊账。有个出血事故什么的，心里估计乡镇卫生院多半"吃不下"，于是直接往县医院送。

　　学校则不同，计划生育虽然实施了很多年了，但学生的数量仍然每年都在增长，每所学校都生机勃勃、欣欣向荣。为了保证学校能装得下学生，村小入乡中心小学要考，中心小学入初中也要考。初中到高中更是要考，而且录取率还很低很低。

在农村人看来，相比卫校、中师、农校、茶校这四种选择，到城里去读高中则是"鸡肋"。去读嘛，考上大学的概率小之又小，每年县里乡里有几个人能考上大学那是明摆着的，浪费三年时间和金钱不说，还可能让孩子"坏了坯"。

对乡下人来讲，十六七八岁这三年正是长劳力的时候，如果这三年花在学校里，又没考上大学，三年时间把人惯懒了，眼光却养高了，无论是上山还是下田，什么活都不会干，更不甘心干，胸中有点墨水，但又换不来饭吃，高不成、低不就，惹得家人犯难。

考上高中，不让去吧，既怕真有祖坟冒青烟的好事被错过了，还怕自己老了，被晚辈把这个事拿出来说。况且孩子考上高中不让去读，说出去也不好听。

德绍把两头水牛卖了，再东拼西凑一点，找人家借一点，凑足了1800块的调剂费和一个学期的学杂费、住宿费，让小虎去读县二中。

到二中报名后，学校里没有区分调剂生和计划生，而是一起编班。高一年级一共六个班，小虎被分在了四班，用两头水牛换来的座位被安排在第二排靠近走廊一侧的窗户下。

小虎的同桌是从浙源考来的，那里是徽饶古道的必经之地，浙源的察关、虹关是很多电影电视的取景地。有文字记载的世界上身高最高的人詹世钗于1841年出生于浙源虹关，长大以后跟随家人到上海做徽墨，被英国人发现并将其带到国外，其在虹关村的祖居名为"玉映堂"，建于明代，现在依然保存完好。

浙源不仅风景优美，而且人文底蕴丰厚、人才辈出，是詹天佑、金庸等众多名人的祖籍地。

小虎的同桌从身材上看一点也不像来自"巨人"的故乡，和小虎一样也是个"瘦小"，但他在内里却很好地继承了浙源人好学上进的精神。

他有个老式上海手表，早读结束时，他不和同学们一起去吃饭，要一直读到离第一节课还剩 10 分钟时，从课桌的抽屉里一把抓出搪瓷碗和筷子，一边向食堂狂奔，一边大声地背着文言文。

二中的教学楼和食堂之间有一个圆形的山包。这个山包原来是清代婺源祖孙进士俞诵芬、俞炳辉家族的墓地。二中建校后在山包上种满了茶叶，沿着山包有环形的水泥路，但小虎的同桌从不走水泥路，而是取两点间的捷径从茶山上飞奔过去。

到了食堂，打二两稀饭要二毛钱菜，用筷子搅拌一下，沿着捷径，一边往教室快走，一边把稀饭往嘴里倒。

有时他倒得快，到了教室还没有上课，他就在一楼供人洗拖把的水龙头那里，把搪瓷碗和筷子冲一下。

有时他稍微倒得慢一点，到教室马上就要上课了，他就把搪瓷碗和筷子往课桌的抽屉里一塞，就开始全神贯注地上课听讲。

二中的学习氛围异常浓厚，除了语数外、物理化学和政治历史地理等正常的课堂教学外，还开设了音乐、美术、体育、科技、计算机、文艺演出、劳动技术等各式各样的兴趣课程，在这种环境的熏陶下，所有的学生都全身心地投入紧张活泼的学习当中去。

小虎非常珍惜用两头水牛换来的学习机会，再加上受到二中良好氛围的感染带动，他很快就证明了那 518 分并不是他的真实水平，到第一学期结束时居然考进了全年级前 100 名，这是一个很有希望的成绩，算是没有愧对那两头水牛和全家人。

在二中上学，一个月回家一次，每次回家带来的菜，只够吃个把星期，其余的时候要靠在学校里买菜吃，这是一笔固定花销。此外，还有笔、墨水、练习本等学习用品和洗澡用的香皂、洗衣裳用的洗衣粉、肥皂等生活用品，这些也是没法省的花销。

大多数同学都用很一般的香皂洗头，只有极少数家庭条件很好的同学会到二中门外的小卖部去买那种小袋装的海飞丝、潘婷、飘柔来洗头。

这种袋装的洗发水十袋一条，通常被挂在小卖部进门处，即使家里条件好，他们也不会整条整条地买，而是要用时再去买一两袋来。

有一次，小虎寝室里的一个同学买了一块夏士莲香皂来洗头，感觉很好，并拿出来给大家分享，于是那天中午整个寝室的人都没午休，轮流着把头发洗得喷香喷香的。

小虎每个月回家，除了带菜外，还要拿十几二十块的生活费和交通费，从龙头湾村口坐中巴车到县城要收 1.5 块钱的车费。

分三股还完贷款后，接着又借钱供小虎上二中，那个家已经穷得叮当响了，小虎每个月的生活费对兰香来讲都是周而复始的愁。

二中开学要比初中早几天，春节过后几天就开学了，又遇到了交学杂费的事情了，不像初中有表哥在那里可以欠一下，或让他帮忙垫付一下。二中不要说亲戚，连个认识的人都没有，必须要在开学前准备好学杂费和生活费。

还好头年成英在北京打工挣了 3000 多块钱回来。她已经没有再在原来的那个厂里打工了，她在北京大兴找了一家服装厂，计件算工钱，像她这种熟练工人计件要划得来得多。成英在北京辛辛苦苦打工一年挣回来的钱几乎全用在了小虎的头上。

为了供小虎读重点高中，德绍卖了家里的两头水牛得了 1200 块，还差 600 块才够 1800 块，此外还有学杂费、住宿费、伙食费、校服费、班费等，这些都是德绍和兰香去借来的。

成英打工回来，首先把借来的钱还了，过年时还给家里办了一些年货，给兰香德绍和小虎一人买了一套衣裳一双鞋子，再把小虎新学期的学费预留出来，最后她除了留下 300 块钱再去北京打工的盘缠路费外，把剩下的钱全给了小虎。

成英拿钱给小虎时，小虎没有勇气去接，说："都给了我，你去北京怎么办？万一一时半会儿没找到厂，你吃住怎么办？"

成英很豪气地说："老弟呀老弟呀，这个你可以放一百个心，北京那么多服装厂，你还怕我找不到事做！"

小虎知道成英在宽慰他，还是不敢接："哪里有一到北京就有厂在等着你去做事的哟？你怎么也要问一问看一看，再比较一下才能定下来到哪家去做，这段时间你身边没一点钱怎么行呢？"

成英用很女汉子的口气对小虎说："你也是痴了，到时候是我们婆源很多老乡一起去的，大家吃住都在一起，饿不着我的，只要一进了厂，不仅不用担心吃住的问题，做个把月后还可预支钱呢，一点都不用怕！"

成英说得越有英雄气概，小虎就越不敢接她的钱。一方面，小虎知道她去北京后肯定要向同行的老乡借钱过渡。

另一方面，他觉得自打记事以来家里就穷得一塌糊涂，父母亲、哥哥姐姐都在努力地劳作为家庭做贡献，而自己好歹也是个男子汉，怎么像个"吸血鬼"一样一直贪婪地吮吸着这个家庭的血液，之前为了让自己有书读害得德绍把家里的两头水牛卖了，现在成英没日没夜地在北京打一年工的血汗钱又被自己"盘剥"得精光。

他为当初立场不坚定而深深地内疚，他觉得不应该听从德绍的安排去读二中。小虎这样想着，不知不觉地掉下了眼泪。

兰香看到小虎不肯接成英的钱，低着头掉泪，多少猜出了一点小虎的心思，于是骂道："今天是鬼寻到你了吗？还不快点接着！知道不容易就好，要晓得争气，将来要是有出息了，一家人吃的苦也就值得了，不要像初中一样，到最后又差了分。"

靠着成英打工挣来的辛苦钱，小虎读完了高一。整个高一期间，小虎考得最好的一次是年级 60 名，考得最差的一次是年级 156 名，高一结束时考了年级 86 名。总体上来讲，刨去中考"没考好"的因素外，还是取得了一些进步。

转眼暑假就过了，小虎要上高二了，从暑假一开始德绍和兰香就为小虎的学杂费和生活费做着艰难的算计。小虎从兰香手里接过学杂费和一个月的生活费，走到龙头湾村口坐中巴车去县城上学，到了学校，班主任要求大家在两个星期内上报文理科班意向。

小虎对历史感兴趣，学几何有点吃力，报了文科。班主任找到小虎，对他的各科成绩进行了分析，告诉他每年招收的文科生人数很少，并且他的物理成绩比较好，数学也不差，所以报理科只要稳得住考个学校应该没问题，如果再进步一些，说不定可以读个很好的学校。如果报文科的话，首先录取的人数少，这就决定了只有班上的尖子才能有大学读。

其次，虽然小虎对历史感兴趣，但成绩不算突出，而且政治的成绩也一般，通常情况下大多数人笼统地认为数理化学不好就去读文科，实际上读文科数学很重要，历史政治的成绩只要肯下功夫把基本的知识点背记下来就有了个底，想拉开差距很难。

而数学就不一样了，因为很多文科生数学不好，如果数学学得好的话，两下一比较就能拉开很大差距，小虎本身数学不强，到了文科班后一是数学排课的分量会减少，二是学数学的劲头和氛围都会下降，很可能就"废了"。

小虎想家里没人读过高中，对这些一点都不了解，听班主任这么分析，就改成报理科了。两个星期后，学校根据大家的报名情况将学生分成两个文科班即一班二班、四个理科班即三到六班，小虎还是分在四班，班主任也没有变。

小虎的班主任程老师是婺源溪头乡人。溪头挨着黄山，在婺源多山的地方就多茶，溪头的茶非常有名，明清时期，婺源有四大名茶被列为贡品，在四大名茶中前两项都产于溪头；溪头还是中国四大名砚之一龙尾砚（中国歙砚）的产地。

无论是制茶还是制砚都需要非常严谨细致、精益求精的精神，这种精神在程老师身上体现得非常充分。

程老师戴着一副高度近视眼镜，老远就能看到镜片里一圈圈箍着圈。他的头发不是很密但很黑，没有梳当时流行的"中分"或"偏分"，总是将两边和后面理得很短，上面稍留长，并将上面的头发一律向前梳，前额的刘海梳向右方。

他的胡须很浓密，下巴和两鬓总是长满着短黑的胡楂子，两件大开领的西装，一件深灰色、一件深青色来回换着穿，走路的时候总是低着头急匆匆的，像是一直在深入地思考着什么问题。

据说他本来是可以读清华大学或是北京大学的，但他在估分时有点保守，在报志愿时又有点谨慎，没敢报清华、北大。大学毕业后，分回母校当班主任，小虎这一届是他分配后带的第二届。

带上一届时，他是年级里最年轻的老师和最年轻的班主任，从高一带到高三，高考成绩一出来，他带的班考得最好，无论是重点大学和本科录取率，还是整体录取率都排在年级第一，他带的学生三分之一以上可以端"公家饭碗"。

每天早读和晚自习，不管是不是排了程老师的班，程老师都要来。

是他当班时，他就在教室后排坐着和大家一起看书学习。不是他当班，他也要到班里去转一圈，和当班的老师点个头、打个招呼或是交流一下再回去。

只要有空，程老师就到办公室，或是钻研教学，或是分析班上学生的总体成绩，或是分析每个学生各科的成绩，一旦分析出一点名堂来，他就会找任课老师和学生谈，交流看法、找出问题、提出意见建议或给予提醒忠告。

高二文理分班以后，小虎不仅班级和班主任老师都没有变，连同桌也没有变，他的同桌比以前更加刻苦了。

通常情况下，大家都会利用晚饭后的时间散散步、下下棋或是打下篮球等，放松一下身心再去上晚自习，但他却把由教学楼经由茶山到食堂边飞奔边背诵，和从食堂经由茶山到教学楼的边吃边走当作调节身体和脑筋的途径。

有时候他吃完晚饭后连碗都不洗就又投入学习中去了，等到晚自习结束教室里熄灯了，才去水龙头那里洗碗。

学校教学楼有点类似于立体的"÷"形，不过那上下两点是与横线相连的。那两点是每层楼的中间楼梯和楼梯转弯的房间位置，每层楼一个水龙头一个水槽就安装在上面那个点的左外侧，有走廊相接。

这个水龙头本来是供学生洗拖把洗抹布的，但是学校老师的住房紧张，教学楼每层的房间设计本意是放教学工具资料、供当班老师办公等用途，结果都变成了老师的宿舍，所以那个水龙头和水槽既要供学生洗拖把洗抹布，也要供住在这里的老师和家属洗衣裳，还要供小虎的同桌洗碗。

一天晚自习结束教室里熄了灯，小虎的同桌又到水龙头那里去洗碗，恰巧住在这层楼房间里的老师的家属在那里洗衣裳。小虎的同桌想争分夺秒地把碗洗了，赶到寝室里再快速洗漱一下，还能利用寝室熄灯之前的那段时间再学习一下。

于是他冲到水龙头那里一把把水龙头拧开，一边哗啦哗啦地洗起碗来，一边大声地背着古文，随便糊弄了两下又一把把水龙头拧上后，左手拿筷子、右手拿搪瓷碗使劲地甩几下，一心想着把水甩掉后放回课桌的抽屉里就朝寝室飞奔了。

他洗碗的时候心无旁骛，那些动作一气呵成，根本没有留意旁边还有位正在洗衣裳的老师的家属，更不可能注意到油水、饭粒和那甩出来的水已经溅到人家的脸上和裙子上了。

那位老师的家属刚开始也被他冲过来不管不顾的行为弄蒙了，等她反应过来等着他道歉赔不是时，却发现他马上就要走了，于是她把他喊住，向他质问。

这下，小虎的同桌才发现旁边还站着个人呢，自己刚刚可能把脏水弄到人家身上了，但是他并不知道事情的严重性，于是他赶忙道歉，说了声："不好意思啊，我刚刚没有注意到你在那儿，对不起了！"他说完抽身就走。

那位老师的家属被他一副敷衍了事的样子激怒了："我这么大个人站在这里洗衣裳，你居然说没有看到我，你的眼睛是瞎的吗？还是个高中生，连一点基本的素质都没有！不向我好好地道歉不准走！"

小虎的同桌读书学习较真，平时也犟、认死理，心想不就溅了几滴水在你身上吗？至于这么大惊小怪吗？于是回道："这个水龙头又不是你家的，我来洗碗为什么要注意到你在不在？我又不是故意把水溅到你身上的，何必小题大做牵扯到高中生素质上来呢？要如何好好道歉吗？"

两个人大声地争吵起来，一个急着要走争取时间学习，一个坚持要对方真诚地道歉好讨回公道，两不相让。

在他们两个人起争吵的时候，那位老师一直在房间里听着没有出来，心想着争两句就算了，没想到这个学生不仅一点都不知道退让，而且还振振有词地嚷起来了。这么一想心里的火气就上来了，可能再加上对学校给他安排宿舍的不满，于是他气势汹汹地从房间里冲出来，直接给了小虎的同桌一个耳光后，对他呵斥道："作为一名学生，做错了事不老老实实地道歉，还在这里强词夺理！都熄灯了还不滚回寝室！"

小虎的同桌被这突如其来的一击打蒙了，惊愕地喊道："你……你……你作为老师竟然动手打人！"

那位老师反问道："打人怎么啦，还不快点滚！"

小虎的同桌个子又瘦又小，他知道打架肯定打不赢那位老师，再争吵或是打架也无法维护他所认为的正义，于是快快地回教室放了碗筷跑回了寝室，一句话都不说，也不洗漱就躺在床上，连被子也不盖。

一向视时间如生命的他，突然躺在床上红着眼睛盯着天花板。他的反常行为马上就引起了室友们的注意，但不管大家怎么问他，他都不开口。

熄灯后，程老师来查看大家的就寝情况，同寝室的同学就把这个情况说给了程老师，程老师把小虎的同桌喊到寝室外，几经询问后才问出了事情的原委。

第二天早读之前，程老师就去敲那个老师的房门。那个老师开门后一看是程老师，他平日里和程老师交往并不多，根本不明其来意，淡淡地说了一句："哟，是程老师。"

程老师没有和他寒暄而是直奔主题："你昨天晚上是不是打了一个学生？"

那个老师一听是为这事，对程老师一脸严肃的样子不以为意："噢，没什么，那个学生一点都不讲理，我轻轻地扇了他一下。他是你们班上的吗？"

"他不讲理，你可以教育他，但你不能打他，更不能打他耳光，你应该知道谁才有资格扇他的耳光！"程老师说。

那位老师意识到程老师要和他较真，说道："哎呀，程老师呢，当时你不在场，那个学生把洗碗水、饭粒撒在我老婆的脸上、身上，不管不顾地转身就走，让他道个歉，他还凶得很。"

程老师不等他把话说完就反问道："不对，他不是向你老婆道歉了吗？"

那位老师说："是，他是道歉了，但一点诚意都没有，完全没有个学生的样子。"

"学生是什么样子？学生就低人一等吗？老师可以随随便便打学生

吗？"程老师很激动地问了他一连串的问题。

"程老师你什么意思？不要给我胡乱地上纲上线，我没有那个意思！"那位老师也有点动气了。

"你没有那个意思最好。我的意思是他是我的学生，我是他的班主任，你打了我的学生，所以我来找你，要你给他赔礼道歉！"虽然见到那位老师生气了，但程老师毫不退让。

"你疯了吗？要我给他赔礼道歉？是他缺了理，你不知道吗？"那位老师加大了音量反问程老师。

"没错，是他先不对，但后来你打了人更不对，所以你必须赔礼道歉！要不这样，我让他给你老婆道歉，再给你老婆重新买条裙子，你让他把那个耳光打回来！"程老师吼道。

"是不是鬼寻到你了？神经病一样，一大早就来找我胡搅蛮缠。我跟你说，你首先要做的是管好自己的学生，而不是来找我胡闹！"那位老师虽然和程老师交往不多，但对于程老师的认真、认死理，多少有些耳闻，所以想尽快把他支走。

程老师不吃他这一套，而是对他下通牒："我跟你说，今天之内你必须向他赔礼道歉，要么你就选择我刚才所说的，让他把耳光打回来。否则的话，明天早上咱们校长办公室见，我带着全班学生一起去，不讨回这个公道，我没法向全班学生交代，我这个班主任也没脸再当下去了。"

程老师对那位老师下完通牒后就转身走了，根本不给他任何争辩的机会。

遇到这样一个近乎钻牛角尖似的较真斗硬、丝毫不顾同事情谊和老师情面的人，那位老师一点办法都没有，只好低头认错。那天中午，程老师把小虎的同桌、班长、学习委员、团支书等几个人喊到了他的办公室，那位老师买了几个橘子，当着大家的面向小虎的同桌赔礼道歉。

这件事很快就过去了，同学们短暂地感慨程老师的行为后，很快地把"频道"转到紧张激烈的学习竞争当中去了。高二上学期期中考试，小虎考了理科班 70 多名，这个成绩实现了程老师说的"稳住"的目标。

上下三村打工的，回家过年时通常都能给自己置办一身行头，还能有一些余钱，多的上万，少的也有一两千。林虎往往是正月初头穿什么衣裳出去，腊月底穿什么衣裳回来，每年都要结交很多工友，有浙源的、有高砂的、有中云的、有赋春的，有初中同学，也有打工时认识的老乡，但就是不见钱回来。

有一年，林虎也带回来点钱，但过年期间他要玩炸金花、打麻将，还要买几包好烟装洋气，到正月初头出去时，口袋里就只剩下盘缠路费了。

那个年代很多年轻人打工期间就把对象找到了，附近村里有女的打工跟着人家"跑"了，也有男的打工"带"媳妇回来的。林虎结交的朋友很多，都是清一色男的，既挣不来钱，也没有"带"媳妇回来的希望。

河边村里没有人家有电话，附近村里只有依山村和龙头湾村各有一户人家装了电话。依山村这家是一个儿子考上了大学分配到上海工作。龙头湾村这家是一个儿子当兵，考上了军校、当了军官，转业到外地一个县上当了领导。

河边村出去打工的人如果要和家里联络，就会把电话打到依山村或龙头湾村的那两家，请人家捎口信给家人定在什么时间来接电话，或是留个厂房的电话。

林虎出去了很少有电话回来，更不要说写信了，兰香只好到附近村里有人外出打工的人家挨着去问，看有没有人和林虎在同一个厂或是知道他在哪个厂，问到了才放心。

林虎脾气犟，受不得委屈，稍有不高兴他就跳厂，跳了厂他也不会想到要给家里来个电话，所以常常是兰香刚问到他的下落不久，就又联系不上了。

有一次，传来消息说林虎在外面和人家打了架，有的说他把人家打了，有的说他被人家打了，有的说他已经跑了，有的说是简单的打架，有的说是打群架，甚至还有的说他的一只耳朵都被人家打掉了。

历来怕事的兰香听到这些消息后更是担惊受怕，没有别的办法，只得又挨村挨家去问，问来问去，问了几天都没有得到林虎的确切消息，兰香急得睡不着、吃不下。

后来，只要有人在温州打工的人家，兰香都去问，最后在高砂宋村的一户人家问到了林虎的消息，他的儿子和林虎在一个厂。

兰香打电话过去请人喊林虎来接电话，林虎接到电话很诧异地问："咦，妈，怎么是你？什么事啊？"

林虎惊奇的一声问，问得兰香"哇"的一声哭了出来。

期中考试过后，小虎回了趟家，成英和林虎都在外面打工，兰香从林虎的一个初中同学家里打听到他又从温州跳到了广州，具体做什么不清楚。总家里的田地茶山主要靠成虎一个人料理，他还要代收电费、帮人碾米磨粉，一天到晚连个歇气的时间都没有。

德绍已经没有再放鸭子了，他的身体越来越不好了，兰香怕他在日头底下晒着出了事都没人知道，他自己也觉得这辈子还不能就这么交代了。一方面他要在家里帮忙照看大虎二虎的孩子，两个小孩都可以走路了，河边村村中央有水井，离龙水河又近，没有人盯着不行。另一方面，他的心里还装着两件要紧的事没有完成。

自大虎二虎相继结婚后，他把要着急解决的主要矛盾定为小虎的读书和成虎的婚事，他不知道老天爷还会给他多少天，于是每天都冥思苦想地琢磨着，如何尽快地把这两件事解决好。

德绍认为小虎读书的事是头等大事，但他有心无力，不知如何是好。成虎结婚的事排在第二，他同样也不知道怎么办。

症结主要是婚房的问题，新屋老屋楼下一共 4 间厢房，大虎二虎占了新屋的两间；老屋的两间，一间他和兰香在住，一间成英在住。成英虽然长期在外打工，但那间房子必然得留起，不能让她过年回家时没地方住。况且老屋的厢房，乌黑阴暗，根本不适合做婚房。

大虎二虎两家估计谁都不愿意把那两间厢房腾出来给成虎，就算他们两家愿意腾出来，也没有腾的去处呀。怎么办呢？德绍愁眉苦脸、一筹莫展。

德绍只要活着一天，就得煎熬一天，一分一秒都轻松不得。兰香只要活着一天，就要死做一天，一分一秒都停歇不得。

小虎回到家，看到每个人都忙得很，他们看到小虎，就像事先约好了的一样，简简单单说一句"回来啦？""学习怎么样？"，一边问一边忙着手里的活，或是一边问着一边匆匆地走过，根本没有停下来详细了解小虎学习情况的工夫和心思。

小虎想着他们对高中的学习形势也不了解，跟他们说也说不清楚，所以干脆就回一句"差不多吧"。他们也就边忙边回一句"要认真呀！""要争气哟！""看嘛，做粗真苦呀，争取不要来挖泥刨土！"

晚上吃饭时，只有德绍和小虎坐在桌子上吃饭，兰香在喂两个孩子吃饭，成虎在那个小平房里帮人家碾米。

德绍坐在那里左手耷拉着，右手拿着勺子舀饭舀菜吃，勺子舀饭还好，但舀菜却没有筷子那么灵便，小虎看他连舀几下都没有把那片菜梗舀起来，便把菜盘往他那边推了推。

他看了小虎一眼，没有说话继续舀那片菜梗，等把菜梗舀进嘴里吃了后才问了一句："跟得上不？"

小虎说："还行。"

德绍说："靠笔吃饭比靠力吃饭要容易得多，你看那些做工作的人，哪个不是一身干干净净、轻轻松松的？"

小虎没有接他的话，几口把饭扒完了就下桌了。第二天早上从兰香那里讨到了一点零用钱就回学校去了。

小虎不会想到那是他和德绍的最后一次见面和对话。

周二中午，小虎正在睡午觉，大虎突然来到寝室把小虎叫醒，并把他拉到寝室外面，对他说："赶紧去找老师请假回家。"

小虎站着不动，不解地问道："咦，你怎么找到我的？家里出了什么事？"

大虎很不耐烦地说："哎哟喂，你真啰唆，还不快点去请假！"

小虎说："现在老师都在午休，到哪里去找呀？家里出什么事啦？"

大虎说："爸走了！"

小虎一听脑子里"嗡"的一声，一股很强烈的酸辣感瞬间涌上了他的鼻子和眼睛，脑袋里迅速地过着德绍的各种样子。

大虎看小虎呆立在那里不动，急得不行，说："咦，你怎么还不去请假？"

小虎说："这还请什么假呀？跟同学说一声就行了。"转身回寝室里和寝室长说了一声，坐大虎的自行车回了家。

一路上，小虎和大虎都没有话，大虎使劲地蹬着自行车，小虎在脑袋里不停地过着德绍的各种片段。

到家时，德绍已经被装进棺材里了。棺材停在新屋的堂前，那是在他手上盖的房子，灵堂已经布置好了，远近亲戚家都已经来人了。

周一下午，德绍再一次脑溢血发作，晚上8点多走了。

周日早上小虎回学校后，二虎在河里打到了一条大草鱼，拿回来说大家一起吃，当天下午一家人把鱼身子吃了，第二天兰香把鱼头清蒸起来。德绍的前半生几乎天天都在打鱼，他很喜欢吃鱼，也吃了很多鱼。按他自己的说法，他这一辈子吃的鱼够很多人吃几辈子了。

他对吃鱼很挑剔，小鱼、刺多的鱼和一些不好吃的鱼，他看不上，他将几种好吃的鱼排了个序，叫作"边白鲤桂"。

"边"是一种被婺源人叫作"边锋"的鱼，外形很像武昌鱼。"白"是一种被婺源人叫作"翘嘴白"的鱼，这种鱼呈长条形，通身淡白，嘴巴有点上翘，在河里撒网很难捕到。"鲤"即指那种整体形状呈扁短形、肚子圆鼓鼓的大鲤鱼，而不是那种瘦长形的鲤鱼。"桂"是指桂鱼。

德绍偏瘫了以后，没法下河去打鱼了，当然吃鱼的机会就很少了，更不要说挑什么鱼吃，再加上半边失去了知觉，吃鱼很容易被鱼刺卡到，所以他就更少吃鱼了，实在要吃时他就只吃鱼头。

头晚吃鱼身时他一口都没吃，周一吃鱼头时，大家也知道他没吃鱼身，所以吃鱼头时大家都很少下筷子，让他多吃一点，他一个人几乎把那条大大的草鱼头吃完了。

德绍走了，他终究还是输了这场与老天爷之间的赛跑。他没有跑到他自认为的终点线，就输了。成虎的婚事仍旧没有眉目，小虎的书也还没有读通。当然只要老天爷不收走他，估计这两件事完成后，他可能又要把终点线往前画。

老天爷对他这一辈子是极为苛刻的，绝不能容许他贪婪地得寸进尺。

一度靠从龙水河里打鱼来支撑家庭的他，一辈子吃的鱼够其他人吃几辈子的他，最后却被一条从龙水河里打来的草鱼送了终。说报应也好，说宿命也好，似乎都可以说得通。

但是最先想到跳出"农门"的他，老早就参加了"土改"、第一时间报名去南昌机械安装公司当工人，最终却只能一瘸一拐地放鸭，甚至只能"窝"在家里带小孩。

出生在一贫如洗的家庭里的他，向生产队里借30块却要还60块、一心拥护革命拥护新中国的他被当成犯罪分子、破坏分子。

迎着改革的春风，"醒"得最早、"起跑"最快的他，临终时却是周边村里最贫穷的人。

以上这些，说报应肯定说不通，如果说是宿命，那实在是太残忍了，老天爷对他的安排太不公平、太不负责了，从而造就了如此悲惨的世界。

不愿认命的德绍，最终无法逃脱命运的安排。

还好，他自己亲手盖的新屋还在，没有像他盖的余屋和院墙一样被洪水冲毁，使得他的灵堂可以设在他自己盖的屋子里，这可能是上天给他的唯一的、也是最后的一丝温暖，在他那股不认命的生命力谢幕之时给他一点点安慰。

小虎到家以后，兰香把他叫到老屋的那间厢房里，这是大虎二虎分家以后，德绍和兰香睡觉的房间。

兰香从德绍睡的那一头的里侧床头的垫被下面摸出一个麦乳精瓶子递给小虎，用已经哭得沙哑而低弱的声音对小虎说："里面有80块钱，你老子临死前，一直用手指那里，开始大家不知道他想要干什么，后来我去把垫被掀开才发现是一个麦乳精瓶，打开一数里面有80块钱，问他要这80块钱干什么，他叽叽唔唔地讲不清楚，最后我问他是要把这80块钱给细小，让他好好读书，是吧？他点了点头就闭了眼走了。"

小虎盯着这个装着80块钱的麦乳精瓶看了好大一阵子没有接，把它推了回去，对兰香说："妈，还是放在你那里吧！"说完转身就去了灵堂。

成英是周三回来的，大虎到依山村打电话去通知的她。

林虎是出殡那天上午才赶到的，兰香托人问了好多家才联系上他。他到时德绍的棺材已经停殡在林子里了，按照习俗，停殡祭奠后，下午就要上山了。

林虎号啕大哭着进村，建英把他领到林里停殡的地方，他头年春节没有回家，关于他的任何信息从没有"官方发布"，全靠多方打听和偶尔传闻。

一年多不见的他，那头本是又黑又硬很有光泽的头发，现在变成又黄又干了，就像那一沾火星就要熊熊燃烧的干丝茅一样。原来很壮实的身体，现在只剩下一副干瘦的骨头架，穿一件土灰色的外衣和一条褐黄色的裤子，提着一个破口袋，像是遭了大灾大难正处于逃荒中的样子。

林虎老远看到德绍的灵棚，一下子将那个破袋子撂到一边，扑跪在地上，更加放声大哭起来。原本大家都觉得他是那种出去后根本不知道想家的人，是属于心肠很硬的人，没想到他却哭得最动情，再看他自身那让人心疼的样，引得在场所有人都大哭一场。

上山之前的祭文是小虎念的。依例本该是长子念，但大虎说，小虎是全家文化程度最高的，也是德绍临走前最心心念念放心不下的人，小虎念最合适，众人也没有意见，所以小虎就念了。

这篇祭文是请兰香那边的一个远房亲戚写的，他经常替人家写祭文，给德绍写的这篇祭文用的是文言文，1000多字，对德绍的一生进行了很贴切的"综述"，描绘了他坚韧的意志和开拓的精神，指出了他所做的贡献，控诉了命运对他的不公，道出了家人对他的深切哀思。

德绍的墓穴是大虎托人从思溪那边请的一个"先生"来勘定的。大虎带他走了几个山头，最后他在姬家亭后山上选了一块地，巧的是这块地与先葬志焰的父亲后来又葬志焰的母亲的那块墓地挨得很近，而且朝向也差不多。

把德绍送上山后，兰香和大虎就把小虎催回了学校，说回学校好好地念书将来考上大学才是对德绍最好的尽孝方式，也不枉他卖两头水牛的决心和临终前不停地指那个麦乳精瓶的那份牵挂。

满了七后，成英又去北京打工了。

至于林虎，大家都劝他不要再出去了，不仅挣不来钱，而且弄得连个人形都保不住，不如和成虎一起在家里。林虎留下来干了几天田地里的活、琢磨了一下碾米机和磨粉机后，还是耐不住性子，跑了出去，并且还是和以前一样，出去了就杳无音信。

德绍生前与小虎之间的最后一次对话中，他努力从最直观的角度告诉小虎读书的好处，并且在他临终前用尽了最后的一点力气，挣扎要求把他最后的 80 块钱给小虎，让小虎好好读书。

实际上，他的死却成为小虎高中学习状态的转折点。他死后，小虎的心态又回到初中后期那样了，不停地在读书和不读书间摇摆，因为他面临的经济状况比初中时还恼火。

高中的花销越来越大，随着经济的发展，人们总体生活条件在变好，这一变化自然要反映到学校里来，同学们的伙食、穿着等都在不断提升。

学生们认为学校食堂里的饭菜越来越难以下咽，很多同学早餐都到校门外去吃小笼包子，午餐则几个人合伙出去吃炒菜，而小虎的生活费却越来越紧张，有时回家还要不到。

小虎常常梦到德绍把两头水牛牵来，让他去木坞放牛。他从德绍手里接过牛绳，骑在牛背上从红庙过河，那头水牸在河口处停下来，站在水里等小虎从岸边跨上它的背以后才走。

清清的河水"哗哗"地从黄褐色的鹅卵石上匆匆地流过，时不时地有条小鱼冒出来欢快地打个浪花就不见了踪影，老水牸不理会这些，按照它自己的节奏"啪吱啪吱"地踏着浪花慢腾腾地走向对岸，偶尔也会停下来喝口这甘甜的水，再"哞"地叫一声，呼唤一下因调皮而落得有点远的它的孩子。

读高三时，小虎那"瘦小"的身体终于开始发育了，他变得更加注重自己的外表形象，更加"爱美"了，更加要面子了，他也想给自己的头发梳个"偏分"，也想穿运动服、穿回力球鞋。

下午放学后，他也想和同学们去东溪玩，那里有一座木桥，走在上面就像走在画里一样，头顶上蓝天白云，脚底下碧波荡漾。

看到同学们吃好穿好，被家里当作熊猫来呵护，各方面都得到"优先保障"，小虎的心里时常感觉不对劲、滋味不对，也对食堂里的饭菜意见很大。

他还想给在读卫校的秋姿写封信，问问她的情况，谈谈自己的心思，当然如果能要到一张她的照片就更好了。

当然，小虎也知道自己的家庭情况，大虎二虎是带着债务分家出去的，后来又分摊了德绍欠下的贷款，还要抚养孩子。

成虎还没有成家，家里耕田用的牛也被德绍卖了给自己读书，为此大虎二虎成虎每年都要花钱雇牛耕田，接着给德绍送终尽孝他们也得摊开销。他们不仅没有要小虎摊债摊开销，而且当德绍决定卖两头水牛时连一声反对都没有，这已经非常了不起了。

随着孩子的出生，大虎二虎不得不面临着筑新屋的问题了，特别是大虎已经有两个孩子了，不可能一家四口长期挤在那间厢房里了，筑新屋已迫在眉睫了。

二虎身上的担子一点也不轻，分家出去时他也有债务，摊债摊开销他一点都不少，除了要愁着盖房子外，他还有个心事。

他和大虎一样，头个孩子是女儿，看到大虎二胎生了一个儿子后，他也想接着生二胎，当然如果是个儿子的话，就更好了。

摊债摊花销时，总是把总家作为一份来看待，实际上总家的经济来源主要靠成虎成英两个人，不仅要供小虎上学的日常开销，还要时不时地花钱给德绍看病。

成英挣的钱主要都被小虎上学用了，所以说总家里这个份子，主要靠成虎一个人的辛勤劳作来承担，无非是把总家里几个人的田地茶山拿给他一个人种罢了。

小虎没有任何抱怨的理由，唯一想的就是早日摆脱"寄生"生活。

来自婺源各个乡镇的佼佼者们，对学习的专注度完全超出想象，在二中，同学之间你追我赶的激烈程度，也远非在上市读初中时可以比拟的。逆水行舟不进则退，在这里体现得淋漓尽致，只要你稍微一

"走神"，马上就会在考试中得到一泻千里的"现世报"。

读初中时，随着心态的摇摆和注意力一会儿集中一会儿不集中，小虎的成绩起伏不定，但再差都会有个谱，基本上不会跌出年级前10名，当然中考除外。

在二中就完全不一样，小虎考得最好的一次是高考前的预考，年级理科36名，把班主任程老师高兴坏了，对小虎说："稳住就是一个好重点！"考得最差的时候排到了年级理科199名。

高考对小虎的"现世报"是，让他成为最后一批被录取的高考生。他的"传统强项"物理居然没有及格，86分；他的弱项数学也没有及格，84分。

受那篇祭文的影响，他对文言文产生了很大兴趣，高考时文言文一分没丢，语文得了110分。那年高考语文考得特别难，很多成绩名列前茅的学生都发挥失常了，他们班有很多人语文只考了七八十分，要知道他们班主任可是语文名师程老师，其他班的语文成绩可想而知。

小虎的高考成绩不高，程老师根据他的估分，对他说估计只能读个地专。小虎受中心小学班主任石老师的影响，想报师专。

不过程老师对他说医专要好些，经程老师一劝，再加上想到地区医专和卫校是一个校区，秋姿就是在那个校园里读的书，小虎报了医专。

暑假中期，医专的《录取通知书》来了。《录取通知书》要求去学校报名前要先转户口，由"农业粮"转为"商品粮"，这意味着小虎还是实现了德绍所说的"靠笔吃饭"的目标和家人们所期待的不用"做粗"、不用"挖泥刨土"的愿望。

令人想不到的是，一向杳无音信，连过年都不愿回家的林虎竟然在小虎高考前一天回来了，他买了一大袋水果到二中看小虎，对小虎说："一家人都望着你呢，一定要争气哈，但也不要有太大的压力，把自己的水平正常发挥出来就行。"

高考结果出来后，林虎知道小虎没考好，对小虎鼓励道："虽然学校不好，不过将来还可以继续考嘛，读本科、读研究生都可以，再说了，学医真的很好，孙中山和鲁迅都是学医出身的。"

"河边村终于出了一个'吃商品粮'的啦！"

"他家小虎再也不用'做粗'、不用'挖泥刨土'啦！"

……

小虎考上大学的事，成为河边村的妇女们，在龙水河里的洗衣石上常说常新的话题，关于小虎将来的出路出息，她们众说纷纭，猜测演绎出千万个版本来，仿佛龙水河的流水一样滔滔不绝。

只是最想看到和听到这一消息的那个人，却躺进了姬家亭后山一个西南朝向的山坡上的黄土里，既看不到、也听不见。